DuMonts Kriminal-Bibliothek

Ellery Queen ist das gemeinsame Pseudonym von Frederic Danney (1905–1982) und Manfred Bennington Lee (1905–1971), die zu den einflußreichsten und produktivsten Kriminalromanautoren gehören. Von Ellery Queen sind in DuMonts Kriminal-Bibliothek bereits erschienen: »Der mysteriöse Zylinder« (Band 1008), »Sherlock Holmes und Jack the Ripper« (Band 1017), »Der Sarg des Griechen« (Band 1040), »Das ägyptische Kreuz«, »Die Katze tötet lautlos« (Band 1076) und »... und raus bist du!« (Band 1085).

Herausgegeben von Volker Neuhaus

Ellery Queen
Am zehnten Tage

Aus dem Englischen
von Monika Schurr

DuMont

Die Deutsche Bibliothek – CIP-Einheitsaufnahme

Queen, Ellery:
Am zehnten Tage / Ellery Queen. [Aus dem Englischen von Monika Schurr].
– Köln : DuMont, 2000
(DuMonts Kriminal-Bibliothek ; 1094)
ISBN 3–7701–5329–4

Aus dem Englischen von Monika Schurr
Die Originalausgabe erschien 1948 unter dem Titel *Ten Days' Wonder* bei Little, Brown and Company

Umschlagmotiv von Pellegrino Ritter
Umschlag- und Reihengestaltung: Groothuis & Consorten
Satz: Greiner & Reichel, Köln
Druck und Verarbeitung: Clausen & Bosse, Leck
Printed in Germany
ISBN 3–7701–5329–4

INHALT

TEIL I

Neun Tage

Der erste Tag

Im Anfang war es noch ohne Form; Finsternis, ein Dunkel, das sich Tänzern gleich rhythmisch hin und her wiegte. Irgendwo in der Ferne war auch Musik; leise, heiter, rätselhaft; plötzlich rauschte sie auf einen zu und schwoll zu einem solch ohrenbetäubenden Brausen an, daß man sich vorkam wie eine Mücke im Windkanal. Dann war sie auch schon vorbeigerauscht, schwoll ab, verlor sich leise spielend in der weiterhin schaukelnden Finsternis.

Alles schwankte. Er fühlte sich seekrank.

Das mochte der Nachthimmel über dem Atlantik sein da droben, mit einem schattenhaften Wolkenschleier und zittrigen Tupfern anstelle von Sternen. Die Musik war das Pfeifen des Windes auf dem Vorderdeck oder das Rauschen von Kielwasser. Er wußte, daß es wirklich war; denn wenn er die Augen schloß, blendeten sich Wolkenschleier und Sterne aus, obwohl das Schaukeln blieb – und auch die Musik. Er nahm Fischgeruch wahr und hatte einen Geschmack auf der Zunge, der in sich widersprüchlich war, etwa wie der sauren Honigs.

Es war interessant: Obwohl ihm dies alles nur Kopfzerbrechen bereitete, war es geradezu so, als gäbe die Gelegenheit, über das nachzugrübeln, was er sah, hörte, roch und schmeckte, seiner Person neues Gewicht; ja, es war, als wäre zuvor nie etwas gewesen. Es war, wie geboren zu werden. Es war, wie auf einem Schiff geboren zu werden. Man lag in dem Schiff; das Schiff schaukelte, man schaukelte mit ihm in der schaukelnden Nacht und schaute zum Himmelszelt auf.

Man hätte sich ewig weiter wiegen können in dieser friedlichen Zeitlosigkeit, wenn nur alles so geblieben wäre. Aber es blieb nicht so. Der Himmel senkte sich, und die Sterne stürzten herab. Auch hier gab es zu grübeln; denn anstatt anzuwachsen, während sie auf ihn zustürzten, schrumpften sie. Selbst die Schaukelbewegung hatte sich verändert; sie schien von Muskeln gesteuert, und er dachte plötzlich: Vielleicht ist es ja nicht das Schiff, das schaukelt, sondern ich.

Er öffnete die Augen.

Er saß auf etwas Hartem, das nachgab. Seine Knie drückten gegen sein Kinn. Seine Arme hielten die Schienbeine umklammert, und er wiegte sich vor und zurück.

Jemand sagte: »Es ist überhaupt kein Schiff.« Er war überrascht; denn obwohl ihm die Stimme bekannt vorkam, konnte er beim besten Willen nicht sagen, wer gesprochen hatte.

Er sah sich genau um.

Niemand war im Zimmer.

Zimmer.

Es war ein Zimmer.

Die Entdeckung wirkte wie ein Spritzer kalten Seewassers.

Er löste den Griff seiner Hände und legte sie flach auf etwas Warmes, Strukturiertes, das sich, als er es berührte, dennoch glatt und rutschig anfühlte. Ihm war unwohl dabei, und er stützte sein Kinn wieder in die Hände. Diesmal kratzte etwas wie Mohair seine Handflächen. Ich befinde mich in einem Zimmer, dachte er, und ich hätte eine Rasur nötig – aber was noch war eine Rasur? Er entsann sich und mußte lachen. Wie konnte es nur kommen, daß er darüber nachdenken mußte, was Rasieren hieß?

Er ließ die Arme wieder fallen und befühlte jenes glatte Material. Und er sah, daß es sich um eine Art Decke handelte. Im selben Augenblick merkte er, daß die Finsternis über seinen Gedanken gewichen war.

Er runzelte die Stirn. War sie jemals Wirklichkeit gewesen?

Nein. Genauso plötzlich wurde ihm bewußt, daß es auch den Himmel nie gegeben hatte. Es ist eine Zimmerdecke, dachte er verstimmt, und eine verdammt blättrige dazu. Und auch die Sterne waren Trugbilder gewesen. Nur entflohene Sonnenstrahlen, denen es gelungen war, sich durch eine kaputte Jalousie hereinzustehlen. Irgendwo grölte eine Stimme: *Wenn irische Augen lächeln.* Man hörte das Platschen von Wasser. Und auch der Geruch kam von Fisch, der in Schmalz gebraten wurde. Er schluckte den süßsauren Geschmack hinunter und merkte, daß dieser Geschmack zugleich Geruch war und beide in der Luft, die er atmete, eine chemische Verbindung eingegangen waren. Kein Wunder, daß ihm speiübel war – die Luft roch schal und ranzig wie überlagerter Käse.

Wie Käse mit Socken an, dachte er grinsend. Wo bin ich?

Er saß aufrecht auf einem seltsamen Eisenbett, das einst weiß lackiert gewesen, nun jedoch von einer Art Ekzem befallen war, ihm gegenüber irgend etwas aus Glas. Das Zimmer war lächerlich klein, mit bananenfarbenen Wänden. Dann dachte er – wiederum grinsend –, wie eine Banane, die sich schält.

Das ist jetzt das dritte Mal, daß ich lache, dachte er weiter; ich muß also so etwas wie Humor haben. Aber wo zum Teufel bin ich?

Da stand ein wuchtiger Sessel mit ovaler Rückenlehne voller Schnitzereien, einem schäbigen grünen Roßhaarsitz und einem X aus Draht, das seine eleganten Beine zusammenhielt. Ein langhaariger Mann, der so aussah, als würde er sterben, starrte ihn von einem schief hängenden Kalender her an; und die Rückseite der Tür zeigte mit einem Finger in Form eines angebrochenen Kleiderhakens aus Porzellan auf ihn. Ein Finger, der Teil eines Rätsels war. Aber was war die Lösung? An dem Haken hing nichts; auf dem Stuhl lag nichts; und der Mann auf dem Bild wirkte so vertraut wie die Stimme, die gesagt hatte, es sei kein Schiff; dennoch kam er einfach nicht drauf, wer der Mann war oder wem die Stimme gehörte.

Der Mann auf dem Bett, dessen Knie zur Decke gewinkelt waren, war ein dreckiger Penner, genau das war er, ein dreckiger Penner mit übel zugerichtetem Gesicht, der es nicht einmal für nötig gehalten hatte, die Straßenkleider auszuziehen. Er saß da, eingewickelt in seinen eigenen Dreck, als ob ihm das behagte. Und das tat weh.

Weil ich der Mann auf dem Bett bin … Wie aber kann ich der Mann auf dem Bett sein, wenn ich diesen Penner niemals zuvor gesehen habe?

Es war wie ein Stachel im Fleisch.

Es war besonders dann wie ein Stachel im Fleisch, wenn man weder wußte, wo man war, noch wer man war.

Wieder mußte er lachen.

Ich werde mich auf diese vorgebliche Matratze zurückfallen lassen und schlafen; das ist es, was ich tun werde. Als Nächstes wußte Howard sich wieder in einem Schiff unter dem Sternenzelt.

* * *

Als Howard zum zweiten Mal erwachte, war es vollkommen anders; kein allmähliches Geborenwerden, sondern ein Augenöffnen, ein Wiedererkennen des stickigen Zimmers, der Christusdarstellung auf dem Kalender, des gebrochenen Spiegels; mit einem Satz war er aus dem kargen Bett heraus und funkelte grimmig sein Spiegelbild an.

Blitzartig erinnerte er sich an alles: wer er war, woher er kam, sogar, warum er nach New York gekommen war. Er entsann sich, wie er in Slocum den Atlantic Stater genommen hatte; er entsann sich, wie er die Rampe von Bahnsteig 24 zum Schmelztiegel Grand Central Station hochgetrottet war, bei der Terazzi Galleries angerufen, sich nach den Öffnungszeiten der Djerens-Ausstellung erkundigt hatte und ihm eine unwirsche Stimme mit europäischem Akzent geantwortet hatte: »Die Mijnheer Djerens-Ausstellung wurde gestern geschlossen.« Und dann erinnerte er sich, wie er die Augen in diesem Rattenloch aufgeschlagen hatte. Zwischen der Stimme und diesem Zimmer jedoch hing schwarzer Nebel.

Howard bekam das Flattern.

Er hatte gewußt, daß ihm ein solcher Anfall bevorstand, noch bevor er eigentlich zitterte. Aber er hatte nicht vorausgeahnt, wie schlimm es ihn erwischen würde. Er versuchte, sich unter Kontrolle zu bringen. Aber das Anspannen der Muskulatur machte alles nur noch schlimmer. Er ging zu der Tür mit dem angebrochenen Porzellanhaken.

Ich kann dieses Mal nicht sehr lange geschlafen haben, dachte er. Man hört da draußen noch immer Wassergeräusche.

Er öffnete die Tür.

Der Flur bewahrte in Gerüchen das Andenken an Füße, die ihn lange wieder verlassen hatten.

Der alte Mann, der mit dem Mop den Boden wischte, schaute auf.

»Hey, Sie da«, rief Howard. »Wo bin ich?«

Der alte Mann lehnte sich auf seinen Mop, und Howard sah, daß er nur ein Auge hatte. »Ich war mal draußen im Westen«, antwortete der Mann. »Bin im Leben ne Menge rumgekommen, Junge. Es gab da diese Rothaut, die draußen in der Einöde an der Straße hockte. Weit und breit nichts zu sehen, weißte, nur diese winzige Hütte und ein Berg. War in Kansas, mein ich …«

»Wohl eher in Oklahoma oder New Mexico«, erwiderte Howard und bemerkte erst jetzt, daß er sich an der Wand festhielt. Der Fisch war längst gegessen, kein Zweifel; aber sein Geruch lag quälend über dem Ort. Er brauchte etwas zwischen die Zähne, und zwar bald. So war es ja jedesmal. »Wovon reden Sie? Ich muß hier raus.«

»Dieser Indianer, der saß einfach im Straßenstaub, mit dem Rücken gegen die Hütte gelehnt, mußte wissen …«

Urplötzlich driftete das eine Auge des Mannes zur Mitte seiner Stirn. »Polyphem«, entfuhr es Howard.

»Nee«, sagte der Mann. »Ich weiß nich, wie der hieß. Die Sache ist, direkt über seinem Kopf war ein Schild an die Hüttenwand genagelt, auf dem mit roten Buchstaben was geschrieben stand. Und was meinste, was das war?«

»Was?«

»Hotel Waldorf«, prustete der alte Mann triumphierend.

»Na danke, Alter«, sagte Howard. »Das hilft mir jetzt großartig weiter. Wo zum Teufel bin ich?«

»Wo zum Teufel sollste schon sein?« zischte der alte Mann. »Du bist in ner miesen Absteige auf der Bowery, die für Steve Brody und Tim Sullivan gerade richtig war, aber für Typen wie dich viel zu vornehm ist, du Dreckspenner.«

Der Putzeimer flog. Er hob ab wie ein Vogel. Dann landete er mit einem munteren Platschen auf der Seite.

Der alte Mann schreckte zusammen, als hätte Howard nicht nach dem Putzeimer, sondern nach ihm getreten. Wie er da in der grauen Schmutzbrühe stand, sah er aus, als fange er gleich an zu flennen.

»Geben Sie mir den Mop«, sagte Howard, »und ich wisch das auf.«

»Du dreckiger Penner!«

Howard ging ins Zimmer zurück.

* * *

Er setzte sich aufs Bett und bedeckte Nase und Mund mit den Händen – heftig atmend, weil er heftig hoffte.

Schließlich hatte er nichts getrunken.

Er ließ die Hände fallen.

Er ließ die Hände fallen und sah, daß sie voller Blut waren.

Beide Hände voller Blut.

Howard riß an seinen Kleidern. Sein beigefarbener Gabardineanzug war zerknittert und zerfetzt, voller Fettflecken und steif vor Dreck. Er stank wie die Koben auf Jorkings Farm jenseits der Twin Hills. Als Junge hatte er den langen Umweg zur Stadt Slocum genommen, nur um Jorkings Schweinen auszuweichen. Jetzt jedoch war ihm das gleichgültig, ja, es war sogar angenehm, weil es nicht das war, was er zu finden fürchtete.

Er suchte sich ab wie einen verlausten Affen.

Plötzlich fand er ihn. Einen großen schwarzbraunen Klumpen, der Revers und Hemd zusammenpappte. Er riß sie auseinander.

Der aufgerissene Rand des Klumpens war faserig.

Er sprang vom Bett herunter und hastete zu dem Spiegelstück hinüber. Sein rechtes Auge ähnelte einem vergammelten Avocadokern. Ein scharlachroter Schnitt zierte quer seinen Nasenrükken. Die Unterlippe war auf der linken Seite so aufgeschwollen wie eine Kaugummiblase. Und das rechte Ohr eine Groteske in Tiefviolett.

Er war in eine Schlägerei geraten!

Oder doch nicht?

Und er hatte verloren.

Oder hatte er gewonnen?

Oder hatte er gewonnen und verloren?

Er hielt seine zittrigen Hände vor das heile Auge und starrte sie an. Beide Fingerknöchel waren aufgeschlagen, zerkratzt, geschwollen. Das Blut war über die Haare gelaufen und hatte sie steif aufgerichtet wie getuschte Wimpern.

Aber das ist mein eigenes Blut.

Er drehte die Handflächen nach oben, und Erleichterung schwappte ihm durch den Bauch.

An den Handflächen war kein Blut.

Vielleicht habe ich ja doch niemanden umgebracht, dachte er selig.

Aber seine Freude verlor sich schnell. Denn da war dieses andere Blut. Auf Anzug und Hemd. Das war vielleicht nicht seines. Das stammte vielleicht von einem anderen. Vielleicht war es ja diesmal passiert.

Vielleicht ...!

Das schafft mich, dachte er. Mensch, wenn ich weiter drüber nachgrüble, kipp ich um.

Der Schmerz in seinen Händen.

Er fühlte zögerlich in seinen Taschen nach. Er hatte von zu Hause mehr als 200 Dollar mitgenommen. Er suchte nur flüchtig, denn er hoffte nicht wirklich, in seinen Taschen fündig zu werden, und war folglich auch nicht enttäuscht. Sein Geld war weg. Die Taschenuhr mit dem Miniatur-Bildhauerhammer aus Gold, die sein Vater ihm in dem Jahr geschenkt hatte, in dem er nach Frankreich aufgebrochen war, fehlte ebenfalls. Auch der goldene Füllfederhalter, den Sally ihm zu seinem letzten Geburtstag geschenkt hatte, war verschwunden. Ausgeraubt. Möglicherweise, nachdem er in dieser Opiumhöhle abgestiegen war. Das klang plausibel, denn er hätte ohne Vorauszahlung nie ein Zimmer bekommen.

Howard versuchte, Bilder vom ›Empfang‹, einem ›Portier‹, von der ›Bowery Steet‹ aus dem Hut zu zaubern – so, wie sie gestern abend gewesen waren.

Gestern abend. Oder vorgestern abend. Oder vor zwei Wochen. Das letzte Mal hatte es sechs Tage gedauert. Einmal auch nur zwei Stunden. Er konnte es immer erst hinterher sagen, weil die Zeit dann war wie ein langer Streifen Schwammgewebe, unmeßbar, lediglich von Anfangs- und Endpunkt her zu bestimmen.

Howard schlurfte erneut zur Tür.

* * *

»Den Wievielten haben wir heute?«

Der alte Mann kniete in der Schmutzbrühe und wischte sie mit dem Mop auf.

»Ich habe nach dem Datum gefragt.«

Der alte Mann war noch immer beleidigt. Stur wrang er den Mop über dem Putzeimer aus.

Howard hörte seine eigenen Zähne knirschen. »*Den Wievielten haben wir heute?*«

Der alte Mann spuckte aus. »Wenn du mir dumm kommst, Freundchen, dann hol ich Bagley. Der wird dich Mores lehren. Das wird der.« Dann mußte er etwas in Howards gesundem Auge gesehen haben, denn er winselte: »Es ist der Tag nach Labor Day«, nahm seinen Eimer und flüchtete.

Dienstag nach dem ersten Montag im September.

Howard stürzte ins Zimmer zurück und starrte auf den Kalender.

Auf dem schrieb man das Jahr ’37.

Howard kratzte sich am Kopf und lachte. Ich bin auf die hohe See hinausgetrieben, das bin ich. Sie werden meine Knochen auf dem Grund des Meeres finden.

Das Logbuch!

Howard begann, hektisch danach zu suchen.

Er hatte mit dem ›Logbuch‹ unmittelbar nach seiner ersten verwirrenden Reise durch die Raumzeit angefangen. Wenn er sich allabendlich Rechenschaft über den Tag gab, war das, als stünde er mit den Füßen fest auf Deck und könnte von dort aus auf seine dunklen Reisen zurückschauen. Es war ein seltsames Logbuch. Genauer gesagt, gab es lediglich über das Auskunft, was an Land geschehen war. Für die Stunden oder Wochen, die er auf den Meeren der Zeitlosigkeit verbrachte, blieben die Seiten jungfräulich weiß.

Sein Tagebuch bestand aus einer ganzen Sammlung von schwarzen Notizbüchern. Wenn er eines vollgeschrieben hatte, verstaute er es in seinem Schreibtisch zu Hause. Das aktuelle jedoch trug er stets bei sich.

Wenn die das auch geklaut hatten …!

Aber er fand es in der äußeren Brusttasche seines Jacketts, unter dem Taschentuch aus irischem Leinen.

Der jüngste Eintrag verriet ihm, daß seine letzte Reise neunzehn Tage gedauert hatte.

* * *

Er starrte durch die ungeputzte Scheibe des Fensters.

Zwei Stockwerke über der Straße.

Genug.

Aber angenommen, ich breche mir nur ein Bein?

Er stürzte hinaus in die Halle.

* * *

Ellery Queen sagte, er werde sich die Sache erst später anhören; denn Geschichten ernst zu nehmen, die von nervlich mitgenommenen, ausgehungerten und erschöpften Menschen erzählt würden, erweise sich, obschon sie sicherlich von Interesse für Priester und Poeten waren, für einen nüchternen Mann der Fakten oft genug als reine Zeitverschwendung. Also forderte purer Eigennutz ihm ab, Howard auszuziehen, ihn in die Badewanne zu stekken, seinen Bart abzurasieren, die Wunden zu versorgen, ihm saubere Kleider herauszusuchen und ihn mit einem Frühstück abzufüttern, das sich aus einem großen Glas Tomatensaft mit Worcestersauce und Tabasco, einem kleinen Steak, sieben Scheiben gebutterten Toasts und drei Tassen schwarzen Kaffees zusammensetzte.

»Jetzt«, sagte Ellery, während er ihm fröhlich die dritte Tasse Kaffee eingoß, »erkenne ich Sie auch wieder. Und Sie sind nun auch sicher in der Lage, mit einem Mindestmaß an Klarheit zu sprechen. Tja, Howard, als ich Sie das letzte Mal sah, haben Sie noch Marmor bearbeitet. Es will mir jedoch so scheinen, als sei Ihr bevorzugtes Material nun das menschliche Fleisch.«

»Sie haben meine Kleider untersucht.«

Ellery setzte ein Grinsen auf. »Sie waren ziemlich lange in der Wanne.«

»Und ich bin auch lange von der Bowery Street bis hierher gelaufen.«

»Pleite?«

»Das wissen Sie doch. Sie haben in meine Taschen geguckt.«

»Natürlich. Wie geht es Ihrem Vater, Howard?«

»Gut.« Auf einmal wirkte Howard beunruhigt und erhob sich vom Tisch. »Dürfte ich bitte einmal telefonieren?«

Ellery sah ihm nach, wie er ins Arbeitszimmer ging. Die Tür war nicht ganz zu; er fühlte sich auch keineswegs veranlaßt, sie zu schließen. Offensichtlich hatte Howard ein Ferngespräch angemeldet, denn eine Zeitlang war von der Tür her nichts zu hören.

Ellery griff nach seiner Pfeife, die er nach dem Frühstück anzustecken pflegte, und ließ im Geiste Revue passieren, was er über Howard Van Horn wußte.

Es war nicht viel, und zwischen dem wenigen, an das er sich dunkel erinnerte, und der Gegenwart lagen ein Krieg, ein Ozean und ein Jahrzehnt. Sie hatten sich auf der Terrasse eines Cafés an der Ecke getroffen, wo die Rue de la Huchette auf den Boulevard St. Michel trifft. Es war das Vorkriegsparis: das Paris der Cagoulards und der *populaires*, das der unglaublichen Ausstellung, als die Nazis mit modernsten Kameras und Stadtführern bewaffnet das rechte Seineufer überfielen und sich in *Übermenschen*-Manier ihren Weg mit der Schulter durch die Massen der blassen Flüchtlinge aus Wien und Prag bahnten, um sich Picassos Wandgemälde *Guernica* mit allen Symptomen touristischer Leidenschaft anzuschauen; es war das Paris der hitzigen Debatte über Spanien, während jenseits der Pyrenäen Madrid an Nichtintervention zu krepieren drohte. Es war ein vom Verfall gezeichnetes Paris, und Ellery suchte einen Mann namens Hansel; dies jedoch war eine andere, eben alte Geschichte, die daher vermutlich niemals erzählt werden würde. Da Hansel Nazi war und man nur wenige Nazis in der Rue de la Huchette vermutete, suchte Ellery genau dort nach ihm.

Und da traf er auf Howard.

Howard hatte einige Zeit am linken Seineufer gelebt, und Howard war unglücklich. Auf der Rue de la Huchette teilte man das Vertrauen anderer Pariser Quartiers in die Uneinnehmbarkeit der Maginotlinie nicht; die Atmosphäre war politisch aufgeheizt; und dies alles war ausgesprochen ärgerlich für einen jungen Amerikaner, der nach Europa gekommen war, um Bildhauerei zu studieren, und dessen Vorstellungswelt Rodin, Bourdelle, der Neoklassizismus und die Reinheit der griechischen Formensprache beherrschten. Ellery entsann sich, daß Howard ihm leid getan und er sich entschlossen hatte, ihn an seinen Cafétisch zu bitten, da ein Mann, der unruhig das Geschehen um sich herum beobachtete, weniger auffällig wirkte, wenn er zu zweit war.

Die nächsten drei Wochen hatten sie sich oft getroffen, bis eines Tages Hansel aus dem Frankreich des 14. Jahrhunderts, der Rue St. Séverin, direkt in Ellerys Arme lief; das war dann das Ende von Howard gewesen.

Im Arbeitszimmer hörte er Howards Stimme. »Aber nein, Vater, es geht mir wirklich gut. Ich würde dich doch nicht anlügen, du alter Sorgenpeter.« Howard lachte und fügte hinzu: »Pfeif die Hunde zurück. Ich mach mich gleich auf den Weg.«

In jenen drei Wochen hatte Howard mit großer Ausführlichkeit und ungeheurer Verehrung von seinem Vater erzählt. Ellery hatte den Eindruck gewonnen, bei dem älteren Van Horn müsse es sich um eine eisenbrüstige Heldengestalt von statuarischer Imposanz handeln; ein kraftstrotzender Mensch von überwältigendem Format – geistreich, würdevoll, mitfühlend, großzügig, eine wahre Vater-Imago. Das hatte den großen Ellery amüsiert; als Howard ihn nämlich zu seinem eindrucksvollen Atelier mitnahm, konnte Ellery nicht umhin zu sehen, daß es mit Skulpturen vollgestellt war, die direkt aus massiven Steinbrocken gehauen und gemeißelt waren und solch bedrohlich maskuline Urgrößen wie Zeus, Moses oder Adam darstellten. Es war auffällig gewesen damals, daß Howard seine Mutter nicht ein einziges Mal erwähnte.

»Nein, ich bin bei Ellery Queen«, sagte Howard. »Du erinnerst dich doch sicher, Vater – dieser tolle Mann, den ich vor dem Krieg in Paris kennengelernt habe … ja, Queen … ja, genau der.« Und jetzt düster: »Ich hatte mich entschlossen, ihn aufzusuchen.«

Während der romantischen Pariser Zeit war Howard Ellery immer bemitleidenswert provinziell vorgekommen. Er kam aus Neuengland, Ellery fand nie heraus, woher genau, kam aber zu dem Schluß, daß seine Heimatstadt wohl nicht weit von New York entfernt lag. Offenbar lebten die Van Horns in einem der großen Häuser der Stadt: Howard, sein Vater und dessen Bruder. Von Frauen war nie die Rede gewesen; und Ellery hatte angenommen, daß Howards Mutter viele Jahre zuvor gestorben sein mußte. Seine Kindheit hatte er abgeschirmt unter Hauslehrern und Gouvernanten verbracht; er lernte die Welt durch die Augen bezahlter Erwachsener kennen, was bedeutete, er lernte nichts. Seinen einzigen Kontakt mit der Wirklichkeit bildete die Stadt, in der er lebte. Es war daher gar nicht verwunderlich gewesen, daß er sich damals in Paris unwohl fühlte, verwirrt war und voller Ressentiments. Howard war einfach zu weit weg von der Main Street … und, wie Ellery vermutete, von *Papa*.

Ellery entsann sich, daß er gedacht hatte, Howard müsse einen Psychiater interessieren. Rein physisch war er ganz der grobknochige, muskulöse, markante, dickhäutige Tatmensch mit breiter Kinnlade – kühn, abenteuerlustig und gebieterisch, der typische Held aus Trivialromanen. Dennoch, so gefangen im gärenden Europa während der aufwühlendsten Phase seiner Geschichte, schickte er verstohlene, wehmütige Blicke über seine breite Schulter hinweg zum Kaminfeuer und seinem Vater drüben auf der anderen Seite des großen Teiches. Der Vater erschafft den Sohn nach seinem Bilde, hatte Ellery gedacht, allerdings nicht immer mit dem erwarteten Resultat.

Ellery hatte sich der Eindruck aufgedrängt, daß Howard nicht deshalb in Europa war, weil er es wollte, sondern weil sein Vater es wollte. Howard hätte sich, da war sich Ellery sicher, in einer Bostoner Akademieklasse sehr viel wohler gefühlt oder auch – einziger Sachverständiger der Stadt – als Berater des städtischen Planungskomitees in der Frage, ob dieser ausländische Bildhauer mit der Arbeit an jenen unverhüllten Frauenfiguren im Giebeldreieck des geplanten Bürgerzentrums fortfahren solle. Ellery hatte mit einem Schmunzeln gedacht, daß Howard wohl die Idealbesetzung für eine solche Beraterrolle gewesen wäre; denn jedesmal, wenn sie am *clandestin* an der Ecke Rue de la Huchette und Rue Zacharie vorbeigekommen waren, war Howard rot geworden. Sein Urteil über Europa hatte er einmal hervorgeschleudert, während er mit ernstem Blick auf den *Poste de Police* direkt gegenüber dem Etablissement gezeigt hatte: »Ich bin wirklich nicht prüde, Ellery, aber das hier geht bei Gott zu weit. Das ist pure Dekadenz!« Ellery wußte noch, daß er damals dachte, Howard sei bestimmt nicht einmal mit den soziologischen Fakten des Lebens vertraut, so wie sie sich in seiner Heimatstadt zeigten. Er hatte seitdem oft an Howard denken müssen, wie er in seinem herrlichen Atelier am linken Seineufer feierlich am Bild seines Vaters meißelte – eine unruhige, bekümmerte, hypertrophe junge Seele. Howard war ihm damals sehr ans Herz gewachsen.

»Aber das ist doch dummes Zeug, Vater. Sag Sally, sie soll sich meinetwegen keine Sorgen machen. Nicht im geringsten.«

Das alles lag nun zehn Jahre zurück. Während dieses Jahrzehnts hatte ein weiterer Bildhauer an Howards Zügen gemeißelt, und dabei dachte Ellery nicht etwa an den unbekannten Künstler, der sie so meisterlich mit den Fäusten modelliert hatte. Sein Mund hatte nun verschwiegene Winkel, und über seinem unbeschadeten Auge lag ein Firnis aus Argwohn. Seit sie sich das letzte Mal gesehen hatten, war offenbar einiges mit dem jungen Van Horn geschehen. Ein Bordell würde ihn nun nicht mehr schrecken, und in seiner Stimme schwang, wenn er mit seinem Vater sprach, ein Ton mit, der zehn Jahre zuvor noch nicht zu hören gewesen war.

Plötzlich überkam Ellery ein sehr seltsames Gefühl.

Bevor er es jedoch analysieren konnte, kam Howard aus dem Arbeitszimmer zurück.

* * *

»Vater hat doch tatsächlich die gesamte Polizei der Ostküste losgeschickt, um nach mir suchen zu lassen«, grinste Howard. »Spricht nicht gerade für den Berufsstand von Inspector Queen.«

»Der Osten ist groß, Howard.«

Howard setzte sich und begann, seine bandagierten Hände zu untersuchen.

»Woher haben Sie das?« fragte Ellery. »Vom Krieg?«

»Vom Krieg?« Howard schaute auf; seine Augen spiegelten echte Überraschung.

»Sie leiden doch ganz offensichtlich unter etwas Schmerzvollem – und das, möchte ich vermuten, chronisch. Auslöser war nicht der Krieg?«

»Ich war doch gar nicht dabei.«

Ellery schmunzelte. »Nun ja, immerhin habe ich Ihnen jetzt ein Stichwort gegeben.«

»Ach so. Ja.« Howard schaute mißmutig drein und begann, mit dem rechten Fuß zu wippen. »Ich wüßte nicht, warum Sie an meinen Problemen interessiert sein sollten.«

»Lassen Sie uns annehmen, ich wäre es.«

Ellery konnte sehen, wie er mit sich rang.

»Kommen Sie schon«, sagte er. »Reden Sie's sich von der Seele.«

»Vor zweieinhalb Stunden, Ellery, wollte ich noch aus dem Fenster springen«, platzte Howard heraus.

»Verstehe«, erwiderte Ellery. »Und Sie haben's sich anders überlegt.«

Howard lief langsam rot an. »Das ist nicht gelogen!«

»Ich habe nicht das geringste Interesse an dramatischen Auftritten.« Ellery klopfte seine Pfeife aus.

Howards zerschundenes Gesicht verkrampfte sich und wurde blaß.

»Howard«, begann Ellery. »Ich kenne niemanden, der nicht in der einen oder anderen Lebenssituation einmal mit dem Gedanken gespielt hätte, sich das Leben zu nehmen. Dennoch wird Ihnen nicht entgehen, daß die meisten von uns sich noch bester Gesundheit erfreuen.« Howard funkelte ihn wütend an. »Sie denken jetzt sicher, hätte ich mich doch bloß nicht diesem Holzklotz anvertraut. Dabei haben Sie einfach nur ungeschickt begonnen, Howard. Selbstmord ist nicht Ihr Problem. Versuchen Sie nicht, mit so was Eindruck zu schinden.« Howards Blick flackerte unsicher, und Ellery lachte leise. »Ich mag Sie doch, Sie Dummkopf. Ich mochte Sie auch schon vor zehn Jahren, als ich Sie für einen netten Jungen hielt, den ein dominanter und übernachsichtiger Vater völlig verkorkst hatte – jetzt hören Sie auf, so mit den Zähnen zu knirschen, Howard, ich mache hier nicht Ihren Vater runter; denn was ich sage, gilt für die meisten amerikanischen Väter. Die Unterschiede, die es gibt, sind lediglich gradueller Natur und hängen von den einzelnen Personen ab.

Ich sagte, ich mochte Sie damals, als Sie noch ein sanftschnauziger Welpe waren; und ich mag Sie auch jetzt, als voll ausgewachsenes Exemplar. Sie sind in Schwierigkeiten, Sie sind zu mir gekommen, und ich werde Ihnen helfen, so gut ich nur kann. Aber ich kann so lange nichts machen, wie Sie sich in Posen werfen. Pathos bringt uns nicht weiter. Habe ich Sie jetzt ins Herz getroffen?«

»Ich könnte Sie …«

Beide lachten, und Ellery sagte forsch: »Warten Sie, bis ich mir ein neues Pfeifchen gestopft habe.«

* * *

Frühmorgens am ersten September 1939 dröhnten die Kampfflugzeuge der Nazis über Warschau. Noch am selben Tag hatte die französische Regierung die Generalmobilmachung angeordnet und das Kriegsrecht verhängt. Noch vor Ende der Woche war Howard auf der Heimreise gewesen.

»Die Ausrede kam mir gerade recht«, gestand Howard. »Ich hatte die Nase von Frankreich, Flüchtlingen, Hitler, Mussolini, dem Café St. Michel und mir selbst gestrichen voll. Ich wollte nur noch unter die Decke meines eigenen Bettchens kriechen und zwanzig Jahre schlafen. Selbst die Bildhauerei war ich leid; als ich nach Hause kam, habe ich erst mal meinen Meißel weggeschmissen.

Vater hat's überlebt, wie immer. Er stellte mir keine Fragen, und er machte mir keine Vorwürfe. Er ließ mich allein damit fertigwerden.«

Aber Howard wurde nicht fertig damit. Sein Bett war nicht jener einlullende Schoß, auf den er sich so gefreut hatte; und die Main Street kam ihm unendlich viel fremder vor als die Rue du Chat Qui Pêche; er las Zeitungen und hörte die Radioberichte über das gemarterte Europa. Er begann, den Blick in den Spiegel zu scheuen. Und ihm wurde klar, wie sehr er einige der isolationistischen Bemerkungen seines Onkels verabscheute. Es gab Streit an der Dinnertafel der Van Horns, wobei Howards Vater den besorgten Vermittler abgab.

»Onkel?« fragte Ellery.

»Mein Onkel Wolfert. Vaters Bruder. Das ist eine Type«, erwiderte Howard und beließ es dabei.

Dann segelte er auf die dunklen Fluten seiner ersten unheimlichen Reise hinaus.

»Es geschah an dem Tag, an dem Vater heiratete«, fuhr Howard fort. »Es war für uns alle eine Überraschung – ich meine die Hochzeit –; ich erinnere mich, wie Onkel Wolfert einige seiner typischen Spitzen über alte Idioten in ihrem dritten Frühling losließ. Dabei war Vater noch gar nicht so alt; und er hatte sich in eine wunderbare Frau verliebt. Mit ihr hatte er wirklich keinen Fehler gemacht.

Wie auch immer – er heiratete Sally, und sie gingen auf Hochzeitsreise. Am selben Abend stand ich vor meinem Schrankspiegel und lockerte meine Krawatte – ich zog mich gerade aus, um mich in die Falle zu hauen –, und das nächste, was ich wußte, war, daß ich an einem fliegenbedeckten Stück Blaubeerkuchen in einer Raststätte für Fernfahrer würgte, etwa 650 Kilometer weit weg von zu Hause.«

Ellery führte vorsichtig ein neues Streichholz an seine Pfeife. »Teleportation?« grinste er.

»Ich mache keine Scherze. Das war wirklich das nächste, woran ich mich erinnerte.«

»Wieviel Zeit war vergangen?«

»Fünfeinhalb Tage.«

Ellery paffte. »Verdammte Pfeife.«

»Ellery, ich konnte mich nicht an das geringste erinnern. Im einen Moment zog ich mir noch in meinem eigenen Schlafzimmer die Krawatte aus; im nächsten saß ich auf einem Hocker in einem Restaurant viele hundert Kilometer entfernt. Wie ich dahin gekommen war und was ich die fast sechs Tage gemacht hatte, was ich gegessen, wo ich geschlafen, mit wem ich gesprochen, was ich gesagt hatte – nichts. Absolutes Blackout. Ich hatte kein Gespür dafür, daß überhaupt Zeit verstrichen war. Genauso gut hätte ich sterben, begraben und wiederauferweckt werden können.«

»So ist's brav«, sagte Ellery zu seiner Pfeife. »Ja, ja. Beunruhigend, Howard, aber keineswegs so ungewöhnlich. Amnesie.«

»Klar«, erwiderte Howard mit einem Grinsen. »Amnesie. Ein simples Wort. Hatten Sie je solche Attacken?«

»Weiter.«

Drei Wochen später passierte es wieder.

»Beim ersten Mal wußte keiner davon. Onkel Wolfert scherte sich einen Dreck darum, wo ich war oder wie lange ich fortblieb, und Vater war auf seiner Hochzeitsreise. Beim zweiten Mal waren Vater und Sally wieder zurück daheim. Ich war schon 26 Stunden weg gewesen, als sie mich fanden; und ich brauchte weitere acht Stunden, um wieder zu mir zu kommen. Sie mußten mir hinterher erzählen, was passiert war. Als ich zu mir kam, dachte ich, ich sei gerade aus der Dusche gekommen. Es waren jedoch in der Zwischenzeit anderthalb Tage vergangen.«

»Und die Ärzte?«

»Natürlich hat Vater jeden Arzt engagiert, den er zu fassen bekam. Aber keiner von ihnen hat irgendwas gefunden, was mit mir nicht in Ordnung wäre. Queen, Mensch, ich war in Panik, und das nicht zu knapp!«

»Natürlich waren Sie das.«

Howard zündete sich nachdenklich eine Zigarette an. »Danke auch für Ihr Mitgefühl. Aber ich hatte wirklich schreckliche Angst!« Er runzelte die Stirn, während er das Streichholz ausblies. »Ich kann es nicht beschreiben ...«

»Sie fühlten sich, als ob alle gewöhnlichen Gesetzmäßigkeiten aufgehoben seien. Allerdings nur für Sie.«

»Das ist es. Ich fühlte mich plötzlich schrecklich einsam. Als hätte man mich in die vierte Dimension katapultiert – Science-fiction eben.«

»Lassen wir die Selbstanalyse für einen Moment. Die Attacken traten immer wieder auf?«

»Bis zum Kriegsausbruch und auch noch im Krieg. Als Pearl Harbor bombardiert wurde, war ich fast erleichtert. Eine Uniform anziehen, in die Gänge kommen, was zu tun zu haben … Ich weiß nicht, aber es sah so aus wie ein mögliches Gegenmittel. Nur … haben sie mich nicht genommen.«

»Ach?«

»Abgelehnt, Ellery. Von der Army, der Navy, der Air Force, dem Marine Corps und der Handelsmarine – in dieser Reihenfolge. Ich nehme an, die hatten einfach keine Verwendung für einen Kerl, der zu völlig unvorhersehbaren Gelegenheiten seine persönlichen Verdunklungen zelebrierte.« Howards geschwollene Lippe verzog sich. »Ich war Tauglichkeitsstufe 4-F – in jeder Hinsicht untauglich für den Dienst am Vaterland.«

»Sie mußten zu Hause bleiben?«

»Und das war ein ziemliches Spießrutenlaufen. Die Leute in der Stadt warfen seltsame Blicke in meine Richtung. Und die Jungs auf Fronturlaub mieden mich. Wahrscheinlich dachten die alle, nur weil ich der Sohn von … naja; ich habe dann an der Heimatfront in einer großen Flugzeugfabrik gearbeitet, Nachtschicht. Den halben Tag werkelte ich dann mit Lehm und Stein in meiner Werkstatt zu Hause herum. Die Leute haben mich kaum zu Gesicht bekommen. Es war verdammt hart, mich verkriechen zu müssen, damit mir keiner begegnete.«

Ellery ließ seinen Blick über den muskulösen Körper streifen, der sich im Sessel ausstreckte, und nickte.

»Gut«, sagte er. »Kommen wir jetzt zu den Details. Erzählen Sie mir alles, was Sie über diese Amnesie-Attacken wissen.«

»Sie treten periodisch und sporadisch auf. Eine Vorwarnung gibt es nie, obwohl ein Doktor mal die Theorie verfocht, sie träten dann auf, wenn ich ungewöhnlich aufgeregt oder verärgert sei. Mal dauert so ein Blackout zwei Stunden, mal auch drei oder vier Wochen. Wie durch Fingerschnippen bin ich plötzlich wieder da – und finde mich an allen möglichen Orten wieder: zu Hause, in Boston, in New York, einmal in Providence. Manchmal auch auf ungepflasterten Straßen mitten in der Pampa. Oder irgendwo sonst. Ich habe nie auch nur die leiseste Ahnung, wo ich gewesen bin oder was ich gemacht habe.«

»Howard.« Ellerys Ton klang betont beiläufig. »Sind Sie jemals auf einer Brücke zu sich gekommen?«

»Auf einer Brücke?«

»Ja.«

Es schien, als sei Howards Ton von der gleichen betonten Beiläufigkeit wie sein eigener.

»Wo Sie's ansprechen – ja, bin ich tatsächlich mal.«

»Was taten Sie gerade, als Sie wieder zu Bewußtsein kamen? Auf der Brücke, meine ich.«

»Warum ...«

»Sie waren dabei, hinunterzuspringen, nicht wahr?«

Howard starrte ihn an. »Woher wissen Sie das? Ich habe das nicht einmal einem der Ärzte anvertraut!«

»Das Selbstmord-Motiv drängt sich ja nun geradezu auf. Noch mehr Episoden dieser Art? Ich meine, aufwachen und feststellen, daß man sich gerade umbringen will?«

»Zwei weitere Male«, erwiderte Howard angespannt. »Einmal war ich in einem Kanu auf einem See und kam im selben Moment zu mir, als ich ins Wasser fiel. Ein anderes Mal war ich gerade dabei, von einem Stuhl in einem Hotelzimmer herunterzusteigen. Um meinen Hals hatte ich eine Seilschlinge.«

»Und diese Geschichte mit dem Fenstersprung heute morgen?«

»Nein, das war bewußt.« Howard sprang auf. »Ellery ...«

»Nein. Warten Sie. Setzen Sie sich.« Howard setzte sich. »Was sagen die Ärzte?«

»Rein organisch bin ich völlig gesund. In meiner Krankengeschichte gibt es nichts, was die Attacken erklären könnte – wie etwa Epilepsie oder so was.«

»Hat man Sie denn schon einmal unter ...«

»... Hypnose gesetzt? Glaube schon. Wissen Sie, Ellery, die haben da einen raffinierten Trick; wenn sie dich wieder aus der Hypnose rausbringen wollen, befehlen sie dir, dich nicht daran zu erinnern, daß du hypnotisiert warst, sondern mit der Vorstellung aufzuwachen, du hättest nur geschlafen.« Howard grinste düster. »Ich hab irgendwie im Gefühl, daß ich mich nicht besonders zur Hypnose eigne. Ich bin sicher, daß sie es nicht mehr als ein- oder zweimal versucht haben, und das ohne rechten Erfolg. Ich mache nicht richtig mit.«

»Die Ärzte haben keine Behandlung versucht?«

»Sie haben eine Menge Fachchinesisch geredet, und einiges davon mag ja stimmen. Aber es ist ihnen bestimmt nicht gelungen, die Attacken zu stoppen. Der letzte Psychiater, den Vater auf mich angesetzt hatte, kam mit der Theorie, ich könnte an Hyperinsulinismus leiden.«

»Hyper-was?«

»Hyperinsulinismus.«

»Nie von gehört.«

Howard zuckte mit den Schultern. »So wie er es mir erklärt hat, ist es genau das Gegenteil von Diabetes. Wenn die Bauchspeicheldrüse, oder was auch immer, nicht genug Insulin erzeugt, bekommt man Diabetes. Wenn sie dagegen zuviel produziert, kann unter anderem – und da haben Sie Ihr tolles Wort wieder – Amnesie die Folge sein.

Nun ja. Vielleicht stimmt die Diagnose, vielleicht auch nicht. Sie sind nicht sicher.«

»Sie müßten Zuckertests mit Ihnen gemacht haben.«

»Ohne schlüssiges Ergebnis. Manchmal habe ich normal reagiert, manchmal nicht. Die Wahrheit, Ellery, ist einfach, daß sie es nicht wissen. Sie sagen zwar, sie könnten alles bis ins Letzte klären, wenn ich richtig kooperieren würde; aber was erwarten die? Ein Stückchen meiner Seele?«

Howard stierte leer auf den Teppich.

Und Ellery schwieg.

»Sie räumen ein, daß es absolut möglich ist, vorübergehende Amnesieattacken zu haben und trotzdem organisch und funktional gesund zu sein. Hilft ungemein, was?«

Howard wand sich in seinem Sessel und rieb sich den Nacken. »Ich geb überhaupt nichts mehr drauf, was die Herren sagen, Ellery. Alles, was ich weiß, ist, daß ich, wenn ich nicht aufhöre, in diese schwarzen Löcher zu fallen …« Er sprang auf, ging hinüber ans Fenster und starrte auf die 87. Straße hinab. »Können Sie mir helfen?« fragte er, ohne sich umzudrehen.

»Ich weiß es nicht.«

Howard wirbelte herum. Er war kreidebleich. »Jemand muß mir doch helfen!«

»Was läßt Sie glauben, ich könnte helfen?«

»Wie?«

»Howard, ich bin kein Arzt.«

»Ich hab auch die Schnauze voll von Ärzten!«

»Eines Tages finden sie die richtige Diagnose.«

»Und was soll ich in der Zwischenzeit machen? Wahnsinnig werden? Ich sage Ihnen, nah genug dran bin ich schon!«

»Setzen Sie sich, Howard. Setzen Sie sich.«

»Ellery, Sie müssen mir helfen! Ich bin am Ende. Kommen Sie mit mir nach Hause!«

»Mit Ihnen nach Hause?«

»Ja!«

»Warum das?«

»Ich will, daß Sie in der Nähe sind, wenn es das nächste Mal soweit ist. Ich will, daß Sie mich beobachten, Ellery. Sehen, was ich tue. Wohin ich gehe. Vielleicht führe ich ja ein …«

»Doppelleben?«

»Ja!«

Ellery erhob sich und ging zum Kamin, um seine Pfeife wieder auszuklopfen.

»Howard, reden Sie endlich Tacheles.«

»Was?«

»Ich sagte, reden Sie endlich Tacheles.«

»Wie meinen Sie das?«

Ellery sah ihn von der Seite an. »Sie verschweigen mir etwas.«

»Aber nein, bestimmt nicht.«

»Und ob. Sie kooperieren nicht mit den einzigen Menschen, die eine Diagnose stellen – und damit behandeln – könnten, mit den Ärzten. Sie sind kein ›einfacher‹ Fall, sowohl diagnostisch wie in der Behandlung. Sie geben selber zu, mir Dinge erzählt zu haben, die Sie den Ärzten verschweigen. Warum mir, Howard? Wir haben uns vor zehn Jahren gekannt – drei Wochen lang. Warum mir?«

Howard antwortete nicht.

»Ich werde Ihnen sagen, warum. Weil«, sagte Ellery, indem er sich aufrichtete, »ich Amateur-Detektiv bin, Howard, und weil Sie befürchten, während eines Ihrer Blackouts ein Verbrechen begangen zu haben. Vielleicht auch mehr als eines. Vielleicht jedesmal eines.«

»Nein, ich ...«

»Das ist der Grund dafür, daß Sie den Ärzten nicht helfen, Howard. Sie haben Angst vor dem, was sie herausfinden könnten.«

»Nein!«

»Doch.«

Howard ließ plötzlich die Schultern hängen. Er drehte sich herum, stopfte seine verbundenen Hände in die Taschen des Jacketts, das Ellery ihm gegeben hatte, und sagte mit ergebener Hoffnungslosigkeit: »Also gut. Wahrscheinlich ist es das, was dahintersteckt.«

»Sehr gut! Jetzt haben wir endlich eine Basis für unsere Unterhaltung. Gibt es konkrete Anhaltspunkte für Ihren Verdacht?«

»Nein.«

»Das glaube ich aber doch.«

Howard lachte plötzlich auf. Er zog seine Hände aus den Taschen und hielt sie hoch. »Sie haben sie gesehen, als ich herkam. In genau dem Zustand waren sie, als ich in dieser Absteige da zu mir kam. Meine Jacke und mein Hemd haben Sie auch gesehen.«

»Ach, darum soll es gehen? Hören Sie, Howard, Sie waren in eine Schlägerei verwickelt.«

»Ja, schon. Aber was genau ist passiert?« Howards Stimme wurde lauter. »Es ist diese Unsicherheit, die mich den letzten Nerv kostet. Dieses ewige Fragezeichen. Ich brauche Gewißheit! Deshalb wünschte ich, Sie kämen mit mir nach Hause.«

Ellery drehte einige kleine Runden durchs Zimmer und zog an seiner leeren Pfeife.

Howard beobachtete ihn voller Unbehagen.

»Ziehen Sie es in Erwägung?«

»Ich ziehe«, antwortete Ellery, blieb stehen und lehnte sich gegen den Kaminsims, »die Möglichkeit in Erwägung, daß Sie noch immer Fakten verschweigen.«

»Was ist denn los mit Ihnen?« schrie Howard. »Das tu ich ganz bestimmt nicht!«

»Ganz sicher nicht, Howard? Sie haben mir ganz sicher alles erzählt?«

»Bei Gott und allen Heiligen, Mann«, brüllte Howard. »Was soll ich denn Ihrer Meinung nach noch tun? Mir die Haut abpellen?«

»Warum so aufgebracht?«

»Weil Sie mich einen Lügner nennen!«

»Und das sind Sie nicht?«

Diesmal brüllte Howard nicht mehr. Er rannte hinüber zum Sessel und warf sich wutschnaubend hinein.

Doch Ellery ließ nicht locker. »Und das sind Sie nicht, Howard?«

»Im eigentlichen Sinne nicht.« Howard klang nun unerwartet ruhig. »Natürlich haben wir alle unsere kleinen Geheimnisse. Und ich *meine* auch Geheimnisse.« Er lächelte sogar. »Aber, Ellery, ich habe Ihnen alles erzählt, was ich über diese Amnesie weiß. Das müssen Sie so hinnehmen oder es sein lassen.«

»An diesem Punkt«, erwiderte Ellery, »bin ich eher geneigt, es sein zu lassen.«

»Bitte!«

Ellery schaute ihn flüchtig an. Er saß mit verschränkten Armen auf der vordersten Kante des Sessels, lächelte nicht mehr, wirkte weder wütend noch gelassen – keine der Stimmungen der letzten halben Stunde war noch an ihm zu erkennen.

»Es gibt da ein paar Dinge, die ich nicht ausplaudern kann, Ellery. Das hätte Folgen, die …« Howard brach ab und erhob sich langsam. »Es tut mir leid, daß ich Ihnen die Zeit gestohlen habe. Ich schicke Ihnen die Klamotten hier zurück, sobald ich wieder zu Hause bin. Würden Sie mir die Fahrt vorstrecken? Ich habe keinen Penny bei mir.«

»Howard.«

»Ja?«

Ellery ging zu ihm hinüber und legte einen Arm um seine Schulter. »Wenn ich wirklich helfen soll, muß ich tief graben. Ich komme mit.«

* * *

Howard rief noch einmal zu Hause an, um seinem alten Herrn mitzuteilen, daß Ellery in zwei Tagen zu Besuch käme.

»Wo bleibt denn das Freudengeheul«, hörte Ellery Howard lachend sagen. »Nein, ich weiß noch nicht, wie lange, Vater. Wahrscheinlich so lange, wie Laura ihn mit ihren Kochkünsten becircen kann.«

Als er aus dem Arbeitszimmer zurückkam, sagte Ellery: »Ich würde ja jetzt schon mit Ihnen fahren, Howard, aber ich brauche noch etwa einen Tag, um hier loszukommen.«

»Aber natürlich.« Howard war bester Dinge; er schien förmlich zu strahlen.

»Im übrigen arbeite ich an einem Roman …«

»Nehmen Sie ihn mit!«

»Das werde ich wohl müssen. Ich bin vertraglich verpflichtet, ihn zu einem bestimmten Termin zu liefern, und hänge mit dem Zeitplan zurück.«

»Ich bin wohl ein ziemlicher Schweinehund, Ellery …«

»Lernen Sie, zu Ihren Gefühlen zu stehen«, lachte Ellery. »Könnten Sie mir eine Schreibmaschine in benutzungsfähigem Zustand organisieren?«

»Alles, was Sie brauchen, und immer vom Feinsten. Und dazu können Sie auch das Gästehaus haben. Dort sind Sie ungestört und trotzdem in meiner Nähe – es ist nur wenige Meter vom Haupthaus entfernt.«

»Klingt gut. Ach, und noch etwas, Howard. Es ist nicht nötig, Ihrer Familie zu sagen, warum ich komme. Ich habe es gern, wenn die Atmosphäre so frei von Spannungen ist wie nur möglich.«

»Das wird ganz schön schwierig, dem Alten was vorzumachen. Gerade sagte er noch am Telefon zu mir: ›Wird ja auch Zeit, daß du dir nen Leibwächter zulegst.‹ Sollte bloß ein Scherz sein; aber Vater ist ausgefuchst, Ellery. Wahrscheinlich weiß er längst, warum Sie kommen.«

»Sie sollten trotzdem nicht mehr verraten, als absolut sein muß.«

»Ich könnte sagen, Sie müßten Ihren Roman zu Ende schreiben, und ich hätte Ihnen angeboten, dies fern vom Gewühl der Metropole zu tun.« Howards heiles Auge bewölkte sich. »Ellery, das kann lange dauern. Möglicherweise Monate bis zur nächsten Attacke …«

»Oder ewig«, entgegnete Ellery. »Kam Ihnen der Gedanke nie, mein Freund aus Dänemark? Diese Anfälle könnten so plötzlich aufhören, wie sie anfingen.« Howards Gesicht überzog ein Grinsen; aber er wirkte nicht überzeugt. »Wie wäre es eigentlich, wenn Sie mit Dad und mir hier in meinem Appartment vorliebnehmen würden, bis ich fort kann?«

»Sie machen sich Sorgen darüber, ob und wie ich nach Hause komme?«

»Nein«, sagte Ellery. »Ich meine, ja.«

»Danke, Ellery, aber ich fahre lieber noch heute. Die waren schon ziemlich in Panik.«

»Natürlich. – Und Sie sind sicher, daß alles gutgehen wird.«

»Absolut. Ich hatte noch nie Anfälle in weniger als dreiwöchigem Abstand.«

Ellery gab Howard Geld und begleitete ihn auf die Straße.

* * *

Sie schüttelten gerade an der offenen Taxitür die Hände zum Abschied, als Ellery plötzlich fragte: »Aber Howard, wohin zum Teufel fahre ich denn überhaupt?«

»Wie meinen Sie das?«

»Ich habe nicht die leiseste Ahnung, wo Sie wohnen!«

Howard schaute alarmiert. »Habe ich Ihnen das nie gesagt?«

»Nie!«

»Geben Sie mir ein Stück Papier. Nein, warten Sie, ich habe ein Notizbuch – habe ich denn auch alle meine Sachen in Ihrem Anzug verstaut? Ja. Hier.«

Howard riß eine Seite aus einem dicken schwarzen Notizbuch, kritzelte etwas darauf und war verschwunden.

Ellery schaute dem Taxi nach, bis es um die Ecke gebogen war.

Dann stieg er nachdenklich die Stufen hoch; das Stück Papier hielt er noch immer in der Hand.

Howard hat längst ein Verbrechen begangen, dachte er. *Es ist nicht das ›mögliche‹, in seinem amnesischen Zustand begangene Verbrechen, das er fürchtet, sondern eines, an das er sich erinnert, begangen bei vollem Bewußtsein. Dieses Verbrechen und die Umstände, unter denen es verübt worden ist, stellen die »Dinge« dar, die er nicht »ausplaudern« kann – jene »Geheimnisse«, die, wie er in aller bewußten Ehrlichkeit beteuert, angeblich nichts mit seinem emotionalen Problem zu tun haben. Dabei sind es Schuldgefühle, die von genau jenem Verbrechen herrühren, die ihn in seiner Verzweiflung zu mir getrieben haben. Psychologisch gesehen, sehnt sich Howard nach Bestrafung.*

Doch was war das für ein Verbrechen?

Diese Frage mußte zuallererst beantwortet werden.

Und diese Antwort konnte nur in Howards Haus zu finden sein, in …

Ellery schaute auf den Zettel, den Howard bekritzelt hatte.

Beinahe ließ er ihn fallen.

Die Adresse, die Howard aufgeschrieben hatte, lautete:

Van Horn
North Hill Drive
Wrightsville

Wrightsville!

Das hingeduckte kleine Bahnhofsgebäude in der Unterstadt. Steile, kopfsteingepflasterte Straßen. Der ›Square‹, der in Wirklichkeit rund war, die uralte Pferdetränke zu Füßen der von Vogelmist verschmutzten Bronze des Stadtgründers Jezreel Wright. Das Hollis-Hotel, die ehemalige Apotheke der Oberstadt, Sol Gowdys Herrenbekleidungsgeschäft, das Warenhaus ›Bon Ton‹, William Ketcham – Versicherungen; die drei Goldkugeln über der Ladenfront von J. P. Simpson, die elegante Wrightsville National Bank – Präsident John F. Wright.

Die wie Speichen eines Rades vom Platz ausgehenden Alleen … die State Street, der rote Ziegelbau des Rathauses, die Carnegie-Bibliothek und Miss Aikin, die üblichen stattlichen Ulmen. Die Lower Main Street, das Gebäude des Wrightsville Record, in dem die Druckerpressen durch Tafelglasfenster zu sehen waren, der alte Phinny Baker, Pettigrews Immobilienbüro, Al Browns Eisdiele, das Bijou und dessen Manager Louie Cahan …

Der Hill Drive, der Twin-Hill-Friedhof und die Kreuzung Wrightsville Junction viereinhalb Kilometer weiter; die Stadt Slocum und »*The Hot Spot*« auf der Route 16; die Schmiede mit dem Neonschild und die Gipfel der Mahoganies in der Ferne.

Szenen vergangener Tage jagten ihm durch dem Kopf, als er sich stirnrunzelnd in dem durchgesessenen Ledersessel niederließ, den Howard gerade verlassen hatte.

Wrightsville …

Wo war Howard Van Horn gewesen, während Ellery zusah, wie sich die Tragödie zwischen Jim und Nora Haight zuspitzte? Das war zu Beginn des Krieges gewesen, als Howard zu Hause wohnte und nach seinem eigenen Bekenntnis in einer Flugzeugfabrik schuftete. Warum war er auch dann nicht über Howards Spur gestolpert, als er nach dem Krieg noch einmal nach Wrightsville gekommen war, um sich mit dem Fall Captain Davy Fox zu befassen? Es stimmte zwar, daß Ellery während dieser Ermittlungen nur mit sehr wenigen Wrightsvillern zu tun gehabt hatte. Doch bei seinem ersten Besuch in der Angelegenheit Haight hatte er einige lokale Publicity geerntet; dafür hatte Hermione Wright gesorgt. Howard konnte kaum entgangen sein, daß er sich in der Stadt aufhielt. Und der North Hill Drive war lediglich die Verlängerung des Hill Drive, wo die Wrights und die Haights lebten und wo Ellery zunächst in einem Häuschen der Haights, dann in einem Gästezimmer im Hause Wright direkt nebenan gewohnt hatte – vielleicht zehn Autominuten vom Anwesen der Van Horns entfernt, mit Sicherheit nicht weiter. Und wenn Ellery so darüber nachdachte, dann klang der Name ›Van Horn‹ jetzt auch ganz entschieden nach Wrightsville. Er war nun sicher, daß der alte John F. von Diedrich Van Horn als einem der *points d'appui* der Stadt, einem heimatliebenden, millionenschweren Philantropen gesprochen hatte, und auch der Richter Eli Martin hatte, wie er sich zu erinnern meinte, ähnliches über ihn gesagt. Howards Vater konnte nicht zu der Wright-Martin-Willoughby-Clique gehört haben, sonst wäre Ellery ihm begegnet; aber das war absolut nachvollziehbar – sie stellten die traditionelle Wrightsviller Oberschicht dar. Also mußten die Van Horns zu den Fabrikanten, den Industriemagnaten gehören, den Mitsubishis der Stadt sozusagen – Leute, die zum Country Club gehörten, genau zwischen der traditionellen Oberkaste und denen, für die die Hürde unnehmbar war. Dennoch mußte Howard gewußt haben, daß Ellery in der Stadt war; und da er nicht von sich aus auf ihn zugekommen war, war anzunehmen, daß er seinen alten Bekannten von der Rue de la Huchette offenbar bewußt gemieden hatte. Doch warum?

Ellery war über diese offene Frage nicht wirklich beunruhigt. Howard war in jenen Tagen fest im Griff seines neuerworbenen Leidens gewesen. Vermutlich hatte der bloße Gedanke daran, ihre Freundschaft aufzufrischen, ihm den Angstschweiß auf die Stirn getrieben. Oder tief verschüttete Schuldgefühle hatten ihn gelähmt.

Ellery stopfte sich eine neue Pfeife. Was ihn wirklich irritierte, war die Tatsache, daß er jetzt zum dritten Male eines Falles wegen auf dem Sprung nach Wrightsville war. Ein entmutigender Zufall. Ellery mochte keine Zufälle. Sie waren ihm nicht geheuer. Und je länger er darüber nachdachte, desto weniger geheuer war ihm das Ganze.

Wäre ich abergläubisch, sagte er sich, dann würde ich es Schicksal nennen.

Er fragte sich, wie er sich auch zuvor schon gefragt hatte, ob sich nicht eine höhere Ordnung dahinter verbarg, die für den menschlichen Verstand nicht faßbar war. Denn sicherlich war es seltsam, daß er die Fälle Haight und Fox zwar erfolgreich gelöst hatte, aber der Lage der Dinge nach gezwungen gewesen war, die Wahrheit zu verschleiern, weshalb seine Ausflüge nach Wrightsville allgemein zu seinen besonders eklatant gescheiterten Missionen gerechnet wurden.

Und nun diese Geschichte mit den Van Horns …

Verdammtes Wrightsville mit allen seinen Stolpersteinen!

Ellery stopfte Howards Adresse in die Tasche seiner Hausjacke und stopfte sich gereizt einen neue Pfeife.

Dann jedoch ertappte er sich dabei, wie er darüber nachsann, was wohl aus Alberta Manaskas geworden war und ob Emmy DuPré ihn dieses Mal einladen würde, um mit ihr in der Abendkühle über die Künste zu philosophieren, und er mußte grinsen.

Der zweite Tag

Als der Zug in Richtung Slocum ratterte, dachte Ellery, so sehr hat sich das hier gar nicht verändert. Es lagen nicht mehr so viele Pferdeäpfel auf dem Schotter; und einige der windschiefen Holzhäuser um den Bahnhof herum waren verschwunden. Die Gerüstgitter um einen Ladenkomplex, der gerade hochgezogen wurde, fügten dem alten Fresco eine noch unvertraute Arabeske hinzu. Die Schmiede mit dem Neonschild war zu einer Tankstelle mit Neonschild geworden. Phil's Diner, ehemals ein umgebautes altes Gebäude der Wrightsville Traction Company, hatte sich in ein großes neues Etwas mit blau blitzender Chromverkleidung verwandelt. Durch die offene Tür des Häuschens für den Bahnhofsvorsteher jedoch glänzte ihm der kahle Schädel Garry Warrums einladend entgegen, und es schien, als säße unter dem Dachvorsprung des Bahnhofsgebäudes derselbe Junge mit den schmutzigen Füßen in Jeans mit demselben gnadenlos leeren Blick denselben Kaugummi kauend auf demselben Gepäckkarren. Auch die Landschaftssilhouette der Gegend hatte sich nicht verändert; lediglich die Farben hatten gewechselt: Wrightsville schmückte sich gerade mit üppiger Kriegsbemalung für den frühherbstlichen Indian Summer.

Die Felder, die sanftgewellten Berge, der Himmel waren sich treu geblieben.

Ellery merkte, daß er heftiger atmete.

Das war ja das Unwiderstehliche an Wrightsville, dachte er, während er seinen Koffer auf dem Bahnsteig abstellte und nach Howard Ausschau hielt.

Der Ort kam selbst dem Durchreisenden wie ein Stück Zuhause vor. Es war leicht nachzuvollziehen, warum Howard zehn Jahre zuvor in Paris so provinziell auf ihn gewirkt hatte. Ob man Wrightsville nur liebte wie Linda Fox oder haßte wie Lola Wright – wenn man hier geboren war, dann nahm man es mit, an die vier Ecken der Erde mit auf die sieben Weltmeere.

Wo ist Howard?

Ellery trottete zum östlichen Ende des Bahnsteigs. Von dort konnte er die Upper Whistling Avenue hinaufschauen, die von der Unterstadt bis auf einen Block an den runden Square heranführte, dann einen eleganten Bogen machte und gemächlich ins Land vordrang, wo Milch und Honig flossen, bis hin zu den Kanaanitern. Er fragte sich, ob man in Miss Sally's Tea Roome noch immer der High Society die Ananas-Nuß-Creme servierte; ob es in Sidney Gotchs Gemischtwarenladen immer noch so köstlich nach jenem Mischmasch aus Pfeffer, Petroleum, Kaffeebohnen, Gummistiefeln, Essig und Käse roch; ob am Tanzplatz im Wäldchen noch immer besorgte Mütter an Samstagabenden nach ihren Kindern sahen; ob …

»Mr. Queen?«

Ellery wandte sich um und starrte auf einen gewaltigen Kombiwagen, hinter dessen Lenkrad ein lächelndes Mädchen saß.

Er war der jungen Frau in Wrightsville irgendwann einmal begegnet, kein Zweifel. Sie kam ihm vage bekannt vor.

Dann sah er die Aufschrift D. VAN HORN in Goldlettern auf der Wagentür.

Howard hatte nie erwähnt, daß er eine Schwester hatte, der Bengel! Und eine so hübsche dazu!

»Miss Van Horn?«

Das Mädchen wirkte überrascht. »Ich müßte jetzt völlig konsterniert sein. Hat Howard mich nie erwähnt?«

»Wenn er das hat«, erwiderte Mr. Queen galant, »dann war ich gerade aus zum Lunch. Warum hat er mir nicht erzählt, daß er eine solch schöne Schwester hat?«

»Schwester.« Sie warf den Kopf zurück und lachte. »Ich bin nicht Howards *Schwester*, Mr. Queen. Ich bin seine Mutter.«

»Bitte?«

»Nun ja … seine Stiefmutter.«

»Sie sind *Mrs.* Van Horn?« rief Ellery aus.

»Unser kleiner Familienscherz.« Sie schaute ihn spitzbübisch an. »Und ich habe so lange in Ehrfurcht vor Ihnen gelebt, Mr.

Queen, daß ich es mir einfach nicht verkneifen konnte, Sie auf Normalmaß zu stutzen.«

»In Ehrfurcht vor *mir*?«

»Howard erzählte, Sie seien sehr nett. Ist Ihnen denn nicht klar, wie prominent Sie sind, Mr. Queen? Diedrich hat alle Ihre Bücher – mein Mann hält Sie für den großartigsten Krimiautor der Welt –, aber einige Jahre lang hatte ich eine heimliche Wut auf Sie. Ich habe Sie einmal mit Patricia Wright in ihrem Cabrio gesehen und hielt sie für die glücklichste Frau Amerikas. Mr. Queen, ist das Ihr Koffer da drüben?«

Das war nun in jedem Falle ein annehmbarer Auftakt; Ellery sprang neben Sally Van Horn auf den Sitz und fühlte sich äußerst bedeutend, sehr männlich und war absurderweise neidisch auf Diedrich Van Horn.

»Für Howard war die Aussicht, mit dem lädierten Gesicht in die Stadt fahren zu müssen, so deprimierend, daß ich dafür gesorgt habe, daß er zu Hause blieb«, bemerkte Sally, als sie vom Bahnhof losfuhren. »Jetzt tut es mir natürlich leid, ihm das abgenommen zu haben. Mich mit keinem Wort zu erwähnen, das muß man sich mal vorstellen!«

»Schlichter Gerechtigkeitssinn zwingt mich, den Schurken zu entlasten«, entgegnete Ellery. »Howard hat in höchsten Tönen von Ihnen gesprochen. Ich war nur nicht darauf gefaßt …«

»… daß ich so jung bin?«

»Ähm, ja, so ähnlich.«

»Das wirft die meisten Leute um. Durch meine Heirat mit Dieds hatte ich plötzlich einen Sohn, der älter ist als ich selbst! Meinen Mann kennen Sie aber nicht?«

»Das Vergnügen hatte ich noch nicht.«

»Man denkt über ihn nicht in Kategorien von Jahren. Er ist überwältigend und energisch und so wunderbar jung. Und«, fügte Sally mit einem kaum vernehmlichen Anflug von Trotz hinzu, »er sieht gut aus.«

»Das glaube ich gern. Howard ähnelt ja selbst auf penetrante Weise einem griechischen Gott.«

»Trotzdem sehen sie sich nicht ähnlich. Sie haben eine ähnliche Statur, aber Dieds ist häßlich wie die Nacht.«

»Sie sagten doch gerade, er sei gutaussehend.«

»Das ist er auch. Wenn ich ihn zur Weißglut bringen will, sage ich einfach, er sei der *häßlichste* gutaussehende Mann, den ich je gesehen hätte.«

»Mir scheint da«, schmunzelte Ellery, »ein kleines Paradox vorzuliegen.«

»Das meint Diedrich auch immer. Dann sage ich ihm eben, er sei der *bestaussehende* häßliche Mann, den ich je gesehen hätte, und schon strahlt er wieder.«

Ellery mochte sie. Es war nicht schwer zu erraten, wie ein Mann von Charakter und Stil, als den er sich Diedrich Van Horn vorstellte, ihr verfallen sein mochte. Obwohl er Sally auf 28 oder 29 schätzte, hatte sie das Aussehen, das Lachen und das strahlende Wesen einer Achtzehnjährigen. Auf einen Mann in Van Horns Alter, dessen Kraft und Leidenschaft in den langen Jahren der Einsamkeit vermutlich brachgelegen hatten, mußte sie gewirkt haben wie ein Magnet. Doch war Howards Vater allen Erzählungen nach auch ein Mann mit gesundem Menschenverstand; Sallys Jugend mochte seine Gefühle in Wallung bringen, aber er war jemand, der mehr wollte – und dies auch genau wußte – als eine bloße Bettgefährtin. Ellery konnte sich gut vorstellen, wie Sally in seinen Augen auch dieses Bedürfnis befriedigt hatte. Denn ihr Äußeres hatte eine gewisse Vornehmheit, ihre Figur war genauso vollerblüht wie jung; in ihrem Lachen schwang etwas Weises mit, und ihr Strahlen versprach Feuer im Blut. Sie war intelligent, und trotz aller spontanen Warmherzigkeit spürte Ellery eine unterschwellige Reserviertheit. Ihre Direktheit war natürlich und bezaubernd wie die eines Kindes; dennoch wirkte ihr Lächeln alt und traurig. Genau genommen, dachte Ellery, während sie plauderten, ist ihr Lächeln das Provozierendste an ihr, das Allerwidersprüchlichste an einer Persönlichkeit, deren Widersprüchlichkeit ihren eigentlichen Charme ausmachte. Wieder fragte er sich, wo er sie zuvor gesehen hatte, und wann … Je länger er sie beobachtete, während sie fuhr, und angenehm und unaffektiert plauderte, desto klarer wurde ihm, wie es Van Horn möglich gewesen war, seinem Junggesellendasein ohne Bedauern abzuschwören.

»Mr. Queen?« Sie schaute zu ihm herüber.

»Entschuldigen Sie bitte«, erwiderte Ellery hastig. »Ich fürchte, ich habe das Letzte nicht ganz mitbekommen.«

»Sie haben sich Wrightsville angeschaut und wahrscheinlich im stillen gehofft, ich würde endlich mit dem Geschnatter aufhören.«

Ellery machte große Augen. »Wir sind auf dem Hill Drive!« rief er aus. »Wie sind wir bloß so schnell hierhin gekommen? Sind wir nicht durch die Stadt gefahren?«

»Natürlich sind wir das. Wo waren Sie denn bloß mit Ihren Gedanken? Ach, ich weiß. Bei Ihrem Roman natürlich.«

»Um Gottes willen, nein«, sagte Ellery. »Ich habe über Sie nachgedacht.«

»Über mich? Meine Güte! Howard hat mich nicht vorgewarnt, was *diesen* Zug an Ihnen betrifft.«

»Ich mußte daran denken, daß Mr. Van Horn vermutlich der meistbeneidete Ehemann der Stadt ist.«

Sie schaute ihn kurz von der Seite an. »Danke für die Blumen.«

»Ich meine es so, wie ich es sage.«

Ihr Blick heftete sich wieder auf die Straße vor ihnen, und Ellery entging nicht, daß sich ihre Wangen leicht röteten. »Danke … aber ich fühle mich oft meiner Rolle nicht gewachsen.«

»Das ist Teil Ihres Charmes.«

»Nein, im Ernst.«

»Ich meinte es im Ernst.«

»Tatsächlich?« Sie war erstaunt.

Ellery mochte sie sehr.

»Bevor wir das Haus erreichen, Mr. Queen …«

»Ellery«, unterbrach Ellery, »ist meine bevorzugte Anrede.«

Das Rosa ihrer Wangen wurde dunkler, und ihr schien nicht wohl in ihrer Haut zu sein.

»Selbstverständlich«, fuhr Ellery fort, »können Sie mich auch weiter ›Mr. Queen‹ nennen; aber trotzdem werde ich Ihrem Mann zuallererst mitteilen, daß ich mich in Sie verliebt habe. Jaha! Und dann werde ich mich in diesem Gästehaus einigeln, das mir Howard so schmackhaft gemacht hat, wie ein Verrückter schreiben und das Leben durch Literatur ersetzen … Was wollten Sie sagen, Sally?«

Während er breit zu ihr hinüber grinste, fragte er sich, welchen Nerv er getroffen hatte. Sie war offenbar wirklich verstört; einen idiotischen Augenblick lang wollte es ihm so scheinen, als breche sie gleich in Tränen aus.

»Es tut mir leid, Mrs. Van Horn«, fuhr Ellery fort und berührte ihre Hand. »Es tut mir schrecklich leid. Bitte verzeihen Sie.«

»Wagen Sie es ja nicht!« zischte Sally. »Ich bin doch nur ich. Und mein Minderwertigkeitskomplex reicht von hier bis sonstwo. Und Sie sind sehr klug« – Sally zögerte, lachte dann – »Ellery.«

Da lachte er auch.

»Sie haben in Gedanken in unserer Beziehung herumgegraben.«

»Schamlos. Ich kann einfach nichts dran machen. Ist meine zweite Natur. Ich habe die Seele eines Spanners.«

»Irgendwelche Verdächtigungen gegen mich?«

»Nicht doch. Alles reine Mutmaßungen.«

»Und?«

»Ich werde mir das von Ihnen erzählen lassen, Sally«, erwiderte Ellery fröhlich.

Dieses seltsame Lächeln wieder. Nun verblaßte es. »Vielleicht tu ich das ja.« Nach einer Weile fügte sie hinzu: »Ich habe das komische Gefühl, ich könnte Ihnen Sachen erzählen, die …« Sie unterbrach sich abrupt. Er sagte nichts. »Was ich vorhin eigentlich sagen wollte …«, fuhr Sally in völlig verändertem Ton fort, »ich würde mit Ihnen gern über Howard sprechen, bevor wir da sind.«

»Über Howard?«

»Ich nehme an, er hat Ihnen von diesen …«

»… Amnesie-Attacken erzählt?« fiel ihr Ellery gutgelaunt ins Wort. »Ja, er hat davon gesprochen.«

»Das hatte ich mich gefragt.« Sie blickte stur geradeaus, während der Kombi bergauf zu fahren begann. »Natürlich reden sein Vater und ich nicht viel darüber. Mit ihm, meine ich … Ellery, wir ängstigen uns zu Tode.«

»Amnesie ist verbreiteter, als Leute oft meinen.«

»Sie müssen ja haufenweise Erfahrungen gemacht haben mit solchen seltsamen Phänomenen. Ellery, glauben Sie denn, daß wir uns … nun ja … Sorgen machen müssen? Ich meine – ernste?«

»Natürlich sind solche Schübe nicht normal, und die Ursache dafür sollte schon gefunden werden …«

»Wir haben ja alles versucht.« Ihre Verzweiflung brach plötzlich durch, und sie machte keinerlei Versuche, sie zu verbergen. »Aber die Ärzte sagen alle, er wehre sich im Grunde gegen eine Behandlung …«

»So was hatte ich mir auch schon gedacht. Eines Tages wird der Spuk einfach vorbei sein, Sally. Das ist in vielen Fällen von Amnesie so. Mensch, da ist ja das Haus der Wrights!«

»Wie? Ach so. Ruft das in Ihnen Erinnerungen wach?«

»Scharenweise! Sally, sagen Sie mir – wie geht es den Wrights?«

»Wir haben nicht viel mit Ihnen zu tun – sie gehören zu der Hill-Clique. Sie wissen vermutlich, daß der alte Mr. Wright tot ist?«

»John F.? Ja. Ich habe ihn sehr gemocht. Ich muß unbedingt mal bei Hermione Wright vorbeischauen, während ich hier bin …«

Ein weiteres Gespräch über Howards Amnesie kam aus unerfindlichem Grunde einfach nicht mehr auf.

* * *

Ellery hatte mit einiger Opulenz gerechnet; dies allerdings nach Wrightsviller Maßstäben, und die orientierten sich heimelig an der Vergangenheit. So war er nicht im geringsten auf das vorbereitet, was ihn erwartete.

Der Kombi bog vom North Hill Drive zwischen zwei Monolithen aus Vermont-Marmor in eine maßgefertigte Privatallee, die von gleichmäßig gepflanzten italienischen Zypressen, den prächtigsten englischen Eiben, die Ellery je gesehen hatte, und einer Parade von vielfarbigen Sträuchern flankiert wurde, die selbst dem botanisch Unkundigen mehr nach erlesenen Objekten menschlicher Bemühungen als nach Zufallsprodukten der Natur aussahen. Die Straße wand sich spiralförmig nach oben, vorbei an Steingärten und Terrassen, und endete im überdachten Vorbau eines großen, im modernen Stil gehaltenen Hauses, das auf dem Gipfel des Hügels thronte.

Im Süden lag die Stadt, aus der sie gerade gekommen waren, ein Häuflein von Spielzeughäuschen, die Rauchwölkchen pafften. Im Norden drängten sich die Mahoganies zusammen. Westlich und jenseits der Stadt auch im Süden erstreckte sich das großflächige Ackerland, dem Wrightsville sein rustikales Flair verdankte.

Sally zog den Zündschlüssel ab. »Wie prachtvoll hier alles ist.«

»Wie?« fragte Ellery. Sie steckte voller Überraschungen.

»Das ist es doch, was Sie gerade gedacht haben. Wie ungeheuer prachtvoll es ist.«

»Nun ja, zugegeben«, grinste Ellery.

»Und zwar zu sehr.«

»Das habe ich nicht gesagt.«

»Aber ich sage es.« Wieder lächelte sie dieses seltsame Lächeln. »Und beide haben wir recht. Es ist prachtvoll. Zu prachtvoll, meine ich. Aber nicht, daß es vulgär wäre. Es ist nur wie Dieds selbst – alles geschmackvoll und vom Feinsten – aber gigantisch. Dieds macht nichts im Durchschnittsformat.«

»Dies hier ist eines der herrlichsten Anwesen, die ich je gesehen habe«, erwiderte Ellery wahrheitsgemäß.

»Er hat es für mich gebaut, Ellery.«

Er blickte sie an. »Dann ist es kein bißchen übertrieben.«

»Sie sind ein Schatz«, sagte sie lachend. »Aber glauben Sie mir, es schrumpft, wenn man drin wohnt.«

»Oder man wächst hinein.«

»Möglich. Ich habe Dieds nie gesagt, wieviel Angst ich hatte, wie verloren ich mich zuerst fühlte. Sie müssen wissen, ich komme ursprünglich aus der Unterstadt.«

Van Horn hatte diesen Prachttempel für sie hingestellt, und sie kam aus der Unterstadt …

In der Unterstadt standen die Fabriken. Es gab dort ein paar Straßenzüge mit schiefen Backsteinhäusern, aber die meisten Behausungen waren aus verwittertem Holz, zusammengedrängt, schäbig und mit kaputter Veranda. Gelegentlich sah man ein Haus mit properer Fassade und gemauertem Fundament, aber wirklich nur gelegentlich. Durch die Unterstadt floß Willow River, ein schmaler, safrangelber Bach, in den die Abwässer der Fabriken flossen. Hier lebten die »Fremden«: die Polen, die Frankokanadier, die Italiener, die sechs jüdischen Familien und die neun schwarzen. Hier standen die Hurenhäuser und die schummrigen Kaschemmen; und an den Samstagabenden patrouillierten Wrightsvilles Funkstreifen pausenlos auf dem Kopfsteinpflaster.

»Ich bin in der Polly Street geboren worden«, sagte Sally mit diesem kuriosen Lächeln.

»Da kann sich die Polly Street aber glücklich schätzen.« Polly Street!

»Sie sind zu liebenswürdig. Oh, da kommt Howard.«

Howard kam angesprungen, zerquetschte Ellery fast die Hand und griff sich seinen Koffer. »Ich dachte, Sie kämen überhaupt nicht mehr. Was hast du mit ihm gemacht, Sally? Gekidnappt?«

»Es war anders rum«, erwiderte Ellery. »Howard, ich bin hin und weg von ihr.«

»Und ich von ihm, How.«

»Sagt mal, was spielt ihr denn hier? Sal, Laura macht sich verrückt wegen des Essens. Sieht so aus, als wären die Pilze nicht mit der Bestellung gekommen …«

»O je, das ist ja eine Katastrophe. Ellery, entschuldigen Sie mich bitte. How zeigt Ihnen das Gästehaus. Ich habe persönlich für alles gesorgt; aber wenn Sie etwas brauchen, was Sie nicht finden können, benutzen Sie einfach die Gegensprechanlage im Wohnzimmer; Sie sind dann direkt mit unserer Küche verbunden. Ich lauf mal besser!«

* * *

Es gefiel Ellery gar nicht, wie Howard aussah. Zuletzt hatte er ihn am Dienstag gesehen. Nun war es erst Donnerstag, und Howard wirkte wie um Jahre gealtert. Unter seinem unverletzten Auge hatte sich ein schlammfarbener Graben gebildet; sein Mund war verkniffen, und im strahlenden Nachmittagslicht schimmerte seine Haut graugelb.

»Hat Sally Ihnen gesagt, warum ich Sie nicht vom Bahnhof abgeholt habe?«

»Entschuldigen Sie sich nicht dafür, Howard. Sie hatten da eine großartige Eingebung.«

»Sie mögen Sal offenbar wirklich sehr.«

»Bin völlig verschossen in sie.«

»Hier ist es, Ellery.«

Das Gästehaus war ein Juwel aus Naturstein, umrahmt von Rotbuchen und von der Terrasse des Haupthauses durch einen runden Swimmingpool mit breiter Marmoreinfassung abgetrennt, auf der Gartenstühle, Tische mit Sonnenschirmen und eine tragbare Bar standen.

»Sie können Ihre Schreibmaschine am Poolrand aufstellen und zwischen den Adjektiven immer wieder mal reinspringen«, sagte Howard. »Wenn Sie allerdings völlige Zurückgezogenheit vorziehen … Kommen Sie, werfen Sie einen Blick rein.«

Es war ein Zwei-Zimmer-mit-Bad-Haus im rustikalen Stil, mit großen Kaminen, massiven Möbeln aus Hickory-Holz, weißen, wollgewebten Teppichen und Wandbehängen aus grobem Stoff. Im Wohnzimmer stand der schönste Schreibtisch, den Ellery je gesehen hatte: eine fürstliche Ausführung in Hickory und Rindsleder mit einem dazu passenden tiefen Drehstuhl.

»Mein Schreibtisch«, sagte Howard. »Ich hab ihn aus meinen Räumen drüben herüberholen lassen.«

»Howard, ich bin überwältigt.«

»Himmel, den brauch ich doch nie.« Howard ging zur gegenüberliegenden Wand. »Aber das hier wollte ich Ihnen unbedingt zeigen.« Er schob den Wandbehang zur Seite. Nur war da keine Wand. Sondern ein großes Fenster.

Weit unter ihnen lag hinter einem Teppich aus grünem Flor Wrightsville.

»Verstehe, was Sie meinen«, sagte Ellery, während er auf den Drehstuhl sank.

»Glauben Sie, daß Sie hier schreiben können?«

»Ich werde tapfer sein.« Howard lachte, und Ellery fuhr beiläufig fort: »Alles in Ordnung, Howard?«

»In Ordnung? Aber sicher.«

»Keine falsche Scham. Kein Rückfall?« Howard rückte einen Hirschkopf gerade, der nicht gerade gerückt zu werden brauchte. »Warum fragen Sie? Ich sagte Ihnen doch ...«

»Auf mich wirken Sie sehr mitgenommen.«

»Wahrscheinlich eine Reaktion auf diese Prügelei.« Howard wurde geschäftig. »Das Schlafzimmer ist hier. Die Duschkabine ist im Bad. Hier haben Sie eine Standard-Schreibmaschine, eine tragbare ist in der Ecke da drüben, und Papier, Bleistifte, Kohlepapier, Klebeband ...«

»Wenn Sie mich weiter so verwöhnen, machen Sie mich völlig untauglich für das spartanische Leben in der 87. Straße. Howard, das alles hier ist großartig. Wirklich.«

»Vater hat die Hütte hier selbst entworfen.«

»Fraglos ein großer Mann, auch wenn ich ihn noch nicht kenne.«

»Der allergrößte«, erwiderte Howard nervös. »Sie werden ihn beim Dinner kennenlernen.«

»Freu ich mich sehr drauf.«

»Sie wissen gar nicht, wie versessen er darauf ist, Sie kennenzulernen. Also dann ...«

»Jetzt hauen Sie mir doch nicht gleich ab, Sie Esel.«

»Sie werden sich doch ein bißchen ausruhen wollen, vielleicht ein wenig schlafen. Kommen Sie zum Haus rüber, wenn Ihnen danach ist, und ich führe Sie durch die Räume.«

Schon war Howard verschwunden.

Eine Zeitlang wippte Ellery sanft in dem Drehstuhl.

Irgend etwas war zwischen Dienstag und heute schiefgelaufen. Sehr schief sogar. Und Howard wollte nicht, daß er davon erfuhr.

Ellery fragte sich, ob Sally Van Horn davon wußte.

Er entschied, daß sie davon wußte.

Und er war keineswegs erstaunt, als nicht Howard, sondern Sally im Wohnzimmer des Haupthauses auf ihn wartete.

Sally war bereits umgezogen. Sie trug ein modisches schwarzes Dinnerkleid mit Rüschen aus schwarzem Chiffon über einem extremen Dékolleté. Auch dies ein Widerspruch in sich, dachte er, in seiner reizvollsten Form.

»Oh, ich weiß«, sagte sie leicht errötend, »es ist gewagt, nicht wahr?«

»Ich bin hin- und hergerissen zwischen Bewunderung und Zerknirschung«, rief Ellery aus. »Hätte ich mich zum Dinner umziehen müssen? Howard hat nichts davon erwähnt. Und außerdem ist es leider Tatsache, daß ich keine Abendkleidung dabei habe.«

»Dieds wird Ihnen um den Hals fallen. Er haßt Abendgarderobe. Und Howard zieht sich sowieso nie um, wenn er es vermeiden kann. Ich habe das hier nur angezogen, um Sie zu beeindrukken.«

»Ich bin beeindruckt. Glauben Sie mir!« Sally lachte. »Aber was denkt denn Ihr Mann darüber?«

»Dieds? Himmel, er hat es für mich machen lassen.«

»Ein großer Mann«, erwiderte Ellery ehrerbietig. Sally lachte wieder und ermöglichte es ihm so, fortzufahren, ohne seiner Frage besondere Betonung zukommen zu lassen. »Wo ist Howard?«

»Oben in seinem Atelier.« Sally verzog das Gesicht. »How ist in einer seiner üblen Launen; wenn er so wird, schicke ich ihn hoch in seine eigenen Räume wie einen verwöhnten Bengel, der er auch ist. Er hat das ganze Dachgeschoß für sich allein und kann da nach Herzenslust herumpoltern. Ich fürchte«, fügte sie leichthin hinzu, »Sie werden bei Howards Benehmen einfach öfter ein Auge zudrücken müssen.«

»Unsinn. Mein eigenes entspricht auch nicht unbedingt den Vorstellungen von Emily Post, besonders dann nicht, wenn ich arbeite. Sie werden mich vermutlich in drei Tagen bitten abzureisen. Dennoch bin ich dankbar. Es gibt mir die Gelegenheit, Sie in Beschlag zu nehmen.«

Das sagte er mit voller Absicht und verschlang sie mit Blikken, die seine Bewunderung zeigten.

Er war von dem Augenblick an, in dem sie einander am Bahnhof begegnet waren, das Gefühl nicht losgeworden, daß Sally einen wichtigen Teil von Howards Problem darstellte. Howard war emotional auf seinen Vater fixiert. Die begehrenswerte Frau, die so plötzlich zwischen ihnen gestanden hatte, zog das ganze Interesse und die ganze Zuneigung seines Vaters auf sich. Und das hatte für den Sohn traumatische Folgen. Es schien in diesem Zusammenhang bedeutungsvoll, daß ihn seine erste Amnesieattacke seiner eigenen Auskunft nach in der Hochzeitsnacht seines Vaters überfallen hatte. Ellery hatte in den wenigen Momenten, in denen sie in der Einfahrt zusammengetroffen waren, sehr genau auf Zeichen von Spannungen zwischen Sally und Howard geachtet, und er hatte sie gesehen. Howards exaltierte Art, sein übertrieben beiläufiges Geplapper in Ellerys Anwesenheit – und seine Vermeidung von Augenkontakt – waren deutliche Abwehrmaßnahmen gegen einen inneren Konflikt. Sally als Frau war zwar umsichtiger gewesen; doch hegte Ellery keinerlei Zweifel daran, daß sie um Howards Gefühle ihr gegenüber wußte. Von seinen Gefühlen *gegen* sie. Es hatte sich Ellery aufgedrängt, daß sie, wenn sie zu einer bestimmten Sorte Frau gehörte, Trost bei einem völlig fremden, unbeteiligten Mann suchen würde. Gehörte sie zu dieser Sorte?

Also verschlang er sie mit Blicken.

Doch Sally erwiderte: »Mich in Beschlag nehmen? Gott, ich fürchte, das wäre nie für lange …« Und sie lächelte.

»Sie fürchten?« murmelte Ellery, indem er zurücklächelte.

»Dieds«, erwiderte sie ruhig, »ist gerade nach Hause gekommen. Er ist oben und putzt sich heraus – aufgeregt, wie er sein kann. Möchten Sie einen Cocktail, Ellery?«

Es war eine Einladung, die abgelehnt sein wollte. »Danke, aber ich werde auf Mr. Van Horn warten. Was für ein schöner Raum!«

»Finden Sie wirklich? Ich sollte Sie vielleicht durchs Haus führen, bis mein Mann herunterkommt.«

»Sehr gerne.«

Ellery mochte Sally tatsächlich sehr.

Der Raum *war* einfach wunderschön. Alle waren sie es. Große Räume für ein fürstliches Leben, die im pathetischen Stil eingerichtet waren – von jemandem, der die Opulenz naturbelassener Hölzer mochte, den dramatischen Schwung hoher Wände, die Großzügigkeit eines Kamins, das Nebeneinander von Grundfarben, die Offenheit eines Fensters für das, was dahinter wuchs … Räume für Giganten. Was Ellery jedoch noch mehr bewunderte, war die Hausherrin. Das Mädchen aus der Unterstadt schwebte als Prachtfrau durch diese Pracht. Als ob sie darin geboren wäre.

Ellery kannte die Polly Street. Patricia Bradford hatte ihm bei seinem ersten Besuch in Wrightsville eine Probe ihrer bitteren Armut verabreicht, als sie noch Patty Wright geheißen hatte; das Mädchen, das ihm als Führerin durch die soziologischen Verhältnisse ihrer Stadt gedient hatte. Polly Street war das absolute Elendsviertel der Unterstadt, eine unsäglich verkommene Gasse voller finsterer Wohnungen ohne Warmwasser und von eintöniger Arbeit abgestumpfter Proletarier. Die Männer waren stumm und resigniert, die Frauen Mannweiber, die Jugendlichen hartgesichtig, ihre Babys schmutzig und unterernährt.

Und Sally kam aus der Polly Street! Entweder war auch Diedrich Van Horn selbst Bildhauer, der Fleisch und Geist formte wie sein Sohn Lehm, oder dieses Mädchen war ein Chamäleon, das die Farben ihrer Umgebung durch seltsame biologische Prozesse zu übernehmen in der Lage war. Ellery hatte Hermione Wright in einen Saal gehen und die Menge allein durch ihre *grandeur* schrumpfen sehen; aber Hermione war ein Bauerntölpel im Vergleich zu Sally, wenn man denn allein dem Vergleich zuliebe so wollte.

* * *

Und dann kam Diedrich Van Horn eilig mit ausgestreckter Hand und einem »Hallo« die Treppe herunter, das von handbehauenen Deckenbalken widerhallte. Sein Sohn folgte ihm schlurfend.

Im selben Augenblick gruppierten sich der Sohn, die Ehefrau, das ganze Haus um Van Horn, umgestellt, umproportioniert, integriert.

Er war in jeder Hinsicht ein außergewöhnlicher Mann. Alles an ihm war von überproportionaler Größe – sein Körper, seine Rhetorik, seine Gesten. Der große Raum war nicht länger überdimensional; er füllte den Raum; er war nach seinem Maß gebaut.

Van Horn war ein großer Mann; nicht so groß jedoch, wie er wirkte. Seine Schultern waren im Grunde nicht breiter als Howards oder Ellerys; dennoch ließ ihr enormer Umfang die beiden Jüngeren aussehen wie kleine Jungen. Seine Hände waren riesig: muskulös, breit und fleischig, wie zwei schwere Werkzeuge; und plötzlich kam Ellery wieder in den Sinn, wie Howard auf der Terrasse des Café St. Michel ihm von den Anfängen seines Vaters als Tagelöhner erzählt hatte. Was Ellery jedoch eigentlich faszinierte, war sein Kopf. Der Schädel war groß und grobknochig; die Gesichtszüge kantig und die Brauen kräftig. Das Gesicht selbst war das zugleich abstoßendste und anziehendste Männergesicht, das Ellery jemals gesehen hatte; ihm ging auf, daß Sallys Bemerkung darüber nicht einer koketten Laune entsprungen war, sondern nichts als die exakte Wirklichkeit getroffen hatte. Was sein Gesicht so häßlich machte, war nicht so sehr die Reizlosigkeit der einzelnen Züge als vielmehr ihre geballte Überdimensioniertheit. Nase, Kinn, Mund, Ohren, Wangenknochen – alles war zu groß. Seine Haut war derb und dunkel. Diese schlecht proportionierte, wenig reizvolle Zusammenstellung wurde konterkariert durch ein bemerkenswertes Augenpaar, das von solcher Größe, Tiefe, Strahlkraft und Schönheit war, daß es die Dunkelheit darum herum zu erhellen vermochte und das Ganze in etwas einzigartig Harmonisches und Ansehnliches verwandelte.

Van Horns Stimme war so voluminös wie sein Körper, dunkel und sinnlich. Und er sprach nicht nur mit der Stimme, sondern mit dem ganzen Körper, nicht in einzelnen Gesten, sondern in einem unbewußten und kontinuierlichen Rhythmus; er hatte etwas Magnetisches, und es war unmöglich, sich ihm zu entziehen.

Wie er Ellery die Hand gab, wie er seinen langen Arm flugs um die Schulter seiner Frau legte, wie er Cocktails mixte, wie er Howard bat, das Feuer anzufachen, sich im größten Sessel niederließ und ein Bein über eine Armlehne hängen ließ – was immer Diedrich Van Horn tat, was immer er sagte, war bedeutungsvoll und unvermeidlich. Er war ganz einfach der Herr im Haus; und über Sinn und Zweck von alledem ließ sich erst gar nicht diskutieren – er selbst war Sinn und Zweck.

Ihn so im Fleische zu sehen – im Kontrast zu seinem Sohn und seiner Frau – ließ es ihm als unausweichlich erscheinen, daß sie geworden waren, was sie waren. Alles, worauf Van Horn sein vitales Interesse lenkte, wurde davon absorbiert. Sein Sohn mußte ihn verehren und ihm nacheifern und – unfähig, seine Verehrung zu mäßigen oder mit deren Gegenstand offen zu rivalisieren – schließlich zu … Howard werden. Was seine Frau anging, so hatte Van Horn ihre Liebe aus seiner eigenen geschaffen, und er erhielt sie, indem er sie mit seiner überhäufte. Diejenigen, die er liebte, klammerten sich hilflos an ihn. Sie bewegten sich, wenn er sich bewegte; sie waren Teil seines eigenen Willens. Er erinnerte Ellery an die mythischen Halbgötter; und Ellery murmelte eine lautlose Entschuldigung dafür, daß Howard ihn vor zehn Jahren in seinem Atelier lediglich amüsiert hatte. Howard hatte sich nicht idealisierenden Phantasien hingegeben, als er Zeus nach dem Bilde seines Vaters aus dem Marmor meißelte; er hatte ihn unbewußt porträtiert. Ellery fragte sich, ob Diedrich auch die Laster der Götter teilte und nicht nur deren Tugenden. Worin auch immer diese Laster bestehen mochten – sie würden alles andere als banal ausfallen. Dieser Mann war über alles Belanglose erhaben. Er war gerecht, konsequent und unerschütterlich.

Und Sally hatte recht gehabt; man dachte nicht in Jahren von ihm. Van Horn mußte über sechzig sein, dachte Ellery, aber er war wie ein Indianer; man fühlte, daß sein grobes schwarzes Haar niemals ergrauen oder sich lichten würde; daß die Jahre niemals seinen Rücken beugen oder seinen Schritt unsicher machen würden; man konnte ihn sich nur kraftstrotzend vorstellen, auf ewig im besten Alter. Und der Tod konnte ihn eines Tages nur durch eine andere Naturgewalt holen, wie etwa durch einen jähen Blitzschlag.

* * *

Das Gespräch kreiste um Ellerys Roman, was zwar schmeichelhaft war, ihn aber nicht voranbrachte.

»Ach ja, ganz nebenbei«, sagte Ellery bei der ersten Gelegenheit, die sich ihm bot. »Howard hat mir von diesen Amnesie-Attacken erzählt und davon, vor welches Rätsel er sich gestellt sieht. Ich persönlich glaube zwar nicht, daß sie wirklich gefährlich sind, aber ich frage mich, Mr. Van Horn, ob Sie sich die Ursache erklären können.«

»Ich wünschte, dem wäre so.« Diedrich legte seine massive Hand kurz auf das Knie seines Sohnes. »Aber der Junge hier ist ein schwieriger Kunde, Mr. Queen.«

»Du meinst, ich bin genauso wie du«, sagte Howard.

Diedrich lachte.

»Ich habe Ellery erzählt, wie wenig er zur Zusammenarbeit mit den Ärzten bereit war«, erläuterte Sally ihrem Mann.

»Wenn er noch ein bißchen jünger wäre, würde ich ihm ordentlich den Hintern versohlen«, brummte Van Horn. »Liebes, ich fürchte, Mr. Queen wird inzwischen halb verhungert sein.

Mir zumindest knurrt kräftig der Magen. Ist das Dinner noch nicht fertig?«

»Oh doch, Dieds. Ich wollte nur auf Wolfert warten.«

»Hab ich dir das nicht gesagt? Tut mir leid, Darling. Wolf wird sich verspäten. Wir warten besser nicht auf ihn.«

Sally entschuldigte sich, und Diedrich wandte sich Ellery zu.

»Mein Bruder hat die typischen schlechten Angewohnheiten aller Junggesellen. An die Köchin denkt er nie.«

»Von der Familie gar nicht zu reden«, bemerkte Howard.

»Howard und sein Onkel kommen nicht besonders miteinander aus«, lachte Diedrich. »Wie ich meinem Sohn bereits gesagt habe, versteht er Wolfert einfach nicht. Wolfert ist konservativ ...«

»Reaktionär«, verbesserte Howard.

»Vorsichtig im Umgang mit Geld ...«

»Übler Geizkragen«

»Zugegebenermaßen ein harter Verhandlungspartner im Geschäftlichen, aber strafbar ist das nicht ...«

»Es ist die Art, wie Onkel Wolfert es macht, Vater.«

»Junge, Wolf ist ein Perfektionist ...«

»Sklaventreiber!«

»Wirst du mich bitte ausreden lassen?« bat Diedrich Van Horn nachsichtig und geduldig. »Mein Bruder ist der Typ Mann, Mr. Queen, der von den Menschen absoluten Gehorsam verlangt. Dafür schindet er sich selbst härter als irgend jemanden, den er unter sich hat ...«

»Schließlich verdient er auch keine 32 Dollar die Woche«, entgegnete Howard. »Das ist schon ein triftiger Grund, sich ins Zeug zu legen.«

»Howard, er hat eine Menge für uns getan, indem er seit Jahrzehnten die Werke leitet. Laß uns nicht undankbar sein.«

»Vater, du weißt doch haargenau, daß er, wenn du ihn nicht daran hindern würdest, sofort das Arbeitstempo erhöhen, heimliche Werkaufseher anheuern, den Schutz für alle Arbeiterrenten abschaffen und jedermann feuern würde, der es wagte, Widerworte zu geben ...«

»Junge, Junge, Howard«, sagte Ellery. »Soziales Gewissen? Sie haben sich verändert seit der Rue de la Huchette.«

Howard zischte irgend etwas, und alle lachten.

»Ich will darauf hinaus, Mr. Queen, daß mein Bruder im Grunde ein unglücklicher Mensch ist«, fuhr Diedrich fort. »Ich verstehe ihn; aber ich kann von dem Grünschnabel nicht dasselbe erwarten. Wolfert ist ein Wrack; er besteht nur aus Ängsten und Enttäuschungen. Lebensangst. Das ist es, was ich Howard immer versucht habe beizubringen: Stell dich den Problemen. Laß nichts sich festfressen. Tu etwas dran. Was mich daran erinnert – wenn ich nicht völlig vom Fleisch fallen will, werde ich mich wohl mal um das Dinner kümmern müssen. Sally!«

Sally kam mit einer schicken Plastikschürze über dem Abendkleid herein; ihre Wangen waren rund vor Lachen. »Es liegt an Laura, Dieds. Sie streikt.«

»Die Pilze«, rief Howard aus. »Himmel, die Pilze – und Laura ist ein glühender Fan von Ihnen, Ellery. Das ist eine Krise.«

»Was ist mit den Pilzen?« fragte Diedrich.

»Ich dachte, ich hätte das heute nachmittag geregelt, Darling, aber jetzt sagt sie, sie würde die Steaks Mr. Queen *nicht* ohne ihre Pilzsoße servieren, und die Pilze sind nicht gekommen …«

»Zum Teufel mit den Pilzen, Sally!« dröhnte Diedrich. »Ich brate die Steaks jetzt selbst!«

»Du bleibst hier sitzen und machst noch ein paar Cocktails«, entgegnete Sally ihrem Mann und gab ihm einen Kuß auf die Stirn. »Steakfleisch ist teuer.«

»Streikbrecherin«, sagte Howard.

Sally warf ihm beim Hinausgehen einen Blick zu.

* * *

Das Dinner ging Ellery auf die Nerven; und das war erstaunlich, denn das Essen war köstlich, reichlich und geschmackvoll serviert, und das in einem Speisezimmer, in dessen ungeheurem Kamin knackendes Holzkohlenfeuer für eine fürstliche Atmosphäre sorgte. Das Porzellanservice hatte ein Gourmet entworfen, um die Geschmacksknospen schon vor dem Essen zu beschäftigen; und das handgefertigte Silberbesteck hatte ein Vulcanus des Handwerks gemacht. Diedrich selbst mixte den Salat in einer riesigen Holzschüssel, die nur aus dem Herzen eines Mammutbaumes herausgeschnitzt worden sein konnte, und als Dessert gab es ein unglaubliches Etwas, das Sally als ›Australische Torte‹ vorstellte – sicherlich die Urgroßmutter aller Torten, dachte Ellery in aller Unschuld; denn sie war so riesig wie ein Tafelaufsatz, und jeder Bissen eine wahre Orgie.

Auch die Unterhaltung war angeregt.

Dennoch hörte Ellery seltsame Zwischentöne.

Die es eigentlich nicht hätte geben dürfen. Die Unterhaltung war so erfreulich wie das Essen. Ellery erfuhr einiges über die Anfänge der Van Horns. Die Brüder Diedrich und Wolfert waren 49 Jahre zuvor als Kinder nach Wrightsville gekommen. Ihr Vater war ein Höllenfeuer-und-Schwefel-Prediger gewesen, der von Stadt zu Stadt zog, um den Sündern die ewige Verdammnis zu wünschen.

»Und er meinte, was er sagte«, schmunzelte Diedrich. »Ich entsinne mich, was Wolf und ich für eine Heidenangst hatten, wenn er loslegte. Pa hatte Augen, die, das schwöre ich, rot wurden, wenn er eiferte; und er hatte einen langen schwarzen Bart, in dem immer der Geifer hing. Und gründlich verdroschen hat er uns immer – Sie wissen schon, wer die Rute schont und so. Das Alte Testament machte ihm deutlich mehr Spaß als das Neue; ich hielt ihn immer für Jeremia oder den alten John Brown, was vermutlich beiden gegenüber nicht fair war. Pa glaubte an einen Gott, den man sehen und fühlen konnte – INSBESONDERE FÜHLEN. Erst als Erwachsener ist mir aufgegangen, daß Vater Gott nach seinem eigenen Bilde erschaffen hatte.«

Zwar war Wrightsville nur eine Station auf dem Weg zur Erlösung gewesen, aber »er ist noch immer hier«, sagte Diedrich. »Begraben auf dem Twin Hill Cemetery. Ihn hat während einer Gebetsversammlung der Schlag getroffen. Er ist tot umgefallen.«

Die Familie des Evangelisten Van Horn blieb in Wrightsville.

Es bedurfte eines ungewöhnlichen Mannes, dachte Ellery, um sich aus der Unterstadt zur Spitze des North Hill Drive emporzukämpfen und wieder zur Unterstadt zurückzukehren, um sich von dort seine Frau zu nehmen.

Warum sagte Howard so wenig?

»Wir gehörten so ziemlich zu den ärmsten Leuten der Stadt. Wolf bekam dann einen Job in Amos Bluefields Futterladen. Ich hätte Amos oder die Arbeit in einem stickigen Laden nicht ertragen. Ich habe mich einer Kolonne von Straßenarbeitern angeschlossen.«

Sally füllte aus einer silbernen Kaffeekanne sehr behutsam die Tassen. Es war sicherlich nicht die Autobiographie ihres Mannes, die sie so bekümmerte; ihr Stolz auf Diedrich war unübersehbar. Es war Howard, der auf halber Entfernung an der überlangen Tafel saß. Sally spürte Howards schweigendes, gezwungenes Lächeln, während er mit seiner Dessertgabel herumspielte und so tat, als höre er seinem Vater zu.

»Eins führte zum andern. Wolf war ehrgeizig. Er lernte die Nächte durch, im Fernstudium Buchhaltung, Betriebswirtschaft, Finanzen. Auch ich war ehrgeizig, wenn auch anders. Ich mußte unter die Leute. Das andere habe ich mir aus Büchern zusammengelesen – las jede freie Minute. Das ist noch immer so. Aber das Seltsame, Mr. Queen, ist, daß ich, abgesehen von der Bibel meines Vaters, Shakespeare und einigen Büchern über die menschliche Psyche, nie etwas auf mein eigenes Leben anwenden konnte. Und was nützt es dann zu lernen, wenn es für das eigene Leben keinen praktischen Nutzen hat?«

»Das ist eine heiß diskutierte Frage«, lachte Ellery. »Offenbar, Mr. Van Horn, stimmen Sie mit Goldsmith darin überein, daß Bücher uns sehr wenig über das Leben lehren. Und mit Disraeli, der Bücher als Fluch der Menschheit und die Erfindung der Buckdruckerkunst als das größte Unglück bezeichnete, das unsere Spezies jemals über sich gebracht habe.«

»Dieds glaubt selbst nicht, was er da sagt«, bemerkte Sally.

»Und ob ich das glaube«, protestierte ihr Mann.

»Blabla. Wenn es keine Bücher gäbe, dann säße ich jetzt nicht an diesem Tisch.«

»Hör dir das mal an«, murmelte Howard.

»Interessant, Howard«, erwiderte Sally, »daß du noch unter uns weilst. Ich gieß dir noch eine Tasse ein.«

Ellery wünschte, sie würden aufhören.

»Mit 24 hatte ich meine eigene Straßenbaufirma. Mit 28 gehörten mir zwei Grundstücke an der Lower Main Street; ich hatte das Holzlager des alten Lloyd – er war Frank Lloyds Großvater – aufgekauft. Wolfert rackerte sich zu der Zeit als Börsenmakler in Boston ab. Dann kam der Weltkrieg, und ich verbrachte siebzehn Monate in Frankreich. In meiner Erinnerung überwiegen Morast und Läuse. Wolf war nicht im Krieg ...«

»Wie sollte er auch«, unterbrach Howard mit der Bitterkeit eines Mannes, dem das gleiche verwehrt worden war.

»Dein Onkel ist wegen seiner Lungenschwäche freigestellt worden, Junge.«

»Seitdem hat sie ihn wohl nicht mehr sonderlich geplagt.«

»Nun ja, Mr. Queen; mein Bruder ist dann von Boston hergekommen, um für mich den Laden zu schmeißen, während ich meinen kleinen Ausflug nach Übersee machte, und ...«

»Wie nobel von ihm«, bemerkte Howard.

»Howard«, sagte sein Vater.

»Entschuldige. Aber als du zurückgekommen bist, mußtest du feststellen, daß er ein paar Kaninchen aus dem Hut gezaubert hatte, indem er mit der Army Holzlieferungsverträge ausgehandelt hatte.«

»Ist gut jetzt, Junge.« Diedrich sprach in freundlichem Ton; aber es reichte, und Howard preßte die Lippen zusammen und sagte nichts mehr.

»Wolf hatte das großartig hinbekommen, Mr. Queen, und danach haben wir natürlich am selben Strang gezogen. Beim Börsenkrach ’29 sind wir gemeinsam pleitegegangen, und danach haben wir alles wieder zusammen aufgebaut. Von damals an war das Geschäft dann stabil – und hier sind wir nun.«

Ellery folgerte, daß jenes ›hier‹ einerseits eine rhetorische Anspielung auf diesen Adlerhorst auf dem North Hill Drive darstellte und andererseits Van Horns mutmaßliche Diktatur über die Plutokratie Wrightsvilles zum Ausdruck brachte. Während der voluminöse Mann fortfuhr, sah Ellery seine Vermutung durch dessen beiläufige Bemerkungen nahezu bestätigt. Offenbar gehörten den Van Horns Holzfirmen, Sägemühlen, Maschinenhandlungen, die Jutefabrik, die Papierfabrik in Slocum und ein Dutzend anderer Fabriken, die quer über den Bezirk verstreut lagen; nebenbei waren sie Mehrheitsaktionäre vom Wrightsviller Stromkraftwerk sowie von der Wrightsville National Bank – letzteres hatte sich aus John F.'s Tod ergeben. Diedrich hatte vor kurzem Frank Lloyds *Record* aufgekauft, modernisiert, liberalisiert, und das Blatt war bereits eine mächtige Stimme in der Politik des Staates geworden. Der große Aufschwung schien kurz vor, während und seit dem Zweiten Weltkrieg stattgefunden zu haben.

Alles klang sachlich, natürlich und ungereizt; und Ellery war gerade dabei, sich zu entspannen, als plötzlich Wolfert Van Horn erschien.

* * *

Wolfert war die eindimensionale Projektion seines Bruders.

Er war so groß wie Diedrich; seine Gesichtszüge waren genauso häßlich und überdimensional; doch wo Diedrich Breite und Tiefe besaß, stellte Wolfert eine krumme Linie dar. Er schien nur aus körperlicher Länge zu bestehen, ohne jede Substanz. Er war blutleer, leidenschaftslos und ohne Grandeur. Wenn sein Bruder eine Skulptur darstellte, ähnelte er einer hingeworfenen Karikatur.

Das Speisezimmer betrat er wie ein herabstoßender Greifvogel, der Beute gesichtet hatte. Ellery spürte seinen kalten Habichtsblick.

So wie Diedrich kraftvolle Wärme verströmte, so versprühte

Wolfert säuerliche Schärfe. Doch selbst damit war er knauserig; Ellery überkam das lächerliche Gefühl, ihm sei ein sekundenlanger Blick in die Hölle gewährt worden, bis das längliche Gesicht des Mannes in etwas ausbrach, was als ein Lachen gemeint und doch nichts anderes war als eine Komposition von gekrausten Fuchslippen und Pferdezähnen. Die Hand, die er Ellery bot, bestand aus nichts als Knochen.

»Das ist also der berühmte Freund von unserem Howard«, sagte Wolfert. Seine Stimme klang dünn und beißend. Die Art, wie er »unserem Howard« betont hatte, machte jede Hoffnung auf eine Annnäherung zwischen beiden zunichte; sein »berühmte« war der reinste Hohn, und »Freund« klang geradezu obszön.

Unglücklich und frustriert – ja, dachte Ellery; aber auch gefährlich. Wolfert verabscheute Diedrichs Sohn; er verabscheute Diedrichs Frau; und man konnte nicht umhin zu vermuten, daß er auch Diedrich selbst verabscheute. Dennoch war es interessant zu beobachten, wie unterschiedlich er seinen Abneigungen Ausdruck verlieh. Howard ignorierte er ganz einfach; Sally behandelte er von oben herab; Diedrich gegenüber war er eher unterwürfig. Es schien, als verachte er seinen Neffen, beeifersüchtele seine Schwägerin und hasse und fürchte seinen Bruder.

Benehmen konnte er sich auch nicht. Er entschuldigte sich nicht bei Sally dafür, daß er zu spät zu ihrem Dinner erschienen war, er fraß wie ein Scheunendrescher, wobei er die Ellenbogen in provozierender Weise auf dem Tisch postierte, und unterhielt sich ausschließlich mit Diedrich, als wären sie allein.

»Nun ja, jetzt hast du dich da reingeritten, Diedrich. Ich nehme an, du erwartest, daß ich dich da wieder raushole.«

»In was, Wolfert?«

»Die Geschichte mit dem Kunstmuseum.«

»Mrs. Mackenzie hat angerufen?« Diedrichs Augen begannen zu leuchten.

»Nachdem du fort warst.«

»Sie haben mein Angebot angenommen!«

Sein Bruder gab ein Grunzen von sich.

»Kunstmuseum?« fragte Ellery. »Seit wann hat denn Wrightsville ein Kunstmuseum, Mr. Van Horn?«

»Noch haben wir keines.« Diedrich strahlte förmlich. Wolferts knochige Handgelenke griffen weiterhin nach allem Eßbaren.

»Das war eine ziemliche Geschichte«, bemerkte Howard plötzlich. »Läuft schon seit Monaten. Eine Schar der alten Tantchen – Mrs. Martin, Mrs. Mackenzie und besonders ...«

»Sagen Sie bloß«, schmunzelte Ellery. »Und besonders Emmeline DuPré.«

»Mensch! Sie kennen die körperlose Kulturaktivistin unserer schönen Stadt?«

»Ich hatte die Ehre, Howard – unzählige Male.«

»Dann wissen Sie, was ich meine. Sie bilden ein Komitee – mit großem K; und sie haben eine Resolution – mit großem R – durch den Stadtrat gepeitscht; und alle Voraussetzungen stimmten, um Wrightsville zur Kulturhauptstadt – wiederum mit großem K – zu machen; nur daß sie dabei vergessen haben, daß Museen zu betreiben eine Kleinigkeit kostet.«

»Die hatten entsetzliche Mühe, Gönner zu finden.« Sally schaute ängstlich zu ihrem Mann hinüber.

Diedrich strahlte noch immer vor sich hin, und Wolfert stopfte sich weiterhin voll.

»Aber Vater«, begann Howard verunsichert. »Was hast denn du mit der Sache zu tun?«

»Ich dachte bisher«, sagte Sally, »du hättest deinen Teil gespendet, Dieds.«

Diedrich lachte nur.

»Och, *komm*, Darling, du hast doch sicher wieder eine deiner Heldentaten vollbracht!«

»Ich kann dir sagen, was er gemacht hat«, erwiderte Wolfert kauend. »Er hat versprochen, die fehlende Summe zu spenden.«

Howard starrte seinen Vater ungläubig an. »Mensch, das sind doch Hunderttausende von Dollar, die denen noch fehlen.«

»Vierhundertsiebenundachtzigtausend«, geiferte Wolfert Van Horn. Er knallte die Gabel auf den Tisch.

»Sie sind gestern bei mir gewesen«, erwiderte Diedrich beschwichtigend. »Und haben mir ihr Leid geklagt – der Werbefeldzug für Spendengelder hatte sich als Fehlschlag erwiesen. Ich habe ihnen angeboten, für den fehlenden Rest aufzukommen. Unter einer Bedingung.«

»Dieds, du hast mir keinen Ton davon gesagt«, jammerte Sally.

»Es sollte eine Überraschung werden, Liebes. Und außerdem konnte ich schließlich nicht wissen, ob sie meine Bedingung akzeptieren.«

»Was für eine Bedingung, Vater?«

»Erinnerst du dich noch, Howard, wie das war, als es erste Pläne für ein Museum gab? Du hast damals gesagt, idealerweise müßte ein Giebeldreieck oder Fries, oder wie immer ihr das nennt, die Fassade schmücken, in dem lebensgroße Statuen der antiken Götter stehen.«

»Das habe ich gesagt? Kann ich mich gar nicht dran erinnern.«

»Aber ich erinnere mich, Junge. Und das … war denn meine Bedingung. Das, und daß der Künstler, der seinen Namen dort verewigt, ›H. H. Van Horn‹ heißen müsse.«

»Oh, *Dieds*!« stieß Sally hervor.

Wolfert rülpste, erhob sich und verließ den Raum.

Howard war äußerst blaß geworden.

»Natürlich«, murmelte sein Vater, »wenn du den Auftrag nicht annehmen möchtest, Junge …«

»Ich will ihn«, flüsterte Howard.

»Oder wenn du dir das nicht zutrauen solltest …«

»Und ob ich mir das zutraue!« erwiderte Howard. »Und ob!«

»Dann schicke ich Mrs. Mackenzie morgen einen bankbestätigten Scheck.«

Howard zitterte. Sally goß ihm eine neue Tasse Kaffee ein.

»Ich meine, ich glaube zumindest, daß ich es kann …«

»Jetzt hör mit dem Kinderkram auf, Howard«, fiel ihm Sally ins Wort. »Was für Skulpturen würden dir denn da vorschweben? Welche Götter?«

»Nun ja … der Himmelsgott Jupiter …« Howard blickte um

sich; er war noch immer wie benommen. »Hätte jemand einen Bleistift?«

Vor ihm landeten zwei Bleistifte.

Er begann, auf der Tischdecke zu zeichnen.

»Juno, die Hüterin der Ehe …«

»Apollo darf doch auch nicht fehlen, oder?« fragte Diedrich feierlich. »Der Sonnengott.«

»Und Neptun, der Meeresgott.«

»Nicht zu vergessen Pluto, der Gott der Unterwelt«, sagte Ellery. »Die Jagdgöttin Diana, der Kriegsgott Mars, der bukolische Pan …«

»Venus … Vulcanus … Minerva …«

Howard hielt inne und sah seinen Vater an. Dann stand er auf. Setzte sich. Stand wieder auf und rannte aus dem Eßzimmer.

»Dieds, du alter Gauner«, seufzte Sally. »Jetzt hast du mich glatt zum Heulen gebracht«. Sie lief um den Tisch herum, um ihren Mann zu küssen.

»Ich weiß, was Sie denken, Mr. Queen«, sagte Diedrich und nahm die Hände seiner Frau.

»Ich denke«, schmunzelte Ellery, »daß Sie sich um eine medizinische Approbation bemühen sollten.«

»Ziemlich kostspielige Therapiemethode«, grinste Van Horn.

»Schon, Dieds, aber ich weiß, daß es funktionieren wird!« entgegnete Sally mit halberstickter Stimme. »Hast du Howards Gesicht gesehen?«

»Hast du Wolferts Gesicht gesehen?« Der mächtige Mann warf den Kopf zurück und röhrte vor Lachen.

* * *

Während Sally hinter Howard die Stufen hocheilte, führte Diedrich Ellery in sein Arbeitszimmer.

»Ich möchte, daß Sie sich einmal meine Bibliothek ansehen, Mr. Queen. Ach, und übrigens – was immer Sie hiervon gebrauchen können, ich meine, für Ihren Roman …«

»Sehr freundlich von Ihnen, Mr. Van Horn.«

Ellery schritt das fürstliche Arbeitszimmer mit einer Zigarre zwischen den Zähnen und einem Brandy in der Hand ab und schaute sich um. Aus den Tiefen eines riesigen Ledersessels beäugte ihn fragend sein Gastgeber.

»Für einen Mann, dem Bücher letztlich nichts sagen«, bemerkte Ellery, »haben Sie hier aber so einiges zusammengesammelt.«

Auf den übergroßen Regalen befand sich eine erlesene Sammlung von Erstausgaben und Spezialeinbänden. Die Titel waren die üblichen.

»Sie haben äußerst wertvolle Ausgaben hier«, murmelte Ellery.

»Die typische Bibliothek eines reichen Mannes, nicht wahr?« erwiderte sein Gastgeber trocken.

»Keineswegs. Dafür müßten hier sehr viel mehr Bücher mit unaufgeschnittenen Seiten stehen.«

»Sally hat die meisten aufgeschnitten.«

»Aha? Ach, und übrigens, Mr. Van Horn; ich habe Ihrer Frau heute nachmittag versprochen, Ihnen mitzuteilen, daß ich mich Hals über Kopf in sie verliebt habe.«

Diedrich grinste. »Kommen Sie schon rein.«

»Ich nehme an, dies ist ein weitverbreitetes Leiden.«

»Sally hat was Besonderes«, sagte Diedrich nachdenklich. »Nur sensible Männer nehmen es wahr … Hier, lassen Sie mich Ihnen nachschenken.«

Doch Ellery starrte nur an einem der Regale hoch.

»Ich sagte ja bereits, daß ich ein großer Fan von Ihnen bin«, sagte Diedrich Van Horn.

»Mr. Van Horn. Ich bin sprachlos. Sie haben sie tatsächlich alle.«

»Und die habe ich auch alle gelesen.«

»Wirklich! Ein Autor würde in dieser Situation wohl so gut wie alles tun, um sich dankbar zu erweisen … Jemand, den ich für Sie um die Ecke bringen könnte?«

»Ich werde Ihnen ein Geheimnis verraten, Mr. Queen«, erwiderte sein Gastgeber. »Als Howard mir erzählte, er hätte Sie zu uns eingeladen – und das auch noch, um hier an einem Roman zu arbeiten –, war ich aufgeregt wie ein Backfisch. Ich habe jedes Buch gelesen, das Sie je geschrieben haben; ich habe Ihre rasante Karriere durch die Presse verfolgt, und der bitterste Wermutstropfen meines Lebens bestand stets darin, daß es mir bei Ihren beiden bisherigen Aufenthalten in Wrightsville nicht vergönnt gewesen war, Ihre Bekanntschaft zu machen. Beim ersten Mal – als Sie bei den Wrights gewohnt haben – war ich die meiste Zeit auf der Jagd nach Verträgen in Washington. Beim zweiten Mal – als Sie wegen dieser Fox-Geschichte hier waren, war ich wieder in Washington, dieses Mal auf Bitten von – ach, egal, spielt ohnehin keine Rolle. Aber wenn das nicht Patriotismus ist, dann weiß ich es auch nicht.«

»Wenn das vor allem keine Schmeichelei ist …«

»Nicht im geringsten. Fragen Sie Sally. Und außerdem«, schmunzelte Diedrich, »mag es Ihnen gelungen sein, Wrightsville zu täuschen. Mich haben Sie nicht getäuscht.«

»Sie getäuscht?«

»Ich habe mich mit den Fällen Wright und Fox sehr genau auseinandergesetzt.«

»Und ich habe beide Male versagt.«

»Ach ja?«

Diedrich grinste Ellery an; und Ellery grinste zurück.

»Fürchte schon.«

»Unsinn. Ich sagte Ihnen doch, ich bin ein Queen-Experte. Soll ich Ihnen sagen, was Sie getan haben?«

»Das habe ich doch bereits …«

»Ich zögere zwar, meinen hochverehrten Gast einen schamlosen Lügner zu nennen«, lachte Diedrich. »Aber Sie haben den Mordfall Rosemary Haight gelöst – und es war nicht der junge Jim, obwohl er diesen Unfug gemacht hat, bei Noras Beerdigung einfach durchzubrennen und mit dem Wagen dieser Zeitungsfrau – wie hieß die noch? – den Abgrund hinunterzustürzen. Sie haben jemanden gedeckt, Mr. Queen. Und die Blamage auf sich genommen.«

»Das würde mich ja nun doch als äußerst dubiosen Charakter entlarven, oder etwa nicht?«

»Käme drauf an. Darauf, wen Sie gedeckt haben. Und warum. Die Tatsache, daß Sie so etwas überhaupt gemacht haben, ist eine Art Schlüssel.«

»Ein Schlüssel zu was, Mr. Van Horn?«

»Ich weiß es nicht. Ich hab mir den Kopf jahrelang darüber zerbrochen. Rätsel lassen mich einfach nicht los. Deshalb bin ich ja auch so süchtig nach Detektivromanen.«

»Ihr Verstand ist dem meinen verwandt«, bemerkte Ellery. »Labyrinthisch. Aber fahren Sie fort.«

»Nun ja, ich würde einiges drauf verwetten, daß Jessica Fox keine Selbstmörderin war. Sie wurde umgebracht, Mr. Queen, das haben Sie bewiesen. Sie haben auch bewiesen, was sie umgebracht hat … *glaube* ich … und Sie haben die Wahrheit ebenfalls vertuscht. Wahrscheinlich aus demselben Grund.«

»Mr. Van Horn – an Ihnen ist ein Schriftsteller verlorengegangen!«

»Was ich an dem Fall Fox nicht verstehe – und auch am Fall Wright nicht verstanden habe –, ist die Antwort darauf, *worin* die Wahrheit bestanden haben könnte. Ich kenne sämtliche Leute, die in die Fälle verwickelt waren, und ich könnte beschwören, niemand von ihnen entspricht dem Mördertypus.«

»Beantwortet das Ihre Frage nicht? Die Dinge lagen so, wie es auch den Anschein hatte; und ich bin mit dem Versuch gescheitert, etwas anderes nachzuweisen.«

Diedrich fixierte ihn durch den Rauch seiner Zigarre. Ellery erwiderte seinen Blick höflich. Dann brach Diedrich in schallendes Gelächter aus.

»Okay, Sie haben gewonnen. Ich werde nicht weiter in Sie dringen, irgendwelche Vertraulichkeiten preiszugeben. Dennoch wollte ich mir mein Recht nicht nehmen lassen, mich als Queen-Fan Nr. 1 von Wrightsville auszuweisen.«

»Darauf werde ich gar nichts sagen«, murmelte Ellery. »Auf Anraten meines Anwalts hin.«

Diedrich nickte amüsiert und zog an seiner Zigarre. »Oh, und das möchte ich Ihnen noch versichern – Sie werden unbelästigt arbeiten können, solange Sie hier sind. Ich möchte, daß Sie sich in diesem Haus bewegen, als sei es das Ihre. Bitte keine unnötige Bescheidenheit. Wenn Sie einmal nicht mit uns essen möchten, sagen Sie nur Sally Bescheid, und sie wird dafür sorgen, daß Laura Ihnen Ihre Mahlzeit im Gästehaus serviert. Wir haben vier Wagen; und Sie können jeden von ihnen benutzen, wenn Sie uns einmal entkommen möchten … oder überhaupt entkommen.«

»Das ist wirklich zu großzügig von Ihnen, Mr. Van Horn.«

»Egoistisch. Ich möchte eines Tages damit prahlen können, daß Ihr neuer Roman auf dem Anwesen der Van Horns geschrieben wurde. Und wenn wir Ihnen auf die Nerven fallen, Mr. Queen, dann wird daraus ein schlechtes Buch, und ich habe nicht soviel zu prahlen, wenn Sie verstehen?«

Während Ellery lachen mußte, kam Sally herein und zerrte am steifen Arm einen trottelig wirkenden Howard hinter sich her. Er war beladen mit Nachschlagewerken, und sein malträtiertes Gesicht hatte wieder lebendige Farbe.

Den Rest des Abends lauschten sie seinen enthusiastischen Plänen, wie er die Götter des Alten Rom zum Leben zu erwecken gedachte.

* * *

Es war bereits nach Mitternacht, als Ellery das Haupthaus verließ, um zu seinem Häuschen zurückzukehren.

Howard begleitete ihn auf die Terrasse, und sie hatten ein paar Minuten für sich.

Der Mond versteckte sich spröde, und jenseits der Terrasse stufte sich die Finsternis in verschiedenen Graden. Jemand hatte im Gästehaus das Licht angemacht, dessen Strahlen in den Garten fuhren, wie eine Frau sich durchs Haar fährt. Ein leichter

Wind spielte in unsichtbaren Bäumen, und die Sterne zitterten leicht, als ob sie frören.

Sie standen nebeneinander und rauchten schweigend Zigaretten.

»Ellery, was denken Sie?« fragte Howard schließlich.

»Worüber, Howard?«

»Über diesen Deal mit dem Museum.«

»Was ich darüber denke?«

»Sie sind doch kein Freund von Patronage, oder?«

»Patronage?«

»Na, daß Vater mir ein Museum kauft, für das ich Skulpturen schaffen soll.«

»Das bekümmert Sie?«

»Ja!«

»Howard.« Ellery hielt inne, um nach den richtigen Worten zu suchen. Mit Howard zu reden, erforderte diplomatisches Geschick. »Cellinis Salzgefäß hat erst Franz I. möglich gemacht. Und in einem sehr direkten Sinne war Papst Julius nicht weniger an der Entstehung der Sixtinischen Kapelle, des *Moses* in Vincoli, der *Sklaven* im Louvre beteiligt als Michelangelo. Shakespeare hatte seinen Southhampton, Beethoven den Grafen Waldstein, van Gogh seinen Bruder Theo.«

»Da haben Sie mich aber in eine elitäre Riege eingeordnet.« Howard starrte in den Garten hinaus. »Vielleicht ist es deswegen, weil er mein Vater ist.«

»Etymologisch gesehen haben ›Patron‹ und ›Vater‹ eine gemeinsame Wurzel.«

»Jetzt keine Geistreicheleien! Sie wissen genau, was ich meine.«

»Glauben Sie denn«, fragte Ellery, »daß Sie diesen Auftrag nicht bekommen hätten, wenn Sie nicht Diedrich Van Horns Sohn wären?«

»Genau das ist es. Es würde einen ganz normalen Wettbewerb geben …«

»Howard. Ich habe in Paris genug von Ihrer Kunst gesehen,

um überzeugt davon zu sein, daß Sie beachtliches Talent haben. Und in den letzten Jahren können Sie als Künstler auch nur noch mehr gereift sein. Aber nehmen wir einmal an, Ihre Arbeit würde nichts taugen – rein gar nichts. Solange wir das hier offen diskutieren … Am Mäzenatentum in der Kunst ist nur eines prekär – daß der Künstler vom Wohlwollen eines Gönners vollkommen abhängig ist. Wenn dieses Wohlwollen jedoch einmal gegeben ist, kommt nur Gutes dabei heraus.«

»Sie meinen, wenn auch meine Skulpturen gut sind.«

»Auch dann, wenn sie nicht so großartig wären. Ist Ihnen denn nicht klar, daß Ihr Vater die enormen Summen für die Verwirklichung des Museums nur dann spenden wird, wenn Sie diese Statuen meißeln? Das ist grausam, sicher, aber wir leben nun mal in einer grausamen Welt. Sie ermöglichen es der Stadt Wrightsville, sich eine bedeutende kulturelle Institution zu schenken. Das ist doch etwas, wofür sich zu arbeiten lohnt. Ich hoffe, das klingt jetzt nicht zu spießig; aber Tatsache ist, daß Ihre Aufgabe darin besteht, die schönsten Skulpturen zu schaffen, die Sie nur schaffen können – nicht so sehr um Ihretwillen oder Ihres Vaters wegen, sondern den Bürgern Wrightsvilles zuliebe. Und wenn Ihnen das so richtig toll gelingen sollte, dann wird die Tatsache, daß der Künstler ein Sohn der Stadt ist, dem Projekt einen zusätzlichen, von Lokalstolz geprägten Schwung geben.«

Howard schwieg.

Ellery zündete sich eine weitere Zigarette an und hoffte inständig, daß seine Argumentation überzeugender klang, als sie sich anfühlte.

Schließlich lachte Howard. »Irgendwo ist da ein logischer Bruch, ich komm nur nicht drauf. Klingt aber trotzdem gut. Ich werde versuchen, das im Hinterkopf zu behalten.« Dann fügte er mit veränderter Stimme hinzu: »Danke, Ellery.«

Er wandte sich um, auf dem Weg ins Haus zurück.

»Howard.«

»Ja?«

»Wie fühlen Sie sich?«

Howard stand da. Dann drehte er sich wieder um und tätschelte sein geschwollenes Auge. »Ich beginne jetzt erst zu schätzen, wie clever mein alter Herr ist. Die Sache mit dem Museum hat all das aus meinem Kopf verjagt. Mir geht's blendend.«

»Wollen Sie mich noch immer in Ihrer Nähe haben?«

»Sie wollen doch nicht etwa abreisen!«

»Ich wollte bloß hören, wie Sie dazu stehen.«

»Um Himmels willen, bleiben Sie!«

»Selbstverständlich. Im übrigen aber ist die Unterbringungssituation hier nicht so günstig. Ich im Gästehaus, Sie auf der obersten Etage.«

»Sie meinen, für den Fall, daß ich noch einmal einen Anfall kriege?«

»Ja.«

»Warum kommen Sie nicht mit mir nach oben? Ich habe das ganze Dachgeschoß ...«

»Dann hätte ich aber nicht die nötige Ruhe, die ich für diesen verfluchten Roman brauche. Ich wünschte, ich hätte den Vertrag nicht unterschrieben ... Kommen die Attacken auch mitten in der Nacht?«

»Nein. Ich kann mich an keine einzige erinnern, die mich im Schlaf erwischt häte.«

»Dann besteht meine Aufgabe darin, erst dann schlafen zu gehen, wenn Sie schon schnarchen. Das macht die Sache einfacher. Tagsüber werde ich hier arbeiten, wo ich ein Auge auf die Eingangstür habe. Und abends werde ich erst dann zu Bett gehen, wenn Sie schon im Reich der Träume sind. Ist das nicht Ihr Schlafzimmer? Da oben, wo Licht ist, auf der obersten Etage?«

»Nein, das ist das große Fenster meines Ateliers. Mein Schlafzimmer liegt rechts davon. Es ist dunkel jetzt.«

Ellery nickte. »Gehen Sie schlafen.«

Doch Howard rührte sich nicht von der Stelle. Er stand leicht abgewandt; sein Gesicht war in Schatten getaucht.

»Noch etwas anderes auf dem Herzen, Howard?«

Howard rührte sich, gab aber keinen Laut von sich.

»Dann hauen Sie sich in die Falle, und zwar fix. Vergessen Sie nicht, daß ich vor Ihnen auch nicht ins Bett kann.«

»Gute Nacht«, erwiderte Howard in sehr seltsamem Ton.

»Gute Nacht, Howard.«

Ellery wartete, bis die Haustür ins Schloß gefallen war. Dann überquerte er die Terrasse und schlenderte gemächlich um den sternenglitzernden Pool herum zum Gästehaus.

* * *

Er löschte die Lichter in dem Häuschen und kam wieder heraus, um sich auf die Terrasse zu setzen. So saß er da und rauchte seine Pfeife im Dunkeln.

Offenbar waren Diedrich und Sally bereits zu Bett gegangen: im ersten Stock des Hauses brannte kein Licht. Einen Augenblick später ging das Licht in Howards Atelier aus. Dann ging rechts davon ein Licht an. Fünf Minuten später war auch dieses Fenster dunkel. Howard war also im Bett.

Ellery saß lange dort. Der Schlaf würde Howard nicht leicht übermannen.

Was mochte Howard heute, heute abend nur so verstört haben? Die Amnesie war es nicht. Es war etwas Neues, eine neue Entwicklung oder die unerwartete Wendung einer älteren. Die in den vergangenen zwei Tagen eingetreten war. Wer war daran beteiligt? Diedrich? Sally? Wolfert? Oder jemand, den er nicht kannte?

Die Spannungen zwischen Howard und Sally mochten Teil davon sein. Aber es gab auch noch andere. Zwischen Howard und seinem Onkel. Oder die Krämpfe der Vaterliebe, die Spannungen zwischen Howard und Diedrich.

Das nächtliche Haus lag unerschütterlich vor ihm.

Dunkel und riesig.

Es war groß genug, um darin zu hassen. Oder zu lieben.

Plötzlich fiel Ellery auf, daß er dies schon mehr als einmal durchlebt hatte – dieses Hocken in der Wrightsviller Nacht, während er sich den Kopf über Wrightsviller Beziehungen zerbrach.

Die Nacht, in der er auf der Veranda geschaukelt hatte, nachdem Patty und Lola Wright gegangen waren … die Nacht, in der er auf der Schwingschaukel von Talbot Fox gesessen hatte … beide Male dort drunten am Hill, irgendwo in der tieferen Dunkelheit. Aber damals hatte er die Zähne bereits in etwas Konkretes geschlagen. Diesmal jedoch … diesmal war es, als wolle er aus der Finsternis selbst ein Stück herausbeißen.

Vielleicht war da gar nichts. Vielleicht war da nur Howards Amnesie, mit klarer, keinesfalls rätselhafter Ursache. Und der Rest Hirngespinste.

Ellery war dabei, seine Pfeife auszuklopfen und ins Bett zu gehen, als die Bewegung seiner Hand gefror und jeder seiner Muskeln sich alarmiert anspannte.

Etwas da draußen hatte sich bewegt.

Seine Augen hatten sich nun an die Dunkelheit gewöhnt, und er konnte Gradunterschiede erkennen. Sie hatte nun mehr als eine Dimension, graue Stellen und scheckige Stellen; Puzzleteilchen der Nacht.

Etwas hatte sich in dem helleren Flecken bewegt, im Garten hinter dem Pool, kurz vor der gespenstischen Blautanne.

Er war todsicher, daß niemand aus dem Haus gekommen war. Also konnte es nicht Howard sein. Die ganze Zeit über mußte jemand da gewesen sein – die ganze Zeit über, in der er sich mit Howard auf der Terrasse unterhalten hatte, die ganze Zeit über, die er allein vor dem Gästehaus gesessen hatte, rauchend und denkend.

Er kniff angestrengt die Augen zusammen, versuchte, mit seinem Blick durch die Schattenwelt zu dringen.

Er erinnerte sich nun, daß an jener Stelle eine marmorne Gartenbank stand.

Mit diesem Wissen versuchte er, die Dunkelheit zu zerlegen. Doch je angestrengter er guckte, desto weniger sah er.

Er war drauf und dran zu rufen, als ein Schauer aus Licht auf den Pool herabregnete. Die Wolke hatte den Mond freigegeben.

Etwas war auf der Gartenbank. Etwas Massiges, das bis zum Boden herunterreichte.

Als er seine Augen nochmals auf den Punkt fixierte, erkannte er auch, was es war.

Es war eine Gestalt, die in Stoffe oder einen Umhang gehüllt war, eine weibliche Gestalt, den rundlichen Beinen nach zu schließen.

Sie verharrte nun bewegungslos.

Einen Moment lang wußte er, wer sie war. Sie war Saint-Gaudens' Skulptur *Tod.* Die sitzende Frau, die rundum in Stoff gehüllt war, selbst ihr Kopf. Das verschattete Gesicht und der eine sichtbare Arm, in dessen Hand sie ihr Kinn stützte.

Dann jedoch löste sich die Ähnlichkeit in fließende Stoffe auf, als das Mondlicht den Stein zum Leben erweckte. Und die Gestalt – es schien unbegreiflich – erhob sich und wurde zu einer alten, einer uralten Frau.

Sie war so alt, daß ihr Rücken dem Buckel einer wütenden Katze glich. Sie begann sich zu bewegen; und ihre Bewegungen waren geheimnisvoll verstohlen, wie aus einem anderen Zeitalter.

Als sie sich Zentimeter für Zentimeter voranschob, spukhaft über der Erde schwebend, gab sie Laute von sich. Es waren schwache Töne, einem vom Wind herübergetragenen gespenstischen Geflüster ähnlich.

»Und ob ich schon wandelte im finsteren Tal …«

Dann verschwand sie.

Vollkommen.

Eben war sie noch dagewesen; jetzt war sie fort.

Ellery rieb sich die Augen.

Als er wieder hinsah, war jedoch noch immer nichts zu sehen. Die nächste Wolke schob sich vor den Mond.

»Wer ist da?« rief er.

Niemand antwortete.

Eine nächtliche Schimäre. Da war überhaupt nichts gewesen. Und die Worte, die er ›gehört‹ hatte, waren das Echo eines Kollektivgedächtnisses in seinem Gehirn gewesen. Das Gerede über Skulpturen … die Totenstille um das Haus herum … konzentriertes Nachdenken … Selbsthypnose.

Nur weil er Ellery war, tastete er sich um den Pool herum zur unsichtbaren Gartenbank.

Der Stein war warm.

* * *

Ellery schlich zum Gästehaus zurück, knipste das Licht an, kramte in seinem Koffer, fand seine Taschenlampe und kehrte eilig zum Garten zurück.

Er fand den Busch, hinter dem sie in dem Augenblick verschwunden war, in dem das Mondlicht erlosch.

Sonst fand er nichts.

Sie war fort; und von nirgendwo kam Antwort. Eine halbe Stunde lang suchte er das Grundstück ab.

Der dritte Tag

Sallys Stimmbänder klangen dermaßen zum Zerreißen gespannt, daß Ellery dachte, Howard habe einen erneuten Anfall erlitten.

»Ellery! Sind Sie schon auf?«

»Sally. Irgend etwas nicht in Ordnung? Howard?«

»Nein, nein. Ich war nur so frei reinzukommen. Ich hoffe, es macht Ihnen nichts aus.« Ihr Lachen klang einen Hauch zu schrill. »Ich bringe Ihnen Ihr Frühstück.«

Er wusch sich hastig. Als er im Bademantel ins Wohnzimmer kam, fand er Sally auf- und abschreitend vor. Sie zog fahrig an ihrer Zigarette, warf sie jedoch sofort ins Kaminfeuer und nahm die Glocke von einem großen Silbertablett.

»Sally, Sie sind ein Goldstück. Aber das war nun wirklich nicht nötig.«

»Wenn Sie nur irgendeine Ähnlichkeit mit Dieds und Howard besitzen, dann werden Sie zuallererst ein warmes Frühstück wollen. Kaffee?«

Sie war äußerst nervös. Und plapperte unentwegt vor sich hin.

»Ich weiß, daß ich mich schrecklich benehme. Es ist ja Ihr erster Morgen hier. Aber ich dachte eben, es macht Ihnen nichts aus. Dieds ist seit Stunden fort, und Wolfert auch. Ich dachte, wenn es Ihre Zeiteinteilung schon erlaubt, so lange zu schlafen, dann würde es Sie auch nicht stören, wenn ich hier so mit Kaffee, Schinken-Eiern und Toast hereinplatze. Ich weiß, daß Sie darauf brennen, möglichst bald wieder an Ihrem Roman zu sitzen. Und ich verspreche Ihnen, daß ich das nicht zur Gewohnheit machen werde. Schließlich hat Dieds bestimmt, daß Sie auf keinen Fall gestört werden dürfen; und ich bin eine gehorsame Ehefrau …«

Ihre Hände zitterten.

»Schon gut, Sally. Ich hätte ohnehin erst in ein paar Stunden angefangen. Sie ahnen ja gar nicht, was ein Schriftsteller alles erledigen muß, bevor er in der Lage ist, den flüchtigen Erzählfaden wieder aufzunehmen. Er muß sich zum Beispiel die Fingernägel säubern, die Morgenzeitung lesen ...«

»Das erleichtert mich sehr.« Sie versuchte zu lächeln.

»Trinken Sie eine Tasse Kaffee. Dann geht es Ihnen gleich noch besser.«

Sie nahm die zweite Tasse, die auf dem Tablett gestanden hatte. Ellery war dies Detail nicht entgangen.

»Ich hatte gehofft, daß Sie mich das fragen würden, Ellery.« Ton zu beiläufig.

»Sally, was ist los?«

»Ich hatte gehofft, daß Sie mich auch das fragen würden.«

Sie stellte die Tasse ab; ihre Hände zitterten unkontrollierbar. Ellery zündete eine Zigarette an, stand auf, ging um den Tisch herum und steckte sie ihr in den Mund.

»Lehnen Sie sich zurück. Schließen Sie die Augen, wenn Ihnen danach ist.«

»Nein. Nicht hier.«

»Wo dann?«

»Überall, bloß nicht hier.«

»Wenn Sie warten, bis ich mich angezogen habe ...«

Ihr Gesicht wirkte verhärmt; irgend etwas bedrückte sie gewaltig. »Ellery, ich möchte Sie nicht von Ihrer Arbeit fortzerren. Das wäre nicht richtig.«

»Warten Sie, Sally.«

»Ich hätte nicht einmal im Traum daran gedacht, es zu tun, wenn nicht ...«

»Jetzt hören Sie auf damit. Ich bin in drei Minuten wieder da.«

»Also bist du doch zu ihm gegangen«, sagte Howard von der Tür her.

Sally drehte sich auf ihrem Stuhl herum, eine Hand auf der Rückenlehne. Sie war so blaß, daß Ellery glaubte, sie müsse jeden Moment in Ohnmacht fallen.

Howards Wangen waren aschfahl.

»Was immer es ist, Howard«, sagte Ellery ruhig, »ich sage Ihnen auf den Kopf zu, daß es richtig von Sally war, sich an mich zu wenden, und daß es falsch von Ihnen war, zu versuchen, sie zurückzuhalten.«

Die geschwollene Partie von Howards Lippen gab seinem Mund einen bitteren Zug.

»Okay, Ellery. Ziehen Sie sich an.«

* * *

Als Ellery aus der Hütte trat, erblickte er ein neues Cabrio unter dem Vorbau das Haupthauses. Sally saß hinter dem Steuer. Howard verstaute gerade einen Korb.

Ellery gesellte sich zu ihnen. Sally trug ein rehbraunes Wildlederkostüm und hatte ihr Haar mit einem Seidenschal zu einer Art Turban gebunden; sie war stark geschminkt – ihre Wangen hatten Farbe.

Seinen Blick mied sie.

Howard war auffallend umständlich mit dem Korb zugange. Er blickte erst auf, als Ellery bereits neben Sally saß. Dann drückte er sich an Ellery vorbei auf seinen Sitz, und Sally ließ den Motor an.

»Wofür haben wir den Korb dabei?« fragte Ellery heiter.

»Ich habe Laura gebeten, uns einen Picknickkorb zu packen«, antwortete Sally, die wild schaltete.

Howard lachte. »Warum sagst du ihm nicht warum? Wenn jemand anruft, soll das Personal antworten können, wir machten einen Picknickausflug. Oder?«

»Ja, ist so«, erwiderte Sally mit gesenkter Stimme. »Langsam werde ich richtig gut darin.«

Die Serpentinenkurven der Auffahrt nahm sie fast wütend. An der Ausfahrt zum North Hill Drive bog sie links ab.

»Wohin geht es, Sally? In diese Richtung bin ich noch nie gefahren.«

»Ich dachte mir, wir fahren hoch zum Quetonokis Lake. Das ist ein See an den Ausläufern der Mahoganies.«

»Guter Platz, um zu picknicken«, bemerkte Howard.

Sally warf ihm einen Blick zu, und er wurde rot.

»Ich habe ein paar Jacken mitgenommen«, erwiderte er verstimmt. »Um diese Jahreszeit ist es da oben ziemlich kühl.«

Danach erstarb das Gespräch; und Ellery war irgendwie dankbar.

* * *

Unter normalen Umständen wäre die Fahrt in den Norden eine wunderbare Spritztour geworden.

Das Land zwischen Wrightsville und den Mahoganies war sehr unterschiedlich konturiert – eine Hügellandschaft mit Eigenleben; mit Steinmauern und kleinen wackligen Brücken, die Sheep Run, Indian Wash oder McCombers Creek hießen und über fließendem Wasser schwankten; und dieses fruchtbare, grüne, kleebewucherte, sich überlappende Weideland, das wirkte wie eine umwogte Unterwasserlandschaft, in der sich Herden von friedfertigen, weidenden Kühen tummelten. Hier standen die großen Molkereien des Bezirks; Ellery blickte auf krankenhausähnliche Scheunen, das Blitzen der makellosen Silos, das gemächliche Grasen der Herden – während der Wagen zu den Gebirgsausläufern hochschnaubte.

Und die Straße war wie das Kielwasser eines die Berge hinaufschäumenden Schiffes.

Doch sie verschatteten die Straße mit ihrer geheimen Last; es war eine sündige Last, piratenhaft und schmugglerisch, daran bestand für Ellery gar kein Zweifel.

Der Charakter der Landschaft veränderte sich, während das Cabrio an Höhe gewann. Man blickte nun auf verkrüppelte Pinien und granitene Felsnasen. Aus den Kühen wurden Schafe. Bald verschwanden auch die Schafe mitsamt den Zäunen; es folgten vereinzelte Bäume, dann Gruppen, Wäldchen und schließlich ein dichter, endlos scheinender Wald. Der Himmel war ihnen hier näher, mit seinem klaren kalten Blau, als wäre er eine andere Art von Meer, auf dem die Wolken eilig dahinsegelten. Die Luft roch beißend frisch.

Sie fuhren durch die Wälder, an gigantischen, dunklen Bergkuppen vorbei, wo die Sonne niemals durch den dichten Tann drang, und überall zeigte der Berg sein granitenes Skelett. Eine großartige Landschaft. Ellery mußte an Diedrich denken, und er fragte sich, ob die gnadenlos präzise Übereinstimmung zwischen seiner und der Natur der Landschaft Sally davon abhielt, diesen Ort für ihr Geständnis zu wählen.

Und da lag auch schon Quetonokis Lake vor ihnen, eine blau schimmernde offene Wunde in der Flanke des Berges, die dessen grüner Uferbewuchs stillte – es bot sich ein Bild vollkommener Ruhe.

Sally fuhr einen moosbewachsenen Felshügel am Seeufer hoch und zog den Zündschlüssel ab.

Überall wuchsen Lorbeer und Gerberstrauch; man atmete den würzigen Duft der Pinien. Vögel flatterten auf und ließen sich auf einem Baumstamm nieder, der im See trieb, wo sie mißtrauisch und fluchtbereit sitzen blieben.

»Nun?« fragte Ellery, und sie stoben davon.

Er bot Sally eine Zigarette an, doch sie schüttelte den Kopf; ihre Hände in Handschuhen lagen noch immer auf dem Steuer, mit festem Griff. Ellery sah zu Howard hinüber, doch Howard starrte auf den See.

»Nun?« fragte Ellery noch einmal. Sallys Stimme klang heiser und belegt. Sie befeuchtete ihre Lippen und setzte erneut an. »Ich möchte, daß Sie gleich wissen, das dies allein meine Idee war. Howard ist absolut dagegen. Wir haben uns zwei Tage lang gezankt wie die Kesselflicker. Seit Mittwoch, Ellery.«

»Erzählen Sie.«

»Jetzt, wo wir hier sind, weiß ich nicht, wie ich anfangen soll.« Ihr Blick war von Howard abgewandt, aber sie hielt inne und wartete.

Howard reagierte nicht.

»Howard. Soll ich Ellery zuerst alles über … dich erzählen?«

Ellery konnte spüren, wie sich alles in Howard verkrampfte. Sein Körper war steif wie die Baumstämme. Plötzlich ging Ellery auf, daß das, was er nun zu hören bekam, zumindest einen Teil von Howards Problem ausmachte. Vielleicht reichte nichts so tief in seine Neurose hinein wie diese Geschichte.

Sally begann zu weinen.

Howard ließ sich in seinen Ledersitz zurückfallen; die elende Lage, in der er sich sah, löste seine Lippen. »Tu das nicht, Sally! Ich erzähl's ihm selbst. Aber tu das bloß nicht!«

»Tut mir leid.« Sally wühlte in ihrer Handtasche nach einem Taschentuch. »Es passiert mir nicht wieder«, fügte sie mit erstickter Stimme hinzu.

Howard wandte sich Ellery zu. »Ich bin nicht Diedrichs Sohn«, erklärte er knapp, als wolle er es schnell hinter sich bringen.

* * *

»Niemand außerhalb unserer Familie weiß davon«, fuhr er fort. »Vater hat es Sally erst bei ihrer Hochzeit gesagt. Aber Sally ist die einzige Außenstehende.« Er verzog den Mund. »Außer mir natürlich.«

»Wer sind Sie dann?« fragte Ellery, als wäre dies die normalste Frage der Welt.

»Ich weiß es nicht. Niemand weiß es.«

»Ein Findelkind?«

»Verrückt, nicht wahr? Man sollte meinen, das wäre seit Horatio Alger vorbei. Aber es passiert immer noch. Mir zum Beispiel. Und lassen Sie mich Ihnen folgendes sagen: wenn es Ihnen passiert, ist es, als wäre es nur Ihnen auf der Welt passiert. Niemals jemandem sonst zuvor. Und Sie beten dafür, daß es auch nie wieder jemandem passiert.«

Das alles klang sehr sachlich, fast ungeduldig, als sei dies einer der minder wichtigen Schlüssel zu seinem Problem. Obwohl Ellery natürlich wußte, daß dieser Schlüssel die Türen bis hinein ins Innere öffnen würde.

»Ich war noch ein Baby. Erst ein paar Tage alt. Man hat mich in der üblichen Weise auf die Türschwelle der Van Horns gelegt, in einem billigen Wäschekorb. Ein Zettel, auf dem mein Geburtsdatum stand, war an meine Decke geheftet – nur das Geburtsdatum, sonst nichts. Das Körbchen ist jetzt irgendwo auf dem Speicher; Vater möchte sich einfach nicht davon trennen.« Howard lachte.

»Und es ist so ein winziges Körbchen«, sagte Sally.

Howard lachte wieder.

»Und es gab keinerlei Hinweise?« fragte Ellery.

»Nein.«

»Was ist mit dem Korb, der Decke, dem Stück Papier?«

»Der Korb und die Decke waren von sehr minderwertiger Qualität – das übliche Billigzeug, wie Vater sagt, das überall in der Stadt verkauft wird. Und das Papier war bloß ein Stück, das man von einer Tüte abgerissen hatte.«

»War Ihr Vater verheiratet?«

»Er war Junggeselle. Er hat nie geheiratet, bis er Sally heiratete, vor ein paar Jahren ... Es war kurz vor dem Ersten Weltkrieg«, erwiderte Howard, während er auf die Vögel schaute, die sich wieder auf dem Baumstamm niedergelassen hatten. »Wie Vater das genau hinbekommen hat, weiß ich nicht, aber irgendwie hat er es geschafft, mich zu adoptieren. Vermutlich waren sie damals mit den Adoptionsgesetzen noch nicht so streng. Er hat dann eine erstklassige Kinderschwester eingestellt, die sich um mich kümmerte. Wahrscheinlich hat das geholfen. Wie auch immer – er gab mir den Namen Howard Hendrik Van Horn – Howard nach seinem Vater, dem alten Feuerschlucker, und Hendrik nach seinem Großvater. Und dann kam der Krieg. Er hat Wolfert dann aus Boston zurückgeholt und mit dem Geschäft so richtig angefangen.

Wolfert war nie besonders nett zu mir«, fuhr Howard mit einem Lächeln fort. »Ich scheine ihn ständig daran zu erinnern, wie er mich nach Strich und Faden verdroschen hat, während die Schwester geheult und geschimpft hat. Sie ist nur geblieben, bis Vater aus den Schützengräben zurück war. Dann hatten wir eine andere Schwester. Die alte Nanny. Sie hieß Gert, aber ich nannte sie immer Nanny. Sehr originell von mir, nicht wahr? Leider ist sie vor sechs Jahren gestorben … Natürlich hatte ich danach Hauslehrer, als es meinem Vater immer besser ging. Aber alles, woran ich mich erinnern kann, sind Riesen, viele Riesen. Ihre Riesengesichter kamen und gingen.

Ich wußte nicht, daß ich woanders herkam, bis ich fünf war. Mein liebenswerter Onkel Wolfert klärte mich auf.«

Howard kam ins Stocken. Er holte ein Taschentuch hervor und wischte sich den Nacken damit. Dann steckte er das Taschentuch weg und fuhr fort.

»Ich habe Vater noch an dem Abend gefragt, was das bedeute, ob er mich fortschicken wolle. Er nahm mich einfach, küßte mich, und wahrscheinlich hat er mir das alles erklärt, mir Rückhalt gegeben; aber trotzdem bin ich jahrelang nicht sicher gewesen, ob mich nicht plötzlich jemand wegholen würde … Immer, wenn ich ein fremdes Gesicht sah, habe ich mich versteckt.

Aber ich komme vom Thema ab. In jener Nacht gab es eine böse Streiterei zwischen Vater und Onkel Wolfert. Weil Onkel Wolfert erzählt hatte, daß ich in einem Körbchen aus dem Nirgendwo gekommen bin und Vater nicht mein richtiger Vater ist. Sie dachten wohl, ich läge längst schlafend im Bett; aber ich erinnere mich, wie ich die wütenden Stimmen hörte, die Treppen heruntergeschlichen bin und durch zwei … Portieren, glaube ich, hindurchgeschielt habe. Vater schäumte in einer Weise vor Wut, wie ich ihn danach nie wieder gesehen habe. Er brüllte, daß er vorgehabt habe, mir das selbst zu sagen, wenn ich erst ein bißchen älter gewesen wäre, daß dies allein seine Sache sei und er schon gewußt hätte, wie er das hinbekommen würde, und was Wolfert sich eigentlich davon verspreche, mir eine solche Heidenangst einzujagen, sobald er mich nur allein zu fassen bekomme? Onkel Wolfert sagte darauf wohl etwas … etwas ziemlich Widerwärtiges, denn Vaters Gesicht erstarrte zu Stein und er ballte die Faust … Sie wissen ja, was für Pranken er hat; damals jedoch erschien sie mir wie eine der Kanonenkugeln aus dem Bürgerkrieg, wie sie am Gefallenendenkmal im Pine Grove aufgestapelt sind … Er ballte also die Faust und rammte sie Wolfert mit Karacho in den Mund.«

Wieder lachte Howard.

»Ich sehe noch heute vor mir, wie Wolferts Kopf auf dem knochigen Hals in den Nacken knickte und ihm dutzendweise Zähne aus dem Mund flogen, so wie man das in den Stummfilm-Slapsticks meiner Kindheit immer sah, nur daß es sich um echte Zähne handelte. Sein Kiefer war gebrochen, und er mußte für sechs Wochen ins Krankenhaus; zunächst dachten sie nämlich, daß ein Nerv oder Wirbel verletzt sei und er lebenslang gelähmt bleiben oder gar sterben würde. Nun ja, so war es dann doch nicht, und gestorben ist er auch nicht. Trotzdem hat Vater seitdem niemals mehr jemanden geschlagen.«

Und so trug Diedrich also die Last der Schuld auf seinen Schultern, ein Umstand, den sein Bruder Wolfert mit Sicherheit in den vergangenen 25 Jahren ausgenutzt hatte. Doch dies war relativ banal; auch die Starken schleppten derlei Schuldgefühle mit sich herum; die entscheidende Rolle dabei fiel Howard zu – und was der Vorfall mit seiner Neurose zu tun hatte. Die starke Bindung zwischen Howard und Diedrich war aus Howards Ängsten heraus entstanden, die mit seiner Herkunft zusammenhingen; Ängste, die Wolfert schürte und die bei ihm über die beobachtete Gewaltszene zur Traumatisierung geführt hatten. Da er wußte, daß er nicht Diedrichs Sohn war, aber nicht wußte, wer ihn wirklich gezeugt hatte, klammerte sich Howard an Diedrich und baute ihn zu jenem kolossalen Übervater auf, den er später aus dem Stein heraushämmerte – das Symbol für Geborgenheit und die Brücke zur feindseligen Welt. Als dann jedoch Sally auftauchte und sein Vater sie heiratete …

»Der einzige Grund, aus dem das wichtig ist«, fuhr Howard ernst fort, »ist der, daß Sie nur dann verstehen können, was später geschah, in welcher Klemme wir stecken, wenn Sie nachvollziehen können, was mein Vater mir bedeutet, Ellery.«

»Ich glaube, daß ich weiß«, erwiderte Ellery, »was Ihr Vater Ihnen bedeutet.«

»Nein, das wissen Sie eben nicht. Alles, was ich bin, alles, was ich habe, verdanke ich nur ihm. Sogar meinen Namen! Er hat mich aufgenommen. Er hat für die beste Pflege gesorgt, zu Zeiten, wo das für ihn noch wirkliche Opfer bedeutete. Und immer mußte er die Sticheleien seines Bruders ertragen und sich anhören, was für ein Idiot er sei. Er hat mir eine gute Erziehung zukommen lassen. Er hat mich in meinen Träumen unterstützt, Bildhauer zu werden, von der Zeit an, als ich noch mit Knetgummi herummatschte. Er schickte mich nach Europa. Er nahm mich wieder auf. Er ermöglichte es mir, ohne finanzielle Sorgen arbeiten zu können. Ich bin einer seiner drei Erben. Und er hat mir nie Vorwürfe gemacht, daß ich noch nicht mit meßbaren Erfolgen aufwarten kann oder manchmal zur Faulheit neige … nie. Sie selbst haben gesehen, was er gestern abend getan hat – mir ein ganzes Museum gekauft! – damit ich eine Möglichkeit habe, mein Talent, wie groß es auch immer sein mag, unter Beweis zu stellen. Selbst wenn ich Judas wäre, könnte ich ihm niemals wehtun oder ihn hängenlassen. Ich meine – ich würde das niemals wollen. Er ist der Grund dafür, daß es mich überhaupt gibt. Ich verdanke ihm alles.«

»Glauben Sie denn nicht«, fragte Ellery mit einem Schmunzeln, »daß er sich so verhalten hat wie derjenige, der er eben ist – Ihr Vater?«

»Ich hatte ja auch gar nicht erwartet«, sagte Howard ungehalten, »daß Sie das verstehen würden.« Er sprang aus dem Wagen, lief den Felshügel hinauf und setzte sich aufs Moos, trat nach einem Stein, verfehlte ihn, hob ihn auf und schleuderte ihn gegen den Baumstamm.

Wieder flatterten die Vögel auf.

»Das ist Howards Teil der Geschichte«, sagte Sally. »Lassen Sie mich nun meinen erzählen.«

* * *

Ellery rutschte in den Sitz neben ihr, und Sally wandte sich ihm zu. Die Beine zog sie an. Dieses Mal nahm sie die Zigarette, die er ihr anbot. Eine Weile rauchte sie, während ihr linker Arm auf dem Steuer lag. Es wirkte, als suche sie nach dem entscheidenden ersten Wort. Howard blickte zu ihr herüber, schaute wieder weg.

»Mein Name war Sara Mason«, begann sie zögerlich. »Sara ohne das *H* hinten. Mama war das sehr wichtig. Sie hatte den Namen in dieser Schreibweise im *Record* gelesen und fand ihn elegant … Es war Dieds, der mich Sally zu nennen begann, unter anderem.« Sie lächelte matt.

»Mein Vater arbeitete in der Jutefabrik. Jute und minderwertiger Stoff. Ich weiß nicht, ob Ihnen klar ist, wie es in einer Jutefabrik zugehen kann. Bevor Dieds sie aufkaufte, muß sie die Hölle gewesen sein. Dieds machte so etwas wie eine anständige Fabrik daraus. Sie macht jetzt sehr gute Gewinne – Jute braucht man ja für die Herstellung von so vielen Sachen, sogar für Schallplatten, meine ich – oder ist es dieser minderwertige Shoddy? Ich behalte das nie. Wie auch immer – Dieds hat den Laden übernommen und ihn neu organisiert. Mit als erstes hat er meinen Vater gefeuert.«

Sally schaute auf. »Papa taugte einfach nichts. Der Job, den er in der Fabrik hatte, wurde normalerweise von Mädchen gemacht, von ungelernten Arbeiterinnen, keine besonders schwere Arbeit. Aber nicht mal das konnte er. Er hatte alles gemacht – hatte eine ziemlich gute Ausbildung – und in allem versagt. Er trank, und wenn er trank, verprügelte er Mama. Mich schlug er nie – er hatte einfach keine Gelegenheit dazu. Ich habe ziemlich früh gelernt, ihm aus dem Weg zu gehen.« Wieder lächelte sie jenes matte Lächeln. »Ich bin ein Paradebeispiel für die Richtigkeit von Darwins Evolutionstheorie. Ich hatte einen ganzen Pulk von Brüdern und Schwestern, aber nur ich habe überlebt. Die anderen sind im Baby- oder Kleinkindalter gestorben. Ich nehme an, ich wäre auch noch draufgegangen, wenn Papa nicht zuerst gestorben wäre. Und Mum.«

»Oh«, entfuhr es Ellery.

»Sie starben ein paar Monate, nachdem Papa seine Arbeit in der Fabrik verloren hatte. Es gelang ihm nicht mehr, eine neue zu finden. Eines Morgens fand man ihn im Willow River. Sie sagten, er sei in der Nacht gestolpert – einfach sturzbetrunken – und ersoffen. Zwei Tage später kam Mama ins Wrightsville Hospital, um ihr -zigstes Baby zur Welt zu bringen, eine Frühgeburt. Das Baby wurde tot geboren, und auch Mama starb. Ich war neun.«

Das war die typische Fallgeschichte einer Familie von der Polly Street, dachte Ellery. Aber er begann sich zu wundern. In nichts von alledem war auch nur der geringste Keim dessen auszumachen, aus dem sich die Sally neben ihm entwickelt haben konnte. Soziologisch gesehen passierten selten Wunder. Wie war aus der schmuddeligen kleinen Sara Mason eine Sally Van Horn geworden?

Sie lächelte wieder. »Da ist nichts Rätselhaftes dabei, Ellery.«

»Es gibt Frauen, über die muß man sich ständig ärgern«, zischte Ellery. »Nun? Wie kam's?«

»Durch Dieds. Ich war minderjährig, ohne Erbe, und die einzigen Verwandten, die ich hatte – eine Cousine meiner Mutter in New Jersey und ein Bruder meines Vaters in Cincinnati – wollten mich nicht. Nun ja, die waren auch beide sehr arm und hatten große Familien; ich nehme es ihnen auch nicht übel. Ich wurde als Mündel des Bezirks dem Slocumer Waisenhaus zugeteilt, als Dieds von meinem Schicksal hörte. Er war einer der Treuhänder des Waisenhauses; man hatte ihm von Mums Tod erzählt, und daß sie ein kleines Mädchen zurückließ …

Er hatte mich nie gesehen. Aber als er herausfand, wer ich war – die verwaiste Tochter von Matt Mason, den er gefeuert hatte … ich habe ihn immer gefragt, warum er sich überhaupt um mich kümmerte. Dieds lachte dann immer und erklärte, es sei Liebe auf den ersten Blick gewesen. Diesen ersten Blick warf er auf mich, als er mich bei Mrs. Plaskow besuchte, die auch in der Polly Street wohnte. Das war eine Nachbarin, die mich für den Übergang zu sich genommen hatte, eine stattliche, mütterliche Frau mit goldgerahmten Brillengläsern. Es war ein Freitagabend, und Mrs. Plaskow zündete gerade Kerzen an – sie waren Juden. Ich entsinne mich, wie sie mir erklärte, daß die Juden an Freitagabenden Kerzen anzündeten, weil seit Tausenden von Jahren mit dem Sonnenuntergang der Sabbat begann. Ich war sehr beeindruckt, als es an der Tür klopfte, der kleine Philly Plaskow öffnete und plötzlich dieser riesige Mann im Raum stand, der die Kerzen und die Kinder musterte und fragte: ›Welches ist das kleine Mädchen, dessen Mutter gestorben ist?‹ – Liebe auf den ersten Blick!« Wieder lächelte Sally, diesmal ein wenig verstohlen. »Ich war eine schmutzige, verängstigte Göre mit mageren Ärmchen und Beinchen und einem Brustkorb, auf dem man Xylophon hätte spielen können. Ich hatte solche Angst, daß ich anfing, mich zu sträuben wie eine streunende Katze.« Diesmal lachte sie. »Ich nehme an, das war es, was ihn für mich eingenommen hat. Er versuchte, mich auf den Schoß zu nehmen, und ich kämpfte mich frei – zerkratzte ihm das Gesicht, trat ihm gegen die Schienbeine –, während Mrs. Plaskow zu weinen anfing und die Plaskow-Kinder um mich herumtanzten und schrien …«

Ihr Gesichtsausdruck veränderte sich. »Ich erinnere mich daran, wie stark er war, wie groß und warm, und daß er wunderbar roch … noch besser als das frischgebackene Brot auf dem Küchentisch. Ich kreischte weiter und heulte ihm die Krawatte voll, während er mir sachte übers Haar streichelte und ruhig auf mich einredete. Dieds ist selbst ein Kämpfer. Er fliegt auf Kämpfernaturen.«

Howard erhob sich und kam zum Wagen zurück. »Schweif doch nicht immer so ab. Weiter, bitte!«, sagte er heiser.

»Ja, Howard«, erwiderte Sally. »Nun ja; er arrangierte sich mit der Bezirksverwaltung und richtete einen Fonds für mich ein – in die Details brauche ich nicht zu gehen. Ich wurde in Privatschulen erzogen, von freundlichen, aufmerksamen und sehr fortschrittlichen Leuten, in den richtigen Schulen eben. Auf Dieds' Kosten. Das waren Schulen in anderen Bundesstaaten. Ich war sogar bei Sarah Lawrence in Europa. Dort drüben begann ich mich für Soziologie zu interessieren.« Sie lachte und sagte leicht dahin: »Ich habe zwei Abschlüsse, und ich habe in New York und Chicago interessante Studien betrieben. Aber immer wollte ich nach Wrightsville zurückkommen und hier arbeiten …«

»In der Polly Street.«

»In allen Polly Streets der Stadt. Und das habe ich auch getan. Genauer gesagt, tu ich es noch immer. Wir haben heute Teams von erfahrenen Leuten, Tagesschulen, Krankenhäuser, ein komplettes Wohlfahrtsprogramm. Hauptsächlich auf Dieds' Kosten. Natürlich habe ich ihn oft gesehen …«

»Er muß sehr stolz auf Sie gewesen sein«, murmelte Ellery.

»Vermutlich hat es damit begonnen, aber … dann hat er sich in mich verliebt.

Ich kann kaum beschreiben, wie mir zumute war, als er es mir gestand. Dieds hatte immer mit mir korrespondiert. Er hatte sich ins Flugzeug gesetzt, um mich als Schülerin zu besuchen. Ich hatte ihn nie als Vater gesehen … mehr als einen riesengroßen Schutzengel mit sehr männlichen Zügen. Klänge es sehr albern, wenn ich sagen würde – als einen Gott?«

»Nein«, sagte Ellery.

»Ich bewahrte jeden Brief auf, den er mir schrieb. Ich behandelte ein paar Fotos von ihm wie einen geheimen Schatz. Zu Weihnachten bekam ich immer viele tolle Geschenke. An meinen Geburtstagen fand immer etwas ganz Besonderes statt – Dieds hat einen sehr guten Geschmack, fast so etwas wie den Instinkt einer Frau für das Außergewöhnliche. Zu Ostern schickte er mir sträußeweise Blumen. Er bedeutete mir alles, alles, was gut war, freundlich, stark und – ja – Trost, eine starke Schulter zum Anlehnen, wenn ich mich einsam fühlte. Auch wenn er gar nicht da war.

Und ich hatte auch noch andere Sachen herausgefunden: Daß er zum Beispiel nur etwa ein Jahr, nachdem er diesen Fonds gegründet hatte, damit für mich gesorgt war und ich zur Schule gehen konnte, pleite ging. Beim Börsencrash 1929. Er war nicht an sein Wort gebunden, was den Fonds anging; er hätte das Geld zurückziehen und investieren können – gebraucht hätte er es bitter nötig, weiß Gott. Aber er rührte keinen Cent davon an. Solche Dinge eben.

Als er mich fragte, ob ich ihn heiraten wolle, sprang mir das

Herz schier aus der Brust. Mir wurde schwindlig. Das war zuviel. Viel zu schrecklich viel. Da war soviel ... soviel Gefühl in mir, daß mir klar war, ich würde das nicht aushalten. Körperlich. All die Jahre der Bewunderung, der Anbetung – und nun dies.«

Sie hielt inne und sagte schließlich mit sehr tiefer Stimme: »Sie müssen verstehen, wirklich begreifen, daß Diedrich mich geschaffen hat. Alles, was ich bin, formte er mit seinen Händen. Es waren nicht bloß das Geld und die Chancen. Er hatte ein schöpferisches Interesse an meiner Entwicklung. Er führte bei meiner Schulausbildung Regie. Seine Briefe lasen sich weise, nicht kindbezogen und furchtbar vernünftig. Er war mein Feund, mein Lehrer und mein Beichtvater, und das hauptsächlich aus der Ferne; aber was er sagte, prägte sich mir ein – mehr vielleicht, als wenn ich ihn oft gesehen hätte. Er war so wichtig für mich, daß ich ihm in meinen Briefen Dinge gestand, die andere Mädchen zögerten, ihrer Mutter anzuvertrauen. Dieds ist nie fordernd gewesen. Er war einfach immer für mich da, fand das richtige Wort, den richtigen Ton, die richtige Geste.

Wäre Dieds nicht gewesen«, fuhr Sally fort, »dann wäre ich jetzt eine Unterstadtschlampe, verheiratet mit einem sehr abgeschufteten Fabrikarbeiter, der verzweifelt versucht, seine unterernährte Kinderschar durchzubringen – ungebildet, stumpfsinnig, ausgelaugt, voller Schmerzen und ohne Hoffnung.«

Ein plötzliches Zittern ging durch ihren Körper; Howard lief zum Wagenheck, holte eine Kamelhaarjacke heraus und kam eilig wieder zurück, um sie um Sallys Schultern zu legen. Seine Hand ruhte auf ihrer Schulter; und zu Ellerys Erstaunen hatte sich ihre Hand in die seine geschmiegt, drückte sie, so daß sich das Handschuhleder über ihren Fingerknöcheln spannte.

»Und dann«, sagte Sally und blickte Ellery unverwandt an, »und dann habe ich mich in Howard verliebt und Howard sich in mich.«

* * *

›Sie sind ineinander verliebt‹, hallte es albern und hartnäckig in Ellerys Kopf nach.

Doch dann begann ihm ein Licht aufzugehen, und er konnte sich nur wundern, wie blind er hatte sein können. Er war auf diese Situation völlig unvorbereitet gewesen, weil er so sicher gewesen war, das Wesen von Howards Neurose zu durchschauen. Seine Analyse hatte ihn zu der Überzeugung gebracht, daß Howard Sally haßte, sie haßte, weil sie sein Vaterbild zerstört und ihn ihm weggenommen hatte. Was er dabei nicht bedacht hatte, war die hintersinnige, komplexe Logik des Unbewußten. Nun jedoch war ihm klar, daß Howard sich *gerade deswegen, weil er Sally haßte, in sie verliebt hatte*. Sie hatte sich zwischen ihn und seinen Vater gedrängt. Indem er sich in sie verliebte, nahm er sie seinem Vater weg – *nicht um Sally zu besitzen, sondern um Diedrich zurückzuerobern*. Um ihn zurückzuerobern und möglicherweise um ihn zu bestrafen.

Ellery war klar, daß Sally und Howard davon nichts ahnten. Auf der bewußten Ebene liebte Howard Sally und durchlitt die Qualen, die seine Schuldgefühle ihm bereiteten, die wiederum Folge seiner Liebe waren. Vermutlich war es dieser Schuldgefühle wegen, daß Howard die Sache vertuscht und wieder vertuscht hatte, seine Beziehung zu Sally selbst dann noch vertuscht hatte, als er Ellery bat, mit ihm nach Wrightsville zu kommen, um die Wahrheit herauszufinden, und noch immer alles vertuschen wollte, als Sally sich mit der Geschichte an Ellery wenden wollte. Hätte Sally nicht insistiert, wäre Howard nie damit herausgerückt.

So zumindest erscheint es mir, dachte Ellery, *und es paßt auch alles nahtlos zusammen. Nur gerate ich dabei ins Schwimmen; in diesen trüben Wassern habe ich nicht zu fischen gelernt, ich habe einfach das Handwerkszeug nicht. Ich muß versuchen, Howard für eine Therapie bei einem erstklassigen Psychiater zu gewinnen, ihn händchenhaltend dorthin geleiten, dann nach Hause zurückkehren und die ganze Geschichte vergessen. Ich darf hier nicht herumstümpern, ich darf es einfach nicht; ich könnte Howard großen Schaden zufügen.*

Sally stellte einen anderen, leichteren Fall dar. Sie liebte Howard, nicht um auf Umwegen ein entgegengesetztes emotionales Ziel zu erreichen, sondern sie liebte ihn um seiner selbst willen. Oder vielleicht trotz seiner selbst. Aber wenn ihr Fall einfacher lag, würde es um so schwieriger sein, ein Allheilmittel für sie zu finden. Echtes Glück mit Howard war nicht zu haben; seine Liebe war falsch. Mit Erreichen seines Ziels würde Howard sein wahres Gesicht zeigen. Nur … wie weit war das gegangen?

»Wie weit ist das gegangen?« fragte Ellery.

Er war wütend.

»Zu weit«, sagte Howard.

* * *

»Ich erzähle das, Howard«, begann Sally.

»Zu weit«, wiederholte Howard, und er klang hysterisch.

»Wir werden es zusammen erzählen«, sagte Sally leise.

Er kaute auf seinen Lippen herum und wandte sich ab.

»Ich fange an, Howard. Ellery, es ist im letzten April passiert. Dieds war nach New York geflogen, um mit seinen Anwälten über irgendwas zu reden, geschäftliche Sachen …«

Sally hatte eine starke Unruhe verspürt. Diedrich war für mehrere Tage verreist. Es gab genug Arbeit in der Unterstadt, die sie hätte erledigen können, aber aus unerfindlichen Gründen hatte sie an dem Tag keine Lust dazu gehabt. Und so dringend wurde sie dort nun auch wieder nicht gebraucht …

Sally war einem plötzlichen Impuls gefolgt, war in ihren Wagen gesprungen und zur Hütte der Van Horns gefahren.

Die Hütte lag höher in den Mahoganies, nahe am Lake Pharisee, wo die Wohlhabenden der Stadt gern die Sommerfrische verbrachten. Im April jedoch war dort alles verlassen; Einkaufsmöglichkeiten gab es nicht. In der Hütte jedoch wurde das ganze Jahr über ein Vorrat an Lebensmitteln in der Gefriertruhe gehalten. Sie konnte also leicht auf dem Weg dorthin irgendwo anhalten und Brot und Milch für zwei Tage einkaufen. Es war um die

Jahreszeit kalt dort droben; aber es lag immer ein Stapel gehacktes Feuerholz bereit, und die Kamine waren wunderbar.

»Ich wollte einfach ein bißchen für mich sein. Wolferts Gesellschaft hatte etwas Deprimierendes. Howard war … nun ja, ich wollte einfach auf eigene Faust weg. Ich sagte ihnen, ich würde nach Boston fahren, um etwas shoppen zu gehen. Ich wollte nicht, daß einer von ihnen wußte, wohin ich fuhr. Laura und Eileen waren ja da, um sich um sie zu kümmern …«

Sally war eilig davongebraust.

»Ich sah, wie Sally losfuhr«, sagte Howard heiser. »Ich hatte im Atelier herumgewerkelt, aber … nun ja, da Vater fort war, Sally auch, und ich allein mit Wolfert zurückgeblieben war … da dachte ich, am besten mache ich auch, daß ich hier wegkomme. Plötzlich«, fuhr Howard fort, »fiel mir die Hütte ein.«

Sally hatte gerade einen Armvoll Kaminholz in die Hütte geschleppt, als Howard im Türrahmen stand. Um sie herum war nichts als Waldesstille. Sie hatten einander lange, lange in die Augen gesehen. Dann war Howard auf sie zugegangen, sie hatte die Holzscheite fallen lassen, und er hatte sie in seine Arme geschlossen.

»Ich weiß auch nicht, was in mich gefahren war«, murmelte Howard. »Wie das passieren konnte. Was ich mir dabei gedacht habe. Wenn ich mir überhaupt etwas gedacht habe. Alles, was ich wußte, war, daß sie da war, und daß ich sie umarmen mußte. Als ich es tat, wußte ich, ich liebte sie. Ich hatte sie schon seit Jahren geliebt; das wußte ich auf einmal.«

Wirklich, Howard?

»Ich wußte, daß eine Art Vorsehung mich zu der Hütte geleitet hatte, während ich noch dachte, Sally sei auf dem Weg nach Boston.«

Keine Art Vorsehung, Howard.

»Mir war schlecht«, fuhr Sally fort, und es war ihr anzuhören, daß ihr auch jetzt wieder schlecht war. »Mir war übel, und mir ging es blendend zugleich; ich fühlte mich lebendiger als jemals zuvor in meinem Leben. Alles drehte sich um mich herum, die

Hütte, der Berg, die Welt. Ich schloß die Augen und dachte: ›Ich habe es seit Jahren gewußt, seit Jahren.‹ Ich begriff, daß ich Diedrich nie geliebt hatte, nicht so jedenfalls, wie ich Howard liebte. Ich hatte Dankbarkeit, das Gefühl, ihm alles schuldig zu sein, und Heldenverehrung mit Liebe verwechselt. In Howards Armen ist mir das zum ersten Mal aufgegangen. Ich hatte Angst, und ich war glücklich. Ich wollte sterben und leben zugleich.«

»Und da beschlossen Sie«, bemerkte Ellery trocken, »zu leben.«

»Geben Sie ihr nicht die Schuld!« fauchte Howard. »Ich war schuld. Als ich sie sah, hätte ich auf dem Absatz kehrtmachen und so schnell davonlaufen sollen wie nur möglich. Ich habe die Situation herbeigeführt. Ich habe ihren Widerstand gebrochen. Ich war derjenige, der über sie hergefallen ist, der ihr die Augen küßte, ihr den Finger auf den Mund legte und sie ins Schlafzimmer trug.«

Jetzt zeigen wir unsere Wunde, jetzt streuen wir Salz hinein.

»Er hat sich mit Selbstvorwürfen gemartert, seit das geschehen ist. Aber das ist Unsinn, Howard.« Sallys Stimme klang fest. »Es gehören immer zwei dazu, einer allein richtet gar nichts aus. Ich habe dich geliebt und habe es zugelassen, mich von dir forttragen zu lassen, weil es in dem Augenblick gut und richtig war. Richtig, Howard! Nur diesen Augenblick lang, aber da war es richtig. Danach allerdings …

Es gibt keine Rechtfertigung dafür, Ellery; aber so ist es nun einmal passiert. Erwachsene Menschen sollten stärker sein, als Howard und ich es waren. Es hat uns beide einfach im unbewachten Augenblick erwischt; es *gibt* solche Momente, ganz gleich, welche Verteidigungswälle man vorher errichtet hat. Es war nichts wirklich Plötzliches, Folge einer finsteren Eingebung oder so etwas. Ich liebte ihn wirklich – und er mich ebenso. Wir lieben uns noch immer.«

O Sally!

»Es war völlig irrational. Wir dachten nicht nach, wir fühlten. Die ganze Nacht verbrachten wir in der Hütte. Am nächsten Morgen sahen wir klar und nüchtern, was geschehen war.«

»Wir hatten die Wahl«, stammelte Howard, »es Vater zu sagen oder es ihm nicht zu sagen. Wir brauchten allerdings gar nicht erst lange zu debattieren, um uns einig zu werden, daß eine der Alternativen nicht in Frage kam. Blieb nur die andere. Und damit hatten wir eben keine Wahl.«

»Wir konnten es ihm nicht sagen.« Sallys Hand krallte sich in Ellerys Arm. »Verstehen Sie das, Ellery?« weinte sie. »Wir konnten es Dieds nicht sagen. Oh, ich weiß genau, was er getan hätte, wenn wir ihm gebeichtet hätten. So wie Dieds nun einmal ist, hätte er in eine Scheidung eingewilligt, mir angeboten, mir ein kleines Vermögen auszuzahlen; nicht ein Wort der Klage oder des Zorns wäre über seine Lippen gekommen, er hätte sich einfach wie … Dieds verhalten. Aber er wäre innerlich vor die Hunde gegangen, Ellery. Verstehen Sie das? Nein, können Sie ja gar nicht. Sie können nicht wissen, was er alles um mich herum aufgebaut hat. Es ist nicht nur das Haus. Es ist ein Lebensstil, Ellery, es ist der Rest seines Lebens. Er ist der Typ Mann, der im Leben nur eine Frau liebt. Dieds hat vor mir nie eine Frau geliebt, und er wird auch nach mir keine mehr lieben. Ich sage das nicht in prahlerischer Absicht; er hat mit mir als Person wirklich nichts zu tun, damit, wer ich bin oder was ich getan oder nicht getan habe. Es liegt in Dieds *selbst*. Er hat mich zum Mittelpunkt seines Lebens gemacht; sein ganzer Lebenssinn, alles, dreht sich seither nur um mich. Wenn wir es ihm gestanden hätten, wäre dies sein Todesurteil gewesen. Eine Art schleichender Mord.«

»Es ist ein Jammer«, sagte Ellery, »daß Sie nicht …«

»Ich weiß. Daß ich über alles nicht am Tag davor nachgedacht habe. Ich kann dazu nur sagen … ich habe es einfach nicht. Bis es zu spät war.«

Ellery nickte. »Nun gut, Sie haben nicht nachgedacht. Es ist schließlich passiert, und Sie beide beschlossen, die Sache geheimzuhalten. Und dann?«

»Das ist zu oberflächlich betrachtet«, erwiderte Howard. »Es geht darum, was wir ihm schuldig sind. Es wäre schon schlimm genug gewesen, wenn ich sein richtiger Sohn gewesen wäre und er Sally unter normalen Umständen kennengelernt hätte, als Erwachsene, und er sie dann geheiratet hätte. Aber …«

»Aber Sie fühlten sich wie sein Geschöpf, wie jemand, aus dem ohne ihn nie etwas geworden wäre, und Sally ging es genauso«, ergänzte Ellery. »Und das alles verstehe ich sehr gut. Was ich aber wissen will, ist folgendes: Wie sind Sie weiter vorgegangen? Was ist weiter passiert? Es ist nämlich ganz offensichtlich, *daß* etwas passiert ist, und daß dadurch alles nur noch viel schlimmer geworden ist. Was war das?«

Sally biß sich fest auf die Unterlippe.

»Was war das?«

Unvermittelt blickte sie auf. »Wir beschlossen noch in der Hütte, daß es vorbei sei. Daß es niemals wieder aufleben dürfe. Daß wir versuchen müßten zu vergessen. Aber ob uns das nun gelingen mochte oder nicht, daß es eben unter keinen Umständen noch einmal passieren dürfe. Und vor allem, daß Diedrich niemals davon erfahren dürfe.

Es ist nicht wieder passiert«, fuhr Sally fort, »und Dieds weiß auch nichts. Wir haben die Sache begraben. Nur …« Sie hielt inne.

»Sag es!« Howards Bellen hallte über den See und scheuchte überall Vögel auf; in Scharen flatterten sie auf, stoben davon und verschwanden.

Einen Augenblick lang glaubte Ellery, es müsse gleich etwas Furchtbares passieren.

Die Zornesröte wich jedoch aus Howards Wangen, er stopfte die Hände in die Hosentaschen und schüttelte sich.

Als er zu sprechen begann, konnte Ellery ihn kaum hören.

»Es ging eine Woche lang gut. Dann … Es kam dazu, weil ich mit ihr im selben Haus zusammenlebte. Am selben Tisch aß. Zwölf Stunden am Tag schauspielern mußte …«

Du hättest fortgehen können.

»Ich schrieb Sally einen Brief.«

»O nein!« *O nein!*

»Einen kurzen Brief. Ich konnte ja nicht mit ihr sprechen.

Aber mit irgendwem mußte ich einfach sprechen. Ich meine … ich mußte es aussprechen. Und das tat ich auf Papier.«

Howard schluckte, würgte und konnte nicht mehr weitersprechen.

Ellery hielt sich die Hand vor die Augen.

»Er schrieb mir insgesamt vier Briefe«, sagte Sally. Ihre Stimme klang leise und wie von weither. »Es waren Liebesbriefe. Ich fand sie in meinem Zimmer, unter dem Kopfkissen. Oder in der Schminkschublade meines Frisiertischs. Es waren richtige Liebesbriefe, und sogar ein Kind hätte sagen können, was zwischen uns an jenem Tag in der Hütte vorgefallen war … Ach was, das stimmt gar nicht. Die Briefe waren noch expliziter. Es stand alles darin. Und zwar en détail.«

»Ich war vollkommen verrückt«, sagte Howard heiser.

»Natürlich«, bemerkte Ellery, »haben Sie sie verbrannt.«

»Nein, das habe ich nicht.«

Ellery sprang aus dem Wagen. Er war so wütend, daß er am liebsten zu Fuß durch die Wälder, immer die helle Straße entlang, an den Schafen, Kühen, Brücken und Zäunen vorbei die gut 70 Kilometer nach Wrightsville zurückgelaufen wäre, seine Sachen gepackt hätte und zum Bahnhof gefahren wäre, um den nächsten Zug nach New York ins Reich der Zurechnungsfähigen zu nehmen.

Einen Augenblick später kehrte er zum Wagen zurück.

»Tut mir leid. Sie haben sie also nicht verbrannt. Was haben Sie mit den Briefen gemacht, Sally?«

»Ich liebe ihn!«

»Was haben Sie damit gemacht?«

»Ich konnte es doch nicht! Sie waren alles, was ich besaß!«

»Was haben Sie damit gemacht?«

Sie rang die Hände. »Ich besaß ein altes schwarzlackiertes Kästchen. Ich besaß es schon seit vielen Jahren, seit meiner Schulzeit. Ich hatte es in einem Antiquitätengeschäft gekauft, weil es einen doppelten Boden hatte und ich darin heimlich mein Lieblingsfoto von …«

»Von Diedrich.«

»Von Diedrich.« Ihre Hände beruhigten sich. »Ich hatte nie jemandem von dem doppelten Boden erzählt, nicht einmal Dieds. Ich wäre mir damit zu albern vorgekommen. In der eigentlichen Schatulle bewahrte ich Schmuck auf. Nun ja, und die Briefe habe ich eben in den doppelten Boden gelegt. Ich wähnte sie dort sicher.«

»Und was passierte dann?«

»Nach dem vierten Brief kam ich endlich zur Besinnung. Ich sagte Howard, er dürfe mir keinen weiteren mehr schreiben. Er hielt sich dran. Dann jedoch … vor etwas mehr als drei Monaten … es war im Juni …«

»In unser Haus ist eingebrochen worden«, lachte Howard. »Ein altmodischer kleiner Einbruch.«

»Ein Dieb drang in mein Schlafzimmer ein«, flüsterte Sally, »an einem Tag, an dem ich in der Stadt beim Friseur war. Und er hat das Kästchen mitgenommen.«

Ellery legte seine Zeigefinger auf die geschlossenen Augenlider. Seine Augen fühlten sich heiß und wund an.

»Es war mit teurem Schmuck vollgestopft – alles Stücke, die Dieds mir geschenkt hatte. Ich wußte, daß es der Schmuck war, auf den es der Dieb abgesehen hatte; er hatte einfach das ganze Kästchen mitgehen lassen, ohne zu ahnen, daß sich in dem doppelten Boden etwas befand, für das ich jeden Diamanten und jeden Smaragd gegeben hätte, um es zurückzubekommen. Und dann zu verbrennen.«

Ellery sagte nichts. Er stand an den Wagen gelehnt.

»Natürlich mußte ich es Dieds sagen.«

»Er verständigte den hiesigen Polizeichef Dakin«, sagte Howard, »und Dakin …«

»Dakin.« Der ausgefuchste alte Yankee Dakin.

»… und Dakin gelang es innerhalb mehrerer Wochen, den gesamten fehlenden Schmuck aufzuspüren. In diversen Pfandhäusern – in Philadelphia, Boston, New York, Newark – ein Schmuckstück hier, eines da. Die Beschreibung des Diebes war jedoch uneinheitlich, und er wurde nie gefaßt. Vater sagte noch, wir hätten« – Howard lachte wieder – »verdammtes Glück gehabt.«

»Er wußte nicht, wie Howard und ich warteten und warteten – ob endlich dieses Kästchen irgendwo auftauchen würde«, fuhr Sally angespannt fort. »Aber das tat es nicht. Es tauchte einfach nicht auf. Howard sagte wieder und wieder, der Dieb habe es vermutlich als wertlos weggeworfen. Das klang einleuchtend. Aber … wenn nun doch nicht? Wenn er den doppelten Boden entdeckt hatte?«

Scharen aufgeblähter Wolken jagten über den See. Ihre Unterseiten waren schwarzgrau; gegen den Himmel betrachtet erinnerten sie an Mikroben auf einem hellen Objektträger. Der See verfinsterte sich in Windeseile; kalte Regentropfen begannen zu fallen und den See zu riffeln. Ellery langte nach seiner Jacke und dachte unangebrachterweise an den Picknickkorb.

»Ich machte mir furchtbare Sorgen wegen der Briefe, die auch die letzte Amnesie-Attacke ausgelöst haben, da bin ich ganz sicher. Die Wochen vergingen, das Kästchen tauchte nicht auf, und alles schien völlig in Ordnung zu sein, während ich mich fühlte, als ob eine Säure mich von innen zerfräße. An dem Tag, an dem ich nach New York gefahren bin, um mir die Djerens-Ausstellung anzusehen, wollte ich mich einfach nur von dem ganzen Schlamassel ablenken. Djerens interessierte mich überhaupt nicht; seine Arbeiten mag ich nicht – er ist wie Brancusi oder Archipenko – und ich bin ein strikter Anhänger des Neoklassizismus. Aber er bedeutete zumindest ein kurzes Entrinnen. Was dann geschah, wissen Sie.

Es ist komisch, daß ich wieder zu mir kam, bevor uns der eigentliche Schlag traf, und seitdem keinen Rückfall gehabt habe.«

»Bitte immer hübsch der Reihe nach«, sagte Ellery müde. »Ich nehme also an, der Dieb hat Kontakt mit Ihnen aufgenommen? War das am Mittwoch?«

Es mußte am Mittwoch gewesen sein; er erinnerte sich daran, wie er noch dachte, etwas Gravierendes müsse vorgefallen sein.

»Mittwoch.« Sally runzelte die Stirn. »Ja, am Mittwoch, an dem Tag, an dem Howard Sie in New York aufgesucht hat. Ich erhielt einen Anruf …«

»*Sie* wurden angerufen? Sie meinen, der Anrufer fragte nach Ihnen? Mit Namen?«

»Ja. Eileen hatte abgenommen und sagte mir, jemand wolle mich sprechen, und …«

»Ein Mann?«

»Eileen sagte, es sei ein Mann. Als ich jedoch ans Telefon ging, war ich nicht so sicher. Es hätte auch eine Frau mit dunkler Stimme sein können. Sie klang seltsam – rauh und im Flüsterton.«

»Verfremdet. Und wieviel hat dieser Frau-Mann für die Rückgabe der Briefe verlangt, Sally?«

»25.000 Dollar.«

»Preiswert.«

»Preiswert!« Howard funkelte Ellery an.

»Ich möchte annehmen, Ihr Vater würde eine ganze Menge mehr dafür hinlegen, Howard, daß diese Briefe nicht an die Öffentlichkeit gelangen. Glauben Sie nicht?«

Howard antwortete nicht.

»Das ist, was er – oder sie – sagte«, fuhr Sally niedergeschlagen fort. »Er sagte, er gebe mir zwei Tage, um das Geld zu besorgen, und werde dann wieder anrufen, um mir Instruktionen zu geben, wie das Geld zu ihm gelangen solle. Wenn ich mich zu zahlen weigerte oder ihn auszutricksen versuchte, werde er die Briefe an Diedrich verkaufen. Für sehr viel mehr Geld.«

»Und was haben Sie erwidert, Sally?«

»Ich konnte kaum sprechen. Ich dachte, mir knicken die Beine weg. Aber dann habe ich es doch geschafft, mich zusammenzureißen, und sagte ihm, ich würde versuchen, das Geld aufzutreiben. Danach hängte er ein. Oder sie.«

»Hat der Erpresser sich wieder gemeldet?«

»Heute morgen.«

»Oh«, sagte Ellery. »Wer ging diesmal an den Apparat?«

»Ich. Ich war allein.«

Der Regen peitschte nun auf den See nieder. »Du solltest besser das Verdeck schließen, Sally«, brummte Howard gereizt. »Durch die Bäume kommt nicht viel durch«, entgegnete Sally. »Das ist nur ein Schauer.« Sie sah Ellery an. »Howard war heute morgen in die Stadt gefahren, um sich eine Kopie der Architektenpläne für das Museum zu besorgen – er war kurz nach Dieds und Wolfert losgefahren. Ich … mußte warten, bis How zurück war. Dann haben wir uns … unterhalten, und dann habe ich Ihnen Ihr Frühstück gebracht.«

»Welche Instruktionen haben Sie heute morgen erhalten, Sally?«

»Ich müsse das Geld nicht selbst bringen, sondern könnte auch einen Vertreter schicken. Es dürfe aber nur einer kommen. Wenn ich der Polizei was sagen würde oder jemanden heimlich mitschicken würde, um die Übergabe zu beobachten, werde er das merken und sich nicht zeigen; das Geschäft wäre geplatzt, und er werde dann Dieds in seinem Büro anrufen.«

»Wo soll das Treffen stattfinden – und wann?«

»Im Zimmer 1010 des Hollis Hotel …«

»Aha«, murmelte Ellery. »Das ist die oberste Etage.«

»… morgen, Samstag, um zwei Uhr mittags. Wer immer das Geld bringt, wird die Tür zum Zimmer 1010 unverschlossen vorfinden; er soll hineingehen und auf weitere Anweisungen warten.«

Beide starrten sie Ellery so angstgepeinigt an, daß er sich unwillkürlich wieder abwandte. Er lief zum Seeufer. Der Regenguß hatte aufgehört, die Wolken waren auf wundersame Weise verschwunden; die Vögel waren wieder da, und die Luft roch würzig feucht.

Ellery ging zum Wagen zurück.

»Ich nehme an, Sie sind gewillt zu zahlen.«

Sally guckte perplex.

»Gewillt zu zahlen?« fauchte Howard. »Sie scheinen nicht zu begreifen, Ellery.«

»Ich begreife sehr wohl. Ich kenne mich auch mit Erpressung und Erpressern gründlich aus.«

»Aber was sonst sollen wir tun?« schluchzte Sally. »Wenn wir nicht zahlen, geht er mit den Briefen zu Diedrich!«

»Sie sind fest entschlossen, alles zu tun, um Diedrich daran zu hindern, die Wahrheit zu erfahren?« Sie antworteten nicht. Ellery entfuhr ein Seufzer. »Das ist ja das Teuflische an Erpressungen, nicht wahr? Sally, haben Sie die 25.000?«

»Ich habe sie.« Howard griff in seine Tweedjacke und zog ein länglichen, dicken braunen Umschlag hervor. Er hielt ihn Ellery hin.

»Ich?« fragte Ellery mit matter Stimme.

»Howard will mich nicht lassen«, flüsterte Sally. »Und ich glaube nicht, daß er es machen sollte. Bei einer solchen nervlichen Belastung könnte er mittendrin einen erneuten Amnesie-Anfall erleiden. Dann säßen wir endgültig in der Patsche. Und außerdem, Ellery, sind wir beide in der Stadt sehr bekannt. Wenn jemand uns sehen würde ...«

»Sie wollen, daß ich morgen mittag als Ihr Mittelsmann agiere?«

»Würden Sie das tun?«

Es kam aus ihr heraus wie das letzte erschöpfte Pff eines schrumpfenden Ballons. Da war nichts mehr in ihr – keine Wut, kein Schuldgefühl, keine Scham und nicht einmal mehr Verzweiflung.

Es kommt gar nicht darauf an, wie das Ganze ausgeht. Sie wird nie mehr dieselbe sein. Für sie ist alles vorbei. Von nun an wird es nur noch Diedrich geben, Diedrich und nichts als Diedrich. Und er wird nie etwas ahnen; nach einiger Zeit wird sie sogar wieder in gewissem Sinne glücklich mit ihm sein.

Und Howard, du hast völlig verloren. Du hast verloren, wovon du nicht einmal weißt, daß du versucht hast, es zu erlangen.

»Hab ich's dir nicht gleich gesagt?« schrie Howard. »Das war alles umsonst, Sal. Du konntest nicht erwarten, daß Ellery das machen würde. Besonders er nicht. Ich werde selbst gehen.«

Ellery nahm ihm den Umschlag ab. Er war unversiegelt; ein Gummiband verschloß ihn. Er entfernte das Gummi und besah sich den Inhalt. Das Kuvert war prallvoll mit druckfrischen Scheinen, 500-Dollar-Noten. Er sah Howard fragend an.

»Die verlangte Summe. 50 Fünfhunderter.«

»Sally, hat er nicht irgend etwas von kleinen Scheinen gesagt?«

»Hat er nicht.«

»Was für einen Unterschied macht das schon?« fauchte Howard. »Er weiß, daß wir nie versuchen werden, dem Geld nachzuspüren. Oder ihn zu schnappen. Alles, was er tun müßte, wäre auspacken.«

»Dieds würde ihm niemals glauben!« schleuderte Sally Howard entgegen. Dann war sie still.

Ellery band das Gummi wieder um das Kuvert.

»Geben Sie es mir«, sagte Howard.

Doch Ellery steckte den Umschlag ein. »Den brauche ich doch morgen, oder?«

Sallys Mund stand offen. »Sie werden es *machen*?«

»Unter einer Bedingung.«

»Oh.« Sie schien sich zu wappnen. »Unter welcher, Ellery?«

»Daß Sie endlich den Picknickkorb hervorholen, bevor ich verhungere.«

* * *

Ellery löste ein vertracktes schauspielerisches Problem, indem er ›den Roman‹ als Entschuldigung vorbrachte, um nicht an der Dinnertafel erscheinen zu müssen. Den überwiegenden Teil des Tages habe er ohnehin verschenkt, erklärte er; und wenn er seinen Vertrag einhalten wolle – und Schriftsteller seien nun einmal besonders bekannt dafür, ihre Vertragsfristen peinlich einzuhalten, dann müsse er sich jetzt ordentlich ranhalten. Es gelang ihm über einen Unterton, der Heikles vermuten ließ, zu vermitteln – wobei er keines der Worte in den Mund nahm –, daß er am nächsten Tag von einer völlig unliterarischen Angelegenheit wiederum daran gehindert werden würde.

Dies alles war Absicht; Ellery verspürte ein verzweifeltes Bedürfnis nach Einsamkeit. Wenn Sally seine wahren Gründe dafür durchschaute, so ließ sie es sich nicht anmerken; und Howard döste die ganze Fahrt über bis zum North Hill Drive. Der Schlaf, kam Ellery in den Sinn, war der Bruder des Todes.

Als Ellery endlich die Tür des Gästehauses hinter sich geschlossen hatte, warf er sich auf den Diwan vor der pittoresken Fensteraussicht, um mit Wrightsville in stumme Zwiesprache zu treten. Er stellte sich vor, wie Howard seinem Vater gegenübertrat – oder Sally ihrem Ehemann. Er kam zu dem Schluß, daß beide genug Übung darin hatten; offenbar beherrschten sie das Spiel.

Am unglücklichsten war Ellery über Sallys Rolle in dieser Tragödie, und er fragte sich, warum genau er so unangenehm berührt war. Größtenteils war es Enttäuschung, entschied er; sie hatte sich seiner Wertschätzung als unwürdig erwiesen. Ihm entging nicht, daß dabei zu großen Teilen verletzte Eitelkeit im Spiel war; sie hatte sein Selbstbewußtsein gekränkt. Er hatte Sally für eine außergewöhnliche Frau gehalten – und hatte geirrt; sie war einfach eine Frau. Die Sally, an die er geglaubt hatte, mochte sich sehr wohl der süßen Entdeckung hingegeben haben, daß sie liebte – nicht ihren Mann, sondern einen anderen; dieser andere hätte jedoch niemals ein Howard sein dürfen. (Ihm fiel ein, daß dieser Jemand ein Ellery *hätte sein können*; verwarf den Gedanken jedoch sofort als unlogisch, unwissenschaftlich und unwürdig.)

Plötzlich war ihm klar, daß er nicht viel von Howard van Horn hielt – ob mit oder ohne Neurose.

Und da seine Gedanken schon um Howard kreisten, war es nur die natürliche Folge, daß er an den dicken Umschlag in seiner Brusttasche denken und über das Wesen oder die Identität des erpresserischen Diebes spekulieren mußte, dem er am folgenden Tag begegnen sollte. Doch wohin auch immer ihn seine Gedanken entführten – er sah sich stets einer unbeantwortbaren Frage gegenüber.

* * *

Ellery erwachte, er mußte also eingeschlafen sein. Der Himmel über Wrightsville dämmerte bereits; die Lichter unten im Tal gingen an; und als er sich auf dem Diwan herumdrehte, schälten sich die Fenster des Hauptgebäudes aus der Dunkelheit.

Ihm war unwohl. Dort drüben waren die miteinander verquickten Van Horns, und bei ihm stand seine indignierte Aktentasche. Nein, ihm war gar nicht wohl.

Ellery erhob sich stöhnend vom Diwan und tastete nach dem Schalter der Deckenlampe. Der riesige Schreibtisch schreckte ihn ab.

Als er jedoch die Tasche geöffnet hatte, den Schleier von der Maschine gelüftet, seine Finger massiert, sich das Kinn gerieben, sich im Ohr gebohrt und alle die anderen traditionellen Vorbereitungen abgeschlossen hatte, die die Etikette der schreibenden Zunft vorschrieb, fand er zu seinem Erstaunen – *mirabile dictu* –, daß Arbeiten Spaß machen konnte.

Ellery befand sich in Schreiblaune – in der Welt der Schriftsteller eines der rarsten Phänomene. Seine Hirnwindungen fühlten sich an wie frisch geölt, und er spürte Kraft in seinen Händen.

Die Maschine ratterte, hüpfte, raste.

An irgendeinem unbestimmbaren Punkt in der Zeitlosigkeit summte ein Summer. Er ignorierte ihn. Erst später fiel ihm auf, daß das Summen aufgehört hatte. Seine Verehrerin Laura, ohne Zweifel, die ihm von der Küche des Haupthauses aus Zeichen machte. Essen? Nein danke.

Er arbeitete weiter.

»Mr. Queen.«

In der Stimme hatte eine Beharrlichkeit gelegen, die Ellery gewahr werden ließ, daß sie seinen Namen bereits zwei- oder dreimal wiederholt hatte.

Er sah sich um.

Die Tür war offen; im Türrahmen stand Diedrich Van Horn.

* * *

Wie ein jäher Blitz durchfuhr ihn die Erinnerung: die Fahrt nach Norden, die Wälder, der See, die Geschichte der Ehebrecher, der Erpresser, der Umschlag in seiner Tasche.

»Darf ich hereinkommen?«

War etwas passiert? Wußte Diedrich?

Ellery erhob sich steif, aber mit einem Lächeln von seinem Drehstuhl.

»Bitte, gerne.«

Howards Vater schloß die Tür ostentativ hinter sich, wie Ellery alarmiert bemerkte. Als er sich jedoch wieder zu ihm umwandte, lächelte auch er.

»Ich klopfe schon seit zwei Minuten und habe mehrmals Ihren Namen gerufen; aber Sie haben mich nicht gehört.«

»Tut mir schrecklich leid. Möchten Sie sich nicht setzen?«

»Ich störe.«

»Es ist mir eine Ehre, glauben Sie mir!«

Diedrich lachte. »Ich frage mich oft, wie Leute wie Sie das aushalten – Stunde um Stunde auf dem Hinterteil zu hocken und Wörter in die Maschine zu hauen. Mich würde das in den Wahnsinn treiben.«

»Wie spät ist es überhaupt, Mr. Van Horn?«

»Nach elf.«

»Gott.«

»Und Sie haben noch immer nicht zu Abend gegessen. Laura war den Tränen nahe. Wir haben sie dabei erwischt, wie sie Sie über die Sprechanlage zu erreichen versuchte, und haben ihr gedroht, Ihnen zu erzählen, daß sie sich alle Ihre Romane aus der öffentlichen Bücherei geliehen hat. Ich weiß nicht, ob Laura verstanden hat, jedenfalls hat sie aufgegeben.«

Diedrich war nervös. Er war nervös und besorgt. Ellery gefiel das gar nicht.

»Setzen Sie sich doch, Mr. Van Horn, setzen Sie sich.«

»Sie sind wirklich sicher, daß ich nicht …?«

»Ich war sowieso dabei, Schluß zu machen.«

»Ich komme mir ziemlich idiotisch vor«, klagte der wuchtige

Mann, indem er sich in den großen Sessel fallen ließ. »Jedem zu sagen, man solle Sie absolut in Ruhe lassen, und dann …« Er sprach nicht weiter. »Wissen Sie, Mr. Queen«, sagte er dann abrupt, »da gäbe es etwas, worüber ich gern mit Ihnen sprechen möchte.«

Jetzt kommt's.

»Ich bin heute morgen ins Büro gefahren, bevor Sie auf waren. Ich hätte mich an Sie gewandt, wenn … Später sagte mir Eileen dann, Sie machten mit Sally und Howard einen Picknickausflug. Und heute abend wollte ich Sie nicht stören.« Er zog ein Taschentuch hervor und wischte sich damit übers Gesicht. »Aber ich konnte einfach nicht zu Bett gehen, ohne mit Ihnen gesprochen zu haben.«

»Etwas nicht in Ordnung, Mr. Van Horn?«

»Vor etwa drei Monaten ist bei uns eingebrochen worden …«

Ellery wünschte sich sehnlichst in die westliche 87. Straße zurück, wo Ehebruch nur ein Wort im Lexikon war und die heimlichen Eskapaden hochanständiger Leute in seinem Aktenschrank sicher weggesperrt waren.

»Einbruch?« fragte Ellery überrascht. Zumindest hoffte er, überrascht zu klingen.

»Ja. Irgendein Fassadenkletterer ist ins Schlafzimmer meiner Frau eingebrochen und hat ihr Schmuckkästchen mitgenommen.«

Diedrich schwitzte stark, ein Luxus, wie Ellery neiderfüllt dachte, den er sich leisten konnte. Er denkt, ich weiß nichts von alledem, und es fällt ihm schwer, darüber zu sprechen.

»Was Sie nicht sagen! Ist das Schmuckkästchen jemals wieder aufgetaucht?«

Elegant formuliert, Mr. Q. Wenn es mir jetzt nur gelingt, meine eigenen Schweißdrüsen unter Kontrolle zu halten …

»Das Kästchen? Die Juwelen, ja. Ja, Sallys Juwelen sind klekkerweise in diversen Pfandhäusern im ganzen Osten aufgetaucht – das Kästchen selbst wurde natürlich nicht gefunden. Wahrscheinlich weggeworfen. Es war wertlos – eine alte Schatulle, die Sally noch aus ihrer Schulzeit hatte. Aber das ist es nicht, Mr. Queen.« Diedrich wischte sich erneut das Gesicht ab.

»Nun!« Ellery zündete sich eine Zigarette an und blies munter das Streichholz aus. »Das ist doch die Art von Einbruchsgeschichte, die man gern hört, Mr. Van Horn. Alles ohne Schaden abgegangen, und …«

»Aber den Einbrecher hat man nie gefaßt, Mr. Queen.«

»Ach?«

»Nein.« Diedrich faltete seine riesigen Hände. »Sie haben den Kerl einfach nicht gekriegt, nicht einmal eine brauchbare Personenbeschreibung.«

Völlig gleichgültig, was er jetzt weiter erzählt, dachte Ellery frohgemut. Er setzte sich auf seinen Drehstuhl und fühlte sich besser, als er sich den ganzen Tag über gefühlt hatte.

»Manchmal kommt es so, Mr. Van Horn. Vor drei Monaten, Mr. Van Horn? Ich weiß von Dieben, die man erst nach zehn Jahren geschnappt hat.«

»Das ist es auch nicht.« Der voluminöse Mann rang die Hände. »Gestern nacht …«

Gestern nacht?

Ellery war so, als ob ihn ein eisiger Hauch anwehte.

»Gestern nacht ist wieder eingebrochen worden.«

Gestern nacht war wieder eingebrochen worden.

»Tatsächlich? Aber heute morgen hat niemand …«

»Ich habe es niemandem gegenüber erwähnt, Mr. Queen.«

Gedanken wieder auf scharf stellen. Aber behutsam.

»Ich bedaure, daß Sie mir das nicht schon heute morgen mitgeteilt haben. Sie hätten mich aus dem Bett schmeißen sollen, Mr. Van Horn.«

»Heute morgen war ich noch keineswegs sicher, ob ich Ihnen davon erzählen sollte.« Diedrichs Haut schimmerte grau unter dem bronzenen Teint. Er hörte nicht auf, seine Hände zu kneten. Plötzlich sprang er auf. »Ich stelle mich hier an wie ein Schulmädchen. Dabei hatte ich es im Leben schon mehr als einmal mit unangenehmen Tatsachen zu tun.«

Unangenehme Tatsachen.

»Ich war heute morgen als erster auf. Früher als üblich. Laura wollte ich wegen des Frühstücks nicht so früh aus den Federn scheuchen und dachte mir, ich nehme in der Stadt einen Bissen zu mir. Ich ging in mein Arbeitszimmer, um ein paar Verträge vom Schreibtisch zu nehmen … und da sah ich es.«

»Was sahen Sie?«

»Eine der Terrassentüren – sie führen auf die südliche Terrasse – war aufgebrochen worden. Der Einbrecher hatte die Scheibe eingeschlagen, die der Klinke am nächsten lag, und hatte den Schlüssel herumgedreht.«

»Die übliche Methode«, nickte Ellery. »Was ist gestohlen worden?«

»Mein Wandsafe war offen.«

»Ich schau mir das besser an.«

»Sie werden dort keine Spuren von Gewaltanwendung finden«, erwiderte Diedrich sehr leise.

»Worauf wollen Sie hinaus?«

»Der Safe ist von jemandem geöffnet worden, der die Kombination kannte. Ich hätte niemals hineingeschaut, wenn es keinen Hinweis darauf gegeben hätte, daß nachts jemand in mein Arbeitszimmer eingedrungen war.«

»Zahlenkombinationen kann man heraustüfteln, Mr. Van Horn …«

»Mein Safe ist praktisch einbruchssicher«, entgegnete Van Horn düster. »Nach dem Raub im Juni habe ich einen neuen einbauen lassen. Und es ist sehr unwahrscheinlich, daß ein Jimmy Valentine bei mir eingebrochen ist, Mr. Queen. Ich kann Ihnen versichern, der Dieb von letzter Nacht kannte die Kombination.«

»Was ist gestohlen worden?« fragte Ellery noch einmal.

»Ich bewahre dort aus geschäftlichen Gründen für gewöhnlich eine größere Summe Bargeld auf. Das Bargeld ist verschwunden.«

Bargeld ...

»Nichts sonst?«

»Nichts sonst.«

»Ist es allgemein bekannt, daß Sie viel Geld in einem Tresor in Ihrem Arbeitszimmer aufbewahren, Mr. Van Horn?«

»Nicht allgemein.« Diedrichs Mund war schmerzverzerrt. »Nicht einmal das Personal weiß davon. Nur die Familie.«

»Verstehe … Wieviel fehlt?«

»25.000 Dollar.«

Ellery stand auf und ging um den Schreibtisch herum ans Fenster, um auf das nachtschwarze Wrightsville herabzuschauen.

»Wer kennt die Zahlenkombination?«

»Außer mir? Mein Bruder. Howard. Sally.«

»Hmm.« Ellery drehte sich herum. »In diesem traurigen Geschäft lernt man sehr früh, keine voreiligen Schlüsse zu ziehen, Mr. Van Horn. Was haben Sie mit den Glasscherben gemacht?«

»Ich habe die Scherben einzeln aufgelesen und weggeworfen, bevor jemand herunterkam. Der Terrassenboden war übersät mit Scherben.«

Der Terrassenboden.

»Der *Terrassen*boden?«

»Der Terrassenboden.«

Irgend etwas an der Art, in der Diedrich das Wort wiederholte, weckte tiefes Mitleid in Ellery.

»*Außerhalb* der Terrassentür, Mr. Queen. Sie brauchen nicht so verblüfft zu gucken. Ich habe heute morgen sofort begriffen, was das heißt.« Er sprach nun lauter. »Ich bin kein Narr. Deshalb habe ich die Scherben weggeworfen – und deshalb habe ich auch die Polizei nicht verständigt. Wenn das Glas draußen lag, mußte das Fenster von innen eingeschlagen worden sein. Vom Arbeitszimmer aus. Von meinem Haus aus, Mr. Queen. Da hat einer dilettantisch versucht, es so aussehen zu lassen, als ob von außen eingebrochen worden sei. Das war mir heute morgen klar.«

Ellery ging zurück um den Schreibtisch herum und ließ sich auf den Drehstuhl fallen, um sich darauf hin- und her zu drehen, während er eine leise Melodie pfiff, die seinen Gastgeber, selbst wenn sie bis an seine Ohren gedrungen wäre, nicht aufgeheitert hätte. Diedrich hörte nicht hin. Mit der gestauten Energie eines zornigen Mannes, der nicht wußte, wohin er seinen Zorn wenden sollte, schritt er im Zimmer auf und ab.

»Wenn jemand von der Familie«, schrie Diedrich Van Horn auf, »diese 25.000 Dollar so verzweifelt brauchte, warum in Gottes Namen ist dieser Jemand dann nicht zu mir gekommen? Sie alle wissen – sie müssen es wissen –, daß ich ihnen niemals etwas verweigert habe. Ganz sicher nicht Geld. Mir ist es gleichgültig, was sie angestellt haben oder in welchen Schwierigkeiten sie stecken!«

Ellery klopfte im Takt seiner Melodie und starrte aus dem Fenster. *Es wäre Ihnen keineswegs gleichgültig, fürchte ich.*

»Ich verstehe es einfach nicht. Ich habe heute abend an der Dinnertafel darauf gewartet, und auch nach dem Essen noch, daß einer von ihnen sich mir zu erkennen gibt. Irgendwie. Durch ein Wort. Oder einen Blick.«

Dann glauben Sie nicht, daß es Ihr Bruder war. Wolfert teilt den gleichen Arbeitstag wie Sie. Sie müssen ihm heute im Büro begegnet sein. Sie glauben nicht, daß es Wolfert war.

»Aber nichts geschah. Ich spürte zwar eine gewisse Spannung, aber das ging offenbar allen so.« Diedrich blieb stehen. »Mr. Queen«, sagte er mit harscher Stimme.

Ellery wandte sich um und sah ihn direkt an.

»Einer von ihnen traut mir nicht. Ich weiß nicht, ob Sie verstehen, wie hart mich das trifft. Ausgerechnet so etwas … ich weiß nicht, wie ich es sagen soll. Ich könnte reden. Ich könnte fragen. Ich könnte sogar bitten und betteln. Viermal heute abend habe ich versucht, das Thema aufzubringen. Aber dann konnte ich es einfach nicht. Es war, als klebe mir die Zunge fest. Und dann war da noch etwas.«

Ellery wartete.

»Das Gefühl, daß … wer auch immer es war, nicht will, daß irgendein anderer davon erfährt. Denn sehen Sie« – sein grobes Gesicht wurde zu Stein – »meine Aufgabe ist es herauszufinden, wer von ihnen das Geld genommen hat. Nicht des Geldes wegen

– auch die fünffache Summe würde ich bequem verschmerzen. Aber ich muß wissen, welches Mitglied meiner Familie in ernsthaften Schwierigkeiten steckt. Wenn ich das erst einmal weiß, wird es auch einfacher sein, herauszufinden, was für Schwierigkeiten das sind. Ich bringe das dann in Ordnung. Ich möchte aber jetzt nicht reihum fragen. Ich will …«, er zögerte, fuhr dann jedoch entschieden fort, »ich will keine Lügen hören. Wenn ich die Wahrheit kenne, kann ich damit fertig werden. Worin immer sie bestehen mag, Mr. Queen, würden Sie es für mich herausfinden – vertraulich?«

»Ich werde es versuchen, Mr. Van Horn, natürlich«, erwiderte Ellery auf der Stelle. Das Spiel gefiel ihm gar nicht. Aber Diedrich durfte nicht erfahren, daß er wußte, er durfte es einfach nicht. Und das leiseste Zögern hätte vielleicht seinen Argwohn geweckt.

Er konnte seinem Gastgeber ansehen, wie erleichtert er war. Diedrich tupfte sich die Wangen, das Kinn, die Stirn mit dem feuchten Taschentuch trocken. Er lächelte sogar ein wenig.

»Sie ahnen ja gar nicht, was ich vor diesem Gespräch ausgestanden habe.«

»Ich kann es mir vorstellen. Sagen Sie mir, Mr. Van Horn, diese 25.000 Dollar – aus was für Scheinen bestanden die?«

»Es handelte sich ausschließlich um 500-Dollar-Noten.«

»50 Fünfhunderter«, murmelte Ellery nachdenklich. »Haben Sie zufällig eine Aufstellung über die Seriennummern der Scheine?«

»Die Liste liegt in meiner Schreibtischschublade.«

»Ich sollte sie besser an mich nehmen.«

* * *

Während Diedrich Van Horn die oberste Schublade seines Schreibtisches aufzog, gab Ellery Queen sein Bestes, um als Darsteller eines nach Spuren suchenden Detektivs glaubwürdig zu sein. Er untersuchte die Terrassentür, besah sich ausführlich den

Wandsafe, suchte den Teppichabschnitt zwischen der Tür und dem Safe akribisch ab; er trat sogar auf die Südterrasse hinaus. Als er zurückkam, gab ihm Diedrich ein Blatt Papier, auf dem der Stempel der Wrightsville National Bank prangte. Ellery steckte es ein, direkt hinter den Umschlag, der die 25.000 Dollar enthielt, die Howard ihm am Nachmittag übergeben hatte.

»Irgend etwas?« fragte Van Horn.

Ellery schüttelte den Kopf. »Ich fürchte, daß die übliche Vorgehensweise uns in diesem Fall nichts nützen wird, Mr. Van Horn. Ich könnte mir mein Fingerabdruckset schicken lassen – oder eines von Dakin ausleihen – aber nein; das wäre ausgesprochen unklug, nicht wahr? Aber offen gesagt, selbst wenn Ihre eigenen Abdrücke die desjenigen nicht verwischt hätten … ich meine, Fingerabdrücke würden rein gar nichts beweisen. Nicht bei einem internen Raub. Was ist denn das?«

»Was, Mr. Queen?«

Diedrich hatte die Schublade noch nicht geschlossen. Im Licht der Lampen glitzerte ein Gegenstand.

»Ach so, das ist meiner. Ich habe ihn direkt nach der Sache im Juni gekauft.«

Ellery nahm die Waffe aus der Schublade. Es war ein Smith & Wesson, Kaliber .38, das Sicherheitsmodell mit verborgenem Hahn; ein stupsnasiger Revolver mit Nickeloberfläche. Die fünf Patronenkammern waren geladen. Er legte ihn in die Schublade zurück.

»Schöne Waffe.«

»Ja.« Diedrich klang ein wenig abwesend. »Man hat sie mir als die ideale ›Heimverteidigungswaffe‹ verkauft.« Ellery bedauerte seine Bemerkung. »Und wo wir schon von dem Einbruch im Juni sprechen …«

»Sie glauben, daß auch das kein Diebstahl von außen war?«

»Was glauben *Sie*, Mr. Queen?«

Es war schwer, dem Mann auszuweichen.

»Gibt es einen speziellen Grund zu dieser Annahme? So etwas wie die Scherben letzte Nacht, die auf der falschen Seite lagen?«

»Nein. Zu dem Zeitpunkt allerdings konnte ich ja auch nicht ahnen … Chief Dakin sagte mir, es gebe keine Spuren. Wenn er Grund zu der Annahme gehabt hätte, daß der Schmuck von innen gestohlen worden wäre, hätte er mir das sicher gesagt.«

»Ja«, sagte Ellery. »Dakin glaubt an den mächtigen Gott der Fakten.«

»Jetzt allerdings bin ich davon überzeugt, daß die beiden Vorfälle zusammenhängen. Der Schmuck ist wertvoll. Er wurde verpfändet. Wieder das Geldmotiv.« Diedrich setzte ein Lächeln auf. »Und ich habe mich immer für einen ziemlich freigiebigen Menschen gehalten. Zeigt mal wieder, wie leicht man sich selbst narrt, Mr. Queen. Nun, ich gehe jetzt zu Bett. Vor mir liegt ein anstrengender Tag.«

Vor mir nicht minder, dachte Ellery.

»Gute Nacht, Mr. Queen.«

»Gute Nacht, Sir.«

»Wenn Sie etwas herausfinden sollten …«

»Natürlich.«

»Und sagen Sie es nicht … dem Betreffenden. Kommen Sie damit zu mir.«

»Verstehe. Ach, Mr. Van Horn …«

»Ja, Mr. Queen?«

»Sollten Sie dort unten jemanden herumschleichen hören, seien Sie unbesorgt. Das ist dann nur Ihr Hausgast, der einen Überfall auf den Kühlschrank veranstaltet.«

Diedrich grinste und verließ den Raum mit einer großzügigen, warmherzigen Geste.

Er tat Ellery verdammt leid.

Und Ellery sich selbst auch.

* * *

Laura hatte ihm ein Festmahl bereitet. Unter anderen Umständen und in Anbetracht der Tatsache, daß er seit dem frühen Nachmittag nichts zu sich genommen hatte, wären Laura normalerweise bei jedem einzelnen Bissen seiner Segenswünsche sicher gewesen. Leider hatte er nur wenig Appetit. Er traktierte den Rindsbraten und den Salat gerade lange genug, um Van Horn Zeit zum Einschlafen zu geben. Dann kehrte er mit einer Kaffeetasse in der Hand in das Arbeitszimmer zurück.

Er ließ sich auf dem Stuhl hinter dem Schreibtisch seines Gastgebers nieder und drehte sich darauf so herum, daß er mit dem Rücken zur Tür saß. Er nahm den dicken Packpapierumschlag aus seiner Brusttasche und ging die Scheine durch. Sofort sah er, daß sie in exakter Nummernfolge in den Umschlag gesteckt worden waren; sie waren also auf direktem Wege vom Finanzministerium hierhergelangt. Er steckte die Scheine in den Umschlag und den Umschlag in seine Tasche zurück. Dann holte er den Zettel hervor, den Diedrich ihm gegeben hatte.

Die Scheine in seiner Brusttasche waren identisch mit denjenigen, die in der Nacht zuvor jemand aus Van Horns Safe genommen hatte.

Für Ellery hatte von dem Moment an kein Zweifel mehr daran bestanden, als sein Gastgeber auf den Einbruch zu sprechen gekommen war. Ellery hatte sich lediglich vergewissern müssen.

Und nun war der nächste Punkt abzuhaken.

»Sie können jetzt reinkommen, Howard«, sagte Ellery.

Howard kam herein, unsicher blinzelnd.

»Schließen Sie bitte die Tür!« Er gehorchte schweigend. Er war im Pyjama, hatte einen Morgenmantel übergeworfen und lief barfuß in mokassinähnlichen Pantoffeln. »Hören Sie, in so was sind Sie nun wirklich nicht sonderlich gut, Howard. Wieviel haben Sie mitgehört?«

»Alles.«

»Und Sie haben darauf gewartet, daß ich zum Arbeitszimmer zurückgehe, um zu sehen, was ich tue.«

Howard setzte sich auf eine Lehne des väterlichen Ledersessels und rang seine großen Hände auf den Knien. »Ellery …«

»Ersparen Sie mir Ihre Erklärungen, Howard. Sie haben gestern nacht das Geld aus dem Tresor Ihres Vaters gestohlen – und jetzt steckt es in meiner Brusttasche. Howard«, fuhr Ellery fort, während er sich vorbeugte, »ich frage mich ernsthaft, ob Ihnen überhaupt klar ist, in welche Lage Sie mich gebracht haben!«

»Ellery, ich war völlig verzweifelt.« Ellery konnte seine Stimme kaum hören. »Ich habe nicht so viel Geld. Und irgendwoher mußte ich es doch nehmen.«

»Warum haben Sie mir nicht gesagt, daß Sie es aus dem Safe Ihres Vaters genommen haben?«

»Ich wollte nicht, daß Sally es erfährt.«

»Ach, Sally weiß nichts davon?«

»Nein. Ich konnte Ihnen das oben am See nicht sagen, auf der Rückfahrt auch nicht. Sie war immer dabei.«

»Sie hätten es mir heute nachmittag oder heute abend sagen können, als ich allein im Gästehaus war.«

»Ich wollte Sie nicht bei der Arbeit stören.« Howard schaute plötzlich auf. »Nein, das war nicht der Grund. Ich hatte Angst.«

»Angst davor, ich würde dann morgen nicht Wort halten?«

»Es ist nicht nur das … Ellery, es ist das erste Mal in meinem Leben, daß ich so etwas gemacht habe. Und das dem Alten antun zu müssen …« Howard erhob sich schwerfällig. »Das Geld muß gezahlt werden. Ich erwarte nicht, daß Sie mir glauben, aber es geht mir dabei wirklich nicht um mich. Nicht einmal um Sally. Ich bin nicht so ein jämmerlicher Feigling, wie Sie denken. Ich könnte es Vater heute nacht noch sagen – jetzt gleich – von Mann zu Mann. Ich könnte es ihm erzählen und ihm dann sagen, er solle Sally freigeben, damit ich sie heiraten kann. Und wenn er mir dann die Faust ins Gesicht rammt, stehe ich wieder auf und sage es ihm noch mal.«

Das glaube ich aufs Wort, Howard. Es würde dir sogar ein gewisses Vergnügen bereiten.

»Aber es ist Vater, der in dieser Sache geschützt werden muß. Er darf diese Briefe nicht in die Hände bekommen. Sie würden ihn umbringen. Der Verlust von mickrigen 25.000 Dollar macht ihm nichts aus – er hat Millionen –, aber die Briefe würden ihn umbringen, Ellery. Wenn ich einen plausiblen Vorwand dafür gefunden hätte, soviel Bargeld zu brauchen, hätte ich Vater darum gebeten. Aber das hätte absolut fundiert sein müssen – Vater läßt sich nicht leicht täuschen –, und ich fand einfach nichts Plausibles. Also mußte ich es aus dem Safe nehmen.«

»Und wenn er nun herausfindet, daß Sie der Dieb sind?«

»Damit muß ich fertig werden, wenn es dazu kommt. Aber ich sehe keinen Grund dafür, warum er es herausfinden sollte.«

»Er weiß immerhin, daß entweder Sie es waren oder Sally.«

Howard blickte verblüfft drein. »Meine Blödheit«, schnaubte er schließlich. »Ich muß mir was einfallen lassen.«

Armer Howard.

»Ellery, ich habe habe Sie in diesen furchtbaren Mist mit hineingezogen, und es tut mir schrecklich leid. Geben Sie mir das Geld, und ich gehe morgen selbst zum Hollis Hotel. Sie können hierbleiben – oder abreisen – was immer Sie für besser halten –, und ich werde Sie mit der Sache nicht mehr behelligen.«

Er kam zum Schreibtisch und streckte die Hand aus.

»Was weiß ich sonst noch nicht, Howard?« fragte Ellery.

»Sonst wissen Sie alles. Absolut.«

»Was ist mit dem Einbruch im Juni, Howard?«

»Das war ich nicht!«

Ellery schaute zu ihm auf und fixierte ihn eine ganze Weile lang.

Howard starrte zurück.

»Wer war es dann, Howard?«

»Woher soll ich das wissen? Irgendein Gauner. Vater liegt falsch damit, Ellery. Es war ein Einbruch von außen. Das Ganze ist zufällig herausgekommen. Der Einbrecher wollte eigentlich nur Schmuck stehlen und fand dann heraus, daß das Kästchen ebenfalls wertvoll ist. Ellery, geben Sie mir den verfluchten Umschlag und halten Sie sich weiter raus!«

Ellery seufzte. »Gehen Sie ins Bett, Howard. Ich mach das schon.«

* * *

Ellery schlurfte zum Gästehaus zurück. Er war hundemüde; und der Umschlag in seinem Jackett wog schwer wie Blei.

Er überquerte die Nordterrasse und ertastete seinen Weg um den Pool herum.

Ich kann es mir nicht einmal leisten, hineinzufallen und zu ertrinken, dachte er. Sie würden das Geld bei mir finden.

Dann rammte er die steinerne Gartenbank.

Ein Schmerz durchzuckte ihn, der nicht nur vom Zusammenprall mit seiner Kniescheibe herrührte.

Die Steinbank!

In der Nacht zuvor hatte die alte Frau hier gesessen.

Die alte Frau hatte er vollkommen vergessen.

Der vierte Tag

An Samstagnachmittagen wird Wrightsville zu einem riesigen Marktplatz. Überall brummt das Geschäft. Die Läden der Oberstadt sind überfüllt, die Kassen klingeln, die Square und die Lower Main Street sind verstopft, die Warteschlange vor dem Bijou reicht von der Kinokasse fast bis zu den Eingangstüren von Logan's Market an der Ecke Slocum/Washington Street, der Parkplatz in der Jezreel Lane erhöht die Parkgebühren auf 35 Cents; und überall in der Stadt – auf der Lower Main, auf der Upper Whistling, der State Street, auf dem runden Square, auf der Slocum, auf der Washington Street – sieht man Gesichter, die während der Woche dort selten zu sehen sind: walnußhäutige Farmer in schlechtsitzenden Hosen aus den Läden vom flachen Land, Kinder mit schlecht passenden Schuhen, untersetzte, huttragende Frauen in schlechtsitzendem Baumwollkaro. Überall reiben sich Model-T-Fords mit Jeeps Kotflügel an Kotflügel; und die Wagen auf dem öffentlichen Parkplatz am Rand des Square, der die Statue des Gründers Wright umgibt, bilden eine Absperrkette aus Detroiter Blech, die Fußgänger nicht durchbrechen können. Zwischen Samstagnachmittagen und Donnerstagabenden liegen Welten; am Donnerstagabend nämlich findet die Band Concert Night statt; das Geschehen zentriert sich um den Memorial Park an der State Street, in der Nähe des Rathauses. Die Band Concert Night zieht vor allem das erwachsene Volk aus der Unterstadt und die Jugend der ganzen Stadt an. Glotzende Jungs in geliehenen Militärjacken ihrer großen Brüder lungern am Straßenrand herum, während nervöse Backfische vor ihnen zu zweit, als Trio oder Quartett paradieren, während die American Legion Band mit silbernen Helmen unbeirrt im konzentrierten Scheinwerferlicht der Wagen, die in militärischer Formation quer über die Straße geparkt stehen, Märsche von Sousa spielen. Donnerstag ist eher die Nacht der Popcorn-Paladine und der Hotdog-Barone als die der Geschäftsleute, die ihre Ware in ordentlich gepachteten Läden anbieten.

Aber am Samstag geht es solide zu.

Am Samstagnachmittag begibt sich die High Society in die Oberstadt, um an jenen unabdingbaren Zusammenkünften teilzunehmen, bei denen das kulturelle und politische Wohlbefinden der Stadt und Gemeinde unermüdlich diskutiert wird. (Rein organisationstechnisch gesprochen, ist dies nicht der große Tag der Industrie. Geschäftsleute frönen ihren weniger selbstsüchtigen Aktivitäten gern an Montagen, was nur folgerichtig ist; denn der Einzelhandel läuft am Samstag glänzend und am Montag flau. Darum wird man jeden Montag die Mitglieder des Wrightsviller Einzelhandelsverbandes zu Schweinekoteletts, Kartoffeln ›Julienne‹ und Verkaufssteuer versammelt sehen. Die Handelskammer trifft sich donnerstags im Kelton zu gebackenem Schinken, kandierten Früchten und dem American Way. Die Rotarier versammeln sich mittwochs im Upham House, zu Ma Uphams Brathähnchen, heißen Brötchen, Boysenbeermarmelade und zur ›Abwendung der kommunistischen Bedrohung‹. Jeden Samstagnachmittag erfüllen die Damen vom Hill Drive, der Skytop Road und Twin-Hills-in-the-Beeches die Ballsäle des Hollis und des Kelton mit schrillem Schwatzen – genauer gesagt, jene Damen, die an den Mittagstreffen des Bürgerforumkomitees, der Wrightsviller Robert-Browning-Gesellschaft, dem Frauenhilfswerk, dem Wrightsviller Kulturförderungsverein, der Wrightsviller ›Liga gegen Rassismus‹ oder ähnlichen Gruppierungen angehören und keinen Zutritt zu den angeseheneren Treffen der ›Töchter der amerikanischen Revolution‹, der ›Genealogischen Gesellschaft Neuenglands‹, der Wrightsviller ›Christlichen Frauenabstinenzbewegung‹ oder dem Wrightsviller Frauenclub der Republikaner im Paul-Revere-Saal und den übrigen altehrwürdigen Bankettsälen des Upham House haben. Natürlich finden nicht alle diese Versammlungen gleichzeitig statt; die Damen haben einen effizient gestaffelten Veranstaltungsplan ausgetüftelt, der es den rüstigeren erlaubt, zwei oder gar drei Lunchgelegenheiten am selben Tag wahrzunehmen, was wiederum erklärt, warum das Speisekartenangebot samstags in allen drei Herbergen immer so blattreich und die Desserts so fruchtig ausfallen. Nichtsdestoweniger hatte man Ehemänner über ihre spartanischen Sonntagsdinners klagen hören; und mindestens zwei junge Diätberaterinnen waren nach Wrightsville gezogen – eine aus Bangor und eine aus Worcester –, die daraus ihren Nutzen zu ziehen wußten.

In all dieser brodelnden Aufregung um Kommerz, Kultur und Bürgerfragen und den schlichten Massenspektakeln schien die Vorstellung von Verbrechen gegen Menschen so weit entfernt wie Port Said. Präziser formuliert, ist das Letzte, woran man an einem Wrightsviller Samstagnachmittag denken würde, diese besonders widerwärtige Verirrung individuellen Verhaltens, die man als Erpressung bezeichnet, weshalb der Erpresser zweifelsohne, wie Ellery bedrückt registrierte, gerade den heutigen Tag für sein Rendezvous mit 25.000 von Diedrich Van Horns Dollars gewählt hatte.

Ellery parkte Howards proletarische Karre auf halbem Wege der Serpentinen hoch nach High Village auf der Upper Dade Street. Er stieg aus, fühlte nach seiner Brusttasche und schlenderte dann die Hill Street hinunter zum Square. Die Upper Dade hatte er sich bewußt ausgesucht, da die Straße an Samstagnachmittagen den überfließenden Verkehr aus der Stadtmitte aufnahm und ein Mann, der anonym bleiben wollte, sich dort ohne weiteres unter die Menge mischen konnte. Denoch war Ellery überrascht über das, was er vorfand. Die Upper Dade Street war fast nicht wiederzuerkennen. Eine riesige Siedlung aus porösem Ziegelstein war seit Ellerys letztem Besuch in Wrightsville dort gebaut worden, wo seit 75 und mehr Jahren graue, efeuüberwucherte Holzhäuser gestanden hatten. Flankiert wurde sie von schicken neuen Läden. Ein Gebrauchtwagenhändler hatte sich breitgemacht, wo sich das Kohlenlager erstreckt hatte, vollgestellt mit glänzenden Karossen in Reih und Glied, die, sollten sie wirklich jemals gebraucht worden sein, von Elfen über ätherische Straßen hinweg gelenkt worden waren, nicht länger als den Flügelschlag eines Kolibris lang.

Ach Wrightsville!

Ellery wurde beklommener. Während er unter den metallenen Schildern der die Stadt attackierenden Geschäftsleute entlangspazierte und sein Gesicht von wechselnd orangefarbenen, weißen, blauen und grünen Neonstrahlen beleuchtet sah – war es denn wirklich nötig, daß sie sich mit ihrer miesen kleinen Kitschkulisse am Allmächtigen selbst maßen, an seiner Sonne? – mußte Ellery daran denken, daß dies nicht mehr das Wrightsville seiner liebgewordenen Erinnerungen war.

Kein Wunder, es ging ja um Erpressung.

Als er die letzte Kurve um den Hill genommen hatte, beschleunigten sich seine Schritte. Auf einmal war er wieder zu Hause.

Hier war der ehrwürdige alte Square, der rund war, mit dem bronzenen Standbild des Gründers Jezreel Wright in der Mitte, dem Vogelmist von der verkrusteten Nase in den von Grünspan überzogenen Pferdetrog tropfte; vom Platz speichenförmig ab gingen die State Street, die Lower Main, die Washington, die Lincoln und die Upper Dade Street, allesamt vielleicht verändert wie ganz Wrightsville, aber dennoch lockten sie von Zeit zu Zeit auf geheimnisvolle Weise die Verlorenen aus den sündigen Großstädten nach Hause. Wenn man in die State Street, die breiteste der Speichen, einbog, konnte man wohl das Rathaus sehen und hinter dem Rathaus den dazugehörigen Memorial Park, die Carnegie-Bibliothek (Saß Dolores Aikin noch immer dort und wachte über die ausgestopfte Eule und den grimmigen ausgeweideten Adler?) und das ›neue‹ Bezirksgericht, das in Wirklichkeit jedoch alt war. An der Lower Main Street lag das Bijou, das Postamt, das Pressegebäude des *Record*, die Läden. An der Washington: Logan's Market, das Upham House, das Bürohaus, Andy Birobatyans Blumengeschäft. An der Lincoln lagen die Futterläden, die Stallungen und das Gebäude der Freiwilligen Feuerwehr. Es war jedoch der Square selbst, der die Straßen lebendig werden ließ, wie eine Glucke ihre Kükenschar.

Hier stand John F.s Bank, nein, nicht John F.s, sondern Diedrich Van H.s Bank; das Gebäude jedoch war dasselbe geblieben, und Bauten haben naturgemäß etwas Standhaftes. Hier war auch der uralte Bluefield-Laden, J. P. Simpsons Pfandhaus (Kreditanstalt!), Sol Gowdys Herrenbekleidungsgeschäft, das Warenhaus Bon Ton, Dunc MacLean – Spirituosen – und, ach, die ehemalige High-Village-Apotheke, die zu einem Glied in einer Drogeriekette herabgewürdigt war, und Ketchams ehemaliges Versicherungsbüro, in dem sich nun ein Laden befand, in dem man Militärklamotten und Ausrüstungsgegenstände aus dem Zeitalter des Atomkriegs erstehen konnte.

Und, alles dominierend, das Vordach des Hollis Hotels.

* * *

Ellery sah auf seine Armbanduhr: zwei Minuten vor zwei.

Ohne Hast betrat er die Lobby des Hollis.

Die Gemeindefestivitäten waren in vollem Gange. Aus dem Großen Ballsaal dröhnte eine mächtige Symphonie aus Kulturpalaver und Besteckgeklirr herüber. Die Lobby bot ein Bild der Hektik. Pagen flitzten. Die Empfangsglocke tönte. Die Haustelefone hüpften. Am Zeitungs- und Tabakstand brachte Mark Doodles Sohn Grover, ein ziemlich beleibter Grover mittlerweile, mit furioser Freundlichkeit Zeitungen und Tabak unters Volk.

Ellery durchquerte die Empfangshalle in einem Schrittempo, das so kalkuliert war, daß er nicht einmal einen zufälligen Blick auf sich zog. Er paßte sich dem Tempo der Menge an und bewegte sich in ihrem Rhythmus, weder schneller noch langsamer. Seine Art und sein Gesichtsausdruck, eine Mischung aus abwesender Bestimmtheit und unaufdringlicher Neugier, suggerierte den Wrightsvillern, er sei ebenfalls einheimisch, und den Fremden, er sei ebenfalls fremd. Er wartete auf den zweiten der drei Aufzüge, so daß er mit einer großen Gruppe hineingeschoben wurde. Drinnen vermied er es, eine Etagennummer zu nennen; er wartete einfach, halb vom Fahrstuhlführer abgewandt. Im sechsten Stock fiel ihm plötzlich auf, daß es sich bei dem Operator um Wally Planetsky handelte, den er zuletzt am Empfangstisch des Bezirksgefängnisses hatte arbeiten sehen, das im obersten Stockwerk des Bezirksgerichts untergebracht war. Planetsky war damals schon älter gewesen und ergraute bereits; jetzt war er alt, weißhaarig, und seine kräftigen Schultern waren gebeugt. *O tempus!* Grover Doodles war fett geworden; Polizeibeamte gingen in Pension und bedienten Hotelaufzüge. Dennoch war Ellery geistesgegenwärtig genug, um im zehnten Stock im Krebsgang auszusteigen, mit dem Rücken zu Wally Planetsky.

Ein Gentleman, der eine Aktentasche bei sich trug, wie sie Geschäftsleute tragen, und aussah wie Edgar J. Hoover, stieg mit ihm aus.

Der Gentleman ging nach links, also ging Ellery nach rechts.

Er suchte so lange unter den falschen Zimmernummern, bis der Gentleman eine Tür aufgeschlossen hatte und hineingegangen war. Dann lief Ellery eilig zurück, an den Aufzügen vorbei, sah im Vorbeihuschen, daß sein Mitaussteiger in Zimmer 1031 verschwunden war, und eilte weiter. Der puterrote Teppich dämpfte seine Schritte.

Als er sich Zimmer 1010 näherte, sah er sich noch einmal kurz um, ohne stehenzubleiben. Doch der Gang hinter ihm war menschenleer, und kein schuldiger Kopf verschwand hastig im Türspalt. Bei Zimmer 1010 blieb er stehen und blickte sich noch einmal um.

Nichts.

Er versuchte, die Tür zu öffnen.

Das Zimmer war unverschlossen.

Also war es kein Bluff.

Mit einem Ruck öffnete Ellery die Tür und wartete einen Moment.

Als nichts geschah, ging er hinein und schloß die Tür sofort hinter sich.

* * *

Niemand war im Zimmer. Und es schien auch seit Wochen niemand dort gewesen zu sein.

Es war ein Einzelzimmer ohne Bad. In einer Ecke befand sich ein weißes Waschbecken, dessen Rohrleitungen freilagen. Über dem Becken war ein Handtuchhalter aus Holz befestigt. Ein begehbarer Schrank befand sich hinter dem Becken.

Das Zimmer enthielt nicht mehr als das absolute Minimum dessen, was eine Herberge bietet: ein schmales Bett, auf dem eine gelbbraune Decke mit violetten Frottierplüschnähten lag, ein Nachttisch, ein Sessel, eine Stehlampe, ein Tisch, eine Kommode mit gestärktem Baumwolldeckchen. Über der Kommode hing ein Spiegel, und an der gegenüberliegenden Wand, über dem Bett, hing ein verstaubter Druck mit dem Titel *Sonnenaufgang im Gebirge*. Vor dem einzigen Fenster hing eine schäbige glatte Gardine in tristem Naturleinen, deren unterer Rand traditionelle fünf Zentimeter über einem großen, staubigen Heizkörper endete. Der Boden war von Wand zu Wand mit einem vollkommen verblaßten Teppich mit geschmacklosem Muster ausgelegt. Auf dem Nachttisch stand ein Telefon; auf dem Tisch waren ein Wasserkrug, ein dickes Glas und ein Glastablett mit geriffeltem Rand gruppiert. Auf der Kommode, an den Spiegel gelehnt, stand eine Speisekarte mit der Inschrift: *Hunting Room, The Hollis Hotel, ›Gaumenfreuden für den Gourmet‹*.

Ellery schaute in den Schrank. Er war bis auf eine neue Reinigungstüte aus Papier auf dem Hutregal und ein merkwürdiges Gefäß aus Steingut, das er zunächst nicht einordnen konnte, leer. Dann jedoch identifizierte er das Ding mit Hochgenuß – es handelte sich um das, was ältere Generationen drastisch ›Pißpott‹ genannt hatten. Er stellte das Gefäß sanft an seinen Platz zurück. In Momenten wie diesem entfaltete Wrightsville seinen eigentlichen Charme.

Ellery schloß die Schranktür und blickte um sich.

Es war offensichtlich, daß der Erpresser das Zimmer nicht auf dem üblichen Wege organisiert hatte: der Handtuchhalter war leer, das Fenster verriegelt. Dennoch hatte Sallys Erpresser bereits gestern morgen gewußt, daß das Zimmer 1010 für das Rendezvous zugänglich sein würde. Es war von wesentlicher Bedeutung für ihn gewesen sicherzustellen, daß das Zimmer leer stand. Er hatte es also reserviert und im voraus bar bezahlt. Er hatte es jedoch nie offen und offiziell bezogen. Um die Tür zu öffnen, hatte der Erpresser einen gewöhnlichen Dietrich aus dem Werkzeugladen benutzt; die Zimmer des Hollis waren noch nicht mit modernen Zylinderschlössern ausgestattet.

Das alles, dachte Mr. Queen, während er sich bequem auf dem Sessel niederließ, spricht für einen äußerst vorsichtigen Gauner. Der persönliches Erscheinen meidet. Dennoch mußte er ja Kontakt aufnehmen. Also mußte er eine Botschaft hinterlassen haben.

Ellery fragte sich, wie lange er wohl würde warten müssen, bis er ein Zeichen erhielt – und was für eines das sein mochte.

Er saß entspannt im Sessel, rauchte aber nicht.

Nachdem zehn Minuten verstrichen waren, stand er auf und begann auf und ab zu schleichen. Wieder guckte er in den Schrank. Er kniete sich auf den Boden und schaute unters Bett. Er öffnete die Schubladen der Kommode.

Der Erpresser wollte möglicherweise sichergehen, daß weder Polizei noch versteckte Helfer im Spiel waren. Oder er mochte Sallys Abgesandten als jemanden erkannt haben, der mit diesen Dingen einige Erfahrung hatte, und daher das Weite gesucht haben. Ich gebe ihm weitere zehn Minuten, dachte Ellery.

Er nahm die Speisekarte zur Hand.

Gegrilltes Schweinefilet mit Apfel-Beignets à la Henri ...

Das Telefon klingelte.

Schon vor dem zweiten Klingeln hatte Ellery den Hörer abgenommen.

»Ja?«

Die Stimme sagte: »Deponieren Sie das Geld in der obersten rechten Schublade der Kommode. Schließen Sie die Tür. Dann gehen Sie rüber zum Upham House, Zimmer 10. Sie finden die Briefe in der obersten rechten Schublade der Kommode dort.«

»Upham House, Zimmer …«, begann Ellery.

»Die Briefe werden sich genau acht Minuten lang dort befinden, gerade lange genug, damit Sie rechtzeitig dort sind, wenn Sie sofort losgehen.«

»Aber woher weiß ich denn, daß …«

Ein Klicken.

Ellery hängte ein, rannte zur Kommode, öffnete die oberste rechte Schublade, ließ das Geldkuvert hineinfallen, rammte die Schublade zu, raste aus dem Raum, schloß die Tür hinter sich. Der Flur war menschenleer. Er fluchte und schlug gegen den Aufzugsknopf. Der erste Aufzug war beinahe auf der Stelle oben. Niemand war drin. Ellery drückte dem Operator, einem sommersprossigen, rothaarigen Jungen, eine Dollarnote in die Hand.

»Runter zum Empfang. Keine Zwischenstops!« Dies war nicht der Augenblick für taktische Finessen.

Im Nu war der Aufzug unten.

Ellery stürzte sich in das Empfangsgewühl und bekam einen Hotelpagen zu fassen.

»Möchteste dir auf die Schnelle zehn Dollar verdienen?«

»Ja, Sir.«

Ellery taxierte ihn mit dem Zehn-Dollar-Blick. »Fahr hoch zum zehnten Stock – so schnell du kannst – und behalte Zimmer 1010 im Auge. Wenn irgend jemand vorbeikommt, tu so, als würdest du Klinken putzen oder so was. Tu oder sag nichts, warte einfach nur dort. 1010. Ich bin in fünfzehn Minuten wieder da.«

Er eilte auf den Square hinaus.

Upham House lag an der Washington Street, gut 300 Meter vom Square entfernt. Vom Eingang des Hollis waren seine ein Stockwerk hohen Holzsäulen gut zu erkennen. Ellery schulterte sich seinen Weg durch die Massen, die sich um den Platz drängten. Er überquerte die Lincoln Street, ließ das Bon Ton und die

Apotheke, die einmal Myron Garback gehört hatte, und das Warenhaus ›New York‹ hinter sich. Bei roter Ampel überquerte er die Washington …

Die Stimme machte ihn wahnsinnig. Immer wieder hörte er sie flüstern: *»Deponieren Sie das Geld in der obersten rechten Schublade der Kommode …«* Selbst ein Flüstern konnte verräterisch sein. Dieses Flüstern jedoch … Ein Papiertaschentuch! Das war es. Der Sprecher hatte durch ein Papiertaschentuch geflüstert. Das hatte der Stimme dieses Heisere, Vibrierende, Flattrige gegeben – völlig entstellt, ohne Geschlecht, alterslos.

Zimmer 10 im Upham House. Das mußte im Erdgeschoß sein. Es gab da ein paar Zimmer im Westflügel. Westflügel … Als er vorwärts huschte, klopfte eine winzige Hand an eine Tür in seinem Kopf. Aus unerfindlichem Grunde hatte er immer wieder das freundliche schwarze Gesicht eines Mannes in der Uniform der U. S. Army vor sich, übliche Ausführung. Corporal Abraham L. Jackson! Corporal Jackson und seine Aussage im Fall Davy Fox. Wie er die sechs Flaschen Traubensaft geliefert hatte, als er noch als Lieferjunge für Logan's Market gejobbt hatte. Logan's Market .. Den gab es immer noch, jenseits vom Upham House, an der Ecke der Washington und Slocum Street, mit dem Eingang zur Slocum. Jackson hatte … Was hatte Jackson gemacht, und warum fiel ihm das ausgerechnet jetzt nach all den Jahren ein? Er hatte den Kasten mit den Flaschen raus in die Gasse hinter Logan's Market getragen … ja … so hatte er ausgesagt … das Gäßchen, das der Markt sich mit dem Notausgang des Bijou … *und dem Seiteneingang zum Upham House teilte.* Seiteneingang! Westseite des Gebäudes! Das war es. Es war der Weg, ins Hotel zu gelangen, ohne Aufmerksamkeit zu erregen. Ellery schaute auf seine Armbanduhr, als er am Eingang des Upham House vorbeiging. Noch sechseinhalb Minuten. Da war das Gäßchen …

Er bog hinein und spurtete den Rest des Weges zum Seiteneingang.

Der Flur, dessen Teppichboden revolutionsblau und dessen

Tapeten in flaggenroten Bildern der Revolutionssoldaten gemustert waren, war verlassen. Zwei Türen entfernt sah er die Tür des Zimmers 10.

Die Tür war geschlossen.

Ellery lief hinüber und drehte ohne Zögern den Türknauf herum. Die Tür ging auf; er schoß ins Zimmer, auf die Kommode zu und riß die oberste rechte Schublade auf.

Darin lag ein Bündel Briefe.

* * *

Sechs Minuten und und wenige Sekunden später stieg Ellery im zehnten Stock des Hollis aus dem dritten Aufzug. Er war die gesamte Strecke gerannt.

»Page!«

Der Page steckte den Kopf aus einem Türrahmen heraus, wo NOTAUSGANG stand.

»Hier bin ich, Sir.«

Ellery lief zu ihm hin, völlig außer Atem. »Und?«

»Nichts.«

»*Nichts?*«

»Nein, Sir.«

Ellery taxierte den Jungen genau. Doch alles, was er im Gesicht von Mamie Hoods Jüngstem sah, war Neugier.

»Niemand hat Zimmer 1010 betreten?«

»Nein, Sir.«

»Und es ist natürlich auch niemand herausgekommen?«

»Nein, Sir.«

»Du hast die Tür keine Sekunde aus den Augen gelassen?«

»Nicht ein einziges Mal.«

»Du bist ganz sicher?«

»Schwöre es.« Der Junge sprach leiser. »Sind Sie Detektiv?«

»Nun ja … gewissermaßen.«

»Geht um ne Frau, was?«

Ellery setzte ein bewußt verschworenes Lächeln auf. »Könntest du, wenn du noch fünf Dollar mehr kriegst, das Ganze vergessen?«

»Klar doch!«

Ellery wartete, bis der Junge im Aufzug verschwunden war. Dann lief er zu Nr. 1010 hinüber.

Der Umschlag mit dem Geld war verschwunden.

* * *

Wenn dein schneller Verstand dein Kapital darstellt, ist es ein schlimmer Schlag, ausgetrickst zu werden. Wenn dir das auch noch in Wrightsville passiert, ist es wie ein K. o.

Ellery schlenderte langsam zur Upper Dade Street zurück.

Wie war der Erpresser an das Geld gelangt?

Er hatte sich nicht in Zimmer 1010 versteckt; Ellery hatte vorher wie nachher den Raum genau inspiziert. Der Schrank war leer gewesen. Die Kommodenschubladen ebenso (die Logik gebot es, auch Zwergwüchsige in Betracht zu ziehen). Niemand hatte unter dem Bett gelauert. Es gab keine Toilette, nicht einmal eine Tür zu einem angrenzenden Zimmer. Durchs Fenster konnte er auch nicht eingestiegen sein; ein Fassadenkletterer oder ein Flugobjekt hätte auf dem Square unten zu einem Massenandrang geführt wie auf dem New Yorker Times Square an Silvester.

Dennoch war es dem Kerl gelungen, in das Zimmer zu gelangen, nachdem Ellery es verlassen hatte, und sich wieder aus dem Staub zu machen, bevor Ellery zurück war. Er war sogar noch früher herausgekommen … bevor nämlich der Page seinen Posten im zehnten Stock bezogen hatte.

Natürlich.

Ellery schüttelte den Kopf angesichts seiner Naivität. Wenn der Page nicht log, lag die Antwort in der simplen Abfolge der Ereignisse. Das Zimmer war eine kurze Zeitlang nicht unter Beobachtung gewesen: zwischen dem Moment, in dem Ellery in den Aufzug stieg, und dem Augenblick, in dem der Page aus dem Aufzug kam.

In diesem Zeitraum hatte der Erpresser gehandelt.

Er hatte vom Hollis selbst aus angerufen, entweder von einem anderen Zimmer im zehnten oder neunten Stock, oder von einem der Haustelefone in der Lobby. Er hatte ein Zeitlimit gesetzt. Clever! Bei genauerem Nachdenken wäre klar geworden, daß die Briefe entweder nicht in der Kommode des Zimmers Nr. 10 im Upham House lagen, oder wenn doch, der Erpresser es kaum riskieren würde, nach Ablaufen einer festgesetzten Frist von ein paar Minuten zu erscheinen, um sie wieder fortzunehmen. Er hatte Ellery jedoch keine Zeit zum Nachdenken gegeben. Und er hatte einen weiteren Vorteil gehabt. Reflexion hin oder her – Sallys Gewährsmann konnte es sich kaum erlauben, Anordnungen nicht zu befolgen. Das ganze Interesse an der Erpressungsaktion lag aus der Sicht des Opfers darin, die Briefe zurückzubekommen. Um dies zu erreichen, mußte sogar das Risiko, Geld zu verlieren oder die Briefe doch nicht in die Finger zu bekommen, eingegangen werden. Der Erpresser konnte sich darauf verlassen. Und das hatte er getan.

Er hatte nach Ellerys Verschwinden schlicht Zimmer 1010 betreten, das Geld genommen, war wieder fort gewesen, bevor der Page im zehnten Stock anlangte. Vermutlich war er die Feuertreppe zu einem der unteren Stockwerke hinunterspaziert und war erst dort in einen Aufzug gestiegen.

Ellery erwog kurz, zum Hollis zurückzukehren, die Reservierungsumstände für Zimmer 1010 zu recherchieren und zum Upham House zu gehen, um nach Spuren zu suchen, die der Erpresser dort hinterlassen haben konnte. Dann jedoch zuckte er mit den Schultern und stieg in Howards Wagen. Er konnte durch einen mißtrauschen Angestellten ganz schnell Chief Dakin oder einem Reporter von Diedrich Van Horns *Record* in die Hände fallen. Polizei und Presse waren streng zu meiden.

Er begann sich zu fragen, in welchem Anfall geistiger Umnachtung er sich in diese trübe Geschichte hatte verwickeln lassen.

* * *

Ellery parkte Howards Wagen außerhalb des *Hot Spot* an der Route 16 und ging hinein. Die Kneipe war überfüllt und laut. Er schlenderte zur vorletzten Sitznische links und fragte: »Was dagegen, wenn ich mich dazugeselle?«

Das Bier vor Sally war unberührt; vor Howard jedoch standen drei leere Whiskygläser.

Sally war blaß; ihr Lippenstift ließ sie um so blasser erscheinen. Sie trug einen mausgrauen Pullover und einen ebensolchen Rock; ihre Schultern bedeckte eine alte Gabardine-Jacke. Howard trug einen dunkelgrauen Anzug.

Beide starrten sie zu ihm hoch.

»Rutschen Sie ein bißchen, Sally«, sagte Ellery und nahm neben ihr Platz, mit dem Rücken zur Gaststube. Ein weißbeschürzter Kellner stapfte vorbei. »Ich komm gleich zu Euch«, rief er. Ellery erwiderte, ohne sich herumzudrehen: »Hat keine Eile.« Aus seiner linken Hand ließ er etwas in Sallys Schoß gleiten, während er mit der rechten ihr Bierglas nahm.

Sally schaute hinunter.

Ihre Wangen röteten sich.

»Gottseidank, Sally«, murmelte Howard.

»*O Howard!*«

»Gib sie mir.«

»Unter dem Tisch«, sagte Ellery. »O ja, zwei Bier und noch einen Whisky, bitte.«

Der Kellner nahm die leeren Gläser vom Tisch und wischte mit einem schmutzigen Lumpen über die Tischplatte.

»Schenken Sie sich die Wischerei«, sagte Howard heiser.

Der Kellner starrte ihn verständnislos an und war wieder fort.

Ellery fühlte eine Hand in seiner. Die Hand war klein, weich und heiß. Genauso plötzlich wurde sie ihm wieder entzogen.

»Alle vier. Alle vier, Sal. Ellery …«

»Sie sind sicher, daß sie komplett sind? Und auch die richtigen?«

»Ja.«

Sally nickte. Ihr Blick loderte in Howards Richtung.

»Das sind die Originale, keine Kopien?«

»Es sind die Originale«, sagte Howard.

Sally nickte erneut.

»Geben Sie sie mir unter dem Tisch durch.«

»Ihnen?«

»Howard, du würdest noch mit Gott diskutieren!« lachte Sally.

»Vorsicht!«

Der Kellner knallte mit aggressiver Miene zwei Bier und einen Whisky auf den Tisch. Howard kramte in seiner Innentasche.

»Ich mach das schon«, sagte Ellery. »Stimmt so, Ober.«

»Himmel – danke auch.« Sichtlich beschwichtigt entfernte sich der Kellner.

»So, Howard. Jetzt schieben Sie mir mal den Aschenbecher rüber«, bat Ellery.

Er bedeckte den Aschenbecher mit der Hand, sah sich beiläufig um, und als er sich ihnen wieder zuwandte, stand der Aschenbecher zwischen Sally und ihm auf der Sitzbank.

»Trinken Sie beide, unterhalten Sie sich.«

Sally nippte mit aufgestützten Ellenbogen an ihrem Bier. Lächelnd sagte sie zu Howard gewandt: »Ellery, ich werde Gott jeden Abend auf Knien dafür danken, daß es Sie gibt und das geklappt hat, bis ans Ende meiner Tage. Jede Nacht und jeden Morgen auch. Ich werde Ihnen das nie vergessen, Ellery. Nie.«

»Schauen Sie mal hier runter«, erwiderte Ellery.

Sally guckte. Ein kleines Häuflein lag in dem großen Glasaschenbecher.

»Siehst du das, Howard?«

»Ich sehe es!«

Ellery zündete sich eine Zigarette an und warf das brennende Streichholz dann mit der linken Hand in den Aschenbecher.

»Passen Sie auf Ihre Jacke auf, Sally.«

Das Brandopfer brachte er viermal dar.

* * *

Als sie getrennt gegangen waren, brütete Ellery über seinem dritten Bier. Sally war als erste aufgestanden, mit stolz durchgedrücktem Rücken und einem Schritt, so leicht und schwebend wie die Vögel über dem Quetonokis Lake. Allein schon Erleichterung, sinnierte Ellery, vermochte die härteste Realität in Samt zu hüllen.

Auch Howard hatte laut und mit triumphierendem Unterton geredet.

Sie hatten die Briefe wieder, sie waren verbrannt, die Gefahr war vorüber. Das war es, was Sallys Gang und Howards Ton ihm sagten.

Würde nichts nützen, ihnen die Illusion zu rauben.

Er reflektierte die Ereignisse des vorangegangenen Nachmittags.

Der Erpresser war das Risiko eingegangen, die Briefe in der Kommode zu deponieren, *bevor* er sich das Lösegeld geholt hatte. Hätte ein Erpresser, der etwas auf sich hielt, dies jemals getan? Wenn der Umschlag im Hollis Hotel nun wertlose Papierstreifen enthalten hätte? Die Originale wären an die Eigentümer zurückgegangen, und er wäre absolut leer ausgegangen. Also hatte er natürlich zuvor Fotokopien der vier Briefe gemacht. So kostete es ihn wenig, die Originale zurückzugeben. Kopien genügten für seine Zwecke in fast demselben Maße, besonders in diesem Fall. Howards Handschrift war auffällig: eine eigentümliche, kleine, gravurähnliche Schrift, die auf den ersten Blick zu identifizieren war.

Aber dennoch sinnlos, es ihnen jetzt zu sagen.

Tanz in der Sonne heute, Sally. Die Wolken kommen morgen.

Und wenn der Erpresser sich wieder meldet, Howard, was dann? Wenn du schon beim ersten Mal gezwungen warst zu stehlen, Howard – wie willst du eine zweite Forderung erfüllen?

Aber da war noch etwas.

Ellery starrte stirnrunzelnd in sein Bier.

Was das war, wußte er nicht. Was immer es jedoch sein mochte – es beunruhigte ihn. Wieder standen ihm die Haare leicht zu Berge, ein Prickeln wanderte über seine Kopfhaut. Das altbekannte Prickeln, das Verhängnis bedeutete.

Irgend etwas war falsch. Nicht der Ehebruch oder die Erpressung oder sonst etwas, was ihm im Hause Van Horn aufgefallen wäre. Diese Vorkommnisse waren zwar ›nicht richtig‹, aber die Falschheit, die er meinte, war eine umfassendere Falschheit, im Unterschied zu einer Anzahl von kleineren Falschheiten, Komponenten dieser Falschheit. Das war es – Komponenten der Falschheit! Als er versuchte, die Quelle seines Unbehagens auszumachen, ergab sich eine vage befriedigende Erkenntnis aus der Vorstellung dieser *allesumfassenden* Falschheit, deren Teile die Einzelverstöße bildeten. Als ob sie Teile eines Gesamtmusters wären.

Muster?

Ellery kippte sein Bier hinunter.

Worum immer es sich handelte – es entwickelte sich. Worum immer es sich handelte – es konnte nur böse enden. Und worum immer es ging – er blieb besser in der Nähe.

Er verließ das *Hot Spot* auf der Stelle und überschritt während seiner Rückfahrt zum North Hill Drive die Höchstgeschwindigkeit. Es war ihm fast so, als geschehe etwas Schreckliches im Hause Van Horn und als könne er es abwenden, wenn er nur schnell genug zur Stelle war.

Aber er fand alles vor wie immer, es sei denn, Erleichterung stellte etwas Ungewöhnliches dar – und die plötzliche Lösung von Spannungen.

Sally war beim Dinner ungemein lebhaft. Ihre Augen strahlten und ihre Zähne blitzten. Das Haus ihres Herrn füllte sie ganz allein aus. Ellery mußte daran denken, daß sie gegenüber von Diedrich absolut recht an ihrem Platze wirkte und welch erbärmliche Vorstellung es war, sie im Geiste Howard gegenübersitzen zu sehen. Diedrich war im siebten Himmel, und sogar Wolfert machte eine Bemerkung über Sallys überschießendes Temperament. Wolfert schien es persönlich zu nehmen; seine Stimme klang giftig. Doch Sally lachte ihn nur aus.

Howard ging es ebenfalls gut. Redselig und wortreich ließ er sich über das Museumsprojekt aus, sehr zur Begeisterung seines Vaters.

»Ich habe mit dem Skizzieren begonnen. Fühlt sich an, als würde was draus. Was ganz Großartiges.«

»Was mich daran erinnert«, sagte Ellery, »Sie wissen ja, ich habe Ihr Atelier noch gar nicht gesehen. Ist es Ihr Sanctissimum, oder ...?«

»Herrgottnoch! Stimmt! Kommen Sie mit mir hoch!«

»Laßt uns alle gehen«, sagte Sally. Ihrem Mann warf sie vielsagende, vertraute Blicke zu.

»Du hattest versprochen, heute an dem Deal mit Hutchinson zu arbeiten, Diedrich«, zischte Wolfert. »Ich habe ihm gesagt, ich würde die Verträge morgen mit ihm durchgehen.«

»Aber es ist Samstagabend, Wolf. Morgen ist Sonntag. Können die Leute denn nicht bis Montag warten?«

»Montag wollen sie bereits loslegen.«

»Himmel«, brummte Diedrich. »Also gut, Darling. Tut mir leid, aber ich fürchte, du wirst heute abend Gastgeber und Gastgeberin zugleich spielen müssen.«

Ellery hatte etwas Grandioses, Gigantisches erwartet, mächtige Vorhänge mit pathetischen Faltenwürfen, riesige Steinblöcke, die in unterschiedlichen Entstehungsstadien herumstanden, ein Bildhaueratelier, wie man es in einem Hollywood-Film erwartete. Doch nichts dergleichen. Das Atelier war groß, jedoch zugleich schlicht; keine großen Steinblöcke standen herum (»Sie denken eben nicht wie ein Architekt, Ellery«, lachte Howard. »Dieser Boden würde ihnen doch kaum standhalten!«), und die Vorhänge waren eher praktisch. Überall standen kleinere Geräte, Modellierpodeste und Werkzeuge herum – Klammern, Hohlmeißel, Schraubstöcke, Schaber, gewöhnliche Meißel, Holzhämmer und so fort, die, wie Howard erklärte, sowohl beim Holz- oder Elfenbeinschnitzen wie der Bearbeitung von Stein jeweils verschiedenen Zwecken dienten. Viele kleine Modelle standen herum, und überall lagen grobe Skizzen.

»In diesem Atelier mache ich nur die Vorbereitungen«, erklärte Howard weiter. »Drüben habe ich eine große Scheune zur Verfügung, die ich Ihnen morgen gern zeige, wenn Sie möchten, Ellery. Dort mache ich meine Arbeiten dann fertig, ich meine, in Stein. Sie hat einen sehr stabilen Boden, der einiges an Gewicht aushält. Außerdem kann man die Blöcke so leichter hintransportieren und die Arbeiten raus. Stellen Sie sich das doch nur mal vor – hier einen Drei-Tonnen-Marmorblock hochzuhieven!«

Howard hatte bereits einige Skizzen für die Museumsstatuen angefertigt. »Die sind alle noch sehr grob«, sagte er. »Nur damit ich eine erste Vorstellung vom Ganzen habe. Um die Details habe ich mich noch nicht gekümmert. Ich mache später sehr viel detailliertere Skizzen und gehe dann mit der Modelliermasse an die Arbeit. Ich verbarrikadiere mich hier oben sehr, sehr lange, bis ich soweit bin, nach drüben ins Atelier zu gehen.«

»Dieds hat erwähnt«, sagte Sally, »du wollest einiges im Atelier drüben verändern lassen.«

»Ja. Ich meine, der Boden müßte noch stabiler gemacht werden, und ich hätte gern ein weiteres Fenster in der Westwand. Ich brauche alles Licht, das ich nur kriegen kann. Und mehr Abstand. Ich überlege, ob man die Westwand nicht herausreißen und das Atelier mindestens um die Hälfte vergrößern sollte.«

»Sie meinen, damit alle Skulpturen reinpassen?« fragte Ellery.

»Nein, wegen der Perspektive. Die Probleme mit monumentaler Bauplastik liegen ganz anders als die mit Büsten oder solchen Sachen, wie Michelangelo sie gemacht hat. Man muß an solche Stücke schon nah herangehen, um sie richtig würdigen zu können – die Beschaffenheit, die Konturen, die Details und so fort. Aus einer gewissen Entfernung gesehen verlieren sie an Kontur und werden irgendwie formlos. Mein Problem ist ein anderes. Diese Statuen müssen so entworfen werden, daß sie aus großem Abstand betrachtet werden, unter freiem Himmel. Die Technik muß also gröber sein, wichtig sind klare Silhouetten und Profile. Aus diesem Grund sehen griechische Skulpturen im Freien auch so viel besser aus – und aus diesem Grund habe ich auch eine große Schwäche für den Neoklassizismus. Ich bin ein absoluter Feiluftmeißler.«

Hier wurde Howard zu einem anderen Menschen. Seine verwirrten, introvertierten Züge hatten sich verflüchtigt, das Stirnrunzeln war verschwunden, und er sprach mit Autorität und sogar einigem Charme. Ellery begann sich seiner selbst ein wenig zu schämen. Er hatte Diedrichs ›Museumskauf‹ als eine der übleren Begleiterscheinungen des Reichtums betrachtet. Nun erkannte er, daß hier ein vermutlich begabter junger Künstler die Chance erhielt, etwas absolut Würdiges zu schaffen. Dies war ein neues Element in seinen Überlegungen, zur Abwechslung eines, das ihm gefiel.

»Alle diese Zeugnisse von schöpferischer Aktivität«, sagte Ellery grinsend, »erinnern mich an meine eigenen lächerlichen Anstrengungen drüben im Gästehaus. Würden Sie es als sehr unhöflich empfinden, wenn ich mich rüberschleichen und eine Weile meine Maschine martern würde?«

Sie waren offenbar wirklich enttäuscht. Ellery verließ sie, während sie die Köpfe über einer Skizze zusammensteckten; Howard gab lebhaft Erläuterungen, Sally lauschte mit leuchtenden Augen und leicht geöffneten, feuchten Lippen.

So sieht das also aus, wenn alles vorbei ist, dachte Ellery verstimmt. Nicht jeder Beweis kommt in Gestalt eines Briefes daher. Er war froh, daß sich Diedrich zwei Stockwerke unter ihnen aufhielt, in seinem Arbeitszimmer.

* * *

Ellery dachte, es würde dem Erpresser wohl recht geschehen, wenn Diedrich allein dadurch hinter alles kam, daß er wachen Auges hinschaute, und so die Kopien null und nichtig machte, wertlos … als er sie plötzlich wiedersah.

Er befand sich gerade in der Kurve, den die Treppe auf halbem Wege zwischen dem ersten und dem zweiten Stock machte. Es war der Schatten eines Schattens; doch dieser Schatten eines

Schattens war gekrümmt wie der Rücken einer wütenden Katze, und er wußte, es handelte sich um jene alte Frau.

Lautlos huschte er die wenigen Stufen zum ersten Stock hinunter und drückte sich flach gegen die Wand.

Sie bewegte sich langsam den Flur hinunter, ein sichelförmig gekrümmtes altes Etwas mit einem kapuzenartigen Tuch um den Kopf; und während sie entlangschlurfte, murmelte sie etwas Unglaubliches:

»Dort haben die Gottlosen aufgehört mit Toben, dort ruhen, die viel Mühe gehabt haben.«

Ganz hinten am Ende des Flurs blieb sie an einer Tür stehen. Zu Ellerys Erstaunen kramte sie in ihren Taschen und zog einen Schlüssel hervor. Den Schlüssel steckte sie ins Schloß. Als sie die Tür aufgeschlosen hatte, drückte sie sie auf; dahinter sah Ellery nichts. Der Türrahmen war wie ein unirdisches Rechteck.

Dann schloß sich die Tür, und er hörte das Knirschen des Schlüssels im unsichtbaren Äther.

Sie wohnte dort.

Sie wohnte dort, und niemand hatte sie in den zweieinhalb Tagen je erwähnt. Weder Howard noch Sally noch Diedrich noch Wolfert – noch Laura oder Eileen.

Warum? Und wer war sie?

Die Greisin hatte eine Art, sich in sein Bewußtsein zu schleichen und wieder hinaus wie eine Hexe aus Traumwelten.

Ob nun Gast oder nicht, dachte Ellery, während er die Treppen hinunterraste, ich muß herausfinden, was hier alles vor sich geht.

Der fünfte Tag

Ellery war gerade unten an der Treppe angelangt, als er jemanden rennen hörte; er schaute hoch und sah Sally auf ihn herabstoßen wie Superman.

»Was ist los?« fragte er ruhig.

»Ich weiß nicht.« Sie klammerte sich an seinen Arm, um das Gleichgewicht zu halten. Er spürte, wie sie zitterte. »Ich habe kurz nach Ihnen Howards Atelier verlassen und bin auf mein Zimmer gegangen. Diedrich bat mich über die Sprechanlage, sofort in sein Arbeitszimmer herunterzukommen.«

»Diedrich?«

»Glauben Sie …?«

Howard kam heruntergepoltert, schneeweiß.

»Vater hat mich gerade über die Sprechanlage gerufen!«

Auch Wolfert war erschienen; ein altmodischer Morgenmantel schlabberte um seine knochigen Beine, und auch sein Adamsapfel stach heraus wie ein alter Knochen.

»Diedrich hat mich geweckt. Was ist los?«

Mit geballtem Schweigen eilten sie ins Arbeitszimmer.

Diedrich erwartete sie ungeduldig. Den Papierwust auf seinem Scheibtisch hatte er zur Seite gewischt. Seine Haare wirkten wie Tausende von Ausrufungszeichen.

»Howard!« Er schnappte sich Howard und drückte ihn. »Howard, sie haben mir immer wieder gesagt, es sei vergeblich, aber, bei Gott, es ist nun *doch nicht* vergeblich gewesen!«

»Dieds, ich könnte dich erwürgen«, sagte Sally mit einem zornigem Lachen. »Du hast uns zu Tode erschreckt. *Was* ist nicht vergeblich gewesen?«

»Allerdings! Ich habe mir auf der Treppe fast den Hals gebrochen, so schnell bin ich runtergerast«, knurrte Howard.

Diedrich legte seine Hände auf Howards Schultern und hielt ihn feierlich auf Distanz. »Mein Sohn«, sagte er ernst. »Sie haben herausgefunden, wer du bist.«

»*Dieds*.«

»Herausgefunden, wer ich bin«, wiederholte Howard mechanisch.

»Was in aller Welt meinst du, Diedrich?« fragte Wolfert gereizt.

»Ich meine genau das, was ich gerade gesagt habe. Oh, da fällt mir ein – Mr. Queen haben wir bislang nicht ins Bild gesetzt, oder?«

»Vielleicht sollte ich zum Gästehaus rübergehen, Mr. Van Horn«, bemerkte Ellery. »Ich war ohnehin gerade auf dem Weg dorthin, als ...«

»Nein, nein. Ich bin sicher, es wird Howard nichts ausmachen. Sie müssen wissen, Mr. Queen, Howard ist mein Adoptivsohn. Er ist als Baby auf meiner Türschwelle abgestellt worden, von ... nun ja, bis jetzt«, lachte Diedrich, »hätte es genauso gut der Storch gewesen sein können. Setzen Sie sich doch, setzen Sie sich, Mr. Queen. Howard, setz dich auch hin, bevor du dir die Beine in den Bauch stehst. Sally, komm auf meinen Schoß. Wenn das nicht ein Grund zum Feiern ist! Wolf, lächel mal! Der Hutchinson-Deal kann warten.«

Irgendwie ließen sich alle nieder, und Diedrich erzählte munter, was Ellery bereits wußte. Es gelang ihm dennoch, vollkommen verblüfft zu wirken, während er Howard aus dem Augenwinkel heraus beobachtete. Howard saß regungslos da. Seine Hände lagen auf den Knien. Sein Gesichtsausdruck erschien ihm seltsam. Waren es dunkle Befürchtungen, die seinen Mund so verkniffen machten? Über seinen Augen lag eine Art Firnis, und in seinen Schläfen pochte es.

»Ich habe anno 1917 eine Detektei beauftragt«, hob Diedrich an, während seine Hand Sallys Haar liebkoste, »nachdem man Howard auf meine Türschwelle gelegt hatte. Ich wollte nichts unversucht lassen, um seine Eltern ausfindig zu machen. Nun ja, eine richtige Detektei war es nicht, eher ein Ein-Mann-Betrieb. Der Laden gehörte dem alten Ted Fyfield. Er war als Polizeichef in den Ruhestand gegangen und hatte selbst ein Geschäft aufgemacht. Ich habe Fyfield drei Jahre lang Geld überwiesen – einschließlich meiner Armyzeit, wie du weißt, Wolf. Als er nach all dieser Zeit noch immer keine Spur hatte, gab ich auf.«

Es war schwer zu sagen, ob Howard überhaupt zuhörte. Auch Sally sah das. Sie war beunruhigt, besorgt.

»Es ist schon komisch, daß so oft die ganz unscheinbaren Dinge die wichtigsten sind«, fuhr Diedrich leutselig fort. »Vor zwei Monaten habe ich mir bei Joe Lupin im Friseursalon des Hollis den Bart stutzen lassen …«

»Der Barbier«, murmelte Mr. Queen nostalgisch berührt. Joe Lupin war in den Fall Haight über seine Frau Tessie verwickelt gewesen, die im Kosmetikgeschäft auf der Lower Main Street arbeitete. Es war ›Der Barbier von Wrightsville‹, Eigentümer: Luigi Marino; und jetzt, da Ellery daran denken mußte, fiel ihm ein, daß er Marinos graumelierten Schopf an diesem Nachmittag noch gesehen hatte, über ein eingeseiftes Gesicht gebeugt, während er selbst durch die Empfangshalle des Hollis geschlendert war.

»… und bin mit J.C. Pettigrew ins Gespräch gekommen, der im nächsten Sessel unter der Solariumsleuchte lag. Du weißt doch, Liebes, der Immobilienfritze …«

Ellery sah noch immer J.C.s Schuhe, Schuhgröße 47, auf dessen Schreibtisch in seinem Immobilienbüro auf der Lower Main Street vor sich, wie sie an jenem Tag dort gelegen hatten, als er das erste Mal in die Stadt gekommen war – die Schuhe und den elfenbeinernen Zahnstocher.

»Wir kamen ins Gespräch über die teuren Verblichenen der Stadt, und irgend jemand – ich meine, es war Luigi – erwähnte den alten Ted Fyfield, der seit Jahren tot ist. J.C. wurde temperamentvoll. ›Tot oder nicht tot – dieser Fyfield war ein Gauner und ein Saukerl‹, brummte er und erzählte davon, wie er Ted ein kleines Vermögen an Spesen und Honorar dafür bezahlt hatte, den Kerl aufzuspüren, der ihn auf einem Immobiliengeschäft hatte sitzen lassen, wobei er das Geld selber hatte berappen müssen. Und dann hatte er erfahren müssen, daß Ted ihm vollständig erfundene ›Berichte‹ lieferte, während er fleißig J.C.s Geld für seine ›Nachforschungen‹ einstrich, und in der ganzen Zeit Wrightsville nicht einmal verlassen oder einen Finger krummgemacht hatte, um das Geld zu verdienen! J. C. erzählte, er habe Fyfield gedroht, ihm die Lizenz entziehen zu lassen, und der alte Gauner habe daraufhin eilig Geld hingelegt. Nun ja, diese Sache ließ mich hellhörig werden, ich hatte Fyfield über drei Jahre schließlich ebenfalls ein kleines Vermögen gezahlt. Es stellte sich heraus, daß nahezu jeder im Friseursalon irgendwas Diskreditierendes über Ted Fyfield zu erzählen hatte; und als alle mit ihren Geschichten durch waren, war mir schlecht vor Wut. Ich hasse es, wenn man mich zum Idioten macht, da sehe ich rot. Wichtiger als das jedoch war, daß ich mich in einer Angelegenheit auf Fyfield verlassen hatte, die für uns alle verdammt wichtig war.«

Sallys Stirn war in der Mitte nun tief gefurcht. Sie legte ihren Arm um den Hals ihres Mannes und sagte leichthin: »Du hättest Schriftststeller werden sollen, Darling. Alle diese *Details*. Und wann kommt der spannende Teil?«

Wolfert saß einfach nur da und schmorte im eigenen Saft.

»Nun, gut«, fuhr Diedrich unerbittlich fort, »ich gab einer Ahnung nach. Ich beschloß, die Sache ganz neu anzugehen, lediglich von der Annahme ausgehend, daß Fyfield mich dreißig Jahre zuvor über den Tisch gezogen und niemals wirkliche Nachforschungen betrieben hatte. Ich vertraute die Angelegenheit einer renommierten Detektei in Connhaven an.«

»Davon hast du mir nie erzählt.« Es kam seltsam gestelzt und fremd aus Howards Kehle und klang gar nicht nach ihm.

»Nein, mein Sohn, weil es ein ziemlicher Schuß ins Blaue war – nach 30 Jahren! –, und ich wollte in dir keine falschen Hoffnungen wecken, bevor ich Gewißheit hatte.

Und es war dann doch kein Schuß ins Blaue. Fyfield *hatte* mich betrogen, dieser …« Sally hielt ihm den Mund zu. Er grinste. »Vor wenigen Minuten habe ich einen Anruf aus Connhaven erhalten. Am Apparat war der Chef der Detektei. Sie haben die ganze Geschichte, Junge. Sie konnten ihr Glück kaum fassen – als sie den Fall übernahmen, haben sie mir versichert, ich verschwendete nur ihre Zeit und mein Geld. Aber ich habe auf meine Ahnung vertraut – und jetzt wissen wir Bescheid.«

»Wer sind meine Eltern?« fragte Howard mit derselben mechanischen, abwesenden Stimme.

»Junge …« Diedrich zögerte. Dann fuhr er sanft fort: »Sie sind tot, Junge. Es tut mir leid.«

»Tot«, wiederholte Howard. Man konnte förmlich beobachten, wie er mit dieser Einsicht rang: Sie waren tot, sie lebten nicht mehr, er würde sie niemals kennenlernen, nie erfahren, wie sie ausgesehen hatten, und das war schlimm – oder war es gut?

»Mir tut es nicht leid«, sagte Sally.

Sie sprang vom Schoß ihres Mannes, setzte sich auf seinen Schreibtisch und spielte mit einem Blatt Papier. »Es tut mir nicht leid, Howard, weil es ein furchtbares Durcheinander gäbe, wenn sie noch lebten. Du wärest für sie ein völlig Fremder, und sie Fremde für dich. Alle wären hilflos und konfus, und niemandem wäre gedient. Es tut mir nicht im geringsten leid, Howard. Und dir sollte es das auch nicht tun!«

»Nein.« Howard starrte vor sich hin. Es gefiel Ellery gar nicht, wie er starrte. Der Firnis über seinen Augen war noch trüber geworden. »Also gut«, brachte er mühsam hervor, »sie sind tot. Aber wer waren sie?«

»Dein Vater, Howard, war Farmer«, erwiderte Diedrich. »Und deine Mutter Farmerin. Ganz, ganz arme Leute, Junge. Sie bewohnten ein primitives Farmhaus etwa siebzehn Kilometer von hier – zwischen Wrightsville und Fidelity. Du wirst dich erinnern, Wolf, wie trostlos die Gegend vor 30 Jahren war.«

»Farmer, soso«, erwiderte Wolfert. Die Art, in der er es sagte, ließ in Ellery den Wunsch aufkommen, ihm seine Zahnprothesen in den Hals zu stopfen. Sally warf ihm einen vernichtenden Blick zu, und sogar Diedrich verzog das Gesicht.

Doch Howard nahm keine Zwischentöne wahr. Er saß da und starrte seinen Pflegevater nur an.

»Sie waren zu arm, um sich Tagelöhner leisten zu können. So zumindest lauten die Informationen der Detektei«, fuhr Diedrich fort. »Deine Eltern mußten alle Arbeit selbst erledigen. Das Land gab kaum genug her, um sie zu ernähren. Dann bekam deine Mutter ein Kind. Dich.«

»Und – plumps!– läßt sie mich auf der nächstbesten Türschwelle fallen.« Howard lächelte, und Ellery wünschte, er würde wieder starren.

»Du bist mitten in der Nacht während eines heftigen Sommergewitters geboren worden«, lächelte Diedrich zurück. Glücklich sah er dabei allerdings nicht mehr aus. Er wirkte mitleidig, nervös und ein wenig angespannt, als verzeihe er es sich nicht, Howards Reaktionen so falsch eingeschätzt zu haben. Er beschleunigte seine Rede. »Der Detektei in Connhaven ist es gelungen, die Ereignisse in dieser Nacht aus dem Material, das sie fanden, zu rekonstruieren. Und das Gewitter spielt dabei eine bedeutende Rolle.

Um deine Mutter kümmerte sich ein Wrightsviller Arzt, ein Dr. Southbridge; und als du geboren warst und es deiner Mutter wieder besser ging, ist der Doktor aufgebrochen, um mitten im Sturm mit seinem Einspänner in die Stadt zurück zu fahren. Nun, während der Rückfahrt muß sein Pferd bei einem Blitz gescheut haben und durchgegangen sein, denn das Pferd, Dr. Southbridge und der Einspänner wurden in einem Graben gefunden, ein Stück von der Straße ab. Das Gefährt war zertrümmert, das Pferd hatte zwei gebrochene Beine und der Doktor einen zerquetschten Brustkorb – er war tot, als man ihn fand. Natürlich hatte er keine Gelegenheit gehabt, deine Geburt im Rathaus zu melden. Bei der Detektei ist man der Meinung, daß dies der Grund dafür sein könnte, daß deine Eltern gehandelt haben, wie sie es taten. Offenbar glaubten sie, zu arm zu sein, um dir ein anständiges Heim bieten zu können – sonst hatten sie keine Kinder – und folgerten, als sie von Dr. Southbridges Unfall hörten, daß er keine Zeit gehabt haben konnte, deine Geburt registrieren zu lassen, und sie die Möglichkeit hatten, dich bei jemandem in Pflege zu geben, dem es materiell besser ging, und der sie nicht würde ausfindig machen können.

Es sieht so aus, als hätten nur deine Eltern und Dr. Southbridge von deiner Geburt gewußt, und der Doktor war tot.

Warum sie dich ausgerechnet auf unsere Türschwelle legten, wird man natürlich nicht mehr klären können. Ich bezweifle stark, daß es mit uns persönlich zu tun hatte – das Haus sah einfach nach ziemlichem Wohlstand aus; zumindest muß es auf ein armes Farmerpaar so gewirkt haben.«

»Das alles setzt voraus, daß sie es Klein-Namenlos zuliebe taten«, lächelte Howard. »Aber woher will man wissen, ob sie Klein-Namenlos nicht vielleicht einfach los sein wollten?«

»O Howard, halt den Mund und hör mit der Selbstzerfleischung auf«, zischte Sally. Sie war furchtbar in Sorge; in Sorge, unruhig und wütend auf Diedrich.

Hastig fuhr Diedrich fort:»Wie auch immer; die Leute von der Connhavener Detektei konnten all dies nur rekonstruieren, weil sie Dr. Southbridges Terminkalender aufgespürt hatten. Er hatte Taschenformat, eine Art Notizbuch, und war vom Bestatter aus Dr. Southbridges Kleidern genommen und zu dessen Effekten getan worden, vergessen auf dem Speicher seines alten Hauses, wo die Detektive fündig wurden. Der Eintrag in der Handschrift des Doktors, den er offenbar gemacht hatte, während er das Farmhaus verließ, besagte, daß ein Junge, Sohn eines Farmers und einer Farmerin, an genau dem Tag geboren worden war, Howard, dessen Datum auf dem Zettel stand, der an deine Decke geheftet worden war, als ich dich fand. Der Chef der Detektei sagt – ich hatte den Zettel natürlich alle diese Jahre aufbewahrt und der Detektei gegeben –, die Handschrift sei eindeutig als die des Farmers identifiziert – es ist ihnen gelungen, eine alte Ausfertigung einer Hypothek zu finden. Und das, Howard«, schloß Diedrich mit einem Seufzen der Erleichterung, »das war die Geschichte. Von nun an kannst du also aufhören, dich zu fragen, wer du warst« – er zwinkerte – »und damit beginnen zu sein, wer du bist.«

»Und das, Dieds, ist der erste gescheite Satz, den ich heute abend von dir gehört habe«, rief Sally. »Wie wäre es mit einer Tasse Kaffee für uns alle?«

»Warte«, sagte Howard. »Wer bin ich?«

»Wer du bist?« Diedrich zuckte zusammen. Dann erklärte er

mit herzlichem Unterton: »Du bist mein Sohn, Howard Hendrik Van Horn. Wer im Himmel solltest du sonst sein?«

»Ich meine, wer war ich? Wie war der Name?«

»Habe ich den nicht erwähnt? Der Name war Waye.«

»Waye?«

»W-a-y-e.«

»Waye.« Howard schien zu versuchen, Geschmack daran zu finden. »Waye …«

Er schüttelte den Kopf, als schmecke der Name für ihn nach nichts.

»Hatte ich keinen Vornamen?«

»Nein, Junge. Ich nehme an, sie haben dir keinen gegeben – und diese Aufgabe, was sehr vernünftig war, denjenigen überlassen, die dich dann wirklich großziehen würden. Zumindest fand sich in Dr. Southbridges Terminkalender für das Kind keine Eintragung eines christlichen Vornamens.«

»Christlich. Waren sie Christen?«

»Mensch, was für einen Unterschied würde das denn machen?« fragte Sally. »Ob christlich, jüdisch, muslimisch – du bist so, wie du erzogen worden bist. Hören wir doch endlich auf damit!«

»Sie waren Christen, Junge. Aber welcher Konfession weiß ich nicht.«

»Und du sagst, sie sind tot!«

»Ja.«

»Wie sind sie gestorben?«

»Nun ja … Howard, ich glaube, Sally hat recht.« Diedrich erhob sich plötzlich. »Wir haben genug darüber geredet.«

»Wie sind sie gestorben?«

Wolferts Augen leuchteten; seine Blicke schossen zwischen Diedrich und Howard hin und her wie flinke kleine Tiere.

»Etwa zehn Jahre, nachdem sie dich auf meine Schwelle gelegt hatten, brach ein Feuer auf ihrer Farm aus. Sie sind beide in den Flammen umgekommen.«

Diedrich rieb sich mit einer recht seltsamen Erschöpfungsgeste die Stirn. »Es tut mir wirklich leid, Junge. Das war dumm von mir.«

Der Firnis über Howards Hornhaut faszinierte Ellery. Plötzlich wurde er gewahr, daß er möglicherweise den Beginn einer Amnesie-Attacke miterlebte. Der bloße Gedanke daran erregte ihn.

»Howard, das ist alles ziemlich aufregend und beunruhigend«, sagte er schnell, »aber Sally hat vorhin recht gehabt. Es ist nur gut so, wie es ist …«

Howard blickte nicht einmal in seine Richtung. »Haben sie denn nichts hinterlassen, Vater? Ein altes Foto oder so was?«

»Junge …«

»Antworte, verdammt!«

Howard war aufgesprungen. Er schwankte. Diedrich wirkte erschrocken. Sally griff nach seinem Arm und drückte ihn beschwichtigend, ohne Howard aus den Augen zu lassen.

»Also … also nach dem Brand hat sich ein Verwandter deiner Mutter um die Beerdigung gekümmert, Junge, und die paar Sachen mitgenommen, die das Feuer nicht vernichtet hatte. Die Farm selbst war bis übers Dach mit Hypotheken belastet …«

»Welcher Verwandte? Wie heißt er? Wo kann ich ihn finden?«

»Es gibt keine Spur von ihm, Howard. Er ist kurz danach weggezogen. Die Detektei hat keinerlei Informationen darüber, wo er sich aufhält.«

»Verstehe«, sagte Howard. »Und wo sind sie begraben?« fragte er mit halberstickter Stimme.

»Das kann ich dir sagen, Junge«, erwiderte Diedrich rauh. »Sie liegen in einem Doppelgrab auf dem Friedhof bei Fidelity. Wie wäre es jetzt mit Kaffee, Sally?« dröhnte er. »Mir würde er guttun, und Howard …«

Doch Howard war bereits auf dem Weg in sein Atelier. Er ging mit aufgerissenen Augen und leicht erhobenen Händen, ständig stolpernd.

Sie hörten ihn mit unsicherem Tritt die Treppe hinaufsteigen.

Nach einer Weile hörten sie dann ein Türknallen aus der obersten Etage.

* * *

Sally war so erbost, daß Ellery befürchtete, sie würde eine Unvorsichtigkeit begehen.

»Dieds, das war furchtbar unklug! Du weißt doch, daß Howard bei der kleinsten Aufregung zu kippen droht!«

»Aber Liebes«, erwiderte Diedrich traurig, »ich dachte doch nur, es würde ihm jetzt guttun. Er wollte es doch immer so schrecklich gerne wissen.«

»Du hättest das vielleicht vorher besser mit mir besprechen sollen!«

»Es tut mir leid, Darling.«

»Leid? Hast du sein Gesicht nicht gesehen?«

Er sah seine Frau perplex an. »Sally, ich verstehe dich nicht. Du hast doch immer gesagt, es wäre gut, wenn Howard endlich erführe …«

Sally. Du bist mit einem cleveren Mann verheiratet.

»Ich bin völlig fehl am Platz hier«, bemerkte Ellery munter, »und erst recht hat mich niemand gebeten, meinen Senf dazu zu geben, aber, Sally, ich meine, daß Mr. Van Horn das einzig Mögliche getan hat. Natürlich ist es ein Schock für Howard. Das wäre es auch für einen psychisch stabilen Menschen. Doch die Tatsache, daß Howard seine Herkunft nicht kannte, ist schließlich eine der Hauptquellen seines Unglücks gewesen. Wenn der Schock erst einmal nachläßt …«

Sie verstand. Er erkannte es an der Art, wie sie den Blick senkte und ihre Hände in ihren Schoß flatterten. Doch noch immer war sie wütend, wütend wie eine Frau eben, vielleicht auch wütender.

Doch alles, was sie sagte, war: »Gut, vielleicht irre ich mich. Verzeih mir, Liebling.«

Schließlich sagte Wolfert Van Horn etwas zutiefst Schockierendes. Er hatte vorgeneigt gesessen, mit angezogenen knochigen Beinen und weit vorgebeugtem Torso. Nun schoß er wie ein Springteufel in die Senkrechte, wobei sich sein Morgenmantel so weit löste, daß seine spröde, behaarte Brust zu sehen war.

»Diedrich, wie wirkt sich das nun auf dein Testament aus?«

Sein Bruder starrte ihn an. »Mein was?«

»Du hattest noch nie einen Sinn für technische Fragen.« Wolferts Stimme klang nun eher metallisch als säuerlich; sie erinnerte an das Jaulen einer Bandsäge. »Dein Testament, dein Testament! Testamente können ungemein wichtige Urkunden sein. Und in einer Situation wie dieser können sie für viel Ärger sorgen ...«

»Situation? Ich wüßte von keiner ›Situation‹, Wolf.«

»Wie würdest denn du die Umstände nennen – normal?« Wolfert lächelte sein hohlwangiges Lächeln. »Du hast drei Erben – mich, Sally, Howard. Howard ist adoptiert. Sally ist erst seit ziemlich kurzem deine Ehefrau ...« Ellery konnte die Anführungszeichen um das letzte Wort regelrecht hören.

Diedrich saß sehr ruhig da.

»... und soweit ich verstanden habe, gehört uns alles zu gleichen Teilen?«

»Wolf, ich verstehe dich nicht. Was soll der Unsinn?«

»Einer deiner Erben entpuppt sich nun als ein Mann namens Waye«, grinste Wolfert. »Das könnte für einen Rechtsanwalt schon einen Unterschied ausmachen.«

»Ich glaube, Dieds«, sagte Sally, »Mr. Queen und ich gehen lieber ein bißchen im Garten spazieren.« Ellery war schon halb aus seinem Sessel gesprungen, als er Dieds sanft »Bitte nicht!« murmeln hörte. Er stand auf und schaute auf seinen Bruder herab. Der rutschte nervös ein wenig zur Seite und zeigte seine graue Zahnprothese.

»Das tut es nicht, Wolfert, und das wird es nicht. Howard habe ich den Vorschriften entsprechend als meinen Erben eingesetzt. Sein rechtmäßiger Name ist Howard Hendrik Van Horn. Und so wird es bleiben, es sei denn, er selbst möchte es ändern.« Diedrichs Sihouette ragte ungewöhnlich massig vor ihm auf. »Was ich nicht begreife, Wolf, ist, warum du überhaupt damit kommst. Du weißt doch, daß ich keine Andeutungen ausstehen kann. Was willst du? Was soll das Ganze?«

Wieder flammte in Wolferts kleinen Vogelaugen die Hölle auf.

Die Brüder fixierten einander, der eine sitzend, der andere stehend. Ellery konnte sie atmen hören; Diedrich tief, Wolfert flach und stoßweise. Es war einer dieser nicht enden wollenden Augenblicke reiner Krise, in denen ganze Geschichtskapitel geschrieben werden; wenn der Flügelschlag einer Fliege eine Lawine auszulösen vermag. So zumindest wirkte es. Denn es war unmöglich zu sagen, daß Wolfert *wußte*. Seine höhnische Art war so sehr Teil seines Naturells, daß selbst seine Ahnungslosigkeit wie von Hintergedanken verseucht schien – wie eine Leiche, die ihre unangenehmen Ausdünstungen verströmte.

Dann war der kritische Augenblick vorüber, und Wolfert sprang auf die Füße. »Diedrich, du bist ein verdammter Dummkopf«, knurrte er und stakste aus dem Arbeitszimmer wie die Vogelscheuche von Oz.

Diedrich blieb stehen, ohne sich von der Stelle zu rühren; Sally ging zu ihm hin und stellte sich auf die Zehenspitzen, um ihm einen Kuß auf die Wange zu drücken. Ellery sagte mit Blikken ›Gute Nacht‹ und verließ das Zimmer ebenfalls.

»Gehen Sie noch nicht, Mr. Queen.«

Ellery drehte sich an der Tür um.

»Das hat nicht so funktioniert, wie ich mir das vorgestellt hatte.« Es klang klagend, und Diedrich lachte über seinen eigenen Jammerton. Er ging zu einem der Sessel. »Das Leben hält uns ganz schön auf Trab, was? Setzen Sie sich, Mr. Queen.«

Ellery begann zu wünschen, Sally und Howard wären nicht nach oben gegangen.

»Ich meine mich zu erinnern«, fuhr Diedrich mit einer Grimasse fort, »daß ich meinen Bruder mit dem Argument in Schutz genommen habe, er sei unglücklich. Ich vergaß dabei darauf hinzuweisen, daß das Unglück selten allein kommt. Ganz nebenbei – sind Sie mit den 25.000 Dollar schon weitergekommen?«

Ellery fuhr beinahe hoch.

»Also … Mr. Van Horn, es sind erst 24 Stunden vergangen.«

Van Horn nickte. Er ging um seinen Schreibtisch herum, ließ sich dahinter nieder und begann, in Papierstapeln zu kramen.

»Laura hat mir erzählt, Sie wären heute nachmittag fort gewesen, und da dachte ich ...«

Verdammte Laura! dachte Mr. Queen.

»Ja, schon, aber ...«

»Eine solch simple Sache wie diese«, sagte Diedrich vorsichtig. »Ich meine, ich dachte, das müsse ein Kinderspiel sein ...«

»Manchmal«, erwidete Ellery, »sind die simpelsten Fälle die schwierigsten.«

»*Mr. Queen*«, entgegnete Diedrich bedächtig, »*Sie wissen, wer das Geld genommen hat.*«

Ellery blinzelte. Er ärgerte sich über sich selbst, über Van Horn, über Sally, über Howard, über Wrightsville – aber am meisten ärgerte er sich über sich selbst. Er hätte wissen sollen, daß ein Mann von Diedrichs Scharfsinn nicht auf irgendwelchen faulen Zauber hereinfallen würde, selbst auf solchen der Marke Queen nicht.

Ellery faßte seinen Entschluß schnell.

Er erwiderte nichts.

»Sie wissen es, aber Sie wollen es mir nicht sagen.«

Die mächtige Gestalt hinter dem Schreibtisch drehte sich; er wandte das Gesicht ab, als verspüre er das plötzliche Bedürfnis, sich zurückzuziehen. Doch auf seiner Schulter waren arbeitende Muskelstränge zu sehen, und gerade seine Starre verriet die Kräfte, die in ihm am Werk waren.

Ellery sagte nichts.

»Sie müssen einen sehr gewichtigen Grund dafür haben, es mir nicht zu sagen.« Er sprang auf. Doch dann ließ er seinen massigen Körper wieder nieder, und so saß er nun da, mit hinter dem Rücken verschränkten Fingern, und starrte in die Dunkelheit hinaus.

»Einen sehr gewichtigen Grund«, wiederholte er.

Ellery konnte nur dort sitzen.

Diedrichs kräftige Schultern sackten in sich zusammen, und seine Hände klammerten sich in einer Art Krampf zusammen. Ellery war es seltsamerweise, als sehe er ihm beim Sterben zu.

Wenn man in diesem Moment eine Autopsie vornehmen würde, würde man feststellen, daß Van Horn am Zweifel gestorben ist. Er weiß nichts und verdächtigt alles und jeden – außer der Wahrheit. Einen Mann wie Diedrich Van Horn mochte das treffen wie der Tod.

Dann wandte er sich wieder um, und Ellery konnte erkennen, daß Diedrich das, was auch immer in ihm gestorben war, längst zu Staub zerstampft und abgeschüttelt hatte.

»Ich bin nicht so alt geworden, wie ich es nun bin«, sagte er mit einem finsteren Lächeln, »ohne zu wissen, wann ich meine Grenzen überschreite. Also gut, Sie wollen es mir nicht sagen, und so ist es eben, Mr. Queen, lassen wir die ganze Sache fallen.«

Alles, was Ellery sich abnötigen konnte, war ein »Ich danke Ihnen«.

* * *

Sie unterhielten sich ein paar Minuten lang über Wrightsville, aber das Gespräch wollte nicht so recht in Schwung kommen. Bei der erstbesten Gelegenheit stand Ellery auf und wünschte eine Gute Nacht.

An der Tür jedoch blieb er mitten im Schritt stehen.

»Mr. Van Horn!«

Diedrich wirkte überrascht.

»Das hätte ich jetzt fast vergessen. Würden Sie mir freundlicherweise verraten, wer in aller Welt diese uralte Frau ist? Diejenige, die ich im Garten gesehen habe und oben im Haus, während sie eine Tür zu einem dunklen Schlafzimmer aufschloß?«

»Sie meinen …«

»Jetzt erzählen Sie mir bitte nicht«, unterbrach Ellery mit fester Stimme, »Sie hätten nie von ihr gehört. Sonst renne ich schreiend hinaus in die Nacht!«

»Ja, mein Gott– hat Ihnen *das* denn niemand erzählt?«

»Nein, und es raubt mir langsam den Verstand.«

Diedrich lachte und lachte. Schließlich rieb er sich die Augen und nahm Ellery beim Arm: »Kommen Sie wieder herein und genehmigen Sie sich einen Brandy. Die Frau ist meine Mutter.«

* * *

Es gab kein Rätsel. Christina Van Horn näherte sich ihrem hundertsten Geburtstag, oder, genauer gesagt, näherte sich ihr hunderster Geburtstag ihr; denn sie hatte jegliches Zeitgefühl verloren und war heute genauso, wie sie es seit über vierzig Jahren gewesen war – eine Gefangene, die durch die Ödnis ihrer Welt geisterte.

»Ich nehme an, daß keiner sie bislang erwähnt hat, liegt daran«, erklärte Diedrich mit seinem Brandy in den Fingern, »daß sie nicht wirklich im üblichen Sinne ›mit‹ uns lebt. Sie haust in einer anderen Welt – der Welt meines Vaters. Mutter wurde bald nach Vaters Tod wunderlich, da waren Wolfert und ich noch Kinder. Anstatt daß sie uns aufzog, mußten wir uns mehr und mehr um *sie* kümmern. Sie entstammte schon einer sehr streng calvinistischen holländischen Familie, als sie jedoch Vater geheiratet hatte, lebte sie regelrecht mit dem Höllenfeuer; und nachdem Vater gestorben war, ging sie zu dieser …« Diedrich suchte nach dem richtigen Wort, »zu dieser *ungestümen* Frömmigkeit über, wohl um sein Andenken würdig zu bewahren. Rein physisch gesehen ist Mama eine außergewöhnliche Vertreterin unserer Gattung; die Ärzte staunen über ihre Vitalität. Sie führt ein völlig unabhängiges Leben. Sie sucht unsere Gesellschaft nicht, sie ißt nicht einmal mit uns. Die halbe Zeit über macht sie nicht einmal Licht an. Denn die Bibel kennt sie praktisch auswendig.«

Diedrich war sehr überrascht darüber, daß Ellery seine Mutter im Garten gesehen hatte.

»Sie verläßt ihr Zimmer monatelang nicht. Sie ist bestens in der Lage, für sich selbst zu sorgen, und pocht mit geradezu komisch anmutender Sturheit auf ihre Privatsphäre. Laura und Eileen haßt sie«, lachte Diedrich, »und läßt sie auch nicht in ihr Zimmer. Sie müssen ihre Mahlzeiten auf einem Tablett vor ihrer Tür abstellen, auch frisches Bettzeug und so fort. Sie sollten sich das Zimmer mal anschauen, Mr. Queen. Da können Sie vom Boden essen.«

»Ich würde sie sehr gerne kennenlernen, Mr. Van Horn.«

»Aha?« Diedrich wirkte erfreut. »Dann kommen Sie mit.«

»Um diese Uhrzeit?«

»Mutter ist eine Nachteule. Ist die halbe Nacht auf, schlafen tut sie meist tagsüber. Sie ist einfach unglaublich. Aber wie ich Ihnen schon sagte – Zeit bedeutet ihr nichts.«

Auf ihrem Weg nach oben fragte Diedrich: »Haben Sie sie klar erkennen können?«

»Nein.«

»Nun, dann machen Sie sich auf einiges gefaßt. Mama ist aus dem Takt geraten, als Vater starb. Sie ist einfach aus der Zeit herausgefallen und dort geblieben; sie lebt noch immer in der Zeit um die Jahrhundertwende, während sich alle anderen weiterentwickelt haben.«

»Verzeihen Sie, aber das klingt nach einer Romanfigur.«

»Meine Mutter reicht für fünf Romane«, lachte Diedrich. »Sie ist nie Auto gefahren, hat nie einen Film gesehen, sie rührt kein Telefon an und leugnet die Existenz von Flugzeugen. Das Radio hält sie für pure Hexerei. Ich denke oft, Mama glaubt, wortwörtlich im Fegefeuer zu schmachten – dem der Teufel persönlich vorsitzt.«

»Was wird sie dann erst zum Fernsehen sagen?«

»Darüber denke ich lieber nicht nach!«

Sie fanden die alte Frau in ihrem Zimmer, in ihrem Schoß lag eine ungeöffnete Bibel.

Whistlers Urgroßmutter, war Ellerys erster Gedanke. Ihr Gesicht war mumifiziert, eine eingefallene Ausführung von Diedrichs Zügen, mit noch immer kräftigen Kiefern und stolzen hohen Wangenknochen, die lose mit blassem Leder bedeckt waren. Ihre Augen machten sie jedoch erst aus; sie mußten einst – wie die ihres älteren Sohnes – von außergewöhnlicher Schönheit gewesen sein. Sie war in schwarzen Wollstoff gekleidet, und ihren Kopf, der, wie Ellery vermutete, nahezu kahl sein mußte, verbarg sie unter einem schwarzen Schultertuch. Ihre Hände führten eine Art kraftloses Eigenleben; die knotigen bläulichen Finger bewegten sich kaum sichtbar, aber unaufhörlich, über die Bibel in ihrem Schoß.

Neben ihr auf einem Tisch stand ein Tablett, das sie kaum angerührt hatte.

Es war, als hätte man ein anderes Haus betreten, eine andere Welt, in einer anderen Ära. Das Zimmer wies keinerlei Ähnlichkeit mit dem übrigen Haus auf. Es war karg und altmodisch, mit sehr groben, handgemachten Möbeln, die Tapete war vergilbt, und die Farben der grob geknüpften Teppiche auf dem Boden waren vollkommen ausgebleicht. Der Kamin bestand aus angerußten Ziegeln, der Kaminsims war handgearbeitet. Eine Holländische Kommode mit angestoßenem Delfter Steinzeug stand unpassend jenseits der breiten, mit gebeugtem Rücken versehenen Bettstatt.

Nirgendwo ein Hauch von Schönheit.

»Es ist das Zimmer, in dem mein Vater gestorben ist«, erklärte Diedrich. »Ich habe es einfach mitgenommen, als ich dieses Haus baute. Mama wäre in einer anderen Umgebung nie glücklich geworden … Mama?«

Die Greisin schien sich über den Besuch zu freuen. Sie blickte prüfend an ihrem Sohn hoch, dann an Ellery, und ihre verdorrten Lippen teilten sich zu einem Grinsen. Doch dann sah Ellery, daß ihre Freude die Vorfreude des Züchtigers darauf war, die Peitsche zu schwingen.

»Du bist schon wieder zu spät dran, Diedrich!« Ihre Stimme war bemerkenswert dunkel und kräftig, dennoch flackerte sie etwas, so wie ein Funksignal, dessen Empfang einmal besser und einmal schlechter war. »Denke daran, was dein Vater sagt. *Wasche dich, mache dich rein!* Zeig mir deine Hände!«

Diedrich hielt ihr ergeben seine Pranken hin; die alte Dame griff nach ihnen, begutachtete sie genau, drehte sie herum. Während ihrer Inspektion schien sie die Größe der Hände zu bemerken, die sie in ihren Klauen hielt, denn ihr Gesichtsausdruck wurde weicher. Sie sah zu Diedrich auf und sagte: »Bald nun, mein Junge, wirst du ein Mann sein. Bald nun.«

»Bald was, Mama?«

»Wirst du ein Mann sein!« stieß sie hervor und krächzte amüsiert über ihre geistreiche Bemerkung. Plötzlich schoß ihr Blick in Richtung Ellery. »Er kommt mich nicht oft besuchen. Das Mädchen auch nicht.«

»Sie hält Sie für Howard«, flüsterte Van Horn. »Und außerdem kann sie wohl einfach nicht behalten, daß Sally meine Frau ist. Die Hälfte der Zeit hält sie sie für Howards Frau. – Mama, das ist nicht Howard. Der Gentleman ist ein Freund.«

»Nicht Howard?« Die Neuigkeit schien sie zu betrüben. »Ein Freund?« Sie starrte zu Ellery hoch wie ein lebendiges kleines Fragezeichen. Unvermittelt sank sie dann in ihren Schaukelstuhl zurück und begann wild zu schaukeln.

»Was hast du, Mama?« fragte Diedrich.

Sie antwortete nicht.

»Ein Freund«, wiederholte Diedrich. »Er heißt ...«

»Fürwahr!« sagte seine Mutter. Ellery schreckte zurück, so grimmig war ihr Blick. »Fürwahr! *Auch mein Freund, dem ich vertraute, der mein Brot aß, tritt mich mit Füßen.*«

Er identifizierte den 41. Psalm mit einigem Unbehagen. Sie hatte ihn mit Howard verwechselt; und das Wort ›Freund‹ hatte ihren ungeregelten Verstand dazu veranlaßt, eine staunenswert sinnvoll erscheinende Assoziation herzustellen.

Nun hörte sie zu schaukeln auf. »Judas!« keifte sie, so giftig sie nur konnte, und fiel wieder in ihren Rhythmus zurück.

»Sie scheint Sie nicht zu mögen«, murmelte Van Horn verlegen.

»Scheint so«, erwiderte Ellery. »Ich sollte besser gehen. Es ist nicht nötig, daß sie sich aufregt.«

Diedrich beugte sich über die kleine, fast Hundertjährige, küßte sie sanft; dann wandten sie sich um, um zu gehen.

Doch Christina Van Horn war noch nicht fertig.

Während sie mit einer Vehemenz schaukelte, die Ellerys Geschmacksgrenzen überschritt, kreischte sie: »*Wir haben mit dem Tod einen Bund geschlossen!*«

Das Letzte, was Ellery sah, während sein Gastgeber die Tür schloß, war der stechende Blick der kleinen Kreatur, der noch immer auf ihn gerichtet war und ihn voller Ingrimm anfunkelte.

»Sie mag mich wirklich nicht«, sagte Ellery lachend. »Was hat sie mit diesem Nachleger gemeint? Klang für mich so, als sollte mich das umbringen.«

»Sie ist alt«, entgegnete Diedrich. »Sie fühlt den Tod nahen. Sie hat nicht von Ihnen gesprochen, Mr. Queen.«

Als Ellery jedoch durch den Garten zum Gästehaus ging, fragte er sich, ob die alte Dame nicht jemand völlig anderen gemeint haben konnte. Dieser Blick zum Abschied hatte etwas zu bedeuten gehabt.

Als er das Gästehaus erreichte, begann ein sanfter Regen zu fallen.

Der sechste Tag

Und der Schlaf verweigerte sich.

Ellery schlich ruhelos im Gästehaus umher. Jenseits der pittoresken Fensteraussicht vergnügte sich Wrightsville. Die Bars der Unterstadt waren überfüllt; im Country Club fand der allsamstägliche Gesellschaftstanz statt; Pine Grove hüpfte im Rhythmus von Bebop; er sah die perlenartigen Lichtpunkte des *Hot Spot* und der *Roadside Tavern* von Gus Olesen auf der Route 16; der dekorative Widerschein über dem Hill Drive sagte ihm, daß die Granjons, die F. Minikins, die Dr. Emil Poffenbergers, die Livingstons und die Wrights das Haus voll hatten.

Die Wrights … All das schien so lange her zu sein und so zart und rein. Und das war lächerlich, denn da war weder etwas zart noch rein gewesen. Ellery nahm an, daß seine Erinnerungen durch die Zauberkraft der Zeit die übliche Metamorphose durchgemacht hatten.

Oder war es eher so, daß das, was weder zart noch rein gewesen war, ihm erst durch den Vergleich mit der aktuellen Wirklichkeit in so mildem Licht erschien?

Der gesunde Menschenverstand forderte seine Theorie heraus. Denn Ehebruch und Erpressung waren sicherlich nicht widerwärtiger als hinterhältiger Mord.

Was konnte es nur sein, das ihm weismachen wollte, er spüre im Fall Van Horn eine besondere Qualität des Bösen? Das Böse, das war es. *Wir haben mit dem Tod einen Bund geschlossen und mit der Hölle einen Vertrag gemacht ... Denn wir haben Lüge zu unserer Zuflucht und Trug zu unserem Schutz gemacht ... Denn das Bett ist zu kurz, um sich auszustrecken, und die Decke zu schmal, um sich dreinzuschmiegen.*

Ellery schaute mißgelaunt. Es war Gott gewesen, mit dem Jesaja Ephraim gedroht hatte. Die alte Christina hatte die Schrift falsch zitiert. *Denn der Herr wird sich aufmachen, wie am Berge Perazim und toben wie im Tal Gibeon, daß er seine Werke voll-*

bringe; aber fremd ist sein Werk, und daß er Taten tue, aber seltsam ist seine Tat.

Er wurde das irritierende Gefühl nicht los, nach etwas so schwer Faßlichem wie Raffiniertem zu greifen. Nichts ergab Sinn.

Er war genauso wirr wie das mumifizierte alte Weib in ihrer Gruft dort drüben.

Ellery stellte die Bibel, die er auf dem Regal gefunden hatte, zurück und wandte sich seiner vorwurfsvollen Schreibmaschine zu.

* * *

Zwei Stunden später sah er durch, was seine Denkmühle produziert hatte. Es war steiniges Mahlgut. Zwei Seiten und elf Zeilen einer dritten, mit zahlreichen Durchstreichungen und dreifachen Wortänderungen, und nichts begann zu klingen. An einer Stelle, an der er Sanborn hatte hinschreiben wollen, stand nun Vanhorn. Seine Heldin, die 206 Seiten lang vernünftig emanzipiert aufgetreten war, hatte sich in eine ältliche Pfadfinderin verwandelt.

Er zerriß das Werk von zwei Stunden, deckte die Schreibmaschine ab, stopfte seine Pfeife, schenkte sich einen Scotch ein und schlenderte auf die Veranda.

Es schüttete inzwischen. Der Pool schimmerte wie der verkraterte Mond, und der Garten ähnelte einem schwarzen Schwamm. Die Veranda jedoch war trocken; und eine Weile lang saß er einfach nur da und schaute hinaus in die Dunkelheit, und er setzte sich auf einen Korbsessel aus Bambus, um den Regenguß zu beobachten.

Er konnte das Wasserbombardement auf der Nordterrasse des Hauptgebäudes genau sehen, und eine lange Zeit überließ er sich der Betrachtung, um sich von seiner inneren Unruhe abzulenken. Das Haus war so dunkel wie seine Gedanken; wenn die alte Frau noch auf war, hatte sie das Licht gelöscht. Er fragte sich, ob sie nicht gleich ihm in der Dunkelheit hockte – und was sie wohl denken mochte …

Wie lange Ellery dort gesessen hatte, vermochte er nicht zu sagen. Als es jedoch passierte, sprang er sofort auf. Die Pfeife lag mitsamt verstreuter Asche auf dem Boden, neben dem leeren Glas.

Er war eingeschlafen, und etwas hatte ihn aufgeschreckt.

Es regnete noch immer; der Garten glich einem Sumpf. Er erinnerte sich vage an Donnerhall.

Nun hörte er es wieder, über den Regen hinweg.

Es war kein Donner.

Es war ein laufender Automotor.

Ein Wagen kam um das Hauptgebäude gefahren, aus südlicher Richtung, aus der Richtung der Garage.

Da war er.

Howards Wagen.

Jemand versuchte, den kalten Motor anzuwärmen, indem er in kurzen Abständen auf die Kupplung und aufs Gaspedal trat. Wer immer es war, verstand nicht viel von Autos, dachte Ellery.

Wer immer es war.

Natürlich – es mußte Howard sein.

Howard.

Als der Wagen halb unter dem Vordach hervorschaute, streikte der Motor abermals.

Ellery konnte das plötzliche Aufheulen des Anlassers hören. Der Motor kam nicht in Gang, und nach einer Weile stoppte das Heulen des Anlassers. Er hörte, wie eine Wagentür aufging und jemand auf den Kies der Einfahrt sprang. Eine düstere Gestalt lief hastig um den Wagen herum und öffnete die Motorhaube. Einen Augenblick später sah Ellery einen schmalen Lichtstrahl, der im Motor herumsuchte.

Es war Howard. Sein langer Trenchcoat und der breitkrempige Stetson, den Howard so liebte, waren unverwechselbar.

Wohin wollte er? Die raschen Bewegungen der Gestalt hinter dem blendenden Licht der Scheinwerfer hatten etwas besessen Panisches. Wohin wollte Howard so verzweifelt zu so später Stunde, während eines heftigen Wolkenbruchs?

Da fiel Ellery ein, wie Howards Gesicht wenige Stunden zuvor im Arbeitszimmer ausgesehen hatte: die Verkniffenheit um den Mund, der Firnis über seinem Starrblick, das Pochen in seinen Schläfen, während sein Vater berichtete, was die Connhavener Detektei ermittelt hatte. Sein Hinausstolpern aus dem Zimmer, seine unsteten Schritte hinauf zum Atelier. *Vielleicht erlebe ich ja den Beginn einer Amnesie-Attacke mit ...*

* * *

Ellery schoß ins Gästehaus, ohne erst die Lichter anzuknipsen. Er brauchte lediglich fünfzehn Sekunden, um seinen Mantel zu holen und wieder herauszukommen; während er rannte, streifte er sich mühsam den Mantel über. Schon dröhnte der Motor; die Motorhaube war geschlossen, und der Wagen setzte sich in Bewegung.

Während er durch den Garten platschte, öffnete er seinen Mund zu einem Schrei, blieb jedoch stumm, denn es war sinnlos. Howard würde ihn bei dem lauten Motorengeräusch und dem Sturm nicht hören, und die Scheinwerfer schwenkten bereits in die öffentliche Straße ein.

Ellery eilte fliegenden Schrittes.

Er konnte nur hoffen, daß in einem der Wagen der Zündschlüssel steckte.

Erster Wagen ... Schlüssel steckt!

Ich könnte Sally die Füße küssen, dachte er, während er in ihrem Cabrio aus der Garage brauste.

Schon vom Herumrennen waren seine Haare und Kleider feucht gewesen; nach zehn Sekunden hinter dem Steuer war er von Kopf bis Fuß durchnäßt. Das Verdeck war heruntergeklappt, und er machte schwache Versuche, den Knopf zu finden, mit dem es wieder hochzuklappen war. Als er ihn nicht sofort fand, gab er auf; es war ohnehin zu spät, nasser konnte er nicht mehr werden; und der Zustand der korkenzieherförmig gewundenen Straße verlangte seine ganze Konzentration.

Zur rechten Seite, zum Hill Drive hin, war keine Spur von Howards Wagen zu sehen.

Links aber, in nördlicher Richtung, war ein schwindendes Rücklicht zu erkennen.

Ellery riß das Steuer von Sallys Cabrio energisch nach links herum und gab Gas.

* * *

Zunächst dachte er, Howard wolle in die Mahoganies, vielleicht zum Quetonokis Lake, um Buße zu tun, oder zum Lake Pharisee, dem Ort der Ursünde. Im Griff der Amnesie mochte Howard von einem obskuren Verlangen getrieben sein, zum Schauplatz einer emotionalen Krise zurückzukehren. Das alles natürlich nur, wenn es sich wirklich um Howards Rücklichter handelte. Wenn sie es jedoch nicht waren, wenn Howard also auf dem North Hill Drive südlich gefahren war, dann war er auf dem Weg in die Stadt und für Ellery verloren.

Ellery trat noch fester aufs Gaspedal.

Bei über 100 Stundenkilometern begann er aufzuholen.

Geschieht mir nur recht, dachte er, wenn ich gleich sehe, daß es der Wagen von irgendeinem Betrunkenen ist, während ich von der Fahrbahn schlittere und meine Karriere als Howards Kindermädchen zu einem unappetitlichen Abschluß bringe.

Der Regen spritzte von seiner Nase. Seine Schuhe waren so naß, daß sein rechter Fuß immer wieder vom Gaspedal rutschte.

Dennoch holte er zusehends auf, plötzlich immer schneller, und nun sah er die Bremslichter des Wagens, dem er folgte und trat fest auf die Bremse. Warum fuhr der Wagen langsamer?

Ein Blinksignal an einer Kreuzung gab ihm die Antwort im selben Moment, in dem der Wagen vor ihm scharf nach links abbog. Einen Moment lang sah Ellery ihn jedoch im vollen Licht seiner Scheinwerfer; es war Howards Wagen, der schließlich wieder in der Nacht entschwand.

Er selbst verpaßte es, in der verregneten Dunkelheit auf das Straßenschild zu schauen. Doch nach links hieß nach Westen, also umfuhren sie Wrightsville. Das rote Licht vor ihm hielt er auf gleichbleibender Distanz. Howard hatte sein Tempo auf etwa 40 Stundenkilometer gedrosselt, was Ellery nicht verstand; aber so war es ihm möglich, die Scheinwerfer auszuschalten und unauffälliger zu folgen.

Also wollte er zu keinem der Seen.

Wohin dann?

Oder wußte Howard es selbst nicht?

Ellery sah seinen Aufenthalt in Wrightsville zum ersten Mal gerechtfertigt.

Auf einmal wußte er, warum Howard so langsam fuhr.

Er suchte etwas.

Die Rücklichter seines Wagens verschwanden zum zweiten Mal.

Er hatte es also gefunden.

Und Ellery fand es einige Augenblicke später.

Es war eine Straßengabelung mit einem kleinen Ortsschild. Darauf stand:

FIDELITY
3 km

Die Abzweigung war bislang ein Schotterweg gewesen; jetzt wirkte sie wie eine dicke Schicht aus stark haftendem Klebstoff. Sie klebte nicht nur an den Reifen, sie wand sich, sank ab, stieg wieder und machte plötzlich kehrt wie ein Fuchs auf der Flucht. Binnen 30 Sekunden hatte Ellery Howard verloren. Mr. Queen begann zu fluchen und blubberte dabei wie ein Wal, während er mit dem Cabrio rang.

Sein Tachometer zeigte nur noch 29, dann 22, schließlich nur noch 15 Stundenkilometer an.

Er klammerte sich verbissen ans Steuer, ganz gleich, ob er Howard nun einholte oder nicht. Er hockte in einer Pfütze, es gluckste und schmatzte jedesmal, wenn er sich bewegte. Kleine kalte Rinnsale flossen seinen nackten Rücken hinunter. Seine Scheinwerfer hatte er längst wieder an; aber alles, was er sah, war die nicht enden wollende schraffierte Wand aus Regen und nasse Bäume zu beiden Seiten. Auch ein paar schäbige Häuser passierte er, die verschämt am Straßenrand kauerten.

Und er passierte Howards Wagen, bevor er merkte, worum es sich handelte.

An einer Stadt waren sie nicht vorbeigekommen. Die Gabelung lag noch keine drei Kilometer zurück. Warum hatte Howard gerade hier gehalten – mitten in der Pampa?

Vielleicht haben Leute im Zustand der Amnesie ja ihre eigene Logik, ha-ha.

Howard hatte nicht nur gehalten; er hatte gewendet, so daß der Wagen jetzt in südliche Richtung zeigte. Also grätschte Ellery mit dem Wagen über die schmale Straße und überredete das Cabrio zu Vorwärts- und Rückwärtsbewegungen, bis es ebenfalls mit der Nase gen Süden zeigte. Er manövrierte das Cabrio in eine Position knapp 25 Meter von Howards Wagen entfernt, zog den Schlüssel ab, machte die Scheinwerfer aus und kroch ins Freie.

Auf der Stelle versank er bis zum Oberleder seiner eleganten Halbschuhe im Morast.

* * *

Der Wagen war leer.

Ellery setzte sich auf das Trittbrett von Howards Wagen und rieb sich mit nasser Hand das regenüberströmte Gesicht.

Wo zum Teufel war Howard?

Nicht daß es ihn kümmerte. Ihn kümmerte jetzt überhaupt nichts mehr als das köstlich Unerreichbare – ein heißes Bad und trockene Kleider danach. Doch lediglich als wissenschaftlich interessante Frage betrachtet – wohin war Howard gegangen?

Fußabdrücke?

Dieser Sumpf war so spurenlos wie das Meer.

Und er hatte sowieso keine Taschenlampe.

Gut, dachte Ellery. Ich warte ein paar Minuten. Wenn er bis

dahin nicht kommt, zur Hölle mit ihm. Die Sicht war extrem schlecht. Kein Mond …

Aus schierer Gewohnheit heraus stand er wieder auf, wenngleich zögerlich, öffnete die Wagentür und tastete auf dem Armaturenbrett herum.

Als er gerade entdeckt hatte, daß Howard mitsamt Autoschlüsseln verschwunden war, sah er das Licht.

Es war ein kokettes Licht, das auf und ab tanzte, knickste und für Augenblicke ganz verschwand. Doch es kehrte stets zurück. Es stand einen Moment lang still, tanzte wieder auf und ab, knickste, verschwand und tauchte einige Zentimeter oder Meter weiter wieder auf.

Das Licht trieb seine Possen in einiger Entfernung, nicht auf der matschigen Straße, sondern jenseits des Wagens.

Lag dort drüben ein Feld?

Manchmal hielt sich das Licht in Bodennähe; manchmal schien es hüfthoch.

Als es sich einige Zeit still verhielt, erhaschte Ellery einen Blick auf eine dunkle Silhouette, die ein breitkrempiger Hut krönte.

Howard mit Taschenlampe!

Ellery arbeitete sich um den Wagen herum, die Hände im Dunkeln vorgestreckt. Vermutlich lag eine Taschenlampe im Handschuhfach des Cabrios, aber wenn er jetzt nachschauen ging, verpaßte er vielleicht etwas Entscheidendes. Und möglicherweise hätte ein zweites Licht Howard verscheucht.

Ellerys Hände ertasteten hinter dem Wagen eine nasse Steinmauer. Sie reichte ihm bis zur Hüfte.

Er schwang sich darüber und landete sauber in einem Dornenbusch. In diesem Augenblick bezog Mr. Queen den Himmel selbst in seine Flüche ein.

Er schien vom Boden aufgesogen zu werden, riß sich aus der Umarmung des Brombeerstrauchs los und stolperte suchend auf das Licht zu.

* * *

Es war ein höchst erstaunlicher Ort. Er mußte über kleine Hügelchen hinweg und rutschte auf der anderen Seite herunter. Er stieß gegen harte, kalte, nasse Gegenstände. Einmal stolperte über einen solchen und blieb flach auf dem vom Unkraut überwucherten Grund liegen. Gelegentlich machte er auch Bekanntschaft mit einem Baum; in aller Regel zuerst mit der Nase.

Es war das sonderbarste Gelände, das er je im Dunkeln zu erkunden versucht hatte – voller Fußfallen. Was seinen Marsch noch zusätzlich erschwerte, war die Notwendigkeit, das Licht der Taschenlampe kontinuierlich im Auge zu behalten. Wenn das verdammte Licht doch wenigstens einmal da geblieben wäre, wo es eben noch hingeleuchtet hatte! Doch es bewegte sich weiterhin ruckartig, wie in einer Art Tanz.

Und Ellery mußte zu seinem Entsetzen feststellen, daß er dem Licht nicht näherkam.

Es tanzte in der Ferne wie ein Irrlicht, das den Wandernden in Fallen lockte und niemals näher kam.

Ein Zeh des Wanderers kollidierte mit etwas, und er stürzte zum zweiten Mal. Diesmal jedoch geschah auch etwas mit seinem Kopf. Er flog von seinen Schultern und explodierte in lodernden Flammen; sicherlich starb er, denn plötzlich war alles fort: der Regen, die Kälte, Howard mit dem tanzenden Licht, einfach alles.

Vielleicht hatte er die göttliche Vorsehung mit seinen Flüchen beleidigt, während sie ihn mit ihrer Güte beschämte. Als Ellery jedenfalls die Augen wieder aufschlug, war das Licht keine sieben Meter mehr von der Stelle entfernt, wo er lag. Es war hell genug, um zu erkennen, worauf er lag, worüber er gestolpert und was ihm seitlich gegen den Kopf geschlagen war.

Es war eine Taube, die ihm gegen die Schläfe geschlagen war; und während er bewußtlos da gelegen hatte, war Howard in einem groben Kreis herum gegangen und hatte nur wenige Meter von der Stelle entfernt, an der Ellery lag, die Gräber gefunden, die er suchte.

Sie waren auf dem Friedhof von Fidelity.

* * *

Ellery kniete aufrecht. Der Marmor stand zwischen Howard und ihm. Aber selbst wenn er ungeschützt dort gekniet hätte, wäre die Gefahr gering gewesen, von Howard gesehen zu werden – er stand mit dem Rücken zu Ellery gedreht und schien völlig absorbiert von dem Anblick, den der Schein seiner Lampe enthüllte. Plötzlich machte er einen Satz nach vorn; das Licht drehte einen verrückten kleinen Halbkreis. Dann schien es wieder ruhig auf eine Stelle, und Ellery sah, wie Howard sich bückte und eine Handvoll Matsch nahm, Matsch aus einem der beiden Gräber.

Mit satanischer Energie schleuderte er nun den Schlamm gegen den breiten Grabstein.

Wieder bückte er sich, wieder irrlichterte die Taschenlampe, wieder stand sie still, und wieder schleuderte er Schlamm.

Ellery erschien es wie das nur allzu logische Dénouement eines nächtlichen Alptraums: daß ein Mann mitten in der Nacht im Dauerregen kilometerweit fuhr, um einen breiten Grabstein mit Schlamm zu bewerfen. Als das Licht der Lampe sich auf den schlammverschmierten Grabstein stürzte, sich an dessen Oberfläche festzuhalten suchte, Howard aus den Taschen seines Trenchcoats Hammer und Meißel hervorholte und auf das Grab zu sprang, um mit gewaltigen Hieben auf den Stein einzuhacken; mit Hieben, die Kommas, Punkte und Ausrufezeichen durch den schraffierten Regen in der Dunkelheit dahinter schickten … schien auch dies die passende Betätigung für einen Bildhauer zu sein, der einen letzten Versuch machte, dem Unbekannten seine endgültige Form zu geben.

* * *

Als Ellery wieder zu sich kam, war der Friedhof noch immer dunkel.

Howard war verschwunden.

Von ihm zu sehen war nur noch das Licht, das sich in Richtung Straße entfernte.

Auch als Ellery aufgestanden war, entfernte es sich weiter.

Einen Augenblick später hörte er das schwache Brummen des Motors.

Dann war auch das vorbei.

Er war erstaunt darüber, daß es nicht mehr regnete. Ellery lehnte sich im Dunkeln gegen die Säule, auf der die Taube thronte. Zu spät, um Howard noch zu folgen.

Doch selbst wenn er genug Zeit gehabt hätte, wäre er Howard nicht gefolgt. Nicht einmal die Seelen der vielen Toten unter seinen durchnässten Schuhen hätten ihn von dort fortzerren können. Es war etwas zu erledigen; und notfalls wartete er eben hier bis zum Einbruch der Morgendämmerung.

Vielleicht zeigte sich ja auch der Mond.

Mechanisch knöpfte er seinen Mantel auf, der an ihm zu kleben schien, und kramte in den Taschen mit schlammigen Fingern nach seiner Zigarettendose. Sie war aus Silber; ihr Inhalt mußte trocken geblieben sein. Er fand sie, öffnete sie, nahm eine trokkene Zigarre heraus, steckte die Dose wieder in die Tasche und kramte nach dem Feuerzeug …

Feuerzeug!

Er hatte das Feuerzeug hervorgeholt, aufgeklappt und hielt die Flamme mit beiden Händen abgeschirmt, während er drei hügelige Hindernisse nahm, hin zu dem Ort, an dem Howard seinen Dämon ausgetrieben hatte.

Er blieb stehen, die kleine Flamme schützend.

Er mußte sich bücken. Dies war sicherlich der ärmlichste aller ärmlichen Grabsteine, blaß, weich, porös, nicht höher als das darum wuchernde Unkraut, aber so breit wie zwei Grabsteine. Oben war er leicht gerundet und in der Mitte eingekerbt, wie die zwei Tafeln des Mose. Die unbeständige Witterung hatte dem Stein bereits beträchtlich zugesetzt; erst die Meißelhiebe des Bildhauers hatten ihm jedoch den Rest gegeben; nun lehnte er windschief über dem Doppelgrab – toter als tot.

Die Aufschrift war teilweise den wilden Attacken des Meißels zum Opfer gefallen; was übrig war, ließ sich nur schwer entziffern. Er konnte Zahlen, Geburts- und Sterbedaten, ausmachen, aber sie waren unleserlich; auch entzifferte er einen Spruch, der sich mit einiger Geduld nach einer Weile als ›WAS GOTT VEREINT HAT‹ interpretieren ließ. Die Namen allerdings waren deutlich lesbar. Quer über dem Grabstein stand in mürrisch wirkenden, aber klaren Großbuchstaben:

AARON UND MATTIE WAYE

Ellery fuhr das Cabrio in die Garage der Van Horns und parkte ihn neben Howards Wagen, ohne sonderlich überrascht zu sein. Dennoch war er erleichtert. Er beschloß, daß Howard warten konnte, und eilte ums Gebäude herum zum Gästehaus.

Er ließ seine schlammsteife Oberbekleidung auf der Veranda zurück und entledigte sich auf dem Weg zum Badezimmer der übrigen Sachen. Er überbrauste sich so lange mit dem heißen Wasserstrahl, bis die Kälte aus seinen Knochen wich und seine Muskeln sich entspannten. Dann rubbelte er sich trocken, zog saubere, trockene Sachen an, hielt sich im Wohnzimmer nur kurz auf, um nach einer Taschenlampe zu suchen und sich einen Scotch zu genehmigen, und schlenderte dann in der weichenden Dunkelheit hinüber zum Haus der Van Horns.

Leise schlich er die Treppen hoch, vorbei an schlafenden Türen. Nirgendwo war Licht; er ging vorsichtig, ertastete seinen Weg, ohne die Taschenlampe zu benutzen. Auf dem obersten Treppenabsatz jedoch machte er sie an. Eine schwache Spur schlammiger Abdrücke auf dem dunkelgrauen Teppichboden führte von der Treppe zu Howards Schlafzimmer. Dessen Tür stand halb offen.

Ellery blieb im Türrahmen stehen.

Die Schlammspuren wiesen zum Bett. Auf dem Bett lag Howard, voll angekleidet, und schlief.

Er hatte sich nicht einmal die Mühe gemacht, seinen Trenchcoat auszuziehen.

Sein nasser Hut lag verkehrtherum in einer Pfütze im Kissen.

Ellery schloß die Tür und verriegelte sie.

Er zog die Jalousien herunter.

Dann machte er Licht.

»Howard.«

Er stupste den Schlafenden an.

»Howard.«

Howard stöhnte etwas Unverständliches und drehte sich auf die andere Seite. Sein Kopf war zurückgeworfen; er schnarchte. Er war in einer Art Stupor. Ellery gab es auf, ihn zu rütteln.

Ich ziehe ihm am besten erst einmal die nassen Sachen aus, dachte er, sonst holt er sich eine Lungenentzündung.

Er knöpfte den klatschnassen Mantel auf. Er war aus regendichtem Material und das Futter trocken. Er zog, bis er einen Ärmel ausgezogen hatte, und schaffte es, Howards schweren Körper so weit anzuheben, daß er den Mantel auch vom anderen Arm ziehen konnte. Er streifte Howard die Schuhe und Socken ab; auch seine Hosen, die bis zu den Knien schlammbeschmutzt und naß waren. Die Bettdecke benutzte er als Handtuch, mit dem er Howards Beine und Füße trockenrieb – das Bett war ohnehin völlig verdreckt.

Dann machte er sich an Howards Kopf zu schaffen.

Unter Ellerys Kopfhautmassage begann er sich schließlich zu rühren.

»Howard?«

Er schlug um sich, als wolle er etwas abwehren. Er stöhnte. Aber er wachte nicht auf. Als Ellery ihn vollständig abgetrocknet hatte, fiel er wieder in denselben halbkomatösen Zustand zurück.

Ellery stand auf, stirnrunzelnd. Dann fiel sein Blick auf das, was er auf der Kommode suchte, und er näherte sich der Whiskyflasche.

* * *

Howard öffnete die Augen.

»Ellery.«

Sie waren blutunterlaufen und starr.

Sie betrachteten das Bett, ihn selbst, halb ausgezogen, und die schmutzige Kleidung auf dem Boden.

»Ellery?«

Er war beunruhigt.

Und dann – plötzlich – voller Angst.

Er klammerte sich an Ellery.

»Was ist passiert?« Er stieß mit der Zunge an, war kaum zu hören.

»Das werden Sie mir sagen, Howard.«

»Es ist passiert, nicht wahr? Nicht wahr?«

Ellery zuckte mit den Achseln. »Naja, etwas ist schon passiert, Howard. Was ist Ihre letzte Erinnerung?«

»Wie ich vom Arbeitszimmer hochgekommen bin und eine Weile herumgewerkelt habe.«

»Ja, ich weiß. Und danach?« Howard preßte die Augen zu. Dann schüttelte er den Kopf. »Ich erinnere mich nicht.«

»Sie sind von unten hoch gekommen, haben eine Weile gewerkelt ...«

»Wo?«

»Ja, wo?«

»Ach klar, *Sie* stellen hier die Fragen.« Howard lachte flattrig. »Was ist los mit mir? Ich habe im Atelier herumgewerkelt.«

»Im Atelier. Und dann – nichts mehr?«

»Nicht das geringste. Völliger Blackout, Ellery. Genauso wie ...«

Er sprach nicht weiter.

Ellery nickte. »Genauso wie die anderen Male?«

Howard schwang seine nackten Beine vom Bett. Er begann zu zittern. Ellery zog die Bettdecke unter ihm weg und warf sie über seine Oberschenkel.

»Es ist noch immer dunkel.« Howards Stimme wurde lauter. »Oder ist es eine andere Nacht?«

»Nein, es ist dieselbe. Oder das, was von ihr noch übrig ist.«

»Wieder ein Anfall. Was habe ich gemacht?« Ellery fixierte ihn prüfend. »Ich bin irgendwohin gegangen. Aber wohin? Haben Sie es gesehen? Sind Sie mir gefolgt? Aber Sie sind ja trokken!«

»Ich bin Ihnen gefolgt, Howard. Und habe mich danach umgezogen.«

»Was habe ich *gemacht*?«

»Ganz ruhig! Wickeln Sie die Decke um Ihre Füße, und ich erzähle es Ihnen. – Sie sind absolut sicher, daß Sie sich an nichts mehr erinnern?«

»An gar nichts! Was habe ich gemacht?«

Ellery erzählte es ihm.

* * *

Am Ende schüttelte Howard den Kopf, wie um ihn frei zu bekommen. Er kratzte sich am Kopf, rieb sich den Nacken, zog sich an der Nase, starrte auf die schmutzige Kleidung auf dem Boden.

»Und Sie erinnern sich an nichts von alledem?«

»Nein.«

Howard sah zu Ellery auf.

»Es ist schwer zu glauben.« Dann wandte er den Kopf ab. »Besonders der Teil, wo ich …«

Ellery hob den Trenchcoat auf und fischte in dessen Taschen.

Als Howard Meißel und Hammer sah, wurde er kreidebleich.

Er stand aus dem Bett auf und begann auf nackten Sohlen durch den Raum zu laufen.

»Wenn ich dazu imstande bin, ist mir alles zuzutrauen«, murmelte er erregt. »Nur Gott allein weiß, was ich die anderen Male getan habe. Ich habe kein Recht, frei herumzulaufen!«

»Howard.« Ellery ließ sich in den Sessel neben dem Bett fallen. »Sie haben niemandem Schaden zugefügt.«

»Aber warum? Warum habe ich ihre Gräber geschändet?«

»Der Schock zu erfahren, wer Sie sind, nach der lebenslangen Furcht vor diesem Moment, hat eine Amnesie bei Ihnen ausgelöst. In diesem Zustand haben Sie Ihre tiefen Ressentiments, Ihre Furcht und Ihren Haß zum Ausdruck gebracht, Ihren lebenslangen Haß auf diese Eltern, die Sie offensichtlich nicht gewollt haben … ich meine, psychologisch gesehen.«

»Ich spüre keinen Haß!«

»Natürlich nicht.«

»Und ich wüßte auch nicht, wann ich jemals welchen empfunden haben soll.«

»Nicht bewußt.«

Howard war im Durchgang zum angrenzenden Atelier stehen geblieben. Nun starrte er einige Sekunden in den finsteren Raum. Dann ging er weiter, ins Atelier hinein. Ellery hörte, wie er umherschlich. Die Geräusche hörten auf, und das Licht ging an.

»Ellery, kommen Sie bitte mal hier rein.«

»Meinen Sie nicht, Sie sollten sich Schuhe überstreifen?« Ellery kämpfte sich aus dem Sessel hoch.

»Zur Hölle mit meinen Füßen! Kommen Sie bitte!«

Howard stand neben einem Modellierpodest. Darauf befand sich eine kleine Plastilinfigur, die Jupiter darstellte.

»Was ist los?« fragte Ellery neugierig.

»Ich sagte Ihnen doch, daß ich gestern abend hier herumgewerkelt habe. Das ist eine von den Sachen, die ich gemacht habe.«

»Dieser Jupiter?«

»Nein, nein. Das hier meine ich.« Howard deutete auf den Sockel des Modells. In das Plastilin hatte ein scharfer Gegenstand die Buchstaben

H. H. WAYE

eingeritzt.

»Sie erinnern sich daran, das gemacht zu haben?«

»Aber sicher! Ich wollte einfach sehen, wie mein wirklicher Name aussieht. Ich hatte meine Sachen immer mit *H. H. Van Horn* signiert. Ich mußte das H. H. übernehmen – sie hatten mir ja keinen Vor- oder Mittelnamen gegeben. Aber *Waye* war mein Name. Und wissen Sie was?«

»Was, Howard?«

»*Er gefiel mir.*«

»Er gefiel Ihnen?«

»Er gefiel mir. Gefällt mir immer noch. Unten im Arbeitszimmer, als Vater mir davon erzählte, da sagte mir der Name gar nichts. Aber später, als ich hier raufgegangen war, da ist er mir irgendwie ans Herz gewachsen. Schauen Sie«, Howard lief zur Wand und deutete auf eine Skizzenserie, die er an ein Brett geheftet hatte. »Er gefiel mir so gut, daß ich alle Skizzen, die ich für das Museumsprojekt bislang gemacht habe, mit H. H. Waye signieren mußte. Ich bin kurz davor, es zu meiner offiziellen Signatur zu machen. Ellery, würde ich ihren Namen so mögen, wenn ich sie *haßte*?«

»Auf bewußter Ebene? Schon möglich. Um Ihren Haß vor Ihnen selbst zu verbergen, Howard.«

»Ich verliebe mich in den Namen meiner Eltern, dann kriege ich einen Blackout und fahre fünfzehn Kilometer in einem Unwetter, um auf ihr Grab zu spucken?« Howard ließ sich auf einen Stuhl fallen. Er sah aschfahl aus. »Dann läuft es also darauf hinaus«, fuhr Howard nachdenklich fort. »Wenn ich in normalem Zustand bin, bin ich die eine Person. Wenn mich ein Blackout überkommt, werde zu einer anderen. Auf der bewußten Ebene bin ich ein ziemlich netter Kerl. Im Zustand der Amnesie jedoch werde ich zu einem Wahnsinnigen oder Teufel. Dr. Jekyll und Mr. Hyde!«

»Sie dramatisieren schon wieder.«

»Ach ja? Den Grabstein seiner Eltern zu zerhacken, kann man doch kaum als ›vernünftige‹ Handlungsweise ansehen. Es ist niedrig und gemein. Sie wissen sehr gut, daß – wie sehr sich verschiedene Kulturen auch unterscheiden mögen – überall darin Übereinstimmung herrscht, daß man seinen Eltern mit Respekt zu begegnen habe. Ob es nun Ahnenkult heißt – oder ›Ehre Vater und Mutter‹!«

»Howard, Sie sollten besser schlafen gehen.«

»Wenn ich das Grab meiner Eltern entweihe – warum sollte

ich dann nicht auch Morde begehen? Frauen vergewaltigen? Brände legen?«

»Howard, mit Ihnen geht die Fantasie durch. Gehen Sie ins Bett.«

Doch Howard hielt Ellerys Hand in krampfartigem Griff.

»Helfen Sie mir. Beobachten Sie mich. Verlassen Sie mich nicht!«

Seine Augen waren angstgeweitet.

Er hat seine Anhänglichkeit von Diedrich auf mich übertragen. Jetzt bin ich sein Vater.

* * *

Irgendwie bekam Ellery Howard dann doch ins Bett. Er blieb auf der Bettkante sitzen, bis Howard in einen Erschöpfungsschlaf gesunken war.

Dann trottete er die Treppen hinunter, hinaus aus dem Haus und verbrachte eine geisterhafte Stunde damit, den Schmutz am Cabrio und an Howards Wagen abzuwaschen.

Der Sonntagmorgen schien durch die Fenster des Gästehauses, als Ellery ins Bett fiel.

Der siebte Tag

Und am siebten Tage ruhte er sich von der Arbeit aus, die er nicht erledigt hatte, insbesondere, was seinen Roman betraf; und er bemühte sich, nicht an einen gewissen Verleger zu denken, und daran, wie jener verärgert mit dem Vertrag vor ihm herumwedeln würde. Aber Mühen um der Schrift willen hatte er gehabt, wenn auch nicht um der Schriften willen, die sein Vertrag verlangte; und er genoß es, das hinter sich zu haben – mit schlechtem Gewissen.

Man ging zur Kirche.

Wie relevant dies für Ellery noch werden würde, ahnte er nicht im mindesten; für den Tag selbst mußte zunächst Reverend Chichering von St. Paul's-in-the-Dingle genügen, dessen Stimme donnerte wie die des Propheten – ein abgemildertes Donnern, sicherlich, denn es handelte sich um die nahezu katholisch ausgerichtete anglikanische Hochkirche; aber er sprach ganz im Geiste des Jeremia, verurteilend, mahnend und anklagend: »*Wie ist mir so weh! Mein Herz pocht mir im Leibe ...*«, was noch in der hintersten Kirchenbank hörbar war, »*und ich habe keine Ruhe ... Das ganze Land soll wüst werden ... Ach, weh mir! Ich muß vergehen vor den Würgern*«, woraufhin Howard am liebsten im Boden versunken wäre, Wolfert grinste, Sally die Augen schloß, während Diedrich düster, aber ruhig dasaß. Bei der Schlußpredigt ließ Reverend Chichering jedoch ohne Vorwarnung von Jeremia ab und wandte sich Lukas – Kapitel 6, Vers 38 – zu, einem völlig andersartigen Text: »*Gebt, und so wird euch gegeben, ein volles, gedrücktes, gerütteltes und überfließendes Maß wird man in euren Schoß geben; denn eben mit dem Maß, mit dem ihr meßt, wird man euch wieder messen ...*« Es wurde bald klar, daß ein gewisses Mitglied des Gemeindevorstands eine neue Sakristei gestiftet hatte, wiewohl der Pfarrer die bisherige kaum benutzte; und es stellte sich weiter heraus, daß jener überaus freigiebige Diener des Herrn einen wohlbekannten Namen trug. »Ich sage wohlbekannt«, donnerte Vater Chichering melodisch, »und meine dies nicht im weltlichen Sinne, obwohl es ebenfalls zuträfe, sondern ich meine es, wie unser Herr es sieht; denn jener gottesfürchtige Christenmensch hat seine guten Taten nicht vollbracht, um irdische Reichtümer anzuhäufen ... oder genauer gesagt, *hat* er irdische Reichtümer angehäuft; aber wie anders hätte er tun können, was er getan hat, nämlich himmlische Reichtümer zu erlangen, die weder Motten noch Rost fressen, wie es in der Bergpredigt geschrieben steht? Ich glaube, unser Herrgott wird mir vergeben, wenn ich nun die Fanfaren erklingen lasse und Ihnen mitteile, daß unser großherziger Bruder im Herrn niemand anders ist als Diedrich Van Horn!« – woraufhin die Versammelten zu tuscheln begannen, die Köpfe verrenkten und den Diener des Herrn anstrahlten, während er tiefer in seine Bank rutschte und seinen Pfarrer mit nicht gerade demutsvoll zu nennendem Blick anfunkelte. Dennoch trug der Vorfall dazu bei, die düstere Stimmung zu vertreiben, die die vorangegangene Jeremiade des Pfarrers erzeugt hatte; der Schlußchoral wurde lauthals gesungen, und der Gottesdienst endete damit, daß sich jedermann ungemein erbaut fühlte.

Sogar Ellery verließ St. Paul's-in-the-Dingles in erhabener Stimmung.

Auch der Rest des Tages war guten Werken geweiht – so etwa dem knusprigen Truthahn mit Maronen- und Putenkleinfüllung *à la Laura*, kandierten Süßkartoffeln, Zitroneneis-Soufflé und so fort. Nach dem Festmahl lauschte man Mendelssohns *Elias*, der Sally in feierliche und Diedrich in aufgeregt-heitere Stimmung versetzte. Howard hatte Wochen zuvor eine neue Einspielung besorgt; und Ellery fand es klug von ihm, deren Premiere für den heutigen Tag aufbewahrt zu haben, an dem jeder von ihnen, wenn auch aus unterschiedlichen Gründen, Anlaß zu Gewissensprüfung und innerer Einkehr hatte. Und dann wurde eine Einladung in der allerbesten Wrightsviller Tradition gegeben – mit lachenden Damen und dankbaren Herren, die alle Klischees beherrschten und gelegentlich sogar etwas Interessantes sagten, denen Ellery jedoch früher nie begegnet war, wofür er vagen Dank verspürte.

Sogar das Ende des Tages war erfreulich. Sonntagabende dauerten in Wrightsville nicht lange. Um halb zwölf war jedermann gegangen; und um Mitternacht lag Ellery im Bett.

Er lag im Dunkeln und dachte darüber nach, wie liebenswürdig sich alle den ganzen Tag über verhalten hatten; selbst Howard, selbst Wolfert; wie doppelzüngig der Mensch doch war, und wie wichtig dieser Zug für ein erträgliches Miteinander zu sein schien. Und er betete inständig, daß Gott der Herr ihn nicht zu sich nehmen würde, bevor er nicht diesen verdammten Roman zum Abschluß gebracht hatte, den er sich selbst wiederum streng und mit unbeugsamer Entschlossenheit als erstes für den nächsten Morgen verordnete; dann tauchte er in einem alten Bademantel in den Quetonokis Lake ein und versuchte, nach pelzigen Briefen zu greifen, die zu Füßen einer blassen Nacktstatue von Sally – die logischerweise Diedrichs Gesichtszüge trug – auf dem lehmigen Grund leuchteten.

* * *

Die Schreibmaschine spuckte mit großer Geschwindigkeit heiße Wortsalven aufs Papier; es war Montagvormittag um 10:51. Urplötzlich flog die Tür auf, und Ellery, der vor Schreck aufgesprungen war, wirbelte herum und sah Sally und Howard dichtgedrängt im Türrahmen stehen.

»Er hat wieder angerufen.«

Mit einem Male schien es nie einen friedlichen Sonntag gegeben zu haben; vielmehr war es noch immer Samstag, im Hollis Hotel.

»Wer hat wieder angerufen, Sally?« fragte Ellery dennoch.

»Der Erpresser.«

»Dieses verdammte Schwein«, grunzte Howard mit belegter Stimme. »Dieses gierige dreckige Schwein.«

»Der Anruf kam gerade eben?«

Sally zitterte. »Ja. Ich dachte, ich trau meinen Ohren nicht. Ich dachte, es sei alles vorüber.«

»Dieselbe geschlechtslose Flüsterstimme?«

»Ja.«

»Sagen Sie mir, wie das Gespräch verlaufen ist.«

»Laura nahm den Hörer ab. Er fragte nach Mrs. Van Horn. Ich ging dran. Er sagte: ›Danke auch für das Geld. Doch nun ist die zweite Rate fällig.‹ Ich verstand zunächst nicht. ›Haben Sie denn nicht *alles* bekommen?‹ fragte ich zuerst. Er antwortete: ›Ich habe 25.000 bekommen. Jetzt will ich mehr.‹ ›Wovon reden Sie?‹ fragte ich. ›Ich habe zurückerhalten, was Sie mir verkauft haben.‹ – Ich wollte nicht von Briefen sprechen, für den Fall, daß Eileen oder Laura lauschten. ›Es gibt sie nicht mehr‹, sagte ich. ›Zerstört.‹ ›Ich habe Kopien‹, sagte er nur.«

»Kopien«, fauchte Howard. »Was kann er schon mit Kopien anfangen? Ich hätte ihm gesagt, wohin er sich die Kopien stecken solle, Sal!«

»Jemals von Fotokopien gehört, Howard?« fragte Ellery.

Howard wirkte verdutzt.

»›Ich habe Kopien‹«, fuhr Sally atemlos fort, »›und sie sind genauso gut wie die Originale. Jetzt stehen die Kopien zum Verkauf.‹«

»Und?«

»Ich versicherte ihm, ich hätte nicht mehr Geld. Ich sagte eine Menge. Oder versuchte es. Aber er hörte gar nicht hin.«

»Wieviel verlangt er dieses Mal, Sally?« Ellery wünschte, die Menschen würden sich solche angsterfüllten Momente ersparen, indem sie vorher Rat annähmen.

»25.000 Dollar. Noch einmal.«

»Noch einmal 25.000 Dollar!« tobte Howard. »Woher zum Teufel sollen wir weitere 25.000 nehmen? Glaubt der denn, wir wären aus Gold gemacht?«

»Halten Sie den Mund, Howard. Sally, bitte den Rest.«

»Er befahl mir, 25.000 Dollar im Wartesaal des Wrightsviller

Bahnhofs zu hinterlegen, in einem dieser neuen Schließfächer, die sie erst kürzlich dort angebracht haben.«

»Welches Schließfach?«

»Nummer 10. Er sagte, der Schlüssel dazu würde heute mit der ersten Post kommen, und so war es auch. Ich bin zur Straße runtergelaufen, um ihn zu holen.«

»An Sie addressiert, Sally?«

»Ja.«

»Haben Sie den Schlüssel angefaßt?«

»Ja, schon, ich habe ihn aus dem Umschlag genommen und ihn genau angeguckt. Das hat auch Howard getan. War das falsch?«

»Vermutlich kommt es nicht drauf an. Der Kerl ist zu gerissen, um seine Fingerabdrücke mitzuliefern. Haben Sie den Umschlag aufgehoben?«

»Das habe ich!« Howard sah sich verstohlen um, bevor er einen Umschlag aus der Tasche zog und ihn Ellery gab.

Es war ein billiger glatter Umschlag, völlig schlicht – Standardware jeder amerikanischen Schreibwarentheke in den einschlägigen Billigläden. Die Adresse war getippt. Auf der Lasche war auch nichts. Ellery steckte ihn kommentarlos ein.

»Und … und hier ist der Schlüssel«, sagte Sally.

Ellery sah sie nur an.

Sie errötete.

»Er sagte, er solle oben auf der Schließfachreihe über Nr. 10 deponiert werden. Und so weit zurückgeschoben, daß man ihn nicht sehen kann.« Noch immer hielt sie ihm den Schlüssel hin.

Ellery nahm ihn nicht.

Nach einer Weile legte sie ihn verschüchtert auf seinen Schreibtisch.

»Hat er ein Zeitlimit für die zweite Rate gesetzt?« fragte Ellery, als sei nichts geschehen.

Sie schaute leer nach draußen, durch das Panoramafenster in Richtung Wrightsville. »Das Geld muß heute um siebzehn Uhr in dem Bahnhofsschließfach sein, oder er wird die Kopien heute abend Diedrich schicken. In sein Büro, wo ich sie nicht abfangen kann.«

»Um fünf. Das bedeutet, daß er das Geld während der Rush Hour abholen will, wenn es im Bahnhof nur so wimmelt«, sinnierte Ellery »Der Verkehr aus Slocum, aus Bannock und aus Connhaven. Er zwingt Ihnen ein ziemliches Tempo auf, finden Sie nicht?«

»Man würde meinen, er gäbe uns wenigstens die Chance ...«, begann Sally.

»Was erwarten denn Sie von einem Erpresser – Fairneß?«

»Ich weiß. Sie haben uns ja gewarnt.« Sally schaute ihn nicht an.

»Ich will ja nicht unnötig drauf rumreiten, Sally. Ich möchte Ihnen lediglich andeuten, wie die Zukunft möglicherweise aussieht.«

»Die Zukunft!« Howard beugte sich bedrohlich über ihn. Ellery ließ sich in seinen Stuhl zurückfallen und blickte neugierig zu Howard auf. »Welche *Zukunft* denn? Wovon reden Sie?«

Nun warf Sally ihm einen scharfen Blick zu.

»Sie glauben nicht, daß er aufhört, nicht wahr?«

»Aber ...!«

»Sally, er hat nichts davon gesagt, daß er Ihnen die Kopien wirklich geben wolle – richtig?«

»Nein.«

»Aber selbst wenn er das hätte. Er könnte jeweils zehn Kopien der vier Briefe gemacht haben. Oder hundert. Vielleicht auch tausend.«

Die Frau und der Mann sahen sich stumm und wie gelähmt an.

Es war nicht schön anzusehen, und er drehte sich auf seinem Stuhl herum, um den Wrightsviller Himmel zu betrachten. Plötzlich taten ihm die beiden sehr leid. So leid, daß er ihnen alle Schwächen und Dummheiten verzieh und über einige seiner eigenen nachdachte. Wie sich herausstellen sollte, wäre er besser beraten gewesen, objektiv zu bleiben, unnachgiebig und zynisch; aber Ellery ist nun einmal hoffnungslos sentimental, wenn seine

Gefühle im Spiel sind. Und die beiden waren jung und in einer entsetzlichen Lage.

Er schwang sich wieder zurück. Sally saß in embryonaler Haltung zusammengekauert in dem großen Sessel; die Hände hatte sie vors Gesicht geschlagen. Howard schenkte sich gerade mit äußerst konzentriertem Gesichtsausdruck einen Scotch ein.

»Dies ist erst der Anfang«, sagte Ellery sanft. »Er wird mehr verlangen. Und mehr. Und immer wieder immer mehr. Er wird Ihnen alles nehmen, was Sie haben, alles, was Sie stehlen können, und am Ende wird er die Briefe doch Diedrich verkaufen. Zahlen Sie nicht. Gehen Sie noch heute vormittag zusammen zu Diedrich. Beichten Sie ihm. Und zwar vollständig.

Glauben Sie, daß Sie die Kraft dazu hätten? Oder wenigstens einer von Ihnen?«

Sally vergrub ihr Gesicht tiefer in den Händen. Howard starrte in sein Scotchglas.

Ellery seufzte laut.

»Ich weiß, es klingt, als denke man an ein Erschießungskommando. Aber die Wirklichkeit ist halb so schlimm. Eine Salve …«

»Sie glauben, ich hätte Angst.« Sally hatte ihre Hände fallenlassen; sie hatte geweint. Jetzt jedoch war sie wütend, so wütend, wie sie es am Samstagabend gewesen war, wenn auch heute aus anderem Grund. »Ich sage Ihnen, es ist Dieds, um den es mir geht. Er würde *sterben.*« Sie sprang aus dem Sessel. »Um mich selbst mache ich mir keine Sorgen mehr«, fügte sie mit pathetischem Unterton hinzu. »Alles, was ich will, ist das Ganze vergessen. Noch einmal von vorn beginnen. Es wieder gutmachen. Ich wüßte auch, wie. Wenn es notwendig wäre, würde ich dafür sorgen, daß Howard von hier fortginge. Ich wäre *eiskalt*, Ellery – Sie wissen ja gar nicht, wie eiskalt ich werden kann. Aber diese Chance muß ich bekommen.« Sie wandte sich ab. »Vielleicht«, fügte sie in gedämpftem Ton hinzu, »vielleicht läßt er bis zum nächsten Mal ja eine lange Zeit verstreichen. Wenn es überhaupt ein nächstes Mal gibt …«

»Dieser Umschlag, Sally«, Ellery tippte auf seine Westentasche, »ist am Samstag um halb sechs durch die Stempelmaschine der Wrightsviller Post gegangen. *Nur zwei Stunden, nachdem ich ihm die ersten 25.000 überbracht hatte.* Das bedeutet, er muß ihn sofort eingeworfen haben, nachdem er den Umschlag geholt hatte. Klingt das für Sie so, als werde er ›eine lange Zeit verstreichen lassen‹, bevor er seine dritte Forderung stellt?«

»Vielleicht hört er ja ganz damit auf«, brauste Sally auf. »Vielleicht wird ihm ja klar, daß nicht mehr zu holen ist, und er *gibt auf.* Vielleicht ... vielleicht *stirbt* er ja auch in der Zwischenzeit!«

»Und Sie, Howard?« fragte Ellery.

»Er darf es nicht herausfinden.« Howard kippte den Scotch hinunter.

»Dann werden Sie also zahlen.«

»Ja!«

»Wir haben keine Wahl«, sagte Sally.

Ellery verschränkte die Finger vor dem Bauch. »Und womit?«

Howard warf das Whiskyglas mit aller Kraft, die er hatte, in den Kamin. An der Ziegelwand zerbarst es in einer Wolke aus Diamanten.

»Wie Diamanten«, murmelte Howard. »Ich wünschte, es wären welche.«

»Sally.« Ellery rutschte auf dem Stuhl nach vorn, aufgeschreckt. »Was ist los?«

»Ich bin gleich zurück«, erwiderte Sally in äußerst seltsamem Ton.

Im Garten begann sie zu laufen. Sie sahen zu, wie sie um den Pool rannte, über die Terrasse, und wie sie im Haus verschwand.

Howard schüttelte den Kopf. »Heute morgen scheint aber auch nichts zu stimmen«, sagte er entschuldigend. »Tut mir leid wegen dem Glas, Ellery. Kindisch, was?« Er nahm sich ein neues Glas und schenkte sich ein. »Auf das Verbrechen.«

Ellery sah zu, wie er den Whisky hinunterkippte.

Howard wandte sich mit ausdruckslosem Gesicht ab.

Drei Minuten später erschien Sally wieder auf der Terrasse. Ihre Hand hielt sie in der rechten Tasche ihrer Kostümjacke geballt. Ruhig überquerte sie die Terrasse und kam durch den Garten. Auf der Veranda jedoch beschleunigte sie ihren Schritt, und als sie drinnen war, schlug sie die Tür hinter sich zu.

Howard glotzte sie an.

Sie streckte ihm ihre rechte Hand hin.

Daran baumelte eine Diamantkette.

* * *

»Ich habe sie aus dem Safe genommen.«

»Deine *Diamantkette*, Sally?«

»Sie gehört mir.«

»Aber du kannst doch deine Kette nicht hergeben!«

»Ich bin sicher, da kann man 25.000 für herausschlagen. Sie muß Dieds 100.000 gekostet haben.« Sie wandte sich Ellery zu. »Möchten Sie sie sehen?«

»Sie ist wunderschön, Sally.« Ellery machte keine Anstalten, sie zu nehmen.

»Ja, wunderschön.« Ihre Stimme klang fest. »Dieds hat sie mir an unserem letzten Hochzeitstag geschenkt.«

»Nein«, sagte Howard. »Nein, das ist zu riskant.«

»Howard.«

»Es wird herauskommen, daß sie fehlt, Sal. Wie willst du das Vater erklären?«

»Du bist auch ein Risiko eingegangen, um die ersten 25.000 zu besorgen.«

»Nein, also, ich meine schon, aber …«

»Woher auch immer du das Geld hattest, du mußt eine Spur hinterlassen haben, etwas Schriftliches oder so. Natürlich bist du ein Risiko eingegangen. Und jetzt bin ich an der Reihe. Howard – nimm sie.«

Howard wurde rot.

Aber er nahm sie.

Die Sonne flutete durch das malerische Fenster und brachte die einzelnen Facetten zum Gleißen. Es sah aus, als brenne Howards Hand.

»Aber … es muß doch zu Bargeld gemacht werden«, stotterte Howard. »Ich … ich wüßte gar nicht, wie ich das anstellen sollte.«

Howard, der Versager. Howard, der Abhängige.

»Sie wissen sicher«, erklärte Ellery von seinem Drehstuhl aus, »daß dies der schiere Wahnsinn ist.«

Howard stürzte fast hungrig auf ihn zu.

»Ellery, ich werde Sie nie mehr bitten, etwas für mich zu tun …«

»Sie meinen, ich soll für Sie die Kette verpfänden, Howard.«

»Sie kennen sich doch mit so was aus«, stammelte Howard. »Ich nicht.«

»Allerdings, und deshalb sage ich ja, das Ganze ist der helle Wahnsinn.«

»Aber wir müssen das Geld doch irgendwie auftreiben«, entgegnete Sally mit harter Stimme.

Elery zuckte mit den Achseln.

»Ellery.« Sie bettelte nun, sie flehte. »Tun Sie es für mich. Als einen Gefallen. Es ist meine Kette. Ich übernehme die Verantwortung. Howard hat recht – wir werden Sie nie wieder mit dieser Sache behelligen, ganz gleich, was passiert. Aber bitte, bitte, dieses eine Mal noch!«

»Eine Frage, Sally«, fragte Ellery nüchtern. »*Warum tun Sie es nicht selbst?*«

»Ich könnte in der Stadt gesehen werden. Von Dieds oder Wolfert, oder von einem ihrer Angestellten, während ich in das Pfandhaus reingehe oder rauskomme. Sie wissen ja gar nicht, wie es in einer Kleinstadt zugeht. Im Nu wüßte ganz Wrightsville davon. Dieds würde früher oder später Wind davon kriegen – jemand würde schon dafür sorgen, daß er es erfährt. Verstehen Sie?«

Howard kam ihr zu Hilfe: »Ja, und das gleiche gilt auch für mich, Ellery.« *An dieses Problem hat er gar nicht gedacht, bis Sally es aufbrachte. Nun klammert er sich daran.*

»Oder der Pfandleiher könnte plaudern, oder …«

Ellery zog die Augenbrauen hoch. »Habe ich Sie richtig verstanden? Sie wollen, daß ich Ihre Kette verpfände, ohne sie als Ihre kenntlich zu machen, Sally?«

»Genau darum geht es. Auf diese Weise würde Dieds nie herausfinden, daß ...«

»Ich kann Ihnen nicht folgen. Nicht im geringsten.« Ellery schaute besorgt drein. »Eine Kette wie diese – die muß doch in Wrightsville regelrecht berühmt sein. Und wenn der Pfandleiher sie nicht kennen sollte, dann würde doch im selben Moment, in dem ein anderer sie sähe ...«

»Dieds hat sie in New York gekauft«, entgegnete Sally eifrig. »Und ich habe sie noch nie getragen. Nicht einmal daheim, Ellery, wenn wir Gäste hatten. Ich besitze sie erst seit ein paar Monaten. Ich wollte sie für einen besonderen Anlaß aufbewahren. *Niemand* in der Stadt kennt das Stück ...«

»Sie könnten sie ja auch woanders versetzen«, fügte der hilfreiche Howard hinzu.

»Es bleibt keine Zeit mehr, Wrightsville zu verlassen, Howard. Sie beide scheinen zu glauben, irgendein Fremder könnte in ein Pfandleihhaus gehen, eine 100.000-Dollar-Kette auf die Theke knallen und mit 25.000 Dollar vom Pfandleiher wieder hinausmarschieren, ohne daß Fragen gestellt würden. In der Stadt gibt es nur einen Pfandleiher, den alten Simpson am Square, also hätte ich keine Auswahl. Simpson verlangt grundsätzlich einen Eigentumsnachweis. Oder eine Vollmacht des Eigentümers. Und er müßte das Bargeld erst einmal lockermachen können. Und zwar sofort.« Ellery schüttelte den Kopf. »Das ist nicht nur hirnrissig. Das ist so gut wie unmöglich.«

Aber sie blieben an ihm dran, argumentierten mit vereinten Kräften und mit einer Sturheit und Hartnäckigkeit, die ihm beinahe die Galle überlaufen ließ.

»Sie haben mir doch selbst gesagt, Sie kennen J. P. Simpson«, sagte Sally. »Von der Zeit her, als Sie in Wrightsville waren, um die Wrights zu besuchen. Und der Fall Haight ...«

»Ich kenne Simpson nicht, Sally. Wir haben uns nur flüchtig

während Jim Haights Gerichtsverhandlung gesehen; er war Zeuge der Anklage.«

»Aber er würde sich an Sie erinnern«, flehte Howard. »Sie sind doch wer, Ellery. Die Stadt hat Sie nie vergessen!«

»Das mag ja sein, aber erwarten Sie denn, daß Simpson 25.000 Dollar in seiner Schublade herumliegen hat?«

»Er ist einer der reichsten Männer der Stadt«, konterte Sally auftrumpfend. »Er unterhält eines der größten Konten bei der Wrightsville National Bank. Und gelegentlich gewährt er beträchtliche Kredite. Erst letztes Jahr ist Sidonie Glannis irgend so einem kriminellen Schmachtfetzen auf den Leim gegangen – auch dabei ging es um Briefe. Er erpreßte sie; wieviel er verlangt hat, weiß ich nicht. Sidonie hatte von ihrer Mutter eine Menge Juwelen geerbt, und sie hat sie bei Simpson verpfändet, um die Summe zu bezahlen. bis dann dieser Kerl die Briefe Claude – Claude Glannis, Sidonies Ehemann – gab. Ich weiß nicht, wieviel Simpson ihr gegeben hat; aber es waren weit über 15.000 Dollar. Sie haben den Mann gefaßt; die Geschichte kam heraus, und Claude Glannis jagte sich eine Kugel in den Kopf, noch bevor der Erpresser verhaftet war – der sitzt jetzt im Zuchthaus – jeder hat von der Geschichte gehört und …«

»Was also macht Sie so sicher, daß niemand in der Stadt von Ihrer Geschichte hören wird?«

»Daß Sie Ellery Queen sind«, erklärte sie knapp. »Alles, was Sie tun müßten, wäre, Simpson zu erzählen, Sie wären in einer hochgeheimen Angelegenheit in Wrightsville – und wohnten zur Tarnung bei den Van Horns –, daß Sie ihm den Namen Ihrer Klientin leider nicht verraten könnten, daß Sie ihre Kette aber unbedingt verpfänden müßten oder so etwas in der Art. Verstehen Sie? Ich schreibe Ihnen ja schon Ihren Dialog, Ellery! Oh, bitte, tun Sie es für uns!«

Jede vernunftbegabte Zelle in Ellerys Körper sagte ihm, er solle aufstehen, seinen Koffer packen und mit dem erstbesten Zug, der Wrightsville mit welchem Ziel auch immer verließ, von diesem Ort fliehen.

Statt dessen erklärte er: »Wie immer diese Sache ausgehen wird, ich warne Sie beide im voraus, daß ich danach nichts mehr mit diesem albernen, gefährlichen Quatsch zu tun haben möchte. Bitten Sie mich nicht mehr, mit irgend etwas anderem als der Wahrheit gemeinsame Sache zu machen – ich werde strikt ablehnen. – Und jetzt geben Sie mir bitte den Schlüssel und die Kette.«

* * *

Ellery kehrte um kurz nach eins aus der Stadt zurück.

Sie hatten schon nach ihm Ausschau gehalten; denn er hatte kaum den Hut vom Kopf gezogen, da standen sie schon im Türrahmen des Gästehauses.

»Es ist erledigt«, sagte er und blieb stehen; sein Schweigen war eine einzige Aufforderung an sie zu gehen.

Doch Sally stürmte herein und ließ sich in den Sessel fallen.

»Erzählen Sie uns«, bettelte sie, »wie es gelaufen ist.«

»Sie haben die Szene doch schon beschrieben, Sally.«

»Habe ich Ihnen das nicht gesagt? Wie hat Simpson reagiert?«

»Er hat sich an mich erinnert.« Ellery lachte. »Es ist deprimierend, wie leichtgläubig die Menschen sind. Besonders die Raffinierteren. Ich vergesse es immer wieder, und jedesmal, wenn ich es vergesse, liege ich prompt falsch … Nun ja; Simpson hat alles selbst erledigt, ohne daß ich groß etwas zu sagen brauchte. Der nahm einfach an, ich sei einer absolut geheimen, absolut wichtigen, eben richtig großen Sache auf der Spur. Der konnte kaum an sich halten vor Hilfsbereitschaft.« Wieder mußte er lachen.

Sally erhob sich langsam aus dem Sessel.

»Aber das Geld«, sagte Howard. »Hatten Sie Probleme mit dem Geld?«

»Nicht im geringsten. Simpson schloß seinen Laden ab, ging persönlich zur Bank rüber und kam mit einer Tüte voll zurück.« Ellery schaute aus dem Panoramafenster. »Er war ungemein beeindruckt. Von der Kette. Von mir. Von der Rolle, die er in dieser vermeintlich internationalen Affäre zu spielen glaubt …

Das Geld befindet sich in Schließfach Nr. 10 im Bahnhof. Der Schlüssel liegt oben auf der Schließfachreihe, ganz nach hinten geschoben, an der Wand, zu hoch, um zufällig bemerkt zu werden. Er hat sich das alles sehr genau überlegt. Haben Sie eigentlich irgendeine Vorstellung davon«, fügte Ellery hinzu, »wie ich mich fühle?«

Er drehte sich zu ihnen herum.

»Ja?«

Sie standen vor ihm, schauten ihn nur an, nicht einander. Nach einer Weile wandten sie auch von ihm den Blick ab.

Dann öffnete Sally die Lippen.

»Sie brauchen sich nicht zu bedanken«, sagte Ellery. »Würden Sie mich jetzt freundlicherweise mit meiner Arbeit allein lassen?«

Er nahm am montagabendlichen Familiendinner nicht teil. Laura brachte ihm ein Tablett, das er brav vor ihren Augen abräumte. Dann nahm sie das Tablett wieder fort.

Er arbeitete die halbe Nacht durch.

* * *

Am Dienstagmorgen stellte Ellery gerade sein Rasierzeug weg, als er aus der Richtung des Wohnzimmers eine Stimme hörte.

»Queen? Sind Sie schon auf?«

Er hätte nicht mehr gestaunt, wäre es die Stimme von Professor Moriarty gewesen.

Er ging im Unterhemd zur Tür, das Rasiermesser noch in der Hand.

»Ich hoffe, ich störe nicht.« Wolfert Van Horn war an diesem Morgen die Freundlichkeit selbst, umtriebig, mit breitestem Cheese-Lächeln und jungenhaft-kokett in die Taschen geschobenen Händen.

»Nein, überhaupt nicht. Sie wirken fröhlich heute morgen.«

»Aber ja! Sehr sogar. Ich sah, daß Ihre Tür offenstand, und

fragte mich, ob Sie wohl schon auf sind. Hatten Sie nicht die halbe Nacht das Licht brennen?«

»Ich habe bis fast halb vier gearbeitet.«

»Genau das dachte ich mir.« Wolfert strahlte Ellerys mit Papier vollgestreuten Schreibtisch an. Ich bin nie zuvor einem Mann begegnet, dachte Ellery, der mit weit aufgerissenen Augen noch immer verschmitzt und hinterhältig aussehen kann. »So also sieht der Schreibtisch eines Schriftstellers aus. Wundervoll, einfach hinreißend. Dann haben Sie also nicht viel Schlaf bekommen, Queen?«

Wir spielen hier also Spielchen.

»Kaum«, lächelte Ellery zurück. »Man gerät in eine Art Arbeitsrausch, Mr. Van Horn – völlig angespannt und hochkonzentriert –; manchmal dauert es lange, bis man sich wieder entspannt hat.«

»Und ich dachte immer, Schriftsteller lebten ein Leben in ständiger Muße. Aber wie dem auch sei – ich bin froh, daß Sie schon auf sind.«

Jetzt kommt's.

»Habe Sie seit Sonntag nicht gesehen. Wie fanden Sie Chichering?«

Noch nicht.

»Sehr ernsthaft, auf eine ernsthafte Art.«

»Ja, haha! Tiefreligiöser Mann. Erinnert mich ein bißchen an meinen Vater«, lachte Wolfert mißbilligend, »obwohl Papa ja Fundamentalist war. Der hat Diedrich und mir immer solche Angst eingejagt, daß uns die Knie zitterten. Aber ich quatsche hier dummes Zeug, als ob keiner von uns was Vernünftiges zu tun hätte.« Wolfert senkte die Stimme, legte seinen beilförmigen Kopf schief und schlug zu. »Sie möchten nicht vielleicht heute mit der Familie frühstücken, Mr. Queen? Sie haben gestern abend nicht mit uns gegessen, und ich dachte …«

Ellery lächelte zurück. »Steht denn heute morgen etwas ganz Besonderes auf der Karte, Mr. Van Horn?«

Zu seinem Entsetzen zwinkerte Van Horn ihm zu.

»Etwas ganz extrem Ausgefallenes!«

»Toast Benedictine?«

Wolfert johlte auf und klatschte sich auf die Schenkel. »Sehr gut! Nein, ich fürchte, es ist noch viel besser!«

»Dann komme ich rüber.«

»Ich sollte Sie vielleicht vorher einweihen. Mein Bruder ist ein komischer Kauz. Haßt Förmlichkeiten. Um ihn dazu zu bringen, eine Rede zu halten, muß man schon die Staatsmiliz mobilisieren. Klar soweit?«

»Nein.«

»Beeilen Sie sich und ziehen Sie sich an, Mr. Queen. Das wird ein Zirkus!«

Trotz dieser bombastischen Vorankündigung fühlte sich Mr. Queen keineswegs ermutigt.

* * *

Wolfert Van Horn spielte und jonglierte mit seinem Geheimnis während des ganzen Frühstücks Zuckerstückchen; er kicherte, raunte seinem Bruder seltsame Andeutungen zu und war ein so anderer als der übliche Griesgram, daß es sogar Howard auffiel, der ansonsten ganz in seinen Problemen versunken schien: »Was ist denn mit *dem* los?«

»Junge«, erwiderte Diedrich trocken, »man schaut einem geschenkten Gaul nicht ins Maul.«

Alle lachten, am lautesten Wolfert.

»Sei nicht so gemein, Wolf«, sagte Sally lächelnd. »Rück schon raus damit.«

»Rausrücken? Womit denn?« fragte Wolfert mit Unschuldsmiene. »Haha!«

»Dräng ihn nicht, Liebes«, bat ihr Ehemann. »Wolfert lacht so selten ...«

»Also gut, soll reichen«, erwiderte Wolfert und zwinkerte Ellery zu. »Ich werde dich aus der Verlegenheit retten, Diedrich.«

»Mich? Ach, *ich* bin hier der Clown.«

»Sitzt ihr alle?«

»Wir sitzen.«

Sally war wie versteinert. Desgleichen Howard. Urplötzlich. *Der Gottlose flieht, wenn niemand ihn jagt.*

»Was glaubst du, wo du heute abend hingehen wirst, Diedrich?«

»Hingehen? Nirgendwohin. Er wird zu Hause sein.«

»Falsch, Sally«, erwiderte Wolfert, indem er mit seiner Tasse schwungvoll gestikulierte, »noch etwas Kaffee, bitte!«

Sally goß ihm mit zittriger Hand ein.

»Mensch, komm, jetzt sag schon«, knurrte Howard. »Was soll die Geheimnistuerei?«

»Reg dich ab, Howard. Du bist auch mit von der Partie, hahaha!«

»Schon gut, Junge«, sagte Diedrich ruhig. »Also, Wolf? Wohin gehe ich heute abend?«

Sein Bruder stützte sich mit seinen knochigen Ellenbogen auf den Tisch, nahm einen Schluck Kaffee, setzte die Tasse wieder ab und machte eine gezierte Bewegung mit dem Zeigefinger. »Ich brauchte dir das jetzt noch nicht zu sagen ...«

»Dann laß es.« Diedrich schob unvermittelt seinen Stuhl zurück.

»Aber es ist zu köstlich, um es für mich zu behalten«, fuhr Wolfert hastig fort. »Und heute morgen im Büro erfährst du es ohnehin. Sie schicken eine Delegation, um dich einzuladen.«

»Mich einzuladen? Wohin, Wolf? Wozu? Was für eine Delegation?«

»Alle die Dämchen vom Museumskomitee – Clarice Martin, Hermy Wright, Mrs. Donald Mackenzie, Emmy DuPré und der restliche Klub.«

»Aber warum? Wozu mich einladen?«

»Heute abend wird ein Fest gegeben.«

»Was für ein Fest?« fragte Diedrich, bereits leicht alarmiert.

»Lieber Bruder«, erwiderte Wolfert triumphierend, »du hattest mir zwar gesagt, du hofftest, das Komitee würde kein Aufhebens von deiner Spende machen. Nun ja, Sir, heute abend sind Sie dennoch Ehrengast bei einem großen Bankett im Großen Ballsaal des Hollis – einem Bankett zu Ehren jenes Mäzens, jenes wohltätigen Förderers der Künste oder was immer – *des Mannes eben, der das Museum möglich gemacht hat – Diedrich Van Horn! Hipp, hipp, Hurrrraaaaa!*«

»Ehrenbankett«, wiederholte Diedrich matt.

»Ja, Sir. Suppe und Fisch, Reden, die Fabriken, die gesamte Sonderbehandlung. Heute abend werden die Van Horns zu öffentlichem Eigentum! Der Große Mann im Mittelpunkt, seine schöne Frau zur Rechten, sein begabter Sohn zur Linken – alle großartig in Schale geworfen!« Wolfert lachte wieder; es sah aus, als fletsche er die Zähne. »Laß doch endlich die alten Macken, Diedrich. Ich verrat dir auch ein Geheimnis.« Wieder dieses Zwinkern. »Ich war derjenige, der sie drauf gebracht hat!«

Es war gut, dachte Ellery, daß Diedrich so reagierte, wie es zu erwarten gewesen war. Seine Bestürzung und Wolferts Schadenfreude gaben Sally die Möglichkeit, den Blick des in die Ecke gedrängten Tieres aus ihren Augenwinkeln zu verscheuchen, während Howard mit herunterhängendem Kiefer dasaß und versuchte, den Mund zu schließen.

Selbst Ellery war es ein wenig übel.

Während Diedrich wütete und tobte – er denke gar nicht daran, so etwas lasse er nicht mit sich machen – und Wolfert ihn weiter reizte – das Bankett sei vorbereitet, das Essen bestellt, die Einladungen verschickt – gelang es Sally und Howard allmählich, ihre Haltung zurückzugewinnen.

So daß Sally sogar in der Lage war zu lächeln, als das Wortgefecht endlich vorbei war, Diedrich die Hände hochwarf und zu ihr sagte: »Ich fürchte, wir sitzen in der Falle, Darling. Na ja, einen rettenden Vorteil hat es aber – es gibt dir die Möglichkeit, dich so richtig aufzuputzen. Trag die Diamantkette, die ich dir geschenkt habe, Sally!« »Natürlich, Darling«, hauchte sie und hielt ihm die Wange hin, um sich küssen zu lassen – genauso, als ob es die schönste Aussicht der Welt für sie sei, die Kette zu tragen, die in J. P. Simpsons Tresor lag.

* * *

Diedrich und Wolfert verabschiedeten sich. Die drei Verschwörer blieben sitzen. Laura kam herein, um den Frühstückstisch abzuräumen. Sally schüttelte den Kopf, und Laura verließ den Raum türknallend.

»Ich glaube«, sagte Ellery schließlich, »wir sollten besser woanders hingehen.«

»Ins Atelier.« Howard erhob sich steif.

Oben brach Sally zusammen. Ihr Körper zitterte wie Espenlaub. Keiner der Männer sagte etwas. Howard stand breitbeinig da; die schlechte Karikatur eines Mannes. Ellery spazierte vor dem kleinen Jupiter auf und ab.

»Es tut mir leid.« Sally schnaubte durch die Nase. »Ich scheine ein unglaubliches Talent dafür zu haben, genau das Falsche zu tun. Howard, was machen wir jetzt nur?«

»Ich wünschte, ich wüßte es.«

»Es ist wie eine Art Strafe.« Sally verkrallte sich in den Sessellehnen und richtete eine erschöpfte Ansprache an die Dachbalken. »Wenn man sich aus einer Falle befreit hat, tappt man gleich in die nächste. Es wirkt fast komisch. Ich bin sicher, ich würde lachen, wenn das jemand anderem passierte. Wir sind wie zwei verzweifelte kleine Käfer, die versuchen, aus einer Streichholzschachtel zu fliehen. *Wie soll ich nur das mit der Kette erklären*?«

Ellery verzichtete darauf zu antworten, diese Frage hätte sie sich stellen sollen, bevor sie sich entschloß, die Diamanten zu verpfänden.

»Ich dachte, mir bliebe etwas Zeit.« Sie seufzte. »Ich habe geglaubt, mir würde schon etwas einfallen, wenn der Augenblick käme. Und schon ist er da. So bald …«

Ja, dachte Ellery. Das war das Bemerkenswerte an dem Problem. Der Druck. Der Druck, der die Ereignisse zeitlich so dicht zusammendrängte. Sie häufen sich jetzt in einem Zeitraum, der sie nicht mehr faßt. Irgendwo muß etwas nachgeben … der ungewöhnliche Faktor Zeitnot … ungewöhnlicher Faktor. Das Wort hatte in seinem Kopf nachgehallt, bis sein Bewußtsein Notiz davon genommen hatte. *Ungewöhnlich …*

Howard wiederholte ebenfalls etwas, aber es klang nicht allzu intelligent.

»Was sagten Sie, Howard?«

»Unwichtig«, erwiderte Sally. »Er sagte, ich könnte vielleicht behaupten, ich hätte die Kette zusammen mit dem anderen Schmuck in dem Kästchen aufbewahrt, das im Juni gestohlen wurde.«

»Und das niemals wiedergefunden worden ist, Sal! Das ist der springende Punkt!«

»Howard, du bist ungemein hilfreich. Ich habe Dieds damals eine vollständige Liste von dem Inhalt des Kästchens gemacht. Die Kette war nicht aufgeführt, weil ich sie nicht in dem Kästchen hatte. Was meinst du, soll ich ihm sagen – daß ich sie *vergessen* hätte? Und außerdem ist sie all die Zeit über in seinem Safe unten gewesen. Ich habe dir doch gesagt, ich sei in sein Arbeitszimmer gegangen, um sie zu holen. Dieds *muß* sie dort gesehen haben; er geht oft zum Safe. Und, soweit ich weiß, auch Wolfert.«

»Wolfert.« Howard stürzte sich auf den Namen, dunkelrot vor Haß. »Wenn es diesen – diesen Kadaver nicht gäbe, hätten wir das Problem nicht!«

»Ach, hör doch auf, How.«

»*Warte.*«

»Worauf?«

»Nein, warte, warte.« Howards Stimme klang weich, fast unangenehm weich. »Es gibt einen Ausweg, Sal. Er gefällt mir zwar nicht, aber …«

»Was für einen Ausweg?«

Howard sah sie an.

»Was für einen Ausweg, Howard?« Sie schien verwirrt.

Sehr vorsichtig formulierte er: »Wir täuschen … einen Einbruch vor.«

»Einen Einbruch?« Sie setzte sich kerzengerade auf. *»Einen Einbruch*?« Sie war entsetzt.

»Ja! Gestern abend. Oder während der Nacht. Vater und Wolfert waren heute morgen nicht im Arbeitszimmer. Da bin ich sicher. Wir könnten sagen … Wir öffnen den Safe. Lassen die Safetür offen. Schlagen eine Scheibe der Terrassentür ein. Dann kannst du Vater im Büro anrufen …«

»Howard, wovon redest du?«

Er hat vergessen, daß sie von seinem ersten Einbruch nichts weiß. Nun beginnt sie sich zu fragen. Er merkt es. Er tarnt sich.

»Dann schlag doch du was vor«, sagte er barsch.

Sally suchte Ellerys Blick, schaute jedoch sofort wieder weg.

»Ellery.« Howard klang sehr vernünftig. »Was denken Sie?«

»Einiges, Howard. Aber nichts Erfreuliches.«

»Ja, das ist mir klar, aber ich meine …«

»Es wird nicht funktionieren.«

»Aber was können wir denn sonst machen?«

»Sie können die Wahrheit sagen.«

»Danke!«

»Sie haben mich gefragt, und ich habe geantwortet. Die Sache liegt nun so kompliziert und so hoffnungslos quer, daß es keine andere Möglichkeit mehr gibt.« Mit einem Achselzucken fügte Ellery hinzu: »Und im Grunde gab es auch nie eine andere.«

»Nein. Ich kann es ihm nicht sagen. Und ich werde es nicht. Ich kann ihm nicht so furchtbar wehtun!«

Ellery sah ihn nur an.

Howards Blick wanderte zu Sally. »Also gut, wenn Sie es denn so haben wollen. Ich will mir ja auch selbst nicht so wehtun.«

»Aber das ist nicht mein Grund«, stöhnte Sally. »Ich denke nicht an mich dabei. Wirklich nicht!«

»Wir scheinen«, sagte Ellery in die Stille hinein, »an einer Art Endpunkt angelangt zu sein.«

»Sie haben auch keine Idee?« fragte Howard plötzlich.

»Howard, ich habe es Ihnen doch bereits gesagt. Die Sache mit dem Pfandhaus war meine letzte Aktion. Ich bin unwiderruflich und vollkommen gegen all das. Wenn ich Sie schon nicht davon abhalten kann, sich zum Narren zu machen, dann werde ich zumindest aufhören, in Ihrem Narrenstück mitzuspielen. Tut mir leid.«

Howard nickte kurz. »Sally?«

Sie stand auf.

* * *

Ellery begleitete sie zu Diedrichs Arbeitszimmer, wobei er sich von psychischen Mechanismen getrieben sah, die er nur müde zu analysieren versuchte. Der vernünftige Weg wäre es gewesen, die Sachen zu packen und abzureisen. Dennoch konnte er nicht anders, als ihre ungeschickten Drehungen und Wendungen mitzumachen, als sei er Teil des Problems. Vielleicht war es nur Neugier. Oder Neugier vermischt mit einer pervertierten Loyalität. Oder ein Gewissenszwang, als müsse er, weil er einmal mitgemacht hatte, bis zum bitteren Ende dabei sein, obwohl er ja längst von anderen eingeholt war, zu deren Partei er nicht gehörte.

Sie betraten das Zimmer. Sally lehnte sich mit dem Rücken gegen die Tür, und Ellery stand in einer Ecke.

Niemand sagte ein Wort.

Howard knüllte ein Taschentuch zusammen. Es war, als sehe man einer Pantomime zu. Damit öffnete er Diedrichs Tresor. Er wickelte das Taschentuch um seine Hand, wühlte wild darin herum und wirbelte alles durcheinander. Als er seine Hand wieder herauszog, hielt sie ein Samtkästchen. Er öffnete es; es war leer.

»Das ist es, oder?«

»Ja.«

Howard ließ das Kästchen geöffnet fallen, direkt auf den Boden unterhalb des Safe. Den Safe ließ er offen stehen.

Und was nun? Die Szene war für Ellery nicht ganz ohne akademisches Interesse.

Howard ging zur Verandatür. Auf dem Weg dahin schnappte er sich einen gußeisernen Briefbeschwerer vom Schreibtisch seines Vaters.

»Howard«, sagte Ellery.

»Was?«

»Wenn Sie Indizien fabrizieren wollen, die vermuten lassen, daß der Dieb von draußen kam, glauben Sie dann nicht, es wäre klüger, die Scheibe von der Terrassenseite aus einzuschlagen?«

Howard erschrak. Dann wurde er rot. Schließlich öffnete er die Verandatür mit seiner taschentuchumwickelten Hand, ging nach draußen, schloß die Tür, zertrümmerte mit dem Papierbeschwerer die Scheibe, die am nächsten zur Klinke lag. Ein Scherbenregen prasselte auf den Boden des Arbeitszimmers.

Howard kam wieder herein. Diesmal ließ er die Tür offen. Er stand da und blickte um sich.

»Habe ich noch etwas vergessen? – Also gut, Sally. Das wär's.«

»Das wäre was, Howard?« Sally blickte ihn ausdruckslos an.

»Jetzt bist du dran. Ruf ihn an.«

Sally schluckte hart.

Sie ging um den Schreibtisch ihres Mannes herum, vermied es, in die Scherben zu treten, setzte sich in den großen Sessel, zog das Telefon näher zu sich und wählte eine Nummer.

Keiner der Männer sagte etwas.

»Mr. Van Horn, bitte. Nein, *Diedrich* Van Horn. Ja, hier spricht Mrs. Van Horn.«

Sie wartete.

Ellery bewegte sich näher an den Schreibtisch.

»Sally?« Er hörte die gedämpfte sonore Stimme.

»Dieds, meine Kette ist weg!«

Howard wandte sich ab und kramte nach einer Zigarette.

»Kette? Weg? Wovon sprichst du, Darling?«

Sally brach in Tränen aus.

Der Tränen Fluten löscht kein Wort davon.

»Ich wollte gerade die Diamantenkette aus dem Safe nehmen, für heute abend, und …«

»Sie ist nicht im Safe?«

»Nein!«

Weine, Sally, weine.

»Vielleicht hast du sie herausgenommen und es vergessen, Liebes.«

»Der Safe ist geöffnet worden. Die Tür zur Terrasse …«

»Oh.«

Das war ein sehr seltsames ›Oh‹, Mrs. Van Horn. Sie wissen nicht, was er weiß und was er vermutet. Vorsichtig jetzt.

»Dieds, was mache ich denn nun?«

Weine, Sally, weine.

»Sally, Liebste. Nicht weinen. Bitte doch Mr. Queen – ist er da?«

»Ja!«

»Gib ihn mir mal. Und hör auf zu weinen, Sally.« *Klang noch immer komisch.* »Es ist doch nur eine Kette.«

Sally hielt Ellery stumm den Hörer hin.

Die eine Kleinigkeit von 100.000 Dollar wert ist.

Ellery nahm den Hörer.

»Ja, bitte, Mr. Van Horn?«

»Haben Sie sich den Schaden …«

»Die Verandatür ist eingeschlagen. Der Wandsafe steht offen.«

Van Horn fragte nicht nach dem Glas. Er wartete. Aber auch Ellery wartete.

»Sie sollten meiner Frau besser sagen, daß sie nichts anrühren soll. Ich komme sofort nach Hause. Mr. Queen, wenn Sie bitte so lange ein Auge auf alles hätten …«

»Selbstverständlich.«

»Ich danke Ihnen.«

Diedrich hängte ein.

Ellery hängte ein.

»Nun?« Howards Gesichtszüge waren völlig entgleist. Sally saß nur stumm da.

»Er bat mich, ein Auge auf die Dinge zu haben. Niemand soll etwas anrühren. Er kommt sofort.«

»Niemand soll etwas anrühren!« Sally stand auf.

»Ich nehme an«, sagte Ellery nachdrücklich, »er hat vor, die Polizei zu alarmieren.«

* * *

Polizeichef Dakin war alt geworden. Wo er mager gewesen war, war er nun zerbrechlich; seine Haut war zerknittert, sein Haar aschfarben. Seine große Nase wirkte noch größer.

Seine Augen jedoch waren noch immer wie zwei Scheiben aus mattiertem Glas.

Dakin kam, flankiert von seinen Leuten, herein; und es war typisch, daß sein Blick, obwohl er gewußt haben mußte, daß Ellery anwesend war, zuerst auf die zerbrochene Scheibe, dann auf den geöffneten Safe und erst als drittes auf Ellery fiel. Dann jedoch wurde sein Blick herzlich, und er kam auf Ellery zu, um ihm die Hand zu schütteln.

»Wir sehen uns wohl auch immer nur, wenn's Ärger gibt, was?« rief er aus. »Warum haben Sie mich nicht wissen lassen, daß Sie unter uns weilen?«

»Ich lebe hier in einer Art Versteck, Chief. Die Van Horns haben mich abgeschirmt. Ich arbeite an einem Roman.«

»Sieht für mich danach aus, als hätten Sie besser mal zwischen den Absätzen ein Auge auf die Sachen hier geworfen«, erwiderte er grinsend.

»Ich schäme mich zutiefst, glauben Sie mir.«

Der Wrightsviller Polizeichef rieb sein kantiges Kinn.

»Diamantkette also? Oh, hallo, Mrs. Van Horn.« Auch Howard nickte er zu.

»O Dieds«, sagte Sally, und Diedrich legte seinen Arm um sie.

Wolfert im Türrahmen sagte nichts. Er schaute nur wie ein hungriger Vogel umher. Suchte nach dem Wurm drin, dachte Ellery.

Chief Dakin schlenderte zur Verandatür hinüber, sah sich das Glas auf dem Boden an, besah sich das gezackte Loch in der Scheibe.

»Der zweite Einbruch seit Juni«, bemerkte er. »Sieht so aus, als hätte es jemand übel auf Sie abgesehen, Mrs. Van Horn.«

»Ich hoffe, daß ich auch diesmal Glück haben werde, Mr. Dakin.«

Dakin spazierte zum Safe hinüber.

»Haben *Sie* etwas gefunden, Mr. Queen?« fragte Diedrich. Sein Unterkiefer war vorgeschoben.

»Das ist ein ziemlich klarer Fall, Mr. Van Horn, wie Chief Dakin Ihnen gleich sagen wird. Im übrigen glaube ich nicht, daß ich hier gebraucht werde, wenn Dakin da ist. Ich habe großen Respekt vor seinen Künsten.«

»Oho – danke auch«, murmelte Dakin, während er das Samtkästchen aufhob.

Diedrich nickte verbissen, als habe er sagen wollen: *Und ich erst.*

Durch und durch klarer Fall, dachte Ellery. Erst die 25.000; nun die Diamantkette. Man konnte es ihm nicht verübeln.

Dakin nahm sich Zeit. Dakin nahm sich immer Zeit. Er hatte etwas von der ärgerlichen Bedächtigkeit der steigenden Flut. Man konnte sie kaum steigen sehen, und dennoch wußte jeder, daß sie alles in ihrem eigenen Rhythmus verschlingen würde und niemand sie aufhalten konnte.

Offenbar faszinierte er Sally und Howard.

»Mrs. Van Horn.«

Sally zuckte zusammen. »Oh! Jeder hier ist so still gewesen. Ja, Mr. Dakin?«

»Wann haben Sie die Kette zuletzt gesehen?«

»Das ist über einen Monat her«, erwiderte Sally schnell.

Zu schnell.

»Aber nein, Liebes«, sagte Diedrich stirnrunzend. »Das ist erst zwei Wochen her, erinnerst du dich nicht? Du hast sie herausgenomen, um sie …«

»Um sie Millie Burnett zu zeigen, natürlich.« Sally war knallrot. »Das hatte ich ganz vergessen, Dieds. Wie dumm von mir.«

»Vor zwei Wochen.« Dakin verdaute diesen Umstand. »Hat jemand hier sie danach noch gesehen?«

»Du vielleicht«, fragte Diedrich, »Howard?«

Das ungestalte Gesicht war wie aus Stein.

»Ich?« Howard lachte nervös. »Ich, Vater?«

»Ja.«

»Wie sollte ich sie gesehen haben? Ich habe nie Grund, zum Safe zu gehen.«

Mit belegter Stimme erwiderte Diedrich: »Ich dachte nur, vielleicht hättest du sie ja gesehen, Junge.«

Er argwöhnt. Aber er weiß nicht. Er argwöhnt, und es bringt ihn schier um. Es bringt ihn um, einen Verdacht zu hegen und keine Gewißheit zu haben. Howard? Unmöglich. Sally? Undenkbar. Und doch ...

Diedrich wandte sich ab.

»Am Montag morgen war sie noch im Safe«, sagte sein Bruder.

»Gestern?« Diedrich beäugte Wolfert scharf. »Bist du sicher?«

»Narürlich bin ich sicher.« Wolfert lächelte sein mageres Lächeln. »Ich mußte an die Hutchinson-Unterlagen heran und öffnete den Safe. Die Kette war drin.«

»In diesem Kästchen?« fragte Dakin.

»Ja.«

»Das Kästchen war offen?«

»Nein …, aber …«

»Woher wissen Sie dann, daß die Kette drin war?« fragte Dakin milde. »Sie müssen mit solchen Dingen vorsichtig sein, Mr. Van Horn. Ich brauche Fakten, meine ich. Oder haben Sie das Kästchen zufällig geöffnet, Mr. Van Horn?«

»Das habe ich in der Tat.« Die Muschelspitzen von Wolferts haarigen Ohren färbten sich fuchsienfarben.

»Sie haben es geöffnet?«

»Habe nur reingeschaut, das ist alles.« Wolfert wurde wütend. »Oder glauben Sie etwa, ich lüge?«

»Was für einen Unterschied macht das schon«, dröhnte Diedrich. »Der Einbruch ist in der Nacht verübt worden; gestern abend war die Glasscheibe noch heil. Wieso soll es so interessant sein, wann die Kette zuletzt gesehen worden ist?«

Es tut ihm bereits leid. Es tut ihm leid, daß er Dakin gerufen hat. Das war reine Bitterkeit. Und dies ist die bittere Reue.

»Sie werden von mir wegen der Sache hören, Mr. Van Horn«, sagte der Polizeichef, und bevor sie begriffen hatte, daß der Polizeichef etwas Definitives und Bedrohliches geäußert hatte, war er auch schon gegangen.

* * *

Diedrich kehrte im Gegensatz zu Wolfert nicht in die Stadt zurück. Er blieb den Tag über fast ausschließlich hinter verschlossener Tür in seinem Arbeitszimmer. Als Ellery einmal ein Nachschlagewerk brauchte, näherte er sich seiner Tür; doch als er hörte, wie sein Gastgeber auf schweren Füßen ziellos durch den Raum polterte, kehrte er zum Gästehaus zurück. Howard hatte sich in seinem Atelier verbarrikadiert, und Sally war in ihrem Zimmer.

Ellery arbeitete.

Um fünf Uhr nachmittags erschien Diedrich im Türrahmen.

»Oh, hallo.«

Er hatte seine Schlacht geschlagen und gewonnen. Seine Falten waren tiefer, aber die Mimik kontrolliert.

»Haben Sie die Abordnung von alten Hühnern gesehen?«

»Das Komitee? Nein, habe ich nicht. Ich arbeite …«

»Der Berg kommt zu Mahomet. Was sollte ich auch sagen? Ich kam mir vor wie ein Idiot. Aber natürlich müssen wir gehen.«

»*Jedem sein Leiden*«, erwiderte Ellery lachend.

»Woraus ist das? Hiob?« fragte Diedrich mit einem Lächeln. »Vater hat es ständig im Munde geführt. O ja. *Der Mensch wird zum Unglück geboren, wie Funken hoch emporfliegen*. Bei einigen von uns sieht es jetzt allerdings so aus, als wären es Schweißbrenner statt Funken … Aber gut, ich möchte Sie nicht stören, Mr. Queen, aber mir ist plötzlich eingefallen, daß wir noch gar nicht darüber gesprochen hatten, ob Sie zu diesem verfluchten Ehrenbankett mitkommen wollen. Natürlich hätten wir Sie sehr gern …«

»Ich fürchte, Sie werden mich entschuldigen müssen«, unterbrach Ellery. »Obwohl es natürlich sehr aufmerksam von Ihnen ist, mich sozusagen zur Familie zu zählen.«

»Nein, nein. Wir hätten Sie wirklich sehr gern dabei.«

»Ich habe keine Abendgarderobe mit …«

»Sie können meinen zweiten Smoking haben.«

»Da würde ich völlig drin verschwinden. Und überhaupt, Mr. Van Horn – dies ist Ihr großer Abend.«

»Sie meinen, Sie möchten lieber hierbleiben und auf die Schreibmaschine eindreschen.«

»Die hat noch nicht die Hälfte von dem bekommmen, was sie verdient. Aber ganz im Ernst, ich möchte lieber hierbleiben.«

»Ich wünschte, wir könnten tauschen!«

Sie lachten wie zwei alte Vertraute; nach einer Weile winkte Diedrich mit dem Arm und ging.

Ein starker Mann.

* * *

Ellery beobachtete, wie die Van Horns aufbrachen. Diedrich, feierlich in Frack und Seidenzylinder, hielt die Tür auf. Sally trug einen überdimensionalen Nerzmantel mit einer angesteckten Gardenie, ein weißes Kleid, das über die Stufen schleifte, und eine undefinierbare Kopfbedeckung aus hauchfeiner Gaze. Hinter ihnen ging Wolfert, der aussah wie der Gehilfe eines Bestattungsunternehmers. Der Cadillac fuhr vor; Howard saß am

Steuer, Diedrich und Sally stiegen in den Fond, und Wolfert rutschte neben Howard. Die High Society von Wrightsville beschäftigte selten Chauffeure.

Der große Wagen donnerte die Straße hinunter und verschwand hinter einer Kurve.

Ellery schien es so, als hätte während der ganzen Prozedur niemand auch nur einen Ton gesagt.

Er kehrte an seine Schreibmaschine zurück.

Um halb acht erschien Laura. »Mrs. Van Horn sagte mir, Sie seien zum Abendessen zu Hause, Mr. Queen.«

»Ach, Laura, machen Sie sich bitte keine Umstände.«

»Keine *Umstände*«, wiederholte sie barsch. »Wollen Sie nun im Speisezimmer essen, Mr. Queen, oder möchten Sie, daß ich Ihnen ein Tablett bringe?«

»Tablett, Tablett. Machen Sie sich keine besondere Mühe, Laura. Ich bin mit allem zufrieden.«

»Ja, Sir.« Doch Laura zögerte.

»Ja? Was gibt es noch, Laura?« Diese Romanheldin machte ihm zunehmend Bauchschmerzen.

»Mr. Queen, ist … ist irgend etwas nicht in Ordnung? Ich meine …«

»Nicht in Ordnung, Laura?«

Laura zupfte an ihrer Schürze. »Mrs. Van Horn sitzt den ganzen Tag in ihrem Zimmer und weint, und Mr. Diedrich ist so … Und dann kommt er heute morgen auch noch mit der Polizei hier an und all das.«

»Laura, wenn etwas nicht in Ordnung sein sollte, ist das sicher nicht unsere Sache, oder?«

»Nein, nein, Mr. Queen.«

Als Laura mit dem Tablett kam, bildeten ihre Lippen eine dünne, verkniffene Linie.

Ellery entnahm daraus, daß sie gerade zu der Überzeugung gelangt war, ihr Idol stehe auf tönernen Füßen.

* * *

Er kam gut voran. Die Seiten schrieben sich wie von selbst, und er hörte nichts als das Geklapper der Maschine.

»Ellery.«

Er war überrascht, Howard neben sich stehen zu sehen. Er hatte nicht einmal gehört, wie die Tür aufgegangen war.

»Schon zurück, Howard? Wie spät ist es überhaupt?«

Howard hatte seinen Hut nicht mehr auf; sein Mantel war aufgeknöpft, und die Zipfel seines weißen Schals baumelten lose herab. Seine Augen erinnerten Ellery auf der Stelle an alles.

Ellery schob sich vom Schreibtisch zurück.

»Kommen Sie rüber ins Haus.«

»Howard, was ist los?«

»Wir sind gerade von dem Bankett zurückgekommen. Dakin wartete schon auf uns.«

»Dakin. *Ist Dakin hier?* Ich war so in meiner Arbeit versunken …«

»Dakin hat mich nach Ihnen geschickt.«

»Nach mir?«

»Ja.«

»Hat er nicht gesagt, warum …?«

»Nein. Er sagte nur, ich solle Sie holen.«

Ellery knöpfte den Hemdkragen zu und griff nach seiner Jacke.

»Ellery.«

»Was denn?«

»Er hat Simpson dabei.«

Simpson.

»Den Pfandleiher?«

»Den Pfandleiher.«

Ellery ließ auf der Stelle im Kopf alle Jalousien herunter.

* * *

J. P. Simpson war ein kahl werdender, rotäugiger kleiner Mann vom rustikalen Typ, der immer so wirkte, als erschnüffele er gerade etwas. Sein fleckiger Mantel war zugeknöpft und seine Finger fest ineinander verschränkt. Er saß auf der Kante von Diedrichs großem Sessel. Als Ellery und Howard hereinkamen, sprang er auf und flitzte dahinter.

Sally stand im Schatten an der Verandatür, noch immer im Pelzmantel. Ihre weißen Handschuhe zerknüllten eine Speisekarte.

Diedrich schaute wieder so ratlos wie zuvor. Er ließ seinen Mantel und Zylinder auf den Boden fallen; sein Schal hing ihm wie Howard noch um den Hals. Sein Haar war ungekämmt. Und er war extrem ruhig.

Wolfert lauerte hinter seinem Bruder.

Chief Dakin stand gegen ein Bücherregal gelehnt.

»Dakin.«

Dakin entfernte sich vom Regal und griff in seine Tasche.

»Ich dachte, Sie sollten hier besser dabei sein, Mr. Queen.«

»Wobei?«

Als ob ich das nicht wüßte.

»Also gut, er ist jetzt hier«, sagte Diedrich unwirsch. »Und wozu das Ganze, Dakin?«

Dakin zog die Hand aus der Tasche. Darin lag die Diamantkette.

»Ist das Ihre Kette, Mrs. Van Horn?«

Die Karte mit der Speisenfolge fiel zu Boden.

Sally bückte sich, aber Dakin war schneller. Er hob sie auf und reichte sie ihr höflich. Ellery dachte nur, wie geschickt der Mann doch vorging. Auf diese Weise hatte er sich ihr nähern können, ohne dies irgendwie begründen zu müssen. Was für eine Verschwendung, dieses Talent in Wrightsville versauern zu lassen.

»Danke«, sagte Sally.

»Ist sie es, Mrs. Horn?«

Sally ließ die glitzernde Kette lose über ihre weißen Handschuhe fallen.

»Ja«, sagte sie matt. »Ja, das ist sie.«

»Ja, sagen Sie, Dakin«, fragte Diedrich, »wo haben Sie die denn aufgetrieben?«

»Das wird Mr. Simpson Ihnen erzählen, Mr. Van Horn.«

»Ich habe einen Kredit dafür gewährt«, erklärte er mit aufgeregter Stimme. »Das war gestern. Gestern nachmittag.«

»Schauen Sie sich bitte um, Mr. Simpson«, sagte der Polizeichef. »Erkennen Sie einen der Anwesenden als denjenigen wieder, der sie verpfändet hat?«

Simpson wies mit entrüstetem Zeigefinger auf Ellery.

Selbst Wolfert war überrascht. Doch Diedrich war vollkommen perplex.

»Dieser Gentleman hier?« fragte er ungläubig.

»Queen. Ellery Queen. Der war es!«

Ellery machte eine hilflose Grimasse. Er hatte ihnen ja gesagt, daß es nicht funktionieren würde. Und jetzt waren sie dran. Traurig schaute er zu Sally hinüber. Sally hielt die Kette in der Hand und starrte sie an. Howard versuchte, ebenfalls überrascht auszusehen.

Wie albern dies alles ist.

»Mr. Queen soll diese Kette verpfändet haben?« fragte Diedrich empört. »*Mr. Queen*?«

»Er hat bei mir den Eindruck erweckt, es sei für einen Klienten, oder so ein Blödsinn«, plärrte der kleine Pfandleiher. »Hat mich glatt an der Nase rumgeführt! Aber ich sag ja immer, diesen New Yorkern ist nicht zu trauen. Je größer der Name, desto ausgebuffter sind sie. Gestohlene Ware … Warum haben Sie mir das nicht gesagt, Mr. Queen? Warum haben Sie mir nicht gesagt, daß die Kette Mrs. Van Horn gestohlen worden ist?« Er tanzte hinter dem Sessel herum.

Diedrich lachte. »Nun ja, ich weiß ehrlich nicht, was ich denken oder sagen soll. Mr. Queen …?« Er hielt inne, hilflos.

Ihr seid dran, Kinder … Ellery suchte erneut Howards Blick.

Und etwas Seltsames geschah.

Howard schaute weg.

Howard schaute weg ...

Er mußte seinen Blick aber wahrgenommen haben.

Ellery gelang es, Howard noch einmal in die Augen zu sehen.

Howard schaute wieder weg.

Schnell blickte Ellery in Sallys Richtung.

Doch Sally schien die Diamanten zu zählen.

Das gibt's doch nicht! So perfide könnt ihr nicht sein! Howard! Sally!

Diesmal zwang er sie, aufzuschauen.

Sie blickte durch ihn durch.

Ellery spürte, wie sich ihm die Kehle zuschnürte. Er wußte, was das zu bedeuten hatte. Er war ungeheuer wütend. Wütender, als er es in seinem ganzen Leben gewesen war. So wütend, daß er sich nicht getraute, den Mund aufzumachen.

Diedrich musterte ihn nun – nicht mehr hilflos, eher fragend und mit einer Freude, die das Wesen dieser Frage deutlich erkennen ließ.

Er wäre erleichtert. Er wird sich daran klammern. Er hat so lange hilflos gezappelt; jetzt kommt aus dem Nichts ein Rettungsring angetrieben, und er greift nach ihm.

Ellery zündete sich eine Zigarette an, bedächtig und abwartend.

»Mr. Queen.« Dakin gab sich sehr respektvoll. »Ich brauche Ihnen wohl nicht zu sagen, daß das Ganze hier äußerst seltsam klingt. Ich bin zwar todsicher, daß Sie das alles erklären können, aber …«

»Jawoll! Erklären soll er das!« schrie Simpson.

»Würden Sie es also bitte erklären, Mr. Queen?« So respektvoll.

Ellery blies das Streichholz aus. Er zog an der Zigarette. Er wartete.

Dakins Augen wurden undurchsichtig.

»Nun? Mr. Queen!« Diesmal Diedrich. Und zwar scharf.

Er hat den Rettungsring geschnappt.

»Schreibt an einem Buch, sagte er das nicht?« explodierte Wolfert Van Horn. Er schien sich auf seine elende Art an der Situation zu weiden.

»Mr. Queen.« Diedrich. *Jetzt versuchen wir es mit Fairneß.*

Das Recht, vor der Hinrichtung noch etwas zu sagen. Aber ich denke ja gar nicht …»Mr. Queen, würden Sie bitte etwas sagen!«

»Was kann ich schon sagen?« Ellery lächelte. »Daß ich mich beleidigt fühle? Verleumdet? Daß ich wütend bin? Oder verblüfft?«

Diedrich dachte nach. Dann sagte er leise: »Das könnte sehr klug von Ihnen sein.«

»Könnte es das, Mr. Van Horn?«

»Denn jetzt, wo ich genauer drüber nachdenke, gibt es da noch gewisse andere Dinge.«

»Zum Beispiel?«

»Dieser andere Einbruch. Am Freitagmorgen.«

»*Was* war da, Mr. Van Horn?« fragte Dakin schnell.

»Mein Safe wurde in den frühen Stunden des Freitag ausgeraubt, Dakin. Der Dieb hat 25.000 Dollar in bar mitgenommen.«

Na los, Sally! Ja, schau ihn an! Aber doch nicht schon wieder weg! Mein Gott, wie schnell du wegschaust!

»Sie haben das nicht angezeigt, Mr. Van Horn«, sagte Dakin blinzelnd.

»Nicht mal mir hast du davon was gesagt, Diedrich!« bellte Wolfert. »Warum nicht?«

»Sie waren am Freitag auch schon hier, Mr. Queen«, erklärte Diedrich.

Ellery nickte nachdenklich.

»Die Scheibe der Verandatür war ebenfalls eingeschlagen, Dakin. Ich hatte am Wochenende einen Glaser da, der den Schaden repariert hat. Das erste Mal allerdings war die Scheibe von innen eingeschlagen worden, von diesem Arbeitszimmer hier aus. Ich muß gestehen, daß ich … auch einmal an einen Diebstahl von innerhalb des Hauses gedacht habe – ich meine, das Personal …«

Ihrer unwürdig, Diedrich. Jemand vom Personal? Naja, aber was sonst könnten Sie auch sagen?

»Jetzt allerdings … Die Sache mit der ersten Scheibe könnte auch ein raffinierter Trick gewesen sein.«

»Um es so aussehen zu lassen, als handele es sich um einen Amateureinbruch?« Dakin nickte langsam. »Könnte schon sein, Mr. Van Horn.«

»Warum starren Sie ihn noch weiter an?« schrillte Simpson. »Ist er Gott, oder was? Er hat mich übel beschwindelt! Er ist ein Gauner!«

Diedrich runzelte die Stirn und rieb sich das Kinn. »Simpson, sind Sie absolut sicher, daß es Mr. Queen war, der diese Kette verpfändet hat?«

»Ob ich sicher bin? Van Horn, es ist mein Beruf, mir Gesichter zu merken. Darauf können Sie Ihr Leben verwetten. Ich bin sicher. *Absolut sicher*. Ich hab ihm eine Menge gutes amerikanisches Geld dafür gegeben. Fragen Sie ihn doch! Machen Sie schon!«

»Sie haben völlig recht, Simpson.« Ellery zuckte mit den Achseln. »Ich habe Mrs. Van Horns Kette verpfändet … ja.«

»Entschuldigen Sie mich bitte«, murmelte Sally kaum vernehmbar und wollte aus dem Raum stürzen.

»Sally«, rief Diedrich. Sie hielt mitten im Schritt inne, drehte sich einen Moment später herum; und Ellery sah in ihrem hübschen Gesicht den allerbefremdlichsten Ausdruck. Sie rang mit einer Entscheidung. Er fragte sich bitter, ob sie wohl angreifen oder flüchten würde. »Wir müssen der Sache auf den Grund gehen«, sagte Diedrich in rohem Ton. »Ich kann es einfach nicht glauben. Queen, Sie sind doch nicht irgendein Hergelaufener. Sie sind jemand. Sie müssen einen sehr gewichtigen Grund gehabt haben, so etwas zu tun. Würden Sie mir bitte verraten, was hinter der Sache steckt? Ich bitte Sie darum.«

»Nein.«

»Nein?« Diedrich preßte die Kiefer aufeinander.

»Nein, Mr. Van Horn. Howard wird für mich antworten.«

Nicht Sally. Sally muß das selbst tun. Das ist wichtig. Ich bin zwar ein Idiot, aber es ist wichtig.

»Howard?« fragte Diedrich.

»Howard, ich warte«, sagte Ellery.

»Howard!« wiederholte Diedrich.

»Haben Sie nichts zu erzählen, Howard?« fragte Ellery sanft.

»Erzählen?« Howard leckte sich die Lippen. »Was sollte ich denn zu erzählen haben? Ich meine … ich verstehe nicht. Absolut nicht.«

Wild entschlossen, Howard?

»Queen.« Diedrich packte Ellery beim Arm. Ellery schrie fast auf. »Queen, was hat mein Sohn damit zu tun?«

»Letzte Chance, Howard.«

Howard funkelte Ellery wild an.

Ellery zuckte mit den Achseln. »Mr. Van Horn, Howard hat mir die Kette gegeben. Er bat mich, sie zu Bargeld zu machen.«

Howard begann zu zittern. »Das ist eine gottverdammte Lüge«, sagte er heiser. »Ich weiß nicht, wovon er redet.«

Tatsächlich wild entschlossen. Das war's dann.

Und Sally?

Sally stand einfach nur da.

Sie steht da, aber sie hat angegriffen. Sie könne eiskalt sein, sagte sie. Wenn es darum ginge zu verhindern, daß Diedrich die Wahrheit erfuhr, dann würden sie lügen, stehlen und verleumden. Ihr habt das bitter ernst gemeint, beide.

Es gab keinen Grund, Sally aus der Sache herauszuhalten. Dennoch hielt Ellery aus unerfindlichem Grund den Mund. Reine Sentimentalität, beschloß er. Und das wußte sie auch. Er konnte ihr den miesen kleinen Weibertriumph an den Augen ablesen. Dennoch war Sally weder mies noch klein. Vielleicht überragte sie sie alle. Vielleicht war sie einfach besser. Er war fast froh, sie heraushalten zu können. Wenn nicht Howard sie noch mit in den Abgrund riß. Aber das hielt Ellery für unwahrscheinlich. Nicht, weil Howard sie schonen wollte. Sondern weil er sich selbst schonen wollte.

Ellery hörte auf zu sinnieren. Er zügelte sich. Diedrich beobachtete ihn, beobachtete Howard. Und dann tat er etwas Eigenartiges. Er schritt zu Sally hinüber, nahm ihr die Kette aus den Fingern, lief zum Safe, warf die Kette hinein, schlug die Safetür zu und wirbelte die Nummernscheibe herum.

Als er sich Chief Dakin wieder zuwandte, war sein Gesicht gefaßt.

»Dakin, der Fall ist erledigt.«

»Keine Anzeige?«

»Keine Anzeige.«

Dakins trübe Augen zeigten für einen Moment Unruhe. »Mr. Van Horn, es handelt sich um Ihr Eigentum.«

»Einen Augenblick, bitte!« schrie J. P. Simpson. »Der Fall erledigt? Und was ist mit dem Geld, das ich ihm für die Kette gegeben habe? Glauben Sie, ich lasse mich so einfach um mein Eigentum bringen?«

»Wieviel war es, Simpson?« fragte Diedrich höflich.

»25.000 Dollar.«

»25.000 Dollar.« Diedrich verzog die Mundwinkel. »Erinnert uns das nicht an etwas, Mr. Queen? Stimmt sie übrigens – diese Summe?«

Diedrich ging zu seinem Schreibtisch und füllte in der unerträglichen Stille einen Scheck aus.

* * *

Als Dakin und Simpson gegangen waren – Wolfert geleitete sie zur Tür –, erhob sich Diedrich von seinem Schreibtisch und legte eine Hand auf Sallys Arm.

Sie zitterte, aber sie brachte es heraus. »Ja, Dieds.«

Er führte sie zur Tür. Auch Howard rührte sich; doch irgendwie gelang es seinem Vater, ihm mit seiner massigen Gestalt den Weg zu versperren.

Er schloß die Tür vor Howards Nase zu.

Sauber.

»Warum haben Sie nicht die Klappe gehalten, Sie …!« brüllte Howard. »Warum nicht?«

Seine Hände waren Fäuste; er wurde abwechselnd blaß und rot, und er schien im Begriff, sich in namenloser Wut auf Ellery zu stürzen.

»Warum ich nicht die Klappe gehalten habe, Howard?« fragte Ellery fassungslos.

»Ja! Warum haben Sie nicht zu uns gehalten?«

»Sie meinen, warum ich nicht ein Verbrechen gestehen wollte, das ich nicht begangen habe?«

»Sie hätten nicht ein verdammtes Wort zu sagen brauchen! Alles, was Sie hätten tun sollen, war Ihre Riesenklappe zu halten!«

Ganz ruhig, Ellery.

»Angesichts von Simpsons Identifizierung?«

»Vater hätte niemals Anzeige erstattet!«

Er ist wahnsinnig.

»Statt dessen haben Sie uns feige auflaufen lassen! Sie haben ihn argwöhnisch gemacht! Sie haben mich gezwungen zu lügen. Und er weiß, daß ich gelogen habe. Wenn er es nicht aus mir herauskriegt, dann kriegt er es aus Sally heraus!«

Augenblick.

»Ich denke eher, Howard, daß Sally ihren Part hervorragend meistern wird. Er verdächtigt sie in keiner Weise. Der einzige, den er verdächtigt, sind Sie.«

Gezwungen zu lügen. Howard glaubt das wirklich.

»Gut, das stimmt.« So plötzlich, wie der Koller begonnen hatte, war er nun vorbei. »Das gestehe ich Ihnen zu. Sie haben Sally herausgehalten.«

»Ja«, sagte Ellery. »Der großherzige Queen. Alles, was Ihr Vater denken kann, ist, daß Sie gestohlen haben, Howard; er wird so aber nicht erfahren, daß Sie ihm Hörner aufgesetzt haben. Wie ich schon sagte, der großherzige Queen.«

Howard wurde bleich.

Er ließ sich in den Sessel fallen und begann, an den Nägeln zu kauen.

»Diese ganze Sache, Howard«, fuhr Ellery fort, »ist so vollkommen abenteuerlich, daß ich offen gestanden zum ersten Mal in meinem Leben nicht mehr weiß, was ich dazu sagen soll. Ich sollte Ihnen Ihren Dickschädel einschlagen! Wenn ich Sie für normal hielte, täte ich das auch.«

Ellery griff nach dem Telefon.

»Was haben Sie vor?« nuschelte Howard.

Ellery setzte sich auf den Schreibtisch. »Wenn ich hier bliebe, Howard, würde ich nur dazu beitragen, das Chaos noch zu vergrößern. Das ist das eine. Zum anderen habe ich die Schnauze gestrichen voll – ich will mit dieser unglaublich albernen Angelegenheit nichts mehr zu tun haben. Sie und Sally müssen damit selber zu Rande kommen – meinen Rat haben Sie ohnehin nie angenommen. Die Geschichte mit dem Ehebruch war nicht der Grund, weshalb ich hergekommen bin; hätte ich davon vorher gewußt, wäre ich in New York geblieben. Was Ihre Amnesien angeht, kann ich Ihnen nur den Rat geben – den Sie todsicher nicht befolgen werden –, den ich Ihnen schon in New York gegeben habe: Gehen Sie zu einem erstklassigen Psychiater oder einer Psychiaterin und öffnen Sie sich.

Und drittens, Howard«, sagte Ellery mit einem Lächeln, »habe ich eine wichtige Lektion gelernt, die auf folgendes hinausläuft: Erlaube dir niemals Rückschlüsse auf den Charakter eines Mannes, nur auf der Grundlage von ein paar Wochen in Paris; und erlaube dir niemals – niemals! – ein Urteil über den Charakter einer Frau auf der Grundlage von Was-auch-immer.«

Er wählte die Nummer der Vermittlung.

»Sie reisen ab?«

»Noch heute abend. Sofort. Vermittlung ...«

»Warten Sie einen Moment. Sie wollen ein Taxi bestellen?«

»Einen Augenblick, bitte. Ja, Howard, warum?«

»Heute geht kein Zug mehr.«

»Oh, macht nichts.« Ellery hängte langsam ein.

»Dann muß ich in einem der Hotels übernachten.«

»Das ist doch kindisch.«

»Und gefährlich? Weil es sich herumsprechen könnte, daß Howard Van Horns Hausgast die letzte Nacht im Hollis verbracht hat?«

Howard wurde rot.

Ellery lachte. »Was wäre Ihr Vorschlag?«

»Nehmen Sie meinen Wagen. Wenn Sie darauf bestehen, heute noch abzureisen, dann fahren Sie doch selbst. Sie können den Wagen in der Stadt in einer Garage parken; ich werde ihn dann schon holen, wenn ich das nächste Mal in die Stadt komme. Ich muß Ende der Woche ohnehin nach New York, um ein paar Sachen für das Museumsprojekt zu besorgen. Ich werde Vater einfach sagen, Sie hätten plötzlich beschlossen abzureisen – was ja stimmt – und daß ich Ihnen meinen Wagen geliehen hätte – was ebenfalls stimmt.«

»Jetzt überlegen Sie doch bitte einmal, welches Risiko ich damit einginge, Howard.«

»Risiko? Was für ein Risiko?«

»Daß sich plötzlich Dakin an meine Fersen heftet, weil ich wegen Autodiebstahls gesucht werde.«

»Sehr komisch«, murmelte Howard.

Ellery zuckte mit den Achseln. »Also gut. Ich riskier's.«

* * *

Ellery fuhr ruhig. Es war sehr spät; die Autobahn war fast leer; Howards Wagen summte ihm das süße Lied vom Entkommen; es standen echte, ehrliche Sterne am Himmel, zu denen man aufblicken konnte; der Tank war voll, und er hatte endlich seine Ruhe und seinen Frieden.

Es war von Anfang an falsch gewesen. Es war nicht seine Aufgabe, mit Howards Amnesie herumzuexperimentieren. Aber es war ein Rätsel im Spiel gewesen und solche menschlichen Faktoren wie Sympathie und Neugier. Später jedoch, als er von dem erotischen Urknall am Lake Pharisee hörte, hätte er schleunigst von der Bühne abtreten sollen. Oder wenn er geblieben wäre, hätte er sich standhaft weigern müssen, sich in welcher Weise auch immer in die Geschäfte mit dem Erpresser einzumischen. Wäre er nur vernünftig geblieben, hätte er sich die ekelerregende Erfahrung von Howards Perfidie ersparen können. Im Endergebnis konnte er also niemandem Vorwürfe machen außer sich selbst.

Aber diese Selbstkasteiung hatte etwas Angenehmes. Auf seinem Koffer hockte der Friede, sein therapeutischer Reisebegleiter.

Es war ihm nun möglich, Wrightsville als eine Art wunden Punkt zu sehen, der langsam heilte; als Ort, an dem seine Spuren verblaßten. Es war möglich, Diedrich Van Horn und seinen großen Kummer zu sehen, Sally Van Horn und den ihren. Es war sogar möglich, Howard als das zu sehen, was er war – als einen gestörten und dekadenten Gefangenen einer grausamen Lebensgeschichte; ein Objekt des Mitgefühls eher als jemand, auf den man wütend sein mußte. Wolfert war schlicht ein harmloses Ekel, das man so wegschnipsen konnte. Was Christina Van Horn betraf, so war sie noch weniger als ein Phantom – der uralte Schatten eines Phantoms, das in der Finsternis seiner Krypta zahnlos ein paar Fetzen aus der Bibel herunterbetete.

Die Bibel.

Die Bibel.

* * *

Ellery fand sich selbst am Straßenrand wieder; er hatte den Wagen geparkt, kauerte über dem Steuer, klammerte sich daran, während sein Herz sich mühte, den richtigen Takt wiederzufinden, und sein Kopf sich mit dem Undenkbaren füllte.

Er brauchte seine Zeit, bis er es hatte. Er mußte einerseits seine Skepsis überwinden und andererseits den Weizen von der Spreu trennen. Eine ordentliche Reihenfolge war vonnöten, so daß sich das unglaubliche Bild zusammenfügte. Er mußte wie ein Künstler ständig davon zurücktreten, um es in seiner schieren Größe erfassen zu können.

Aber war das möglich? Wirklich möglich?

Ja. Er konnte sich nicht irren. Er konnte es einfach nicht.

Jedes Detail zeigte dieselbe erschreckende Einfärbung des Ganzen; die Ecken und Enden fügten sich, einmal zusammengesetzt, zu diesem einfach ungeheuerlichen und ungeheuer einfachen Muster zusammen.

Muster … Ellery erinnerte sich daran, wie er voller Unbehagen über ein Muster nachgedacht hatte, wie er versucht hatte, die Hieroglyphen zu entziffern. Doch dies war der Rosetta-Stein. Einen Fehler konnte es nicht mehr geben.

Eines fehlte noch.

Welches?

Ganz langsam. Eins … vier … sieben …

Und siehe, und ich sah ein fahles Pferd, und der drauf saß, des Name hieß Tod.

* * *

In Panik ließ er den Motor des Wagens an und machte kehrt. Sein Fuß drückte das Gaspedal bis zum Boden und hielt das widerstrebende Ding nieder.

Dieses Restaurant vor ein paar Kilometern, das die ganze Nacht geöffnet hat.

Der hohläugige Mann hinter der Theke, der Nachtschicht hatte, starrte ihn an.

Ellerys Hand zitterte, als er die Münzen einwarf.

»Hallo?«

Schnell!

»Hallo, Mr. Van Horn?«

»Ja?«

In Sicherheit.

»Diedrich Van Horn?«

»Ja! Wer spricht denn da?«

»Ellery Queen.«

»Queen?«

»Ja, Mr. Van Horn …«

»Howard sagte nur, bevor er schlafen ging, daß Sie …«

»Spielt jetzt keine Rolle. Sie sind in Sicherheit, das ist das Wichtigste.«

»In Sicherheit? Natürlich bin ich in Sicherheit! Sicher vor was denn? Wovon reden Sie?«

»Wo sind Sie?«

»Wo ich bin? Queen, was ist los?«

»Sagen Sie's mir! In welchem Zimmer halten Sie sich auf?«

»In meinem Arbeitszimmer. Ich konnte nicht schlafen und habe dann beschlossen, herunterzukommen und ein wenig Bürokram zu erledigen, den ich vernachlässigt hatte …«

»Sind alle zu Hause?«

»Alle bis auf Wolfert. Er ist mit Dakin und Simpson in die Stadt zurückgefahren. Er hat mir eine Notiz hinterlassen; er habe einige Verträge für ein Geschäft vergessen, das wir gerade aushandeln, und daß er wahrscheinlich die Nacht durcharbeiten wird, und …«

»Mr. Van Horn. Hören Sie mir zu.«

»Queen, ich habe für heute gründlich genug.« Diedrich klang erschöpft. »Kann das, was immer es ist, nicht warten? Ich *verstehe* nicht …«, sagte er verbittert. »Sie packen und reisen ab …«

»Hören Sie mir genau zu«, unterbrach Ellery hastig. »Hören Sie?«

»Ja!«

»Folgen Sie diesen Anweisungen bis auf Punkt und Komma …«

»Welchen *Anweisungen*?«

»*Schließen Sie sich in Ihrem Arbeitszimmer ein.*«

»Wie?«

»Schließen Sie sich ein. Schließen Sie aber nicht nur die Tür ab, sondern auch die Fenster und die Verandatür. Öffnen Sie niemandem, Mr. Van Horn, ja? *Außer mir*. Verstehen Sie?«

Diedrich schwieg.

»Mr. Van Horn! Sind Sie noch dran?«

»Ja, ich bin noch dran«, erwiderte Diedrich sehr langsam. »Ich bin dran, Mr. Queen. Ich tue, was Sie sagen. Nur, wo sind Sie?«

»Warten Sie einen Moment … Sie da!«

Der Mann hinter der Theke fragte: »Jemand in Schwierigkeiten, Kumpel?«

»Wie weit ist es noch bis Wrightsville?«

»Wrightsville? Etwa 70 Kilometer.«

»Mr. Van Horn!«

»Ja, Mr. Queen.«

»Ich bin noch etwa 70 Kilometer von Wrightsville entfernt. Ich fahre zurück, so schnell ich kann. Wird etwa eine Dreiviertelstunde dauern. Ich komme an die Tür der Südterrasse. Wenn ich klopfe, fragen Sie, wer da sei. Ich sage es Ihnen. Dann – und nur dann – öffnen Sie – und auch nur, wenn Sie vollkommen überzeugt davon sind, daß ich es bin. Haben Sie verstanden? Keine Ausnahmen. Sie dürfen niemanden hereinlassen, weder von draußen noch von drinnen. Ist das klar?«

»Ich habe verstandem.«

»Aber auch das könnte nicht reichen. Liegt dieser Smith & Wesson, Kaliber .38, noch in Ihrer Schublade? Wenn nicht, dann verlassen Sie Ihr Arbeitszimmer auch nicht, um ihn zu holen.«

»Er ist noch immer hier.«

»Nehmen Sie ihn heraus. Behalten Sie ihn in der Hand. Gut. Ich hänge jetzt ein und fahre los. Sie schließen bitte sofort alles ab und halten sich vom Fenster fern. Wir sehen uns dann in …«

»Mr. Queen.«

»Ja? Was?«

»Wozu soll das Ganze gut sein? So wie Sie reden, müßte ja jeder denken, mein Leben sei in Gefahr.«

»Das ist es auch.«

Der achte Tag

43 Minuten später klopfte Ellery an der Verandatür.

Im Arbeitszimmer war es dunkel.

»Wer ist da?«

Es war schwer zu sagen, wo genau Diedrich hinter dem Glas sein mochte.

»Queen.«

»Wer? Sagen Sie es noch einmal.«

»Queen. Ellery Queen.«

Ein Schlüssel drehte sich im Schloß. Er öffnete die Tür zur Veranda, trat ein, schloß die Tür schnell wieder hinter sich, drehte den Schlüssel herum. Er tastete im Dunkeln, bis er die Vorhangkordel gefunden hatte.

Erst dann sagte er »Sie können jetzt Licht machen, Mr. Van Horn.«

Die Schreibtischlampe.

Diedrich stand auf der anderen Seite des Schreibtisches; der .38er glänzte auf. Auf der Tischplatte lagen in chaotischer Anordnung Rechenbücher und lose Blätter. Er trug Pyjama und Morgenmantel; seine nackten Füße steckten in Lederpantoffeln. Sein Gesicht war recht blaß; es wirkte wie aus lauter Flächen skizziert.

»War eine gute Idee, die Lichter zu löschen«, erklärte Ellery. »Daran hätte ich selbst denken sollen. Die Waffe können Sie jetzt weglegen.«

Diedrich legte den Revolver auf den Schreibtisch.

»Etwas gewesen?« fragte Ellery.

»Nein.«

Ellery grinste. »Das war eine halbe Höllenfahrt; da werde ich noch lange Alpträume von haben. Würde es Ihnen etwas ausmachen, wenn ich es meinen Füßen etwas bequemer machte?«

Er ließ sich auf Diedrichs Drehstuhl fallen und streckte die Beine aus.

Ein Nerv im Mundwinkel des mächtigen Mannes zuckte. »Ich bin ziemlich am Ende meiner Geduld, Mr. Queen. Ich will die ganze Geschichte, und zwar jetzt.«

»Ja«, erwiderte Ellery.

»Was soll das – mein Leben sei in Gefahr? Ich habe auf der ganzen Welt keinen Feind. Zumindest nicht diese Art von Feind.«

»Doch, Mr. Van Horn.«

»Wer soll das sein?« Seine Arbeiterhände trugen sein ganzes Gewicht, als er sich über den Schreibtisch lehnte.

Ellery ließ sich zurückfallen, bis sein Hinterkopf auf der Lehne zu ruhen kam.

»Wer!«

»Mr. Van Horn.« Ellery rollte seinen Kopf in Diedrichs Richtung. »Ich habe gerade eine Entdeckung von solch … solch kosmischen Ausmaßen gemacht, daß sie mich hierher zurückgetrieben hat, auch wenn ich vor anderthalb Stunden noch geschworen hätte, daß nicht einmal eine Entscheidung des Kongresses mich hierhin zurückbringen könne.

Es sind einige Dinge passiert, seit ich letzten Donnerstag aus dem Zug gestiegen bin. Zunächst schien es keinen Zusammenhang zu geben. Dann allmählich zeichneten sich vage Umrisse eines Zusammenhangs ab; allerdings nur solche offensichtlicher, gewöhnlicher Natur. Die gesamte Zeit über wurde ich das Gefühl nicht los, daß jedoch ein größerer Zusammenhang bestand – o ja, ein übergreifendes Ganzes … ein Muster. Ich hatte keine Vorstellung davon, worin das Muster bestehen mochte. Es war lediglich ein Gefühl – nennen Sie es Intuition; man entwickelt eben eine Art siebten Sinn, wenn man so lange wie ich in dem herumgestochert hat, was lächerlicherweise als menschliche Seele bezeichnet wird.«

Diedrichs Blick blieb eisig.

»Ich tat es als bloßes Phantasiegebilde ab und kümmerte mich nicht weiter darum. Als ich jedoch vorhin im Wagen saß, durchzuckte es mich wie ein Blitz.

Das Bild vom Blitz ist zwar ziemlich abgegriffen«, fuhr Ellery fort, »aber es gibt kein anderes Wort, das dem, was mir widerfahren ist, gerecht würde. Er schlug einfach ein – der berühmte ›Blitz aus heiterem Himmel‹. In seinem Licht sah ich das Muster«, fuhr Ellery bedächtig fort, »das ganze, abscheuliche, großartige Muster. Ich sage großartig, Mr. Van Horn, weil es Größe hat – die Größe, sagen wir, Satans, der immerhin einmal Luzifer gewesen ist. Dem gefallenen Engel eignet eine gewisse Schönheit; und der Teufel kann zu seinen Zwecken die Schrift zitieren. Ich weiß, daß das für Sie nach vollendetem Blödsinn klingt; aber ich bin noch immer hin und weg von der« – Ellery legte ein Kunstpause ein – »apokalyptischen Schrecklichkeit.«

»Wer?« stöhnte Diedrich. »Was haben Sie herausgefunden oder glauben Sie, herausgefunden zu haben – oder was auch immer?«

Ungerührt fuhr Ellery fort. »Das Teuflische an diesem Muster ist seine Unausweichlichkeit. Wenn das Schnittmuster – wenn man so will – erst einmal auf den Stoff geheftet ist und die Schere bereits in der Hand, muß bis zum letzten Saum geschnitten werden. Es ist perfekt; es muß perfekt sein, oder es ist nichts. Daher wußte ich Bescheid. Darum habe ich Sie angerufen. Deshalb habe ich mir fast den Hals gebrochen, um zu Ihnen zurückzukommen. Es ist nicht zu stoppen. Es muß sich selbst vollenden. Es muß.«

»Sich selbst vollenden?«

»Bis zum bitteren Ende.«

»Was für ein *Ende*?«

»Das habe ich Ihnen gesagt, Mr. Van Horn. Mord.«

Diedrich sah ihn einen Augenblick länger an. Dann stieß er sich vom Schreibtisch zurück und schleppte sich zu seinem Sessel.

Diesen Mann bringen wirklich nur Ungewißheit und Zweifel zur Strecke. Er wird aber mit allem fertig, sobald er Gewißheit hat. Und die muß er bekommen.

»Also gut«, brummte Diedrich. »Es soll also einen Mord geben. Und ich, nehme ich an, werde das Opfer sein. Ist es das, Mr. Queen?«

»Es ist so sicher wie – wie die Schwerkraft. Das Muster ist in dieser Hinsicht noch unvollendet. Und es gibt nur ein Verbrechen, das die Vollendung bringen kann – Mord. Als ich das Muster und dessen Urheber erst einmal hatte, wußte ich, daß Sie das einzig mögliche Opfer sind.«

Diedrich nickte.

»Jetzt sagen Sie mir, Mr. Queen, wer hat vor, mich umzubringen?«

Ihre Blicke trafen sich quer durch den Raum.

»Howard«, sagte Ellery.

* * *

Diedrich stand auf und kam zum Schreibtisch zurück. Er öffnete einen Humidor.

»Zigarre?«

»Danke.«

Er hielt sein Schreibtischfeuerzeug an Ellerys Zigarre. Die Flamme zitterte nicht.

»Wissen Sie«, begann Diedrich paffend, »ich war auf alles vorbereitet, nur nicht auf so was wie Mord. Nicht daß ich Ihre Überzeugung einfach so übernehmen würde, Mr. Queen. Ich habe großen Respekt vor Ihnen als handwerklichem Könner, wie ich hoffe klargemacht zu haben, als Sie hier ankamen. Aber ich wäre ein Dummkopf, wenn ich auf Ihr bloßes Wort hin so etwas glauben sollte.«

»Ich erwarte auch nicht, daß Sie es auf mein Wort hin glauben.«

Diedrich sah ihn durch den blauen Dunst hindurch an.

»Sie werden es beweisen?«

»Es beweist sich selbst. Ich sagte Ihnen doch, es ist perfekt.«

Diedrich schwieg.

»Diese Sache mit Howard, Mr. Queen«, sagte er schließlich

»… er ist mein Sohn. Es spielt keine Rolle, daß ich ihn nicht gezeugt habe. Ich habe genügend Detektivromane gelesen, um jedesmal über die Autoren lachen zu müssen, die eine Blutsverwandschaft zwischen einem Elternteil und einem Kind vermeiden, wenn das Kind, sagen wir, in der Geschichte als Mörder vorgesehen ist; die machen aus dem Kind dann grundsätzlich ein Adoptivkind. Als ob das einen Unterschied machen würde! Die … Gefühlsbande zwischen Menschen sind das Ergebnis eines gemeinsam gelebten Lebens und haben praktisch nichts mit Genetik zu tun. Ich habe Howard vom Säuglingsalter an erzogen. Was er ist, habe ich aus ihm gemacht. Ich stecke in seinen Zellen. Und er in meinen.

Ich gebe zu, daß meine Erziehung nicht besonders erfolgreich war; doch Gott weiß, daß ich getan habe, was ich konnte. Aber Mord? Howard soll ein Mörder sein, mit mir als beabsichtigtem Opfer? Das klingt zu sehr nach … nach Romanstoff, Mr. Queen. Zu unglaubwürdig. Wir leben seit über dreißig Jahren zusammen. Ich kann das so nicht hinnehmen.«

»Ich kann mir vorstellen, wie Sie sich fühlen«, entgegnete Ellery leicht gereizt. »Es tut mir leid. Aber wenn meine Schlüsse falsch sind, Mr. Van Horn, dann werde ich nie mehr im Leben welche zu ziehen wagen. Ich werde … ich werde aufhören zu denken.«

»Große Worte.«

»Ich meine es bitter ernst.«

Diedrich begann auf und ab zu schreiten; die Zigarre ragte in einem zornigen Winkel aus seinem Mund.

»Aber warum?« fragte er unwirsch. »Was soll dahinterstekken? Es kann nicht aus den üblichen Gründen sein. Ich habe Howard alles gegeben …«

»Alles bis auf eines. Und das war unglücklicherweise das, was er am meisten will. Oder glaubt, am meisten zu wollen, was auf dasselbe hinausläuft. Außerdem«, fuhr Ellery fort, »liebt Howard Sie. Er liebt Sie so selbstbezogen, Mr. Van Horn, daß es aus seiner Sicht absolut logisch erscheint, Sie töten zu müssen.«

»Ich weiß nicht, wovon Sie da reden«, brüllte Diedrich. »Ich bin geradeheraus und daran gewöhnt, daß man mir Dinge geradeheraus sagt. Was soll das für ein Muster sein, das Ihrer Theorie nach mit Mord enden soll? Und auch noch ausgerechnet durch Howard!«

»Das würde ich lieber in Howards Anwesenheit erklären ...«

Diedrich stürzte auf die Tür zu.

»Nein!« Ellery sprang auf. »Sie gehen da nicht allein rauf!«

»Seien Sie nicht kindisch, Mann!«

»Mr. Van Horn, ich weiß nicht, wie er es tun wird oder wann – aber es ist sehr gut möglich, daß er es für heute nacht geplant hat. Deshalb bin ich ja auch ... Was ist los?«

»Für heute nacht geplant«, Van Horn schaute sehr kurz zur Zimmerdecke, schüttelte aber bereits den Kopf, während er hochblickte.

»Was ist los?«

»Nein. Das ist zu albern. Sie haben mich schon völlig nervös gemacht ...« Diedrich lachte kurz. »Ich hole Howard.«

Ellery hatte ihn beim Arm gepackt, bevor er die Tür aufschließen konnte.

»Sie sind also wirklich überzeugt«, sagte Diedrich nach einer Weile.

»Ja.«

»Also gut. Sally und ich haben zwar getrennte Schlafzimmer ... aber es wäre so verdammt weit hergeholt.«

»Es kann nicht ein Hundertstel so weit hergeholt sein wie das, was ich Ihnen zu sagen habe, Mr. Van Horn. Weiter!«

Diedrich verzog das Gesicht. »Nach dieser Geschichte heute abend, nachdem Sie gefahren waren, war Sally furchtbar nervös. Nervöser, als ich sie jemals zuvor gesehen hatte. Sie sagte mir oben, es gebe da etwas sehr Wichtiges, das sie mir sagen wolle. Etwas, das sie vor mir verheimlicht hätte und nun nicht mehr länger für sich behalten könne.«

Zu spät, Sally.

»Ja?«

Diedrich funkelte ihn an. »Jetzt sagen Sie mir bitte nicht, Sie wüßten das, was immer es sein mag ... auch längst.«

»Dann hat Sie es Ihnen also nicht gesagt?«

»Ich fürchte, ich war noch immer verärgert wegen der Sache mit der Kette. Ich wollte – ehrlich gesagt – einfach nichts mehr hören. Ich sagte ihr, das müsse warten.«

»Aber das ist es nicht, Mr. Van Horn! Was war das, das Sie gerade eben so beunruhigt hat?«

»Was ist denn nur los, Queen? Was ist denn nur los?«

»Was hat Sie beunruhigt?«

Diedrich pfefferte den Stummel seiner Zigarre mit aller Kraft in den Kamin. »Sie bat mich zuzuhören; und ich fertigte sie damit ab, ich hätte noch zu tun, und was immer es sei, könne warten. Sie sagte, sie werde in meinem Schlafzimmer auf mich warten. Und wenn ich die ganze Nacht durcharbeiten müsse, fände ich sie in meinem Bett und solle sie wecken und ...«

»In Ihrem Bett. *In Ihrem Bett*?«

* * *

Die Tür zu Diedrichs Schlafzimmer stand offen.

Diedrich schlug gegen den Lichtschalter, und der Raum sprang beinahe auf sie zu. Sally, die Teil des Raumes war, sprang noch heftiger auf sie zu als das Bett, auf dem sie lag, oder die anderen toten Gegenstände, die sie umgaben.

Und dies war seltsam, denn auch Sally war tot.

Sally war keine schöne Tote; sie war entstellt; sie war kaum als Sally zu erkennen. Nur eines war dieser erstickten und erwürgten grotesken Fratze von Sally geblieben: jenes matte Lächeln, das Ellery bei ihrer ersten Begegnung so irritiert hatte. Jetzt jedoch, da es allein noch an Sally erinnerte, tröstete es ihn. Er griff mit den Fingern in ihr Haar und zog sanft daran, um ihren Kopf so zurückzubiegen, daß er einen Blick auf das werfen konnte, wovon er wußte, daß es zu sehen war – die breiten Van-Goghschen Striche auf der Leinwand ihres Kehlgemäldes; die Geschichte ihres Sterbens in kräftigen Farben.

Sie lag verdreht in einer Urpose der Gewalt; ihre Arme und

Beine hatten dies in ihren letzten kreativen Momenten mit dem Bettzeug angerichtet.

Das Fleisch ihres gewürgten Halses war sehr kalt.

Ellery trat von Sally zurück und drängte Diedrich ab, der jedoch das Gleichgewicht verlor und hart auf dem Bett zu sitzen kam, auf einem von Sallys Beinen. Er saß da, völlig benommen, die Augen weit geöffnet.

Ellery holte einen Handspiegel aus Diedrichs Kommode, kehrte damit zum Bett zurück und hielt ihn an den toten Mund, von dem er wußte, wie tot er war, aber dennoch aus Gewohnheit handelnd. Das Atmen fiel ihm schwer, denn auch seinen Hals schien ein Klumpen zu verstopfen; aber er bemerkte den Schmerz nicht. Irgendwo innen drin machte ihn eine Stimme für dieses kapitale Verbrechen verantwortlich; aber auch das drang nicht bis in sein Bewußtsein. Erst später, als er den Spiegel mit Sallys Lippenabdrücken in Diedrichs Kommode zurücklegte, hörte er, was die Stimme wieder und wieder sagte; schnell verließ er Diedrichs Schlafzimmer.

* * *

Howard lag oben auf seinem eigenen Bett, in dem Schlafzimmer, das an das große Atelier angrenzte.

Er war vollständig angezogen und befand sich in dem gleichen Stupor, in dem Ellery ihn nach jener wilden Nacht auf dem Friedhof bei Fidelity vorgefunden hatte.

Du selbst hast dir die beste Diagnose gestellt, Howard. Du hast in dir selbst einen Mr. Hyde vermutet und niederträchtigstes Morden prophezeit.

Da war etwas mit seinen Händen.

Ellery hob eine von ihnen. Vier lange weiche Haare hatten sich zwischen den kräftigen Bildhauerfingern verfangen, und unter den Nägeln aller Finger mit Ausnahme der Daumen fanden sich blutige Partikel von Sallys Halsgewebe.

Der neunte Tag

Chief Dakin war während der ganzen Nacht nahezu allgegenwärtig, was der Szenerie etwas Heimeliges gab; denn die anderen waren alle neu. Wo war Staatsanwalt Phil Hendrix mit dem Schnabelmund, Nachfolger des jungen Brad Cartford, der seinen Mietvertrag mit dem Gouverneurssitz in der Staatshauptstadt schon zum zweiten Mal erneuert hatte? Wo war der nervöse Coroner Salemson mit dem Asthma und dem Stachelbeerwein? Wo war der alte gelähmte Dunc vom Bestattungsunternehmen Duncan? Ach! Hendrix jagte in Washington Hexen; Salemson ruhte dankbar auf dem Twin Hill Cemetery; und der ältere Mr. Duncan, der zwei Generationen von Wrightsviller Bürgern unter die bereitwillig wartende Erde geschafft hatte, war eins mit Luft, Staub und Wind, denn er hatte in seinem Testament flehentlich darum gebeten, verbrannt zu werden.

Anwesend war ein finster dreinblickender junger Mann, der nicht aufhörte, Ellery mit prüfendem Blick zu mustern; er hieß Chalanski, und es stellte sich heraus, daß er es nun war, der für die Gauner vom Bezirk Wright den Racheengel spielte. Der Coroner war ein erfrischender, schmaler, fast chirurgisch operierender Zeitgenosse namens Grupp mit langer Nase und skalpellgenauen Augen, und als Leichenbestatter (Wrightsville mangelte es noch immer an einem offiziellen Leichenschauhaus) fungierte der gedrungene junge Mr. Duncan, der, von dem aalglatten, schleimigen Genuß, den er an der Diskussion der postmortalen Probleme mit dem Coroner, dem Bezirksstaatsanwalt Chalanski und Polizeichef Dakin zu finden schien, offenbar auf einem Leichentisch gezeugt worden war, dem ein Sarg als Wiege gedient hatte, der von Einbalsamierungsflüssigkeit entwöhnt werden mußte und der seine ersten pubertären Regungen wohl beim Anblick eines der Wochenendzugänge im Geschäft seines Vaters verspürt hatte. Ellery gefiel die Art nicht, wie der rundliche Mr. Duncan Sally anschaute; sie gefiel ihm so ganz und gar nicht.

Irgendwann am Mittwochmorgen stapfte ein untersetzter, plattfüßiger Mann mit einem Hals wie aus Baumrinde herein und verbreitete intensive Gerüche; es handelte sich um den Bezirkssheriff Mothless, den Nachfolger von Gilfrant. Nicht gerade ein Fortschritt! Glücklicherweise hing Sheriff Mothless nur lange genug herum, um sicher sein zu können, daß die Presseleute draußen seinen Namen richtig schrieben.

Es waren noch andere da – Streifenpolizisten des Staates, Wrightsvilles Funkstreifen, Leute, die wie Zivilisten aussahen, jedoch schwarze Taschen trugen – und schlicht Leute; unter letzteren, wie Ellery vermutete, einige mit besonders gelenkigen Hälsen, die das traditionelle amerikanische Vorrecht ausübten, über das Anwesen des Hausherrn zu streifen und dabei ihrer lang unterdrückten Neugier freien Lauf zu lassen.

Nun, dachte Ellery, es gibt ja auch keinen Grund, warum Mord in Wrightsville appetitlicher sein sollte als anderswo.

Mr. Queen fühlte sich seltsam ruhig; das natürlich galt nur für einen Teil seines Selbst; der Rest kämpfte gegen Müdigkeit und Unwohlsein an. Er hatte nicht geschlafen; er war leider gezwungen gewesen, Diedrich Van Horns Verwandlung vom Mann im besten Alter in einen Greis mitanzusehen. Er hatte zwei Stunden mit Wolfert Van Horn überstehen müssen, der ihn in eine Wohnzimmerecke gedrängt und ihn mit Reminiszenzen an Howards böses Wesen von frühester Jugend an vergewaltigt hatte: wie Howard Ringelnattern gefangen und sie in kleine Stücke gehackt habe, wie er Fliegen die Flügel ausgerupft und einmal, mit neun, sein, Wolferts, Bett mit Disteln vollgestopft habe; und wie er, Wolfert, seinen Bruder immer gewarnt hatte, daß nichts Gutes dabei herauskommen könne, wenn man die Brut unbekannter Eltern aufziehe, und so fort. Und natürlich war da immer Howard selbst, mit leuchtend geröteten Augen und seiner völlig verstörten Art; wobei seine einzige Aktivität darin bestand, sich immer wieder von einem Wrightsviller Polizisten mit Namen ›Jeep‹, den Ellery nicht kannte, zur Toilette führen zu lassen. Der Beamte berichtete, Howard habe sich bei diesen Aufenthalten stets nur die

Hände geschrubbt, was zur Folge hatte, daß seine Hände immer fahler und aufgeweichter wurden und schließlich so aussahen wie bleiches Strandgut. Am Mittwochmorgen war es Howard, der die Nerven aller auf die Probe stellt, denn er konnte keine Fragen beantworten, er konnte sie nur stellen. Der Chefneurologe des Connhavener Bezirkskrankenhauses beschäftigte sich am Tatort zwei Stunden lang mit ihm und wirkte danach äußerst nachdenklich. Ellery sprach mit dem Mediziner und erzählte dabei von Howards Amnesie-Karriere; und der Doktor, der auch psychiatrischer Sachverständiger der staatlichen Strafvollzugsbehörde war, nickte häufig, und das mit jener geheimnisumflorten Gleich-sag-ich-was-Entscheidendes-Attitüde, wobei Selbiges ausblieb, die Ellery an vielen Medizinern so anstrengend fand.

Nichtsdestoweniger war da so etwas wie ein wenig Ruhe und Frieden in ihm; und das war deshalb so, weil er das, was im dunkeln gelegen hatte, nun grell erleuchtet sah und *Das Ende* in Sicht war.

Er hatte Dakin und Chalanski wissen lassen, er habe etwas Wesentliches zu dem Fall beizutragen; und er bat darum, daß er, Ellery Queen, die Möglichkeit erhalte, dies darlegen zu dürfen, bevor Howard abgeführt wurde – im Interesse der Wahrheitsfindung, wenn nicht der Gerechtigkeit, da der Fall ansonsten entstellt, verwirrend und unvollständig bleiben müsse, wenn man denn überhaupt einen Sinn hineinzubringen in der Lage sein würde. Weiter bat er den Neurologen, noch zu bleiben, woraufhin selbiger ärgerlich guckte, aber blieb.

Am Mittwochnachmittag um halb drei kam Dakin in die Küche, wo Ellery sich am halbgegessenen Kadaver einer gegrillten Ente labte (Laura und Eileen hatten sich in ihre Zimmer eingeschlossen und waren den ganzen Tag nicht erschienen). »Also gut, Mr. Queen«, sagte Dakin. »Wenn Sie soweit sind, sind wir es auch.«

Ellery schlang noch einen Mundvoll Cognacpfirsiche hinunter, wischte sich die Lippen und erhob sich.

* * *

»Ich stelle fest«, erklärte Ellery im Wohnzimmer, »daß Christina Van Horn nicht bei uns ist. Nein«, fügte er schnell hinzu, als sich Chief Dakin rührte, »lassen Sie nur. Die alte Dame hätte ohnehin nichts weiter beizutragen als Bibelzitate, was stören könnte. Sie weiß nicht viel, wenn überhaupt etwas, von der Sache. Lassen Sie sie oben.

Diedrich.« Es war das erste Mal, daß er Van Horn so anredete, und die Anrede beim Vornamen schien Van Horn ein wenig aufzurütteln, so daß er fast mit Interesse aufblickte. »Ich werde einiges sagen müssen, das Sie sehr verletzen wird, fürchte ich.«

Diedrich ließ eine Hand auf die Sessellehne fallen. »Ich möchte nur endlich wissen, was hier gespielt wird«, erwiderte er höflich. »Etwas anderes bleibt mir ohnehin nicht mehr«, fügte er hinzu, diesmal sprach er mehr zu sich selbst.

Howard kauerte so auf seinem Stuhl, daß man nur Schultern und Knie sah; ihm fehlten Rasur, Schlaf und Trost – ein isoliertes Häuflein Elend, das längst den Kontakt zur Realität verloren hatte. Nur seine Augen hielten Verbindung; und es war schwer, in diese Augen zu sehen. Genaugenommen wurde sein Anblick von allen Anwesenden gemieden – außer vom Neurologen und Wolfert, die nirgendwo sonst hinsahen.

»Um Ihnen diese …«, Ellery zögerte, »diese Sache in jedem spezifischen Stadium verständlich zu machen, muß ich zunächst zum Anfang zurückgehen. Ich rekapituliere, so schnell ich kann, was geschehen ist, seit Howard mich vor über einer Woche in meinem New Yorker Apartment aufgesucht hat.«

Ellery ging sämtliche Ereignisse der vergangenen acht Tage durch: Howards Erwachen in einer Absteige in der Bowery, wie er zu Ellery kam, die Geschichte von den Amnesie-Attacken, seine Befürchtungen, sein Flehen, Ellery möge mit ihm nach Wrightsville kommen und ihn beobachten; Ellerys erster Abend im Hause Van Horn, als Wolfert mit der Neuigkeit zum Dinner kam, das Museumskomitee habe Diedrichs Bedingung akzeptiert, Howard zum offiziellen Bildhauer zu machen, der die Statuen der antiken Götter schaffen sollte, die für die Fassade des geplanten Museums vorgesehen waren; wie Howard Feuer und Flamme für den Auftrag gewesen war, sofort mit Skizzen begonnen hatte und in den darauffolgenden Tagen sogar bereits kleine Plastilin-Modelle angefertigt hatte; wie Sally, Howard und Ellery am zweiten Tag zum Lake Quetonokis hoch gefahren waren, wie Howard und Sally ihm davon erzählt hatten, wie tief sie in Diedrichs Schuld standen – Howard, das Findelkind, das Diedrich alles verdankte, und Sally, die einmal eine Sara Mason aus der Polly Street gewesen war, der ein armseliges Leben als ungebildete Unterstadthure bevorgestanden hätte, wäre nicht Diedrich gewesen – ; und wie sie Ellery dann ihre Sünde, in der Hütte am Lake Pharisee plötzlich Leidenschaft füreinander empfunden und sie dort ausgelebt zu haben, gebeichtet hatten (als Ellery davon berichtete, bemühte er sich, Diedrich Van Horn nicht anzuschauen, aus Scham für alles, wogegen gesündigt worden war; denn Diedrich schrumpfte in seinem Sessel zusammen wie ein Stück Papier, das zu Asche verbrannte); Ellery erzählte weiter von den vier verräterischen, indiskreten Briefen, die Howard Sally hinterher geschrieben hatte; er erzählte die Geschichte des Lackkästchens mit dem doppelten Boden und von dem Erpresser, der sich am Tag vor Ellerys Ankunft gemeldet hatte; von dem zweiten Anruf, von Ellerys Rolle bei den Geldübergaben, von seiner Unterhaltung mit Diedrich am Abend ihrer Rückkehr vom Quetonokis Lake, als Diedrich ihm nicht nur von dem Einbruch im Juni, bei dem Sallys Schmuckkästchen gestohlen worden war, sondern auch von dem in der Nacht zuvor erzählte, bei dem 25.000 Dollar in Fünfhundertern aus dem Wandsafe im Arbeitszimmer verschwunden waren – dieselbe Summe in denselben Scheinen, die Howard Ellery am See in einem Umschlag übergeben hatte, um den Erpresser damit zu bezahlen; er erzählte vom dritten Tag, an dem Ellery vom Erpresser ausmanövriert worden war, und von Diedrichs Enthüllung am selben Abend, daß er zu guter Letzt doch noch Howards Herkunft aufgespürt habe, seine Herkunft als der Sohn armer Farmer namens Waye, die schon lange tot waren; von Howards Reaktion darauf, von der Episode mit dem Friedhof bei Fidelity in den frühen Morgenstunden des Sonntag, als Howard die Grabsteine seiner Eltern während eines Amnesie-Anfalls mit Schlamm bewarf und mit Hammer und Meißel attackierte; davon, wie Ellery ihn danach wieder zu Bewußtsein brachte; wie Howard ihm das Plastilinmodell von Jupiter zeigte, in das er als Signatur nicht *H. H. Van Horn*, sondern *H. H. Waye* eingeritzt hatte; er berichtete von allen Ereignissen danach, einschließlich des dritten Erpresseranrufs, Ellerys Verpfändung der Diamantkette auf Howards Bitte hin und Howards unfassbare Verleugnung der Wahrheit, als Ellery sich wegen schweren Diebstahls beschuldigt sah.

Die gesamte Zeit über hatte Diedrich mit den Lehnen seines Sessels gerungen und Howard so leblos dagesessen wie eine Statue.

»Das ist die Geschichte bis heute«, fuhr Ellery fort. »Sie wird Ihnen vorkommen wie eine willkürliche Aneinanderreihung bestimmter Vorkommnisse; und Sie werden sich fragen, warum ich Ihre wertvolle Zeit beanspruche, um sie noch einmal herunterzubeten. Der Grund dafür liegt darin, daß sie keineswegs willkürlich aneinandergereiht sind, sondern miteinander verwoben – so eng verwoben, daß kein Vorfall weniger wichtig für das Ganze ist als der andere, obwohl einige banal erscheinen.

Gestern abend«, fuhr Ellery fort, »befand ich mich auf meiner Rückfahrt nach New York. Ich war angewidert von Howard, enttäuscht von Sally – hatte einfach die Schnauze voll. Als ich schon weit von Wrightsville entfernt war, durchzuckte mich ein Gedanke. Es war ein simpler Gedanke; so simpel, daß er alles veränderte. Zum ersten Mal sah ich den Fall als das, was er wirklich war. Zum ersten Mal.«

Er räusperte sich. Staatsanwalt Chalanski fragte: »Queen, verstehen Sie eigentlich selbst, was Sie da reden – denn ich muß gestehen, *ich* nicht.«

»Mr. Chalanski«, sagte Chief Dakin, »ich höre den Mann nicht zum ersten Mal reden. Geben Sie ihm eine Chance.«

»Es ist sowieso unüblich. Es gibt keinen rechtlichen Grund für diese ›Anhörung‹ – wenn es denn eine ist. Ich weiß ja nicht, *was* das nun werden soll, bin aber der Meinung, Mr. Van Horn sollte sofort rechtlichen Beistand bekommen.«

»Dies alles gehört zum Verfahren vor dem Coroner«, sagte Coroner Grupp. »Vielleicht ist es ein Trick, um später alles wegen unrechtmäßigen Vorgehens anzufechten, Chalanski.«

»Lassen Sie ihn reden,«, sagte Dakin. »Er wird schon etwas sagen.«

»Danke, Dakin«, erwiderte Ellery und wartete; als Chalanski und Grupp mit den Achseln zuckten, fuhr er fort.

»Ich parkte am Straßenrand und ging den Fall Stück für Stück durch. Ich ließ im Kopf alles noch einmal vor mir ablaufen; doch diesmal hatte ich einen Bezugsrahmen.«

»Was für einen Bezugsrahmen?« fragte Chalanski.

»Die Bibel.«

»Die was?«

»Die Bibel, Mr. Chalanski.«

»Ich habe langsam den Eindruck«, erklärte der Staatsanwalt und blickte grinsend um sich, »daß Sie Dr. Cornbranchs Dienste sehr viel nötiger hätten, Queen, als dieser junge Mann hier.«

»Lassen Sie ihn bitte fortfahren, ja?« brummte der Neurologe; selbst jetzt jedoch ließ er Howard nicht aus den Augen.

»Es wurde sehr schnell klar«, sagte Ellery, »daß Howard für sechs Taten verantwortlich war, und daß diese Taten neun verschiedene Verbrechen in sich bargen.«

Bei diesem Satz verlor sich Chalanskis Grinsen, und der Coroner saß nicht mehr mit lässig übereinandergeschlagenen langen dünnen Beinen.

»*Neun* verschiedene Verbrechen?« echote Chalanski. »Wissen Sie, was für Verbrechen das sein könnten, Grupp?«

»Himmel, nein.«

»Lassen Sie ihn reden«, sagte Dakin.

»Was für *neun* Verbrechen, Mr. Queen?«

»Als ich erst einmal erkannt hatte, wie sie zusammenhingen«, fuhr Ellery fort, »und wenn Sie es erst einmal erkennen, Gentlemen, dann werden Sie wie ich sehen, daß es möglich war, ein Verbrechen vorherzusehen, das noch folgen mußte. Es mußte einfach folgen. Neun Verbrechen, und sie machten das zehnte unausweichlich. Und nicht nur das. Wenn man einmal das Wesen des Musters verstanden hatte, konnte man exakt vorhersagen – wie ich es Diedrich Van Horn gegenüber getan habe –, welcher Art das zehnte Verbrechen sein, auf wen es zielen und von wem es begangen werden würde. Niemals zuvor bin ich bei aller Erfahrung – die nicht unbeträchtlich ist – etwas so Vollkommenem begegnet. Ohne jetzt anmaßend werden zu wollen, möchte ich doch Zweifel daran anmelden, daß von Ihnen jemals jemand dergleichen begegnet ist. Ich bin sogar versucht zu bezweifeln, daß jemals wieder jemand – wo auch immer – dergleichen begegnen wird.«

Nun war nichts mehr zu hören außer dem Atmen etlicher Männer und – von draußen – die wütend erhobene Stimme eines Streifenbeamten.

»Der einzig unvorhersehbare Faktor war die Zeit. Ich konnte vorher nicht wissen, wann das zehnte Verbrechen begangen werden würde.« Eilig fügte Ellery hinzu: »Da es theoretisch auch passiert sein konnte, als ich nahezu 80 Kilometer von Wrightsville entfernt am Straßenrand parkte und die Sache durchdachte, bin ich zum nächst erreichbaren Telefon gefahren, habe Mr. Van Horn angewiesen, sofort Vorsichtsmaßnahmen zu treffen, und bin zurückgerast, so schnell ich konnte.

Ich konnte allerdings nicht ahnen, daß Mrs. Van Horn beschließen würde, im Bett ihres Mannes zu schlafen. Howards Hände tasteten in der Dunkelheit nach der Kehle seines Vaters; statt dessen würgte er die Frau zu Tode, die er liebte. Wäre er nicht in seinem amnesischen Zustand gewesen, hätte ihn sein Tastsinn vermutlich auf den Irrtum aufmerksam gemacht, und er hätte rechtzeitig von seinem Opfer abgelassen; de facto jedoch ging er als reine Tötungsmaschine zu Werke, deren Mechanik gnadenlos ablief und die Sache zu Ende brachte, wie es Maschinen nun einmal tun.

Dies ist die Geschichte im Groben«, setzte Ellery hinzu.

»Lassen Sie uns nun die sechs Taten betrachten – jene sechs Taten, die jene neun Verbrechen umfassen, die ich bereits erwähnte –, den Plan herausarbeiten, dem sie folgten, und so das zehnte Verbrechen vorhersagbar machen.

Nummer eins.« Ellery hielt inne. Dann wagte er den Sprung. »Howard war dabei, Statuen der antiken Götter zu meißeln.«

Wieder hielt er inne. Es war von einem vernünftigen Menschen zuviel verlangt, ein solch außergewöhnliches, aus dem Zusammenhang gerissenes Statement nicht als irre zu empfinden. Er konnte nur abwarten.

»Antike Götter«, sagte Chalanski und wirkte perplex. »Was für …«

»Wie meinen Sie das?« fragte Dakin eifrig. »Ist das ein Verbrechen?«

»Ja, Dakin«, erwiderte Ellery. »Allerdings nicht nur eines, sondern sogar zwei.«

Chalanski ließ sich offenen Mundes zurückfallen.

»Zwei. Howard war schon so weit gediehen, seine Skulpturen zu signieren – oder zumindest die Skizzen und Plastilinmodelle – und zwar mit der kurios bedeutungsvollen Signatur *H. H. Waye*.«

Chalanski schüttelte den Kopf.

»*H. H. Waye*.« Es war der Coroner, der es wiederholte, nicht einmal vorwurfsvoll; er sagte die Worte bloß so hin, als wolle er prüfen, wie sich der Name von einer vertrauten Stimme gesprochen anhörte.

»Ist das etwa *auch* ein Verbechen?« fragte der Staatsanwalt mit einem gereizten Grinsen.

»Ja, Mr. Chalanski«, erwiderte Ellery, »und zwar ein ganz besonders blasphemisches.

Nummer drei. Howard stahl Diedrich 25.000 Dollar.«

Sie alle entspannten sich dankbar, als habe der Dozent mitten in einem Vortrag in Urdu einen englischen Satz eingefügt.

»Nun ja, ich gebe zu, *das* ist wirklich ein Verbrechen!« lachte Chalanski.

»Wenn Sie erst einmal das Gesamtmuster kennen, Mr. Chalanski, werden Sie erkennen, daß *alle* von Howards erwähnten Taten Verbrechen waren, wenngleich nicht alle im strafrechtlichen Sinne.

Nummer vier. Howard schändete die Gräber von Aaron und Mattie Waye.«

»Jetzt kriegen wir ja endlich Boden unter die Füße«, bemerkte Coroner Grupp. »Denn das ist doch auch ein Verbrechen, Chalanski – Vandalismus oder so was?«

»Nicht ganz. Es gibt ein Gesetz, das …«

»Die beiden Verbrechen, die Howard verübte, indem er das Grab seiner Eltern schändete, Mr. Chalanski«, sagte Ellery, »kommen in Ihren Gesetzen nicht vor. Darf ich fortfahren?

Nummer fünf. Howard verliebte sich in Sally Van Horn. Auch dies beinhaltet zwei Verbrechen.

Und schließlich Nummer sechs: Howards empörende Lüge, als er leugnete, mir Sallys Diamantkette gegeben zu haben, um sie zu verpfänden.

Sechs Taten, neun Verbrechen – neun der zehn schlimmsten Verbrechen, die ein Mann begehen kann, wenn es nach einer Autorität geht, die sehr viel älter ist als Ihre Gesetze, Mr. Chalanski.«

»Und welche Autorität sollte das sein?«

»Eine, die gewöhnlich mit einem großen G geschrieben wird.«

Chalanski sprang auf. »Also, jetzt reicht …«

»Gott.«

»Was?«

»Nun ja, Gott, wie wir ihn aus dem Alten Testament kennen, Mr. Chalanski – zu dem sich immerhin in dieser Form noch Katholiken, Griechisch-Orthodoxe, die meisten Protestanten und natürlich die Juden bekennen, die ihm als erste in dem BUCH ein Denkmal gesetzt haben. Ja, Mr. Chalanski, Gott oder *Yahweh*, was wiederum die amerikanische Transkription des hebräischen Tetragrammatons darstellt, das in der christlichen Exegese als *Jehovah* übersetzt wurde, der ›unbeschreibliche‹, ›unaussprechliche‹ Name des höchsten Wesens, Mr. Chalanski … Gott, der

Herr, Mr. Chalanski, der, mit welchem Namen auch immer, Mose mitten in die Wolke um den Gipfel des Berges Sinai rief und ihn dort vierzig Tage und vierzig Nächte festhielt, *und als der Herr mit Mose zu Ende geredet hatte auf dem Berge Sinai, gab er ihm die beiden Tafeln des Gesetzes, die waren aus Stein und beschrieben mit dem Finger Gottes.*

MIT DIESEN SECHS TATEN«, schloß Ellery, »BRACH HOWARD NEUN DER ZEHN GEBOTE.«

* * *

Nun war es der Neurologe, der sich regte; er regte sich voller Unbehagen, als träume er selbst einen bedeutungsvollen Traum. Die anderen jedoch saßen still, eingeschlossen Howard, der sich außerhalb der Welt der realen Dinge zu befinden schien, eben in seiner ganz eigenen Welt. Und in dieses schreckliche Land vermochte niemand vorzudringen, nicht einmal Ellery.

»Indem er die Götter des römischen Pantheon modellierte«, sagte Ellery, »brach Howard zwei Gebote: *Du sollst dir kein Bildnis noch irgendein Gleichnis machen; Du sollst keine anderen Götter haben neben mir.*

Indem er sein Modell mit *H. H. Waye* signierte, brach Howard das Gebot: *Du sollst den Namen des Gottes deines Herrn nicht mißbrauchen*; und dies ist ein besonders faszinierendes Beispiel dafür, wie Howards Psyche in seiner Krankheit arbeitete. Hier dilettiert er ein wenig in der Kabbala und ahmt die okkulten Theosophisten des Mittelalters nach, die glaubten, daß – neben anderen Dingen – jeder Buchstabe, jedes Wort, jede Zahl und jeder Akzent der Schrift einen verborgenen Sinn enthalte. Das größte Mysterium des Alten Testaments ist der Name des Herrn, den er Mose enthüllt hatte; und dieser Name ist in dem Tetragrammaton, das ich bereits erwähnt habe, verborgen, jene vier Konsonanten nämlich, die in variierender Reihenfolge geschrieben wurden, nämlich von *IHVH* bis *YHWH*, und aus denen man die angenommene Urform von Gottes Namen in verschiedener

Weise zu rekonstruieren versucht hat. Von diesen ist in der modernen Welt *Yahweh* am weitesten verbreitet. Wenn Sie nun die Buchstaben betrachten, die den Namen H. H. Waye bilden, sehen Sie, daß sie ein Anagramm von *Yahweh* darstellen.«

Chalanski öffnete den Mund.

»Ja«, sagte Ellery, »ziemlich verrückt, Mr. Chalanski.

Indem Howard sich 25.000 Dollar aus Diedrich Van Horns Safe aneignete, brach er das Gebot: *Du sollst nicht stehlen.*

Indem er das Grab von Aaron und Mattie Waye in den frühen Morgenstunden des Sonntag schändete, brach er zwei weitere Gebote: *Gedenke des Sabbattages, daß du ihn heiligst* und *Du sollst Vater und Mutter ehren.*« Er lächelte. »Ich hätte Pastor Chichering von St. Paul's-in-the-Dingle herbitten sollen, denn in einem Punkt brauchte ich an sich Expertenrat, und zwar, was den Sabbat betrifft. Der ›Sabbattag‹, auf den im vierten Gebot Bezug genommen wird – es ist das dritte bei den Katholiken und Lutheranern, meine ich, aber das vierte bei Juden, Griechisch-Orthodoxen und den meisten Protestanten – ist der Sabbat der Juden, also natürlich ein Samstag, den auch die ersten Christen heiligten – im Unterschied zur allwöchentlichen Auferstehungsfeier, die am Sonntag stattfand. Ich meine mich zu entsinnen, daß diese Doppelheiligung nach der Auferstehung einige Jahrhunderte lang praktiziert wurde, obwohl Paulus von Anfang an festgesetzt hatte, der jüdische Sabbat sei nicht bindend für Christen. Für Howard, einen Christen, bedeutet *Sabbat* Sonntag; und es war in den frühen Morgenstunden des Sonntag, daß er das Grab seiner Eltern schändete.

Indem er sich in Sally verliebte und sie in der Hütte am Lake Pharisee verführte, brach Howard zwei weitere Gebote: *Du sollst nicht begehren deines Nächsten Weib* und *Du sollst nicht ehebrechen.*«

Schnell schloß Ellery mit dem neunten Punkt: »Als er log, indem er abstritt, mir Sallys Diamantkette zum Verpfänden gegeben zu haben, brach Howard das Gebot: *Du sollst nicht falsch Zeugnis reden wider deinen Nächsten.*«

* * *

Nun waren sie gebannt von der Magie dieser gigantischen Absonderlichkeit, und selbst wenn es ihnen möglich gewesen wäre, hätten sie den Bann nicht gebrochen.

»Als ich gestern abend in Howards Wagen saß und diese neun Mosaiksteine zusammensetzte«, fuhr Ellery fort, »stellte ich mir die natürliche Frage: Konnte das alles Zufall sein? Konnte der Zufall dafür verantwortlich sein, daß Howard derart spezifische Dinge tat, wie exakt neun der Zehn Gebote zu brechen? Ich mußte mir selbst antworten: Nein, das ist nicht möglich; die Chance einer zufälligen Deckungsgleichheit mit Verstößen gegen den Dekalog ist denkbar gering; diese neun Gebote waren demzufolge nach Plan gebrochen worden, überlegt und systematisch; die Zehn Gebote fungierten als Leitmuster.

Wenn Howard jedoch neun der zehn Gebote gebrochen hatte«, sagte Ellery mit erhobener Stimme, »dann würde er nicht, ja, dann konnte er nicht aufhören. Zehn sind das Ganze, nicht neun. Das Gebot, das noch fehlte, das noch gebrochen werden mußte, war dasjenige Gebot, dessen Einhaltung der moderne Mensch für aus sozialer Sicht am wünschenswertesten hält, wenn es nicht auch zugleich das moralischste ist: *Du sollst nicht töten*. Zehn machen das Ganze aus; neun sind nicht zehn; und wenn also das zehnte die moralische Vorschrift beinhaltet, die Mord verbietet, dann war mir klar, daß Howard die Mordtat zum Höhepunkt seiner unglaublichen Rebellion gegen die Welt machen würde.

Wen aber plante Howard zu töten? Die Antwort lautete immer gleich, ob ich mir nun die äußeren Manifestationen von Howards Verhalten ansah oder die tieferliegenden psychologischen Implikationen. Was war es, das Howard wollte? – oder es zu wollen glaubte; denn es ist zugegebenermaßen meine Laientheorie, Dr. Cornbranch, daß Howard sich niemals wirklich in Sally verliebt hat, sondern dies lediglich glaubte. Er wollte – oder glaubte zu wollen – Diedrichs Frau. Was stand dem im Wege? Nur Diedrich. Indem er Diedrich los wurde, so mußte es Howard erscheinen, gewann er Diedrichs Frau. Die Tatsache, daß er, während er versuchte, Diedrich zu töten, zufällig Sally erwürgte, ist, rein logisch gesehen, nicht von Belang – eine tragische Nebensache.

Auf psychologischem Wege kommt man jedoch ebenfalls bei Diedrich als intendiertem Opfer an. Ich hatte nie die geringsten Zweifel daran – genaugenommen von der Zeit vor zehn Jahren an, als ich Howard in Paris kennenlernte –, daß die treibende Kraft in Howards Gefühlsleben von frühester Kindheit an ödipal gewesen ist. Seine Vaterverehrung war offensichtlich und eindeutig. Die Skulpturen in Howards Pariser Studio stellten Zeus dar, Adam, Mose – selbst damals schon Mose –; im Grunde jedoch stellten sie alle nur Diedrich dar; als ich Diedrich dann zehn Jahre später wirklich begegnete, sah ich, daß sie alle auch noch Diedrichs Züge getragen und seine Statur gehabt hatten.

Howards Lebensgeschichte machte eine solche Vatervergottung beinahe unausweichlich: die unbekannte Mutter, die ihn als Baby nicht hatte behalten wollen, und der große, starke, bewundernswerte Über-Mann, der ihn aufgenommen hatte, sein väterlicher Beschützer geworden war und Vater und Mutter in einem ersetzt hatte. Und – wie in der Ödipussage – der Keim zum Vatermord war bereits angelegt; denn aus Liebe mußte Haß werden, wenn der Sohn sich vom Vater zurückgewiesen sah und dieser statt dessen seine Liebe – wie es Howard erschien – auf eine Frau übertrug, die zudem eine Fremde war. Da ging die Saat auf: Als Diedrich Sally heiratete, erlitt Howard seine erste Amnesieattacke. Und dann ›verliebte‹ sich Howard in die Frau, die ihm den Vater gestohlen hatte! Ich lasse mich gerne korrigieren, Dr. Cornbranch, aber ich unterstelle, daß dies keine echte Liebe war – es war der unbewußte doppelläufige Versuch, *sowohl seinen Vater dafür zu bestrafen, daß er ihn zurückgesetzt hatte, als auch der Versuch, die Liebe seines Vaters zurückzuerobern, indem er die Beziehung zu der Frau zerstörte, die für seine Zurücksetzung verantwortlich war.*

Beachten Sie bitte folgenden bemerkenswerten Umstand: Während er plant, den treulosen Vater zu töten, wendet er eine Technik an, mit der er nach und nach noch einen ganz anderen

Vater ›tötet‹!« Dr. Cornbranch wirkte perplex. Ellery beugte sich vor und sprach den Neurologen direkt an: »In dieser Familie, in der Christina Van Horn, Howards Adoptiv-Großmutter, Howards Kindheit und Jugend mit ihrer Bibelbesessenheit überschattet hat – die von ihrer Ehe mit einem fundamentalistischen Fanatiker, der den lebendigen Jehovah gepredigt hatte, herrührte – wie konnte es in dieser Familie anders kommen, als daß Howard die Übermacht dieses Gottvaters in Fleisch und Blut überging? Wir sehen so, wie perfekt die Perfektion tatsächlich ist: *Indem er vorsätzlich die Zehn Gebote des göttlichen Vaters brach, zerstörte Howard das mächtigste Vaterbild überhaupt.*«

Ellery schaute mit jener Mischung aus Mitleid und Abscheu, die alle normalen Menschen in der Gegenwart von Geistesgestörten empfinden, auf jenes formlos zusammengekauerte Etwas, das einmal Howard gewesen war, herab, und sagte mit großer Sanftheit: »Jetzt wissen Sie auch, Gentlemen, warum ich Ihre Geduld so strapazieren mußte: Howards gesamter Plan entspringt der Wahnwelt eines kranken Gehirns.

Ich weiß nicht, wie die Diagnose, die Sie von der medizinischen Zunft stellen werden, Dr. Cornbranch, genau lauten wird; aber es wird selbst Laien einleuchten, daß der Plan, die Zehn Gebote als Vorlage verschiedener Verbrechen zu benutzen, um in hinterhältigem Mord zu kulminieren, und diesen Plan derart raffiniert und unbeirrt in die Tat umzusetzen, wie es dieser Mann, sowohl bewußt als auch unbewußt, in diesem Fall getan hat, nach einer Diagnose im Behandlungszimmer eines spezialisierten Psychiaters verlangt und nicht nach einem gewöhnlichen Strafprozeß, wie er für geistig zurechnungsfähige Rechtsbrecher vorgesehen ist.

Es wäre nicht richtig, diesen Mann wie einen gewöhnlichen Mörder zu behandeln. Er ist, wenn Sie so wollen, auf kriminelle Art wahnsinnig; und ich werde meine biblische Analyse jederzeit und überall, wo Sie es wünschen, wiederholen, wenn ich auf diese Weise nur dazu beitragen kann, daß er dort hinkommt, wo er hingehört – in eine psychiatrische Klinik.«

Ellery blickte zu Diedrich Van Horn hinüber, sah aber sofort wieder weg, denn Diedrich weinte.

Eine Zeitlang war niemand zu hören außer Diedrich; dann versiegte auch sein Schluchzen.

Ankläger Chalanski schaute Dr. Cornbranch an.

Er räusperte sich.

»Doktor, was ist Ihre Meinung zu … zu dem Ganzen?«

»Ich möchte mich jetzt noch nicht zu den forensischen Aspekten dieses Falles äußern, Chalanski. Das wird einige Zeit in Anspruch nehmen und bedarf gründlicher – ähm – Beratung mit den Kollegen.«

»Nun!« Der Staatsanwalt stützte sich mit den Ellenbogen auf die Knie.

»Vom Standpunkt der Anklage aus – einmal abgesehen davon, was seine Anwälte dann daraus zu machen versuchen – haben wir hier einen Fall, den ich sofort vor Gericht bringen werde, sobald die Verhandlung vor dem Coroner vorbei ist.«

Chief Dakin rührte sich. »Die Laborberichte aus Connhaven?«

»Ja. Ich hatte bereits einen Vorbericht von denen bekommen, bevor der Zirkus hier losging, Dakin. Die vier Haare, die zwischen seinen Fingern gefunden worden sind, waren labortechnisch einwandfrei als Mrs. Van Horns Kopfhaar zu identifizieren. Die Gewebepartikel unter seinen Nägeln, sagen die Leute vom Labor, stammen von Mrs. Van Horns Kehle. Es besteht praktisch kein Zweifel daran, und wir werden es auch vor Gericht beweisen können. Ehrlich gesagt, interessiert es mich im Moment auch nicht übermäßig, ob er sie umgebracht hat und dabei wußte, daß sie es war, oder sie im Dunkeln für Mr. Van Horn gehalten hat. Ein Motiv haben wir so oder so. Er wäre nicht der erste, der seine ehebrecherische Geliebte und Komplizin beseitigt hätte. Genaugenommen«, fuhr er mit so etwas wie einem Lächeln fort, »fände ich es sehr viel einfacher, dies als Motiv anzuführen, als diese zusammenfabuliert klingende Geschichte vom Haß auf das Vaterbild. Das wäre es denn also …«

Chalanski wollte sich erheben.

»Bringen Sie mich jetzt fort?« fragte Howard.

Hätte der kleine Plastilin-Jupiter in Howards Atelier plötzlich zu sprechen begonnen, wäre niemand heftiger erschrocken.

Er sah weder Chalanski noch Ellery an, sondern Chief Dakin.

»Ob wir Sie fortbringen? Ja, Howard«, erwiderte Dakin unangenehm berührt, »ich fürchte, so sieht es aus.«

»Ich möchte noch etwas erledigen, bevor Sie mich wegbringen.«

»Sie möchten zur Toilette?«

»Der älteste Trick der Welt«, grinste Chalanski. »Aber das würde Ihnen rein gar nichts nützen, Van Horn. Oder war nicht Waye der Name? Das Haus ist drinnen voller Polizei und auch draußen umstellt.«

»Der hat sie wirklich nicht alle«, brummte Coroner Grupp.

»Ich will nicht weglaufen«, sagte Howard. »Wohin sollte ich schon laufen?«

Grupp und Chalanski lachten.

»Warum hören Sie ihm nicht zu!«

Es war Diedrich, aufgesprungen, mit verzerrtem Gesicht.

In derselben vernünftig klingenden, geduldigen Weise wiederholte Howard: »Ich möchte nur hinaufgehen in mein Atelier, das ist alles.«

Eine Weile herrschte Schweigen.

»Wozu?« fragte Dakin schließlich.

»Ich werde es niemals wiedersehen.«

»Ich sehe da kein Problem drin, Chalanski«, erklärte Dakin. »Er kann nicht entkommen, und er weiß es.«

Der Staatsanwalt zuckte mit den Schultern. »Die Bewachung des Häftlings gehört in Ihren Verantwortungsbereich, Dakin. Ich würde ihn an Ihrer Stelle allerdings nicht lassen.«

»Was sagen Sie, Dr. Cornbranch?« fragte der Polizeichef stirnrunzelnd.

Der Neurologe schüttelte den Kopf. »Nicht ohne bewaffnete Begleitung.«

Dakin zögerte.

»Howard, was möchten Sie denn im Atelier erledigen?« fragte Ellery.

Howard antwortete nicht.

»Howard …« bat Diedrich.

Howard stand nur da und blickte zu Boden.

»Warum antworten Sie nicht, Howard?« fragte Dr. Cornbranch. »Was ist es, was Sie dort tun möchten?«

»Ich möchte meine Skulpturen zertrümmern«, erwiderte Howard.

»Nun ja, das«, erklärte der Neurologe, »ist eine nachvollziehbare Bitte. Unter den Umständen.«

Er sah Dakin an und nickte.

Dakin schaute dankbar. Zu dem jungen Polizisten, der hinter Howard stand, sagte er: »Geh mit ihm, Jeep.«

Howard machte auf dem Absatz kehrt und verließ ruhigen Schrittes den Raum.

Der Polizist zurrte seinen Gürtel zurecht und tastete nach dem schwarzen Griff seiner Waffe. Dann folgte er Howard aus dem Zimmer und trat Howard dabei beinahe in die Fersen.

»Aber nicht zu lange!« rief Dakin ihnen hinterher.

Diedrich setzte sich; sein Körper sackte schwer in den Sessel. Nicht einmal mehr beim Hinausgehen hatte Howard Diedrich eines Blickes gewürdigt.

Oder mich, dachte Ellery. Er ging zu einem der großen Fenster des großen Mannes und sah auf den Garten hinaus, wo drei Streifenbeamte in Sonnenlicht des späten Nachmittags standen, rauchten und lachten.

* * *

Es waren noch keine drei Minuten vergangen, als sie beim ersten splittrigen Krachen zur Decke starrten.

Wieder krachte es, und abermals; bald entstand ein sich beschleunigender Rhythmus der Zerstörungswut. Dann hörten die Bruchgeräusche plötzlich auf; einen langen Atemzug lang herrschte Stille; schließlich endete das Ganze in einem letzten ikonoklastischen Rundumschlag.

Nun dauerte die Stille an.

Sie standen jetzt alle in Türnähe, durch die der Fuß der Treppe zu sehen war, und warteten auf den Bilderstürmer, der im Gewahrsam des Polizisten die Treppe hinunterkommen mußte; doch nichts geschah; es erschien kein Bilderstürmer und kein Polizist. Der Blick auf die Treppe blieb leer.

Dakin ging in den Flur und legte die Hand auf den Treppenpfosten aus gebleichtem Eichenholz. »Jeep!« rief er. »Bring ihn jetzt runter!«

Jeep antwortete nicht.

»*Jeep!*« Diesmal brüllte er, mit deutlichen Anzeichen von Panik.

Dennoch kam keine Antwort.

»Um Gottes willen«, keuchte Dakin. Sein Gesicht, das er ihnen kurz zuwandte, war aschfahl.

Er stürzte die Treppe hoch; alle stürzten hinterher.

* * *

Der Polizist lag ausgestreckt vor der geschlossenen Tür zu Howards Atelier mit einem purpurroten Bluterguß über dem linken Ohr; seine langen Beine zuckten, während er versuchte, sich aufzurichten.

Der Revolver steckte nicht mehr im Halfter.

»Hat mich in den Bauch geschlagen, als wir die Tür erreichten«, keuchte er. »Hat sich meine Waffe geschnappt. Mir damit eins übergezogen. Mir wurde schwarz vor Augen.«

Dakin rüttelte an der Tür.

»Abgeschlossen.«

»Howard!« rief Ellery; Chalanski drängte ihn jedoch zur Seite und brüllte: »Van Horn, Sie öffnen jetzt die Tür. Und zwar auf der Stelle!«

Die Tür verriet nicht, was innen vorging.

»Haben Sie einen Schlüssel, Mr. Van Horn?« fragte Dakin japsend.

Diedrich sah ihn wie betäubt an. Er hatte die Worte gar nicht gehört.

»Dann müssen wir sie eben aufbrechen.«

Sie bildeten gerade wenig mehr als einen Meter von der Tür entfernt einen lebendigen Stoßkeil, als der Schuß fiel.

Es war ein einzelner Schuß, auf den das Geräusch von etwas Metallenem folgte, das zu Boden fiel.

Ein dumpferes Geräusch wie das Zubodensacken eines Körpers blieb aus.

Sie brachen in einem einzigen Anlauf durch die Tür.

Howard baumelte vom mittleren Dachsparren seines Ateliers herab. Seine Arme pendelten noch; Blut tropfte von beiden Handgelenken und bildete zwei Lachen auf dem Boden. Er hatte sich selbst mit einem Meißel die Haut aufgeschlitzt, war mit einem Seil um den Hals, das er von seinem Flaschenzug genommen hatte, auf einen Stuhl geklettert, hatte das Seil um den Balken geschlungen, beide Enden fest um seinen Hals zusammengeknotet und den Stuhl unter sich weggetreten, während er sich die Revolvermündung in einem spitzen Winkel in den Mund steckte und abdrückte. Die .38er-Kugel hatte den Gaumen durchschlagen und war unter Mitnahme eines Teils vom Schädeldach ausgetreten.

Chalanski verzog das Gesicht, entfernte die Kugel aus dem Dachbalken, in dem sie sich eingenistet hatte, und wickelte sie in sein Taschentuch ein.

»Der wollte aber auf die schlimmstmögliche Art sterben«, murmelte Coroner Grupp.

Plastilin, Ton und Steinfragmente waren über den ganzen Atelierboden verstreut. Wolfert Van Horn jaulte auf, als er auf ein großes Jupiter-Bruchstück trat und sich dabei den Fuß verstauchte.

* * *

Die Zeitungen stürzten sich auf den Fall.

Wie Inspektor Queen es formulierte: »Mord, Sex und der liebe Gott – Auflagenmanager träumen doch nur von so einem Fall.«

Auf unbekanntem Wege war ein vollständiger Bericht von Ellerys Predigt über die Zehn Gebote dem ersten Sender zugespielt worden. Von da an ging es abenteuerlich zu. *Ellery Queens größter Fall; Moses-Mörder findet Meister; Der Zehner-Coup; Detektiv stellt mit gutem Buch bösen Mann; E. Q. überbietet eigene Triumphe* – dies waren nur einige der Original-Schlagzeilen und Unterschlagzeilen, bei denen sich dem Meister der Magen herumdrehte. Schneestürme von Zeitungsartikeln aus den ganzen USA und Kanada schneiten das Apartment der Queens ein, da Inspector Queen sein sauer verdientes Geld in die ruhmreichere Ausstattung des Sammelalbums seines Sohnes investierte, was ganz eindeutig nicht auf die Initiative des Sohnes, sondern auf jene des Vaters zurückging. Drei Wochen lang bahnten sich kluge Köpfe wie Dummköpfe einen immer breiteren Weg zur Tür der Queens; das Telefon stand nicht mehr still. Es kamen Reporter wegen Interviews; Ghostwriter, die bereits die fertig getippte Van-Horn-Saga mitbrachten und nur noch auf ein Nicken des Meisters und seine Bescheidung mit einem geringen Anteil am Honorar hofften; es belästigten ihn Zeitschriftenredakteure am anderen Ende des Drahts und Fotografen auf der unsicheren Seite der Tür; es kamen auch mindestens zwei Werbeleute, die – in einem Fall – auf die Billigung eines dem ›Berühmten Detektiv‹ gewidmeten Cremeshampoos hofften, in einem anderen Fall darauf, daß sich der Umsatz eines Parfums namens ›Mord‹ durch die Förderung der *cause célèbre* kräftig ankurbeln lassen werde; und der Rundfunk – der ebenfalls nicht zurückstehen wollte, kam mit dem Anliegen, Mr. Queen sonntagnachmittags zusammen mit einer Reihe bekannter Glaubensmänner – Protestanten, Katholiken, Juden – für ein Programm mit dem Titel »Die Heilige Schrift gegen Howard Van Horn« gewinnen zu wollen. Diese und eine Armee weiterer ausgesuchter Holzhammerschwinger trachteten danach, den ›Berühmten Detektiv‹ zur noch heroischeren Gestalt zurechtzuhauen, und das für gleichbleibend atemberaubende Summen. Ellery drohte im Zorn, er werde selbst zum Holzhammer greifen, wenn er das unbekannte Plappermaul fände, das die Geschichte mit den Zehn Geboten an die Presse weitergeleitet hatte – einige Monate lang hätte er geschworen, der Täter heiße Dr. Cornbranch, den eine abstruse höhere Psychologie dazu veranlaßt hatte –; Inspector Queen jedoch beschwichtigte ihn und um es nicht zu verschweigen, muß gesagt werden, daß Mr. Queen nach dem neunten Tag – als er es sich endlich leisten konnte, ohne dabei ertappt zu werden – ein paar verstohlene Blicke in das Sammelalbum des Inspektors warf, das sich nun im Endstadium der Überfütterung befand. Woraufhin er – ob er wollte oder nicht – jenes satte innere Glühen verspürte, das die Herzen auch der Allerbescheidensten gelegentlich erfüllt; einen Artikel las er sich sogar bis zum Schluß durch, denjenigen nämlich, der von ihm als »Wunderknaben aus der 87. Straße mit seiner eindrucksvollsten Darbietung« sprach.

Dennoch erreichte niemand bei diesem fiebrigen Zwischenspiel in Ellerys Karriere jenes Wortbildungsgenie, das in einem der Sonntagsartikel für eines der gehobeneren Journale unter der Überschrift »Der Fall des schizophrenen Bibliomanen« eine Wendung geprägt hatte, die in die Lexika der Kriminologie eingehen würde.

Dieser Einstein der Etymologie bezog sich auf Mr. Queen als »denjenigen, von dem fortan und für alle Zeiten als dem *Deka-Logischen Detektiv* gesprochen werden muß.«

Hier endet das Buch der Toten.
Und es beginnt das Buch der Lebenden.

TEIL 2

Am zehnten Tage

Der zehnte Tag

Seine Beute war der Mensch; und er durchstreifte die Niederungen des Frevels mit einer Zauberwaffe; jeder blutige Erfolg bei einer Hetzjagd mehrte seinen Ruhm. Niemals schienen Bösewichte wilder oder verschlagener gewesen zu sein; niemals auch waren sie williger in die Fallen getappt. Denn er war Ellery, Sohn des Richard, der mächtige Jäger vor dem Gesetz; und niemand vermochte ihm zu widerstehen.

* * *

Das Jahr, das auf die *tour de force* mit den Van Horns folgte, war ganz einfach das geschäftigste und erfolgreichste in Ellerys Karriere. Fälle belagerten ihn; sie flatterten aus allen Windrichtungen auf seinen Schreibtisch, manche überquerten gar den Ozean. In jenem Jahr unternahm er zwei Reisen nach Europa, eine nach Südamerika und eine nach Shanghai. Er war in Los Angeles, Chicago und Mexico City. Inspector Queen klagte, er hätte seinen Sohn genauso gut zum Werbefachmann für den Reisezirkus erziehen können; er sehe seinen Sohn so selten. Und Sergeant Velie lief tatsächlich auf dem Bürgersteig, der das Polizeihauptquartier umsäumte, gut drei Meter an Ellery vorbei, bevor ein verkümmertes Gedächtnis ihn dazu veranlaßte, sich umzudrehen.

Auch herrschte im heimatlichen Asphaltdschungel keine Dürre. Die Sümpfe von New York hallten von Ellerys enormer Ausbeute wider. Da gab es den Fall des spastisch gelähmten Botanikers – Spezialist für Echte Moose und Lebermoose –, in dem Ellery zu den entscheidenden Schlußfolgerungen gelangte – auf der Basis eines Torfmoosbröckchens, das nicht größer war als sein Daumennagel – und so bis in die Chirurgie eines der angesehensten Krankenhäuser der Stadt vordrang, um ein Leben zu retten und einen Ruf zu vernichten. Dann gab es da den Fall Adelina Monquieux, über dessen bemerkenswerte Lösung vor dem Jahre

1972 nichts enthüllt werden darf, wie die seltsame Dame ihren Testamentsvollstreckern auftrug; und dies sind nur willkürlich ausgewählte Beispiele. Die vollständige Liste der Fälle steht in Queens Arbeitskalender, und die werden, wenn die Zeit reif ist, zweifellos auch in der einen oder anderen Form Verleger finden.

Es war Ellery selbst, der sich Einhalt gebot. Besonders viel Fleisch hatte er ohnehin nie auf den Rippen gehabt; nun allerdings hatte er seit September des Vorjahres so viel Gewicht verloren, daß es ihn beunruhigte.

»Das kommt von dieser verfluchten Rumhetzerei«, bemerkte Inspector Queen eines Augustmorgens am Frühstückstisch. »Ellery, du mußt unbedingt kürzer treten.«

»Tu ich schon. Ich war gestern bei Barney Kull; er sagte zu mir, wenn ich ehrenhaft an einem Herzinfarkt sterben wolle, brauchte ich bloß im Tempo der letzten elf Monate weiterzumachen.«

»Ich hoffe, das hat dich zur Vernunft gebracht, Junge! Und was hast du nun vor?«

»Nun ja … ich habe in diesem Jahr genug Material für 20 Romane zusammengetragen und hatte nicht einmal die Zeit, auch nur einen einzigen zu planen, geschweige denn zu schreiben. Ich werde mich wieder dem Schreiben widmen.«

»Und der Fall Crippler?«

»Den habe ich Tony zugeschustert – mit meinem Beileid.«

»Gott sei Dank«, erwiderte der Inspektor in einem Anfall der Frömmigkeit; denn auf dem Regal über seinem Bett war kein Platz mehr für auch nur ein weiteres Sammelalbum. »Aber warum die Hektik? Warum ruhst du dich nicht erst mal gründlich aus? Fahr doch irgendwohin.«

»Ich bin es gründlich leid, irgendwo hinzufahren.«

»Naja, wie konnte ich auch erwarten, daß du dich einfach mal faul hinlegst, was dringend nötig wäre«, grummelte der alte Gentleman und griff nach der Kaffeekanne. »Ich nehme an, du wirst dich in dieser Opiumhöhle einschließen, die du als Arbeitszimmer bezeichnest, und nicht mehr daraus hervorkriechen. Aber sag mal! Du hast ja die verschlissene alte Strickjacke an!«

Ellery grinste. »Ich sagte doch gerade, ich fange ein Buch an.«

»Wann?«

»Sofort. Heute. Heute morgen.«

»Woher du die Kraft nimmst … Warum leistest du dir nicht erst mal eine neue Jacke? – Wenn es schon so was Weibisches sein muß.«

»Diese Jacke aufgeben? Das ist meine Schreibkluft.«

»Na denn«, knurrte sein Vater und schob sich vom Tisch zurück. »Jeder, wie er will. Bis heute abend, Junge.«

* * *

Also betritt Mr. Queen einmal mehr sein Arbeitszimmer, schließt die Tür und bereitet sich darauf vor, als Autor sein Bestes zu geben.

Man muß sich dabei vor Augen halten, daß die Vorgänge, die daran beteiligt sind, ein Buch geistig zu empfangen, sich technisch von denen unterscheiden, die daran beteiligt sind, es schließlich in die Welt zu setzen.

Im erstgenannten Stadium müssen Schreibmaschinen genau untersucht und gereinigt, Farbbänder gewechselt, Bleistifte gespitzt, frisches Papier in genau dem Abstand vom Arm aufgeschichtet werden, der die geringste Anstrengung garantiert, Notizen oder Entwürfe im exakten spitzen Winkel an die Maschine gelehnt werden und so fort. Die Situation zu Beginn des eigentlichen Konzipierens ist beklagenswerterweise vollkommen anders. Selbst wenn man voraussetzt, daß die unzähligen Ideen im Kopf des Schriftstellers ungeduldig Funken schlagen, fehlt ihm dennoch der geringste Grund, sich mit Schreibtischutensilien, deren Pflege und Anordnung zu befassen. Es bleibt ihm nur der Teppich und sein elendes Selbst.

Also beobachte man Mr. Queen an diesem schönen frühen Augustmorgen jenes Jahres, das auf den Fall Van Horn folgte.

Der Wille treibt ihn energisch. Er schreitet auf und ab wie ein General, der seine Geistestruppen formiert. Seine Stirn ist gelassen; die Augen aufmerksam, aber ruhig. Seine Beine bewegen sich gemächlich und sicher, die Hände bleiben ohne Regung.

Dann sehe man ihn sich 20 Minuten später an.

Seine Beine werden unruhig, der Blick panisch, die Stirn kräuselt sich. Seine Hände sind zu hilflosen Fäusten verkrampft. Er lehnt sich gegen eine Wand, um sich am Verputz zu kühlen. Er schießt auf einen Stuhl zu, setzt sich mit flehend zwischen den Knien gefalteten Händen auf dessen Kante, springt wieder auf, stopft sich eine Pfeife, legt sie wieder hin, zündet sich eine Zigarette an, zieht zweimal daran, sie erlischt, bleibt aber zwischen seinen Lippen stecken. Er knabbert an seinen Nägeln, reibt sich die Stirn, erforscht ein Zahnloch, zwickt sich in die Nase, stopft die Hände in die Jackentaschen, tritt nach einem Stuhl, linst verstohlen nach der Schlagzeile der Morgenzeitung auf seinem Schreibtisch, wendet den Blick jedoch heroisch wieder ab. Er tritt ans Fenster und entwickelt ein plötzliches lebhaftes Interesse an den wissenschaftlichen Aspekten einer die Fensterscheibe hochkrabbelnden Fliege. Er fühlt nach den Tabakkrümeln in seiner rechten Tasche, rollt einen in Baumwollfusseln ein und legt dieses Bündelchen dann auf ein Stück Papier, das sich zufällig in derselben Tasche befindet. Er faltet das Papier darum, nimmt es dann heraus und schaut es an.

Darauf steht:

Van Horn
North Hill Drive
Wrightsville

1

Ellery ließ sich auf seinem Schreibtischstuhl nieder. Er legte den Papierschnipsel auf die Schreibtischauflage, beugte sich vor, legte beide Arme flach auf die Tischplatte, stützte sein Kinn mit den Händen ab und starrte das Papier an, das lediglich fünf Zentimeter von seiner Nase entfernt lag.

Van Horn. North Hill Drive. Wrightsville.

Und das ist alles, was vom Fall Van Horn geblieben ist.

Er erinnerte sich nun sehr genau an die Szene fast ein Jahr zuvor.

Er hatte genau dieselbe Strickjacke getragen (*Herrje, das war das letzte Mal, daß ich sie anhatte*).

Er hatte Howard etwas Geld gegeben, um nach Hause fahren zu können, war mit ihm nach unten gefahren; Howard hatte ein Taxi herbeigewunken, sie hatten sich auf dem Bürgersteig die Hand geschüttelt, als Ellery schlagartig einfiel, daß er Howards Wohnort nicht kannte. Sie hatten lachen müssen; Howard hatte dann ein schwarzes Notizbuch aus dem Anzug gezogen, den Ellery ihm geliehen hatte, hatte eine Seite herausgerissen und seine Adresse darauf notiert.

Diese Seite.

Ellery war nach oben zurückgefahren, hatte an Wrightsville gedacht und den Papierschnipsel schließlich in eine Tasche seiner Strickjacke gesteckt; dort war er auch geblieben, denn er hatte die Jacke am nächsten Tag in den Schrank geschlossen, wo sie seitdem unbenutzt gehangen hatte.

Alles, was übrig ist.

Als er die zierliche, wie eingravierte Schrift studierte, hatte er Howard vor Augen, dann Sally, Diedrich und Wolfert, sogar die alte Frau; er dachte an sie alle.

Eine Fliege ließ sich auf dem ›Van‹ nieder und blieb dort frech sitzen. Ellery spitzte die Lippen und blies. Die Fliege surrte davon, und das Blatt wendete sich.

Die andere Seite war beschrieben!

Dieselbe zierliche, gravurähnliche Schrift – nur daß diese Seite völlig von ihr bedeckt war.

Ellery setzte sich gerade und griff neugierig nach dem Zettel.

Howards Handschrift. Das schwarze Notizbuch. Doch dies waren keine Adressen oder Telefonnummern. Es war eine in winziger Schrift mit Text vollgeschriebene Seite. Satz für Satz.

Ein Tagebuch?
Es begann in der Satzmitte:

»die albernen Kosenamen, die er für S. erfunden hat, obwohl er ja gnädig genug ist, sie nicht zu benutzen, solange er nicht glaubt, sie seien allein. Warum sollte mich das überhaupt ärgern? Auch noch in seinem *Alter*! Aber komm, sei ehrlich. Du *weißt*, warum ... Trotzdem, diese dämliche Albernheit dabei! Nannte sie ›Lia‹, bevor sie heirateten – Lia!!!!! – genau in dieser Schreibweise in diesem Kitscherguß, den ich mal gef... – und dann ›Salomina‹ nach der Hochzeit. Wo hat er die bloß *her*??!! So *kindisch* auf einmal, der große D. Van H. Und so *geziert*. Salomina – Sally – Sal – ; so eine stupide Reihe; was war eigentlich an ihrem richtigen Namen so schrecklich? Ich *mag* Sara. Ich lie... Mist, muß das lassen, darf das nicht mal schreiben. Es ist sein gutes Recht und auch ihres. *Vergiß es*. Gehe jetzt ins Bett und *hoffe*, schlafen zu können.«

Ein Tagebuch, tatsächlich.
Howard hatte es nie erwähnt.
Lia. Salomina.
Seltsam, wie diese Namen haften blieben.
Lia. Salomina. Wo war Diedrich über sie gestolpert? Ein Gedanke schwebte heran und war plötzlich da; Ellery sah sich zurückversetzt an den Quetonokis Lake, wie er in dem Cabrio, das am Seeufer stand, neben Sally saß. Sie hatte sich umgedreht und die Beine untergeschlagen – und was für Beine das gewesen waren. Howard war zu dem moosbewachsenen Felsblock gegangen und trat nach einem Stein. Ellery hatte ihr eine Zigarette angeboten.
»*Mein Name war Sara Mason.*«
Er konnte ihre Stimme hören und das Aufflattern der Vögel vom Baumstamm im See.
»*Es war Dieds, der mich Sally zu nennen begann, unter anderem.*«

Unter anderem. Unter anderem Lia und Salomina?

Nannte sie Lia, bevor sie heirateten … bevor sie heirateten. Also nicht Sara Mason, sondern ›Lia Mason‹. Vielleicht mochte Diedrich ›Sara‹ ja nicht. ›Sara Mason‹ suggerierte ein völlig falsches Bild von dieser Frau: eine schmallippige Schullehrerin vielleicht; eine neuenglische Hausfrau, die ein Staubtuch um ihr strähniges Haar gebunden hatte und durchs Haus ging, um die Jalousien herunterzuziehen. ›Lia Mason‹ hingegen klang jung und weich und ein wenig rätselhaft. Zu Sally hatte der Name viel besser gepaßt. Über Diedrich Van Horn sagte er allerdings auch etwas. Etwas von Liebe und Geheimnis.

Salomina dann nach der Hochzeit. Klang irgendwie vertraut. Nein, nicht ganz. Es waren die ersten beiden Silben, die den Namen so vertraut klingen ließen. Die Tochter des Herodes … Ellery grinste. Warum dann nicht gleich ›Salome‹? Warum ›Salomina‹? Nun war *-ina* in sich eine feminine Endung. Vermutlich handelte es sich um eine simple Erfindung Diedrichs, wie eben ›Lia‹. Klang sehr melodisch. Wie eine Erfindung Poes.

Er lehnte sich zurück, zündete seine Pfeife an, paffte herzhaft und überließ sich ungezügelt seinen Gedanken; denn damit aufzuhören bedeutete, wieder in völliger Zerknirschung auf dem Teppich auf und ab patrouillieren zu müssen.

Er nahm einen Bleistift und begann, auf einem Notizblock herumzukritzeln.

Lia Mason?

Er schrieb den Namen hin. In der Tat, sehr schön.

Er schrieb ihn noch einmal nieder, diesmal in großen Blockbuchstaben:

LIA MASON

Oho, was war denn das? LIA MASON – A SILO MAN.

Er schrieb die Wörter mit dem ländlichen Beigeschmack dazu; nun las er:

LIA MASON
A SILO MAN

Er betrachtete die Buchstaben des Namens eine weitere Minute und notierte schließlich:

O ANIMALS

Eine Anrufung? Er mußte lachen.
Die nächste Variante hatte er schnell:

NAIL AMOS

Und dann:

SIAM LOAN
MAIL A SON
ALAMO SIN
MONA LISA
SAL…

Mona Lisa.
Mona Lisa?
Mona Lisa!

Das war es. Das war *es*. Dieses *Lächeln*. Jenes weise, traurige, rätselhafte, widersprüchliche Lächeln. Er hatte sich gefragt, wo er Sally zuvor begegnet war. Er hatte sie niemals zuvor getroffen! Sally hatte nur dieses Mona-Lisa-Lächeln, so bestechend ähnlich, als hätte nicht La Gioconda, sondern sie selbst da Vinci Porträt gesessen, und …

Und Diedrich war das aufgefallen?

Zweifellos war es ihm aufgefallen. Diedrich war ein verliebter Mann gewesen.

Aber hatte Diedrich es auch als solches erkannt?

Ellerys Blick wurde starr.

Er studierte den Notizblock erneut.

MONA LISA
SAL

Nahezu automatisch vollendete er die unvollendete Variante:

SALOMINA

Salomina.

Lia Mason, Mona Lisa, Salomina.

Lia Mason, Mona Lisa, Salomina.

Eine Ader in seiner Schläfe begann zu pochen.

Ein Mann liebt eine Frau. Ihr ist ein provozierendes, vertrautes Lächeln zu eigen, in dem er das Lächeln der Mona Lisa wiedererkennt. Die Frau heißt Mason. Der Mann durchlebt gerade seine letzten ›besten Jahre‹; die Frau ist jung und seine erste und einzige Liebe. Seine Leidenschaft wird heftig sein, er wird sich fühlen wie ein halbverhungertes Tier. Besonders vor der Hochzeit wird er vollkommen im Objekt seiner Begierde aufgehen, die Frau zur Besessenheit werden; alles um sie herum wird er wie unter dem Vergrößerungsglas sehen. Der Mann ist außerdem sehr sensibel und ein aufmerksamer Beobachter. Die Entdeckung mit der Mona Lisa ist zu köstlich. Er spielt damit herum, es macht ihm Spaß. Er schreibt den Namen nieder: *Mona Lisa.*

Und plötzlich fällt ihm auf, daß die fünf Buchstaben, die Sara Masons Nachnamen bilden, auch jeweils in dem Namen ›Mona Lisa‹ vorkommen. Es gefällt ihm jetzt nicht mehr einfach; er ist Feuer und Flamme. Er nimmt das *M*, das *A* das *S*, das *O* und das *N* aus dem Namen Moma Lisa heraus. Drei Buchstaben bleiben übrig: *L*, *I*, *A*. Ja, und ist das nicht etwa ein Name? Klingt wie Leah und sieht erheblich besser aus. Lia … Lia Mason … Mona Lisa … Lia Mason.

Insgeheim tauft er seine Braut um. Von da an ist Sara in seiner Gedankenwelt Lia.

Und dann, eines Tages, vertraut er es ihr an. Er sagt es. Laut. ›Lia‹. Schüchtern. Aber sie ist eine Frau; und dies ist wahre Anbetung. Es gefällt ihr. Sie teilen das Geheimnis. Wenn sie allein sind, nennt er sie ›Lia‹.

Sie heiraten und fahren in die Flitterwochen.

Dies ist die Zeit der völligen Symbiose, wenn die Körper sich zusammenfügen und verschmelzen und es außerhalb ihrer Verbindung nichts zu geben scheint; keine Freunde, keine Geschäfte, keine Ablenkung oder auch nur die Möglichkeit einer Ablenkung. Jeder geht völlig im anderen auf. Alle Vergangenheit scheint vergessen. Ein Streichholz kann bedeutungsvoller sein als ein Haus, und ein Name kann das Geheimnis des Universums in sich bergen. Sie fragt ihn, wie er auf ›Lia‹ gekommen ist, oder, wenn er es ihr bereits verraten hat, kommt er noch einmal darauf zu sprechen. Er ist bester Laune, mutig, einfallsreich. ›Lia Mason‹ hat ausgedient. Sie heißt nicht mehr Mason. Er muß einen neuen Namen finden. Schnapp dir Bleistift und Papier, Diedrich, und stelle deinen unerschöpflichen Einfallsreichtum unter Beweis. Was für ein herrlicher, sturer, starker, romantischer, junger alter Haudegen du doch bist, Prinz Heißsporn und d'Artagnan, nun hinweg mit allen Hindernissen! Hokus-Pokus! Abrakadabra! Presto! »Salomina«.

Und sie lachten miteinander; zweifellos sagte sie, ›Salomina‹ sei der schönste Name seit ›Eva‹; aber wäre der Name nicht sehr schwer zu erklären? Er stimmte nachdenklich zu, und sie einigten sich darauf, sie aus gesellschaftlichen Gründen ›Sally‹ zu nennen, was ihr zu jenem Zeitpunkt als geringer Preis für alle die Liebe erschienen sein mußte, mit der dieser wundervolle Titan sie überschüttete.

Ellery seufzte.

Wahrscheinlich war ja doch alles ganz anders gewesen.

Als ob das jetzt noch einen Unterschied machte.

Als ob dies nicht eine hausgemachte Verschwörung zu dem Zweck wäre, das ungeborene Buch abzutreiben.

Tja …

Er stand vom Schreibtisch auf, begab sich auf den Teppich zurück, bereit zu …

Dennoch war es einfach interessant, zu einem so späten Zeitpunkt herauszufinden, daß der arme Diedrich dem Typ Mensch angehörte, der gerne mit Anagrammen spielte. Er erinnerte sich jetzt auch daran, auf seinem Schreibtisch ein Buch über Buchstabenspiele gesehen zu haben, eines Tages, als …

Anagramme?

Anagramme! Naja, sicher, denn genau das waren sie. Merkwürdig, daß ihm nicht sofort aufgefallen war, daß ›Lia Mason‹ und ›Salomina‹, die aus denselben Buchstaben wie der Name ›Mona Lisa‹ gebildet waren, ein Anagramm bildeten.

Denn ein Anagramm …

Denn ein Anagramm …

›*Indem er sein Modell mit H. H. Waye signierte, brach Howard das Gebot*: Du sollst den Namen Gottes deines Herrn nicht mißbrauchen; *ein besonders faszinierendes Beispiel ... Hier dilettiert er ein wenig in der Kabbala und ahmt die okkulten Theosophisten nach ... die glaubten, daß jeder Buchstabe, Wort, Zahl und Akzent der Schrift einen verborgenen Sinn enthalte ... Wenn Sie nun die Buchstaben betrachten, die den Namen H. H. Waye bilden, sehen Sie, daß sie ein Anagramm für* Yahweh *darstellen.*‹

H. H. Waye – Yahweh. Anagramm. Nummer wieviel auch immer – dies war einer der zehn Nägel in Howards Sarg gewesen.

Ellery spürte, wie es in seinem Kopf zu ticken begann; sein getreuer Diener, der Schläfenpuls.

Worüber regst du dich so auf? fragte er seinen Puls gereizt. Diedrich spielte also mit Anagrammen herum. Es bereitete ihm intellektuelle Lust. Und das hatte leider auch für Howard gegolten.

Leider …

Ellery war nun richtig wütend auf sich selbst.

War es möglich, daß zwei Männer zusammen in einem Haus leben, die die gleiche Schwäche für Anagramme teilen?

Herrgott, und ob das möglich war! Es war genauso möglich, wie es möglich war, daß zwei Männer unter einem Dach lebten und die gleiche Schwäche für Bourbon teilten. Und überhaupt, irgendwie war es eben dazu gekommen. Howard hatte das Hobby vermutlich von Diedrich übernommen. Und worüber zerbreche ich mir hier überhaupt den Kopf?

Er hätte sich am liebsten selbst geohrfeigt.

Der Fall war erledigt. Die Lösung war makellos gewesen. Du verdammter Idiot, hör endlich auf, über einen Fall und zwei Leute nachzugrübeln, die seit einem Jahr unter der Erde liegen, und mach dich endlich an die Arbeit!

* * *

Doch jeder Einfall, den das Queensche Gehirn hervorbrachte, drehte sich um ein Anagramm.

* * *

Zehn Minuten später saß Ellery wieder an seinem Schreibtisch und biß sich die Nägel blutig.

Wenn Howard sich jedoch bei Diedrich angesteckt hatte und ein assoziativer Anagrammatiker gewesen war – wenn *überhaupt* ein Anagrammatiker –, warum hatte er dann über die Kosenamen ›Lia‹ und ›Salomina‹ den Satz geschrieben: »Wo hat er die bloß *her*??!!«

Die Namen hatten Howard beschäftigt. Sie hatten ihn geärgert. Dennoch war ihm ihre Ableitung unbekannt geblieben. Ellery war ein Anagrammatiker; und er hatte sie in fünf Minuten gehabt.

Mensch, ist das dämlich!

* * *

Wieder versuchte er es mit dem Roman.

Und versagte erneut.

* * *

Um fünf nach zehn beantragte er ein Ferngespräch nach Connhaven.

Es ist ja nur ein Anruf, sagte er sich. Und dann gehe ich wieder an die Arbeit.

»Detektei Connhaven«, sagte eine Männerstimme. »Burmer am Apparat.«

»Ähm, hallo«, erwiderte Ellery. »Mein Name ist Ellery Queen, und ich …«

»Ellery Queen aus New York?«

»Ja, genau der. Ähm, schaun Sie, Burmer; da gibt es etwas im Zusammenhang mit einem alten Fall, das mich noch immer beschäftigt, und ich prüfe nur ein paar Dinge nach, um mich davon zu überzeugen, daß ich endgültig alt werde und mich besser strickend in den Schaukelstuhl setzen sollte.«

»Nun ja, gut, Ellery. Ich versuche, was ich kann.« Burmer klang leutselig. »War das ein Fall, mit dem ich zu tun hatte?«

»Ja, in gewisser Weise.«

»Was war das für ein Fall?«

»Der Fall Van Horn. Wrightsville, vor einem Jahr.«

»Der Fall Van Horn? Mensch, das war doch ein Riesending, dieser Fall. Mit dem hätte ich *allerdings* gern zu tun gehabt. Dann hätte ich ein paar von den Zeitungsspalten abbekommen, die Sie sich unter den Nagel gerissen haben.« Burmer lachte, als wolle er andeuten, dies sei ein Insiderwitz von Profi zu Profi.

»Sie *hatten* doch damit zu tun«, entgegnete Ellery. »Nicht, was diesen Presseschund anging, natürlich; aber Sie haben Nachforschungen für Diedrich Van Horn angestellt und …«

»Für wen habe ich Nachforschungen …?«

»Für Diedrich Van Horn. Howard Van Horns Vater.«

›*Ich vertraute die Angelegenheit einer renommierten Detektei in Connhaven an.*‹

»Der Herr Papa des Mörders? Ellery, wer hat Ihnen denn das erzählt?« Burmer klang überrascht.

»Er selbst.«

»Wer?«

»Der Vater des Mörders. Er sagte ›Ich vertraute die Angelegenheit einer renommierten Detektei …‹«

»Also, meine war das nicht. Mit den Van Horns hatte ich nie etwas zu tun, Pech eben. Vielleicht meinte er ja Boston.«

»Nein, er sagte Connhaven.«

»Einer von uns muß einen im Tee haben! Was soll ich denn bitte recherchiert haben?«

»Die Identität der leiblichen Eltern seines Adoptivsohnes. Die von Howard, meine ich.«

›*Vor wenigen Minuten habe ich einen Anruf aus Connhaven erhalten. Am Apparat war der Chef der Detektei. Sie haben die ganze Geschichte …*‹

»Ich verstehe nicht.«

»Sie sind doch der Chef Ihrer Detektei?«

»Klar doch.«

»Wer war letztes Jahr Chef?«

»Ich. Es ist mein Laden. Habe das Geschäft seit fünfzehn Jahren.«

»Vielleicht war es einer Ihrer Mitarbeiter …«

»Dies ist ein Ein-Mann-Betrieb, und dieser Mann bin ich.«

Ellery schwieg.

»Oh, natürlich. Habe wohl Aussetzer heute morgen. Wie war noch mal der Name der anderen Detektei in Connhaven?«

»Es gibt keine andere Detektei in Connhaven.«

»Ich meine letztes Jahr.«

»Ich meine *ebenfalls* letztes Jahr.«

»Wie meinen Sie das?«

»Ich meine damit, daß es *nie* eine andere Detektei in Connhaven gegeben hat.«

Wieder schwieg Ellery.

»Worum geht es eigentlich, Ellery?« fragte Burmer neugierig. »Kann ich denn irgendwas, ich meine …«

»Sie haben nie mit Diedrich Van Horn gesprochen?«

»Nee.«

»Sie haben nie für ihn gearbeitet?«

»Nee.«

Ellery schwieg zum dritten Mal.

»Sind Sie noch dran?« fragte Burmer.

»Ja. Burmer, verraten Sie mir eines: Haben Sie jemals den Namen Waye gehört? W-a-y-e? Aaron Waye? Mattie Waye? Begraben auf dem Friedhof bei Fidelity?«

»Nee.«

»Oder von einem Dr. Southbridge?«

»Southbridge? Nein.«

»Danke … danke vielmals.«

Ellery unterbrach die Verbindung. Er wartete ein paar Sekunden, dann war die Entscheidung gefallen, und er wählte die Nummer des La Guardia Airport.

2

Es war noch immer früh am Nachmittag, als Ellery auf dem Wrightsviller Flugplatz aus der Maschine stieg und durch das Verwaltungsgebäude zum Taxistand hastete.

Sein Mantelkragen war hochgeschlagen; ständig zog er sich den Hut tiefer ins Gesicht.

Er kroch in eine der Taxen.

»Bibliothek. State Street.«

Besser mied er die Büros des *Wrightsville Record.*

Wrightsville döste in der Augustsonne. Einige Leute spazierten unter den Ulmen an der State Street entlang. Zwei Polizisten wischten sich auf den Treppen zum Bezirksgericht den Nacken. Einer von ihnen war Jeep.

Ellery fröstelte.

»Die öffentliche Bibliothek, Mister«, sagte der Taxifahrer.

»Warten Sie bitte hier.«

Ellery stürmte die Stufen zur Bücherei hoch; im Foyer jedoch verlangsamte er seinen Schritt. Er nahm den Hut ab und trottete an dem ausgestopften Adler vorbei in Miss Aikins Allerheiligstes und versuchte dabei auszusehen wie ein Wrightsviller, der aufgrund der lastenden Hitze froh war, überhaupt einen Hafen ansteuern zu können, solange er Kühle spendete. Er hoffte, Mrs. Aikin möge nicht da sein. Das war sie denn doch – dieselbe alte spitzgesichtige Gorgo. Sie kassierte von einem etwa elfjährigen Mädchen gerade eine Gebühr von sechs Cents für ein Buch, das seit drei Tagen überfällig war. Miss Aikin schaute mißtrauisch auf, als sie ihre Bargeldschublade aufzog; doch der Mann im Mantel wischte sich mit einem Taschentuch das Gesicht und wischte noch immer, als er an ihrem Pult vorbeikam; er wischte auch dann noch, als er im quer dazu verlaufenden Gang verschwand.

Ellery stopfte das Taschentuch in eine Tasche und schoß auf eine Tür zu, auf der *Lesesaal Zeitschriften* stand.

Am Pult des Lesesaals saß niemand. Nur eine einzige Person hielt sich im Saal auf, eine junge Dame, die selig über einem Ordner mit Ausgaben der alten *Saturday Evening Post* schnarchte.

Auf Zehenspitzen schlich Ellery zu den Ordnern mit dem *Wrightsville Record*. Er hievte einen schweren Band des Datums 1917 mit ungeheurer Vorsicht vom Regal an der schlafenden Schönheit vorbei zu einem Lesepult und öffnete ihn sanft.

›... während eines heftigen Sommergewitters ...‹

Dennoch begann er beim Monat April, um auch die Frühlingsmonate mit abzudecken.

Der Unfalltod eines ortsansässigen Arztes auf der eiligen Rückkehr von einer Entbindung wäre mit Sicherheit Schlagzeilenstoff für die führende Wrightsviller Zeitung des Jahres 1917 gewesen. Dennoch sah Ellery alle Seiten durch. Gott sei Dank war der *Record* in jenen Tagen noch ein Vierseiter gewesen.

Auch die Todesanzeigen jeder Ausgabe überflog er *en passant*.

Mitte Dezember gab er auf, stellte den Band auf das Regal zurück, verließ die fröhlich schnarchende junge Frau über ihren

Magazinen und verließ die Wrightsviller Bibliothek durch eine Tür, auf der klar zu lesen war: »Kein Ausgang«.

Es war ihm einigermaßen übel.

* * *

Ellery schlurfte auf die Upper Whistling Street zu; seine Hände steckten zitternd in den Manteltaschen.

Am Eingang des Gebäudes der Northern State Telephone Company unternahm er einen Versuch, die Fassung wiederzugewinnen; dies kostete ihn einige Minuten.

Dann ging er hinein und bat darum, mit dem Direktor sprechen zu dürfen.

Was für eine Geschichte er diesem erzählte, vermochte er später nicht mehr klar zu erinnern; zumindest war es nicht die wahre Geschichte, dennoch sicherte sie ihm einen Einblick in die Telefonbücher der Jahre 1916 und 1917.

Es kostete ihn genau 25 Sekunden, um festzustellen, daß niemand des Namens Southbridge im Jahre 1916 aufgelistet war.

20 Sekunden später war ihm klar, daß auch das Telefonbuch des Jahres 1917 keinen Southbridge gekannt hatte.

Der Blick aufgescheuchten Wildes trat in seine Augen, als er nach den Telefonbüchern der Jahre 1914, 1915, 1918, 1919 und 1920 fragte.

Kein Southbridge war in ihnen zu finden, ob nun Mediziner oder nicht.

Als er nach seinem Hut griff, ging es ihm ganz erheblich schlecht.

* * *

Er mied den Square. Statt dessen lief er die Upper Whistling an der Jezreel Lane und an der Lower Main Street vorbei zur Slocum.

Er bog in die Slocum ein und hastete den einen Häuserblock zur Washington entlang.

Logan's Market brummte vor Fliegen – und vor wenig sonst. Die Kreuzung Slocum/Washington Street war verlassen. Dankbar überquerte er die Washington Street und betrat das Geschäftsgebäude, hatte er doch Andy Birobatyans einen Arm und sein feingezeichnetes armenisches Gesicht erspäht und in diesem Augenblick eine unüberwindliche Abneigung gegen Blumen und Armenien verspürt.

Er stieg mühsam die Holzstufen des Bürogebäudes hinauf, irritiert von den Geräuschen, die seine eigenen Füße auf den alten Balken erzeugten.

Oben an der Treppe angelangt, wandte er sich nach rechts und las das vertraute Schild:

MILO WILLOUGHBY, M. D.

Er probte ein Lächeln, atmete tief durch und trat ein.

Die Tür zu Dr. Willoughbys Untersuchungszimmer war geschlossen.

Ein Farmer mit gelblichem Gesicht und schmerzgezeichnetem Blick saß auf einem Stuhl.

Eine schwangere Frau saß mit verträumtem Blick auf einem Stuhl daneben.

Ellery setzte sich ebenfalls hin und wartete. Noch immer dieselbe häßliche grüne Sesselgarnitur, dieselben verblaßten Currier & Ives-Drucke an den Wänden, derselbe Ventilator, der über ihnen ratterte.

Die Tür zum Untersuchungsraum öffnete sich, und eine weitere Schwangere, die nicht mehr so jung war wie die Dame, die im Warteraum saß, watschelte hinaus. Und dann kam Dr. Willoughby herein, alt geworden, wirklich alt. Ausgemergelt. Eingefallen. Seine ehemals scharfen Augen waren stumpf und schwerlidrig. Er starrte in Ellerys Richtung, sagte »In ein paar Minuten kümmere ich mich um Sie, Sir« und nickte der anderen Dame zu.

Die Dame erhob sich, hielt ein Etwas in der Hand, das in einer bräunlichen Tüte steckte, ging ins Behandlungszimmer, und Dr. Willoughby schloß die Tür.

Als sie ohne Tüte wieder herauskam, winkte Dr. Willoughby den Farmer herein.

Als auch der Farmer wieder herauskam, betrat Ellery das Behandlungszimmer.

»Sie erinnern sich nicht mehr an mich, Dr. Willoughby?«

Der alte Mediziner schob sich die Brille höher auf den Nasenrücken und guckte angestrengt.

»Ja, ist es denn die Möglichkeit – Mr. Queen!«

Sein Händedruck war weich, feucht und zittrig.

»Ich habe davon gehört, daß Sie letztes Jahr in der Stadt waren«, fuhr Dr. Willoughby fort, indem er aufgeregt einen Stuhl hinüberschob, »sogar bevor die Zeitungen von dieser schrecklichen Geschichte berichtet haben. Warum haben Sie uns denn nicht besucht? Hermy Wright ist sehr ungehalten über Sie. Und ich selbst war auch einigermaßen gekränkt!«

»Ich war nur neun Tage in der Stadt, Doktor, und hatte einigermaßen zu tun«, erwiderte Ellery mit mattem Lächeln. »Wie geht es Judge Eli? Und Clarice?«

»Werden alt. Wir werden alle alt. Und warum sind Sie diesmal hier? Ach, ganz gleich, ich rufe am besten erst einmal Hermione an …«

»Ähm, bitte nicht«, sagte Ellery. »Sehr liebenswürdig, Doktor, aber ich bin nur einen Tag in der Stadt.«

»Ein Fall?«

»Gewissermaßen, ja.« Ellery lachte. »Ich muß gestehen, Doktor, daß ich unhöflicher Mensch vermutlich nicht einmal heute bei Ihnen vorbeigeschaut hätte, wenn ich nicht dringend eine Information brauchte.«

»Wahrscheinlich ist das auch Ihre letzte Chance, mich lebend anzutreffen«, lachte der Doktor.

»Bitte? Wie meinen Sie das?«

»Ach, nur ein alter Scherz von mir.«

»Sind Sie krank gewesen?«

»Jedesmal, wenn ich das gefragt werde«, antwortete Dr. Willoughby, »muß ich an einen alten Spruch des Hippokrates denken: ›Die Alten haben weniger Krankheiten als die Jungen; dafür werden sie sie nicht mehr los.‹ Ist aber nichts Ernstes. Zuwenig zu tun, das ist es! Ich mußte ja das Operieren drangeben …« *Die gelbliche, gespannte, wie gegerbt wirkende Haut; das saft- und kraftlose, ausgedörrte Gewebe – Krebs?* »Was für eine Information, Mr. Queen?«

»Über einen Mann, der im Sommer 1917 bei einem Unfall ums Leben kam, ein gewisser Southbridge. Erinnern Sie sich an ihn?«

»Southbridge«, wiederholte der Doktor stirnrunzelnd.

»Sie kennen vermutlich mehr Wrightsviller Bürger, ob lebendig oder tot, Doktor, als irgend jemand sonst in der Stadt. Southbridge.«

»Es gab eine Familie namens Sowbridge, die in Slocum wohnte und dort um 1906 einen Pferdestall hatte …«

»Nein, dieser Mann hieß Southbridge, und er war Doktor.«

»Ein Arzt?« fragte Dr. Willoughby überrascht.

»Wohl schon.«

»Dr. Southbridge … In Wrightsville kann er nicht praktiziert haben, Mr. Queen, oder auch sonst irgendwo im Bezirk, sonst hätte ich sicher von ihm gehört.«

»Meinen Informationen nach hatte er seine Praxis in Wrightsville. Machte Entbindungen und so.«

»Da ist irgendwo ein Fehler.« Der alte Mann schüttelte den Kopf.

»*Jemand* hat einen Fehler gemacht, Dr. Willoughby«, erwiderte Ellery langsam. »Dürfte ich bitte Ihr Telefon benutzen?«

»Aber sicher.«

Ellery rief das Polizeihauptquartier an.

»Chief Dakin … Dakin? Ellery Queen … Richtig, mal wieder hier … Nein, nur heute. Wie geht es Ihnen?«

»Einfach großartig«, erwiderte Dakins Stimme hocherfreut. »Kommen Sie doch kurz vorbei!«

»Dakin, das geht leider nicht. Mir fehlt schlicht die Zeit. Aber sagen Sie mir – was wissen Sie über einen Knaben namens Burmer oben in Connhaven?«

»Burmer? Der mit der Detektei?«

»Ja. Wie ist sein Ruf, Dakin? Ist der sauber? Verläßlich?«

»Nun, da kann ich Ihnen nur sagen …«

»Ja?«

»Burmer ist der einzige Privatdetektiv im ganzen Staat, dem ich ohne mit der Wimper zu zucken traue. Kenne ihn seit vierzehn Jahren. Wenn Sie sich fragen, ob Sie mit ihm zusammenarbeiten können – der ist erste Wahl. Der hält Wort.«

»Danke.«

Ellery hängte ein.

»George Burmer ist auch Patient bei mir«, sagte Dr. Willoughby. »Nimmt die ganze lange Fahrt von Connhaven auf sich, um sich von mir behandeln zu lassen. Hämorrhoiden.«

»Halten Sie ihn für vertrauenswürdig?«

»George würde ich alles anvertrauen, was ich habe.«

»Ich fürchte«, erwiderte Ellery, während er aufstand, »ich muß denn mal wieder, Doktor.«

»Ich werde Ihnen diesen lächerlichen Kurzbesuch nie verzeihen.«

»Ich mir auch nicht, Doktor. Geben Sie auf sich acht.«

»Mich behandelt der größte Heiler überhaupt«, lächelte Dr. Willoughby und gab Ellery die Hand.

* * *

Ellery schlenderte sehr gemächlich die Washington Street zum Square hoch.

Diedrich Van Horn hatte gelogen.

Im September des Vorjahres hatte er eine lange und komplizierte Geschichte erzählt, die komplett erlogen war.

Unglaublich. Aber so war es.

Warum? Warum fiktive Eltern für einen Adoptivsohn erfinden, den er von frühester Kindheit an liebevoll aufgezogen hatte?

Warte.

Vielleicht waren Mattie und Aaron Waye … Vielleicht gab es eine andere Erklärung.

Ellery kletterte eilig in ein Taxi, das vor dem Hollis parkte, und rief: »Zum Friedhof von Fidelity, bitte!«

3

Den Fahrer bat er zu warten.

Er stieg über die Steinmauer und kämpfte sich geschwind durch die unkrautüberwucherten Gräber. Die Sonne stand tief am Himmel.

Nach kurzer Suche fand er die angrenzenden Gräber; der niedrige Doppelgrabstein war vom Gestrüpp fast zugewachsen.

Ellery kniete nieder und teilte die Sträucher mit den Händen.

AARON UND MATTIE WAYE

Da stand es, eingraviert in den weichen, bröselnden Stein.

AARON UND MATTIE WAYE

Er betrachtete die Namen.

Irgendwie sahen sie jetzt anders aus. Aber auch der ganze Friedhof wirkte jetzt anders. Ein Jahr zuvor war er während eines Sturmes hier gewesen, und dazu nachts. Er hatte den Grabstein im Licht eines flackernden Feuerzeugs untersucht; die Grabinschrift hatte ihm unruhig vor Augen getanzt.

Er bückte sich.

Mit einem der Buchstaben stimmte etwas nicht.

Das also war der Unterschied. Es war nicht im geringsten eine durch ungünstiges Licht hervorgerufene Illusion oder ein Verwirrspiel der Erinnerung gewesen.

Der letzte Buchstabe.

Das *E* von *WAYE* war anders geritzt.

Er war nicht so tief eingeritzt. Es war laienhafter eingraviert. Bei näherer Betrachtung zeigte sich eine Plumpheit, eine Unregelmäßigkeit, die die anderen Buchstaben nicht aufwiesen. Je länger er das letzte *E* betrachtete, desto klarer unterschied es sich. Selbst seine Konturen waren schärfer. Und zwar erheblich schärfer.

Weil er nun einmal ein Perfektionist war, rupfte er ein größeres Unkraut aus dem Grab und benutzte es, nachdem er die Ähre abgerispt hatte, als eine Art Lineal, um den Abstand der linken Grabsteinkante vom *A* in *AARON* zu messen. Er hielt den Daumen exakt auf die entsprechende Stelle des Halmes gedrückt und legte sein grünes Lineal an der rechten Kante des Grabsteins wieder an. Der Abstand vom *E* in *WAYE* war geringer als der vom *A* in *AARON*.

Noch immer skeptisch, legte er seinen Daumen an der rechten Kante des Steins an, um zu sehen, wo das andere Ende des Halmes hinzeigte.

Es zeigte exakt auf das *Y* in *WAYE*.

Ellery wehrte sich gegen die offensichtliche Schlußfolgerung; dennoch war sie unvermeidlich.

Der Steinmetz, der den Grabstein hergestellt hatte, hatte ursprünglich

AARON UND MATTIE WAY

eingraviert.

Jemand anders hatte – sehr viel später – ein *E* hinzugefügt.

Das waren die Tatsachen.

Ellery ließ den Halm fallen und blickte sich um. Nahebei sah er eine von Rissen durchzogene Steinbank, durch die das Unkraut wucherte.

Er ging hinüber, setzte sich und begann, Gräser zu kauen.

* * *

»Hören Sie mal, Mister.«

Ellery kam mit einem Ruck zu sich. Der Friedhof war verschwunden; er war von tiefer Dunkelheit umfangen. Vor ihm jedoch war die Dunkelheit in seltsam konischer Form zerschnitten.

Er schauderte und hüllte sich tiefer in seinen Mantel.

»Wer ist da?« fragte er. »Ich kann nichts sehen.«

»Ich *dachte* mir schon, daß Sie mich völlig vergessen hätten«, sagte die Stimme des Mannes, »aber dafür kommen Sie auf, Mister, Sie zahlen. Die Uhr ist die ganze Zeit gelaufen. Sie haben gesagt, daß ich warten soll.«

Es war Nacht, und er war noch immer auf dem Friedhof, auf der zerbrochenen Steinbank. Und der Mann war der Taxifahrer mit Taschenlampe.

»Ach ja«, sagte Ellery. Er stand auf und streckte sich. Seine Gelenke waren steif und schmerzten; aber es gab da noch einen anderen Schmerz in ihm, gegen den Strecken nicht half.

»Ja, natürlich. Ich bezahle.«

»Ich dachte, Sie hätten mich vergessen, Mister«, wiederholte der Taxifahrer nun mit anderer Betonung und sichtlich besänftigt. »Geben Sie acht, wo Sie hintreten! Kommen Sie, nehmen Sie meine Lampe. Ich gehe hinter Ihnen.«

Ellery fand den Weg durch die verwahrlosten Gräber zu der Steinmauer. Während er über die Mauer kletterte, kam ihm der bittere Gedanke, daß er den Eingang des Friedhofs nie gefunden hatte.

Dies war die Route gewesen, die …

»Wohin nun, Mister?« fragte der Taxifahrer.

»Wie?«

»Ich fragte: wohin?«

»Oh.« Ellery lehnte sich zurück. »Zum Hill Drive.«

* * *

Um von Fidelity aus zum Hill Drive zu gelangen, mußte man den North Hill Drive hochfahren. Ellery wartete.

Als die vertrauten marmornen Monolithen an ihm vorbeirauschten, lehnte er sich vor.

»An welchem Anwesen fahren wir gerade vorbei?«

»Hä? Ach so. Das ist das Haus der Van Horns.«

»Van Horn, ja. Jetzt erinnere ich mich. Ist das Haus bewohnt?«

»Klar doch.«

»Wohnen also die Gebrüder Van Horn noch immer dort? Beide?«

»Jawoll. Und ihre alte Mutter ebenfalls.« Der Fahrer drehte sich in seinem Sitz herum. »Das Haus ist allerdings furchtbar runtergekommen. Richtige Bruchbude jetzt. Seit Diedrich Van Horns Frau abgemurkst worden ist. Das war letztes Jahr.«

»Was Sie nicht sagen!«

»Ja. Den alten Diedrich hat es furchtbar hart getroffen; ich hör immer, der sieht jetzt älter aus als seine Mutter; und seine Mutter ist älter als Gott. Ich glaube, daß er diesen Sohn verloren hat, war auch nicht hilfreich. Howard hieß der. War ein Bildhauer.« Der Mann drehte sich noch einmal herum, senkte die Stimme. »Howard war der Mörder, wissen Sie.«

»Ja, habe in der Zeitung davon gelesen.«

Der Fahrer widmete sich wieder seinem Lenkrad. »Niemand begegnet noch Diedrich Van Horn, Mensch, dabei hat er doch mal die ganze Stadt nach seiner Pfeife tanzen lassen. Jetzt macht das alles sein Bruder. Der heißt Wolfert. Diedrich bleibt einfach zu Hause.«

»Verstehe.«

»Schreckliche Geschichte. So. Hier wird der North Hill Drive jetzt zum Hill Drive. Wohin am Hill Drive möchten Sie denn, Mister?«

»Das Haus da müßte es sein.«

»Zu den Wheelers? In Ordnung, Sir.«

»Sie brauchen nicht reinzufahren. Ich steige am Straßenrand aus.«

»Jawohl, Sir.« Das Taxi hielt und Ellery stieg aus. »Mensch, das Taxometer sieht ja aus, als wären das die chinesischen Kriegsschulden.«

»Meine eigene Dummheit. Hier, bitte.«
»Danke auch!«
»Ich habe zu danken. Dafür, daß Sie gewartet haben.«
Der Mann trat aufs Gaspedal. »Schon gut, Mister. Leute, die auf Friedhöfe gehen, fallen irgendwie aus der Zeit raus. Das ist doch gut, was?«
Er lachte und brauste den Hill hinunter.
Ellery wartete, bis seine Rücklichter hinter einer Kurve verschwunden waren.
Dann lief er den Hill wieder hoch, in Richtung North Hill Drive.

4

Der Mond schien hell, als Ellery zwischen den beiden Pylonen hindurchschritt und die private Einfahrt hinauflief.
Früher war doch hier Licht gewesen, dachte er.
Jetzt war dort keins mehr.
Aber der Mond schien hell genug, was ein Glück war, denn die Einfahrt war zu Fuß tückisch zu nehmen. Die komfortable Glätte, die er in Erinnerung hatte, war Furchen, Schlaglöchern und Geröll gewichen. Als er an den Zypressen und Eiben vorbeikam und den spiralförmigen Aufstieg zum Gipfel des Hügels hochmarschierte, fiel ihm auf, daß die wenigen Büsche, die beide Seiten der Straße flankiert hatten, in einem wilden Dschungel unkontrollierten Wildwuchses untergegangen waren.
›Heruntergekommen‹ trifft es, dachte er.
Eine Ruine. Eine Ruine, das ganze Grundstück.

* * *

Die Vorderseite des Haupthauses war dunkel, ebenso die Nordseite – die Nordterrasse, der Ziergarten, das Gästehaus.
Ellery ging um die Terrasse herum zum Garten und zum Pool. Der Pool war trocken, welkes Laub füllte ihn zur Hälfte.

Er schaute zum Gästehaus hinüber.

Die Fenster waren mit Brettern vernagelt, an der Tür hing ein Vorhängeschloß.

Der Garten war kaum wiederzuerkennen – von Unkraut überwuchert, zerzaust, ungepflegt.

Eine Weile blieb er stehen.

Dann ging er vorsichtig herum zur Rückseite.

Lichtstrahlen zogen ihn an. Auf Zehenspitzen bewegte er sich zum Küchenfenster und schaute hinein. Christina Van Horn stand über die Spüle gebeugt und wusch ab; dieser uralte, gebuckelte Rücken war unverwechselbar. Als sie sich jedoch einen Augenblick lang mit tropfenden Händen umdrehte, erkannte er, daß es nicht Christina war, sondern Laura.

Die Nacht war schwül; dennoch steckte Ellery die Hände in die Taschen. Er suchte nach seinen Handschuhen aus Schweinsleder.

Er zog sie heraus und vorsichtig an, sehr, sehr langsam.

Dann schlich er an der Rückeite entlang, unter den Küchenfenstern vorbei, und hielt sich dabei dicht an der Wand.

Er bog um die Ecke auf der anderen Seite und hielt inne. Ein winziger Lichtstrahl drang auf dieser Seite hinaus in die Dunkelheit und berührte den schmiedeeisernen Zaun um die Südterrasse.

Das Licht kam aus dem Arbeitszimmer.

Ellery kroch an der Wand entlang, dann die Terrassenstufen hoch.

Er stoppte kurz vor dem Lichtspalt und blickte vorsichtig in den Raum.

Die Vorhänge waren nicht vollständig zugezogen.

Es war ein Ausschnitt des Arbeitszimmers zu sehen, lang, schmal und nichtssagend. Teil davon, etwa auf der Höhe eines sitzenden Mannes, bildete ein Gesichtsausschnitt.

Es war der Gesichtsausschnitt eines vollkommen vergreisten Mannes, eines Mannes mit schlaffer grauer Haut.

Ellery fühlte sich nicht an das Gesicht eines Menschen erinnert, dem er je begegnet war.

Dann jedoch bewegte sich das Gesicht ein wenig, und ein Auge erschien im Spalt. Ellery erkannte das Auge. Es war ein großes, ausdrucksvolles, kluges, schönes Auge – er sah also Diedrich Van Horn.

Ellery klopfte mit den Knöcheln seiner behandschuhten Hände scharf gegen die nächstgelegene Scheibe der Verandatür.

Das Auge wirbelte aus dem Blickfeld; das andere Auge erschien und starrte ihn direkt an. Oder zumindest schien es so.

Ellery klopfte noch einmal.

Er trat zur Seite, als er ein quietschendes Geräusch aus dem Innern des Zimmers hörte, wie etwa von wenig benutzten Rädern.

»Wer ist da?«

Die Stimme wirkte so seltsam wie der Gesichtsausschnitt, und das auch in derselben Weise: Sie klang alt und grau.

Ellery preßte den Mund nahe an die Verandatür.

»Queen. Ellery Queen.«

Er griff nach dem Türknauf, drehte und drückte.

Die Tür war abgeschlossen.

Er rüttelte daran. »Mr. Van Horn! Öffnen Sie diese Tür!«

Er hörte, wie sich ein Schlüssel mit Mühe ins Schloß manövrierte, und trat zurück.

Die Tür öffnete sich.

In einem Rollstuhl dahinter saß Diedrich; eine gelbe Decke um die Schultern, die Hände ordentlich auf den Rädern; er starrte in Ellerys Richtung, kniff die Augen zusammen, um besser sehen zu können.

Ellery trat ein, schloß die Verandatür, drehte den Schlüssel im Schloß und zog die Vorhänge zu.

»Warum sind Sie zurückgekommen?«

Ja, so alt wie seine Mutter. Älter noch. Die Quelle der Kraft war versiegt, selbst die äußere Hülle zerstört. Sein Haar war schmutzig weiß und ausgedünnt, und was noch übrig war, hing leblos herab.

»Weil ich es mußte«, erwiderte Ellery.

Das Arbeitszimmer war genauso, wie er es in Erinnerung hatte. Der Schreibtisch, die Lampe, die Bücher, der Drehstuhl. Nur schien der Raum jetzt größer zu sein. Aber das rührte daher, daß Diedrich kleiner war.

Wenn er völlig zusammenschrumpft und stirbt, dachte Ellery, wird sich der Raum in alle Richtungen so ausdehnen, daß er zu sein aufhört und sich in Nichts auflöst, wie eine zu groß gewordene Seifenblase.

Er hörte das Quietschen und blickte um sich; Diedrich Van Horn bewegte sich in seinem Rollstuhl rückwärts, rückwärts bis in die Mitte des Zimmers, aus dem Lichtkegel der Schreibtischlampe heraus. Nur seine Beine blieben im Licht; der Rest war Schatten.

»Weil Sie es mußten?« fragte Diedrich aus dem Schatten heraus. Er klang verwundert.

Ellery ließ sich in den Drehstuhl fallen, mit offenem Mantel und dem Hut noch auf dem Kopf, während seine Handschuhe auf den Lehnen ruhten.

»Ich mußte, Mr. Van Horn«, sagte er, »weil ich heute morgen eine Seite aus Howards Tagebuch in meiner Strickjacke gefunden und zum ersten Mal gelesen habe, was auf der anderen Seite stand.«

»Ich möchte, daß Sie gehen, Mr. Queen«, erwiderte der Geist von Diedrichs Stimme.

»Ich habe entdeckt, Mr. Van Horn«, fuhr Ellery ungerührt fort, »daß Sie gern mit Anagrammen spielen. Ich hatte nichts von ›Lia‹ oder ›Salomina‹ gewußt. Ich wußte nicht, daß Ihr Verstand so arbeitet.«

Der Rollstuhl war still. Die Stimme klang jedoch nun kräftiger, fast mit einer Art warmem Unterton. »Ich hatte all das fast vergessen. Arme Sally.«

»Ja.«

»Und diese ›Entdeckung‹ hat Sie veranlaßt, die lange Reise anzutreten, nur um mich zu besuchen? Das finde ich aber sehr freundlich von Ihnen.«

»Nein. Diese Entdeckung, Mr. Van Horn, hat mich dazu veranlaßt, die ›Detektei Connhaven‹ anzurufen.«

Der Rollstuhl quietschte.

Die Stimme fragte nur: »Ach ja?«

»Und nach diesem Anruf bin ich hierher geflogen, Mr. Van Horn.« Ellery hing noch immer auf dem Drehstuhl. »Ich war drüben auf dem Friedhof von Fidelity. Das Grab von Aaron und Mattie Way habe ich mir äußerst genau angesehen.«

»Ihr Grabstein. Steht er noch? Wir sterben, Steine leben. Ist das nicht irgendwie ungerecht, Mr. Queen?«

»Mr. Van Horn, Sie haben niemals die Connhavener Detektei beauftragt, nach Howards Eltern zu suchen. Zweifellos haben Sie durch diesen Fyfield, den Sie erwähnten, einen Versuch unternehmen lassen, als Howard noch ein kleines Kind war; als sich jedoch keine Spur ergab, war es das. *Den Rest haben Sie zusammenfabriziert.*

Es war nicht Burmer aus Connhaven, der die Gräber von Aaron und Mattie Way gefunden hat, sondern Sie selbst, Mr. Van Horn. Es war nicht Burmer, der Ihnen die Geschichte von Howards Geburt erzählte – Sie erfanden sie selbst. Gott allein weiß, wer Howards Eltern waren; die Ways waren es jedenfalls nicht. Einen Dr. Southbridge hat es auch nie gegeben. Sie haben sich die Geschichte zusammenphantasiert, nachdem Sie ein Extra-*E* in den Grabstein der Ways gemeißelt hatten und ihren wahren Namen damit in W-A-Y-E umfälschten. Sie haben Howard falsche Eltern gegeben, Mr. Van Horn – und einen falschen Namen.«

Der Mann im Rollstuhl schwieg.

»Und warum haben Sie Howard einen falschen Namen gegeben, Mr. Van Horn?

Weil, Mr. Van Horn«, fuhr Ellery fort, »dieser falsche Name – *Waye* mit einem *e*, das niemals dazugehörte – kombiniert mit dem *H.H.* in Howards Signatur, von *Howard Hendrik*, eine ›neue‹ Signatur ermöglichte, *H.H. Waye* nämlich, mit *e*, die, wie ich so brillant in meiner mittlerweile weltberühmten Analyse vom letzten Jahr herausarbeitete, ein Anagramm von *Yahweh* darstellte. Dies diente mir als Beweis dafür, daß Howard das Gebot ›*Du sollst den Namen des Gottes deines Herrn nicht mißbrauchen*‹ gebrochen habe.«

»Ich bin nicht mehr der Mann, der ich einmal war, Mr. Queen«, sagte Diedrich. »Sie erzählen mir hier Sachen, die in meinen Ohren bitter und bedrohlich klingen und mich durcheinanderbringen. Wovon sprechen Sie überhaupt?«

»Sollte Ihr Gedächtnis Sie im Stich lassen«, fuhr Ellery fort, »lassen Sie mich Ihnen dabei behilflich sein, Ihre Erinnerungen aufzufrischen. Sie wußten, Mr. Van Horn, daß Howard, wenn Sie ihm einen neuen Nachnamen, jedoch keinen Vornamen bescherten, an seinem Taufnamen *Howard Hendrik* – den Sie ihm gaben, als Sie ihn adoptierten – festhalten mußte; und Sie wußten weiter, daß er seine Arbeiten immer mit *H. H. Van Horn* signierte. Wenn er also seinen mutmaßlich echten Familiennamen Waye übernähme, würde er fortan mit *H. H. Waye* – mit *e* – signieren, Mr. Van Horn. Da Howard sich gerade auf ein großes Bildhauerprojekt eingelassen hatte, war es äußerst wahrscheinlich, daß er den ›neuen‹ Namen einmal in seine Modelle ritzen würde.

Selbst wenn Howard dies nicht getan hätte, hätten Sie noch immer *persönlich* nachhelfen können. Howards Amnesie-Attakken verschafften Ihnen einen unschätzbaren Vorteil. Sie selbst hätten den Namen *H. H. Waye* in seine Modelle ritzen können, und man hätte angenommen, Howard hätte dies während eines seiner Blackouts getan – und wer, Howard eingeschlossen, hätte dies bestreiten können? Da konnte nichts schiefgehen, Mr. Van Horn – so oder so.

Wie sich herausstellte, hat Howard tatsächlich eines seiner Modelle und einige Arbeitsskizzen mit *H. H. Waye* signiert.«

»Ich weiß einfach nicht, wovon Sie reden«, bemerkte Diedrich matt von seinem Rollstuhl aus. Eine seiner großen Hände, die nur noch aus schlaffem Fleisch und taudicken Venen bestand, hielt er sich vor die Augen. »Warum um Himmels willen sollte ich denn so etwas tun?«

»Sie rufen den Himmel sehr leichtfertig an, Mr. Van Horn«,

fuhr Ellery fort, »genau wie Sie es damals taten. Weil Sie nämlich Howard ein Anagramm des Gottesnamens unterschieben wollten.«

Diedrich schwieg.

»Ich kann kaum fassen«, sagte er schließlich, »daß dies hier wirklich passiert. Glauben Sie dies … dies alles denn wirklich; ich meine, Anagramme des Gottesnamens Howard unterzuschieben und Geschichten über seine Geburt zu erfinden, nur um das zu tun? Das ist das Verrückteste, was mir je zu Ohren gekommen ist.«

»Verrückt ist es in der Tat«, erwiderte Ellery, »geschehen ist es dennoch. Es ist die einzige Erklärung. Alternativen gibt es nicht. Sie haben eine Lügengeschichte über Howards Eltern erzählt und ein zusätzliches *e* in den Grabstein auf dem Friedhof von Fidelity gemeißelt; dies ermöglichte es mir, darin ein Anagramm von Gottes Namen zu erkennen, was mich wiederum in die Lage versetzte, Howard zu beschuldigen, er habe eines der Zehn Gebote gebrochen. Verrückt, wie Sie sagen. Unglaublich weithergeholt. Und doch ist es so geschehen, Mr. Van Horn; und es ist deshalb geschehen, weil Sie ein kolossal phantasiebegabter Mann mit nahezu unheimlichem Einfühlungsvermögen in die menschliche Psyche sind. Sie hatten es mit jemandem zu tun, auf den das Verrückte und Weithergeholte eine magische Anziehungskraft ausüben, Mr. Van Horn. Sie wußten, wie Sie mich kriegen!«

Ellery erhob sich halb in seiner ungewohnten Gemütsaufwallung, sank dann jedoch wieder zurück. Als er fortfuhr, geschah dies in gewohnt ruhigem Ton.

»Sie mußten im Ergebnis verrückt Erscheinendes zustande bringen; dies allerdings taten Sie mit gewöhnlichen, praktisch-logischen Mitteln. Ihr Plan verlangte, Howard ein Anagramm eines Gottesnamens unterzuschieben. Einen mußten Sie auswählen. Vermutlich haben Sie nur zwei ernsthaft erwogen: Jehovah und Yahweh. Der Name Jehovah erwies sich als sperrig. Wenn Sie die zwei *H* von Howards Vornamen abzogen, blieben *j, e, o, v, a* – eine entmutigende Buchstabenkombination, wenn man sie in einen plausiblen Familiennamen verwandeln wollte. Yahweh jedoch ließ, wenn man die zwei *H* abzog, *y, a, w, e* übrig, die umgestellt werden konnten, um den völlig glaubwürdigen Namen Waye zu bilden. Es mußte nur noch ein Doppelgrab – oder das einer einzelnen Frau, wenn keine Zeit blieb; aber ein Paar war erheblich günstiger – in der Stadt Wrightsville oder Umgebung, in Slocum, in Connhaven – eben irgendwo im Bezirk oder gar Staat gefunden werden, ein Doppelgrab von Leuten, die Waye geheißen hatten, nach Howards bekanntem Geburtsdatum gestorben waren und keine Familie hinterlassen hatten.

Leute namens Waye fanden Sie nicht; aber Sie fanden zwei Ways. Das Wort ist angelsächsischer Herkunft; der bevölkerungsgeschichtliche Hintergrund Neuenglands ist überwiegend britisch; es wäre schon erstaunlich gewesen, wenn Sie keinen Way oder nicht eine Reihe von Ways gefunden hätten, unter denen Sie hätten wählen können. Was Aaron und Mattie Way angeht, so haben Sie deren Geschichte wohl ebenfalls erfunden. Vielleicht waren sie auch wirklich arme Farmer, wie Sie sagten, aber das spielt keine Rolle. Sie konnten die Fakten Ihren Vorstellungen anpassen oder Ihre Vorstellungen den Fakten – Sie hatten da großen Spielraum.«

Seine Bauchschmerzen hatten nachgelassen; aber er fror noch immer. Er vermied es, Van Horn anzusehen.

»Mr. Queen, was versuchen Sie eigentlich«, fragte der alte Mann im Rollstuhl, »mit all diesem … diesem Zeug zu beweisen?«

»Daß Howard«, erwiderte Ellery, »nicht alle der Zehn Gebote gebrochen hat. An diesem Punkt konnte ich sagen: Ich weiß jetzt, daß zumindest ein Gebot, dessen Verletzung ich Howard angelastet hatte, nicht nach Howards Plan gebrochen worden war, sondern nach *Ihrem*, Mr. Van Horn.

Also fragte ich mich, als ich heute in der Dämmerung auf einer Bank des Friedhofs saß: Wenn Howard eines der Gebote nicht brach, *war es dann möglich, daß er auch einige der anderen nicht gebrochen hatte?«*

Diedrich erlitt einen heftigen Hustenanfall, der den Rollstuhl zum Hüpfen brachte. Vornübergebeugt, mit wild flackernden Augen, wies er mit heftiger Geste zum Schreibtisch.

Dort stand eine silberne Karaffe. Ellery sprang auf, um daraus Wasser in ein Glas zu gießen, damit zu dem hustenden Mann zu eilen und das Glas an Diedrichs Lippen zu halten.

»Danke, Mr. Queen«, sagte Diedrich schließlich. Ellery stellte das Glas zurück auf den Schreibtisch und setzte sich wieder.

Diedrichs wuchtiges Kinn ruhte nun auf seiner Brust; seine Augen waren geschlossen, und er schien zu schlafen.

»Ich stellte mir die Frage dann anders«, fuhr Ellery fort. »Ich fragte mich, welche der zehn Verbrechen, die ich Howard angelastet hatte, er *mit Sicherheit* auch begangen hatte. Nicht Verbrechen, die den Anschein erweckten, als habe er sie begangen, Mr. Van Horn, nicht solche, zu denen er gezwungen worden war, nicht Verbrechen, die ihm angehängt worden waren – sondern Verbrechen, deren er sich direkt, persönlich und aus freien Stükken schuldig gemacht hatte. Und wissen Sie was?« Ellery lächelte. »Von den zehn Verbrechen, die ich an jenem Tage vor etwa einem Jahr auf Howards Haupt geladen hatte, konnte ich nun sicher sagen – ein bißchen spät, finden Sie nicht? –, daß er unzweifelhaft nur für zwei davon verantwortlich gewesen war.«

Die geschlossenen Augenlider flackerten.

»Ich wußte über jeden Zweifel erhaben, daß Howard Sally begehrte oder glaubte, sie zu begehren; das hat er mir selbst gesagt. Und ich wußte jenseits aller Zweifel, daß er mit ihr geschlafen hatte; das haben mir beide erzählt.«

Die Hände zuckten.

»Ich wußte also, daß Howard zwei Gebote gebrochen hatte: *Du sollst nicht begehren deines Nächsten Weib* und *Du sollst nicht ehebrechen.*

Was jedoch war mit den anderen acht? Ich hatte nachgewiesen, daß Sie für das Gebot verantwortlich waren, das den Namen

Gottes anging, Mr. Van Horn. War es möglich, daß dies auch für die sieben noch Ungeklärten galt?«

Diedrich riß die Augen weit auf.

»Ich saß im Dunkeln auf einer zerbrochenen Steinbank auf dem Friedhof von Fidelity und bin durch eine Art Hölle gegangen. Ich werde Sie mitnehmen auf eine Fahrt durch diese Hölle, Mr. Van Horn. Etwas dagegen?«

Diedrich öffnete den Mund. Er versuchte es noch einmal, und dieses Mal brachte er ein Krächzen hervor. »Ich bin ein alter Mann«, sagte er. »Ich finde mich nicht mehr zurecht.«

»Letztes Jahr begann ich meine Analyse, indem ich ›bewies‹, daß Howard die Gebote *Du sollst keine anderen Götter haben neben mir* und *Du sollst dir kein Bildnis noch irgendein Gleichnis machen* gebrochen hatte. Und worin bestand mein Beweis, Mr. Van Horn? Darin, daß Howard dabei war, Skulpturen der antiken Götter zu fertigen. Und das war ein guter Beweis – soweit. Aber, Mr. Van Horn, eben nur soweit. Denn wer – wenn Sie wirklich einmal die Fakten analysieren – machte Howards Plastiken der antiken Götter möglich?

Sie, Mr. Van Horn – Sie allein. Sie waren es, der dem Wrightsviller Museumsausschuß zu Hilfe kam, als das Projekt daran zu scheitern drohte, daß noch eine enorme Summe fehlte. Sie waren es, der versprach, das Geld zu spenden, vorausgesetzt, Howard bekam den Auftrag, die Plastiken für die Fassade des geplanten Museums zu schaffen. *Sie waren es, der seine finanzielle Unterstützung an die Bedingung knüpfte, daß die Statuen, die Howard schuf, die antiken Götter darstellen sollten.*«

6

Der Rollstuhl wich zurück; und nun bildete Diedrich insgesamt einen Schatten. Ellery kam es vor wie ein *déjà-vu*; dann jedoch fiel ihm ein, daß die massige, klumpige Gestalt im Rollstuhl lediglich der Gestalt der alten Frau sehr ähnelte, die er vor Urzeiten im Garten sitzend erspäht hatte.

»Dann beschuldigte ich Howard, das Gebot *Du sollst nicht stehlen* gebrochen zu haben. Da dachte ich, ich bewege mich auf sehr sicherem Terrain, Mr. Van Horn. Gab es einen, konnte es einen Zweifel daran geben, daß Howard die 25.000 Dollar gestohlen hatte, die er mir am Lake Quetonokis überreichte, um Sallys Erpresser zu bezahlen? Nicht im geringsten. Das Geld stammte aus Ihrem Wandsafe hier; es war Ihr Geld; ich hatte Ihre Liste der Seriennummern, die ich mit den fünfzig 500-Dollar-Noten abgleichen konnte, die Howard mir gegeben hatte – und sie stimmten bis auf den letzten Schein miteinander überein. Aber warum reite ich so auf diesem Punkt herum? Howard hat schließlich selbst zugegeben, das Geld aus Ihrem Wandsafe gestohlen zu haben.

Dennoch mußte ich mich heute abend auf dem Friedhof fragen, Mr. Van Horn: Stahl Howard das Geld, weil er gewohnheitsmäßig stahl; oder stahl er es, weil vollkommen unnatürliche Umstände eingetreten waren, die Howard dazu *zwangen* zu stehlen, obwohl er von Natur aus keineswegs dazu neigte? Und wenn solche Umstände Howard zwangen, Mr. Van Horn, wer schuf diese Umstände?

Das bringt mich zur Crux der Sache.«

Diedrich rührte sich in seinem Kokon aus Schatten, fast als versuche er, sich zu erheben.

»Ich wußte nun, daß Howard einige Vergehen untergeschoben worden waren, für die ich ihn verantwortlich gemacht hatte.

Ich überlegte also, wer die Person im Hintergrund sein mochte, Mr. Van Horn, eine körperlose Erscheinung, ein Faktor in einem mathematischen Problem – eine Unbekannte. Howard mußte für Verbrechen herhalten; also gab es jemanden, der im Hintergrund für sie sorgte. Sofort fragte ich mich: Wofür steht diese zwar unbekannte, aber doch einschätzbare Größe? Was waren seine Werte, die Werte dieses Mr. X?

Nun ja; ich wußte, daß er für drei von fünf gebrochenen Geboten verantwortlich war. Es begann schlecht auszusehen für Mr. X. Sehr schlecht. Weil ich letztes Jahr zu einer Lösung gekommen war, zu einer Lösung, nach der Howard die Zehn Gebote gebrochen hatte. Ich wußte nun, daß das im eigentlich wichtigen Sinne nicht gestimmt hatte. Mr. X hatte für den Anschein, für die *Illusion* gesorgt, Howard habe sich gegen den Dekalog versündigt; zumindest traf das in drei von fünf Fällen zu, über die ich bis dahin nachgedacht hatte. Dies also schien der mathematische Wert dieses Mr. X zu sein: *Er hatte die Ereignisse so manipuliert, daß es so aussah, als habe Howard sich vorgenommen, jedes der Zehn Gebote zu brechen.*

Wenn dies jedoch zutraf – was war es dann, was Mr. X, der Faktor im Hintergrund, wissen mußte? Er mußte von folgender elementarer Tatsache Kenntnis haben: Daß Howard selbst unmanipuliert, aus freien Stücken, zwei der Gebote gebrochen bzw. zwei der Verbrechen begangen hatte, die gegen den ethischen Code verstießen, den wir die Zehn Gebote nennen. Ich behaupte, Mr. Van Horn, daß Mr. X davon wissen mußte, denn ansonsten müßten wir zu dem Schluß kommen, daß X seinen ungewöhnlichen dekalogischen Plan unabhängig von Howards Taten entworfen hätte. Das verbietet sich von selbst. Nein; es waren Howards Versündigungen gegen die Gebote, die sich gegen das Begehren verheirateter Frauen und den Ehebruch richten, die dem Hintergrundmann X erst die größere, weiter ausholende, umfassendere Inspiration gaben, Howard dazu zu treiben, *sämtliche* Gebote zu brechen. Oder alle bis auf eines, Mr. Van Horn; die große Illusion zielte jedoch auf genau diesen Effekt, dies ist der Höhepunkt meiner Argumentation; ich werde später darauf zurückkommen.«

Ellery goß sich selbst ein Glas Wasser ein. Er setzte es an die Lippen. Als er jedoch einen Augenblick das Glas angestarrt hatte, rieb er mit seinen Handschuhfingern über die Stelle des Glasrandes, den seine Lippen berührt hatten, und stellte es wieder zurück, unangerührt.

»Woher konnte X wissen, daß Howard Sally begehrte und sein Verlangen auch befriedigt hatte? Auf nur einem Wege. Am Anfang wußten es nur zwei Menschen, Howard und Sally. Keiner von beiden sagte jemandem etwas davon außer mir. Und ich hatte ebenfalls darüber geschwiegen. Daß einer von uns dreien, insbesondere Howard oder Sally, einem Vierten davon erzählt haben sollten, konnte als Möglichkeit auf der Stelle verworfen werden. Die Notlage, in die sie gerieten, war eine Folge ihrer standhaften Weigerung, *etwas darüber preiszugeben*. Und ich war auf ihr Flehen hin zum Schweigen verdammt.

Woher also wußte X davon? Wie konnte er davon wissen? Gab es etwas, das sein Wissen darum theoretisch möglich machte?

Ja! Der schriftlich festgehaltene Gefühlserguß Howards, in dem er sich detailliert über den Ehebruch äußerte; die vier Briefe also, die Howard nach der Episode am Lake Pharisee geschrieben hatte.

Schlußfolgerung? *X las diese Briefe*.

Aber ist das nicht bemerkenswert, Mr. Van Horn!« fuhr Ellery mit erhobener Stimme fort. »Denn noch jemand anders las diese Briefe ... der mysteriöse Erpresser, dessen Kenntnis der Briefinhalte es ihm ermöglichte, Sally zu erpressen! Sagte ich: jemand anders? Warum *jemand anders*? Warum sollte ich nicht sagen ... Mr. X las die Briefe; der Erpresser las die Briefe, *also ist Mr. X der Erpresser*?«

Diedrich starrte auf das Glas, das Ellery auf den Schreibtisch zurückgestellt hatte. Es schien ihn zu faszinieren.

»Und nun, Mr. Van Horn«, fuhr Ellery mit bebender Stimme fort, »können wir uns von mathematischen Symbolen verabschieden und uns menschlichen Eigenschaften zuwenden. Wer war der Mann X, der Howard Verbechen anhängte? Das hatte ich bereits anfangs abgeleitet: *Sie, Mr. Van Horn*. Aber zugleich gilt: Planer gleich Erpresser. *Darum, Mr. Van Horn, waren Sie derjenige, der Howard und Sally erpreßte*.«

Nun hob Diedrich den Kopf, und Ellery konnte ihm voll ins Gesicht sehen. Was Ellery in Diedrichs Gesicht sah, trieb ihn an, schnell weiterzureden, ganz als ob ein Zaudern bedeuteten konnte, doch noch auf seltsame Weise eine Schlacht zu verlieren.

»Das war wohl der Tiefpunkt meines Gedankens heute abend auf dieser Bank, Mr. Van Horn. Denn da war mir das letzte Jahr auf einmal wieder so präsent – meine ›brillante‹ Analyse, die gnadenlos tödlichen Hiebe, die ich Howard versetzte – das Ergebnis logischer Perfektion. Und ich erkannte, Mr. Van Horn«, fuhr Ellery fort und verschoß einen derart eisigen Blick, daß die großen Augen im Schatten jenseits des Raumes zu funkeln begannen, »meine Analyse war zwar sehr wohl gnadenlos gewesen, keineswegs jedoch perfekt. Sie war nicht nur schwach, nicht nur oberflächlich gewesen, sondern hatte einfach einen Riesenkomplex vernachlässigt: Sie fragte nicht nach der Identität des so überaus wichtigen Erpressers! Ich hatte unbewußt wohl jene oft wiederholte Annahme übernommen, nach der der Erpresser Mr. Irgendwer war, von Beruf Einbrecher. Doch es gab keinen Mr. Irgendwer, Mr. Van Horn; es gab auch keinen Einbrecher. Sie waren Mr. Irgendwer, Mr. Van Horn; und Sie waren auch der Erpresser.«

Er hielt inne; als Diedrich jedoch nichts sagte, sprach er weiter.

»Wie wurden Sie zu jenem Erpresser? Auf sehr einfache Weise wohl. Im Mai letzten Jahres, oder auch Anfang Juni, entdeckten Sie den doppelten Boden von Sallys Schmuckkästchen. Sie fanden die vier Briefe. Das mag reiner Zufall gwesen sein: Sie legten ein Schmuckstück in das Kästchen oder nahmen eines heraus; das Kästchen fiel Ihnen aus der Hand, der doppelte Boden klappte auf; Sie sahen die Briefe, und die Tatsache, daß sie versteckt aufbewahrt wurden, veranlaßte Sie – aus schierer Neugier oder weil Sie sich in alles, was mit Ihrer Frau zu tun hatte, grundsätzlich vertieften –, die Briefe zu lesen. Vielleicht stach Ihnen auch ein Wort oder eine Wendung ins Auge, ohne daß Sie vorgehabt hätten, die Briefe zu lesen – sie waren ohne Umschläge; und wenn es sich dabei um ein einschlägiges Wort oder eine einschlägige Wendung gehandelt haben sollte, dann haben Sie sie daraufhin sicher gelesen. *Ganz* sicher.«

Diedrich sagte noch immer nichts.

»Sie verrieten Ihrem Sohn und Ihrer Frau nicht, daß Sie nun von ihrem Geheimnis wußten. O nein. Da haben die beiden Sie absurd falsch eingeschätzt. Wie oft sie mir versicherten, Sie ahnten nicht das Geringste! Wie verzweifelt, wie albern verzweifelt sie versuchten, das von Ihnen fernzuhalten, was Sie bereits seit Monaten wußten! Und wie Sie es auskosteten, die Rolle der arglosen Unschuld zu spielen!

Aber Sie wußten es die ganze Zeit, und die ganze Zeit lauerten Sie auf Ihre Gelegenheit … Sally versicherte mir, daß Sie, wenn Sie es erführen, in die Scheidung einwilligen und ihr ohne ein Wort ein Vermögen auszahlen würden.

Arme Sally«, sagte Ellery mit einem traurigen Lächeln.

»Um sich in der Rolle des armen, arglosen Hahnrei glaubwürdiger zu machen und eine Atmosphäre zu erzeugen, die für das Gelingen Ihres übergeordneten Planes wesentlich war, nahmen Sie das Kästchen mitsamt seinem Inhalt und arrangierten ›Indizien‹, die notwendig waren, um den Eindruck zu vermitteln, ein Berufsverbrecher sei in Sallys Schlafzimmer eingestiegen und habe die Schatulle des Schmucks wegen gestohlen. Zweifellos sorgten Sie dann geschickt dafür, daß der Schmuck in Pfandhäusern mehrerer Städte landete – für mich besteht kein Zweifel daran, daß Ihre Aktivitäten während dieser Zeit letztes Jahr etliche plötzliche und wichtige ›Geschäftsreisen‹ umfaßten. Natürlich wußten Sie, daß der Schmuck wieder auftauchen würde.

Die Briefe jedoch, Mr. Van Horn, behielten Sie; und als der richtige Zeitpunkt gekommen war, benutzten Sie sie zum Zweck der Erpressung – und wurden selbst zum Erpresser. Ich werde rot vor Scham, wenn ich mich daran erinnere, daß während des einzigen Males, da der Erpresser physisch in Erscheinung trat, wenngleich er auch unsichtbar blieb, um das Geld aus der Schublade im Hollis zu nehmen, *Sie sich nicht in diesem Haus hier aufhielten.*«

Ellery griff mechanisch nach einer Zigarette; als er sie jedoch in den Fingern hielt, steckte er sie wieder in die Tasche.

»Als Sie Ihren Erpresserplan ersannen, vorletzten Mai oder Juni, nachdem Sie die Briefe gefunden hatten, waren Sie auf die

Idee mit dem Dekalog vermutlich noch nicht gekommen; ich bin sogar ganz sicher, daß Sie darauf noch nicht gekommen waren. Wahrscheinlich war es Ihre ursprüngliche Absicht, Howard und Sally Ihrem Psychoterror auszusetzen. Die große Inspiration überkam Sie später, aufgrund voneinander unabhängiger Entwicklungen – wie das Museumsprojekt etwa – und den Informationen, die die Briefe in Ihrem Besitz enthielten; dennoch glaube ich nicht, daß der Plan vor dem Tag ausgereift war, an dem Howard Sie von meinem Apartment in New York aus anrief, um mich als Ihren Hausgast anzukündigen. Aber dazu komme ich später.«

Ellery bewegte sich unruhig.

»Kommen wir nun zu den Ereignissen, die direkt mit der Erpressung zu tun hatten. Als Erpresser verlangten Sie von Sally 25.000 Dollar in bar, als Ihre erste Forderung. Sie wußten, daß Sally dies sofort Howard sagen würde. Sie wußten ebenso, daß weder Sally noch Howard noch beide zusammen 25.000 Dollar besaßen. Sie kannten sie so gut – ihre Dankbarkeit Ihnen gegenüber, ihre besessen zu nennende Furcht davor, Sie könnten die Wahrheit erfahren –, daß Sie sicher sein konnten, sie würden alles versuchen, um den ›Erpresser‹ davon abzuhalten, seine ›Drohung‹ wahrzumachen und Ihnen die Briefe zu schicken! Sie wußten, daß beide davon Kenntnis hatten, daß Sie stets größere Summen im Safe in Ihrem Arbeitszimmer aufzubewahren pflegten. Sie konnten sich ausrechnen, daß Howard, in die Enge getrieben, dieses Geld einfallen und er es aus dem Safe nehmen würde; und Sie sorgten dafür, daß im Safe exakt genug lag – oder die Summe, die im Safe lag, hatte Ihre Forderung bestimmt.

Wir schließen daraus, Mr. Van Horn, daß Howard das Gebot gegen das Stehlen brach, weil die Umstände ihn dazu zwangen; und Sie waren derjenige, der die Ereignisfolge zu genau diesem Zweck geschaffen hatte.«

Diedrich rollte vorwärts ins Licht und lächelte.

Er lächelte, zeigte die Zähne und sagte energisch, fast gutgelaunt: »Ich habe Ihren bemerkenswerten Ausführungen mit ungeheurer Ehrfurcht gelauscht, Mr. Queen. So clever, so kompliziert!« Er lachte. »Aber langsam wird es ein bißchen zuviel des Guten, finden Sie nicht? Sie machen ja eine Art Gott aus mir! Ich habe dieses geschaffen, jenes erzeugt, – ich ›konnte sicher sein‹, daß Howard dieses tun würde, ich ›wußte‹, daß er jenes tun würde …

Trauen Sie mir da nicht ein bißchen zuviel zu, Mr. Queen? Das grenzt ja an … wie würden Sie es nennen?«

»Allwissenheit.«

»Genau. Wie kann denn ich oder sonst jemand einer Sache vollkommen sicher sein?«

»Sie konnten nicht immer sicher sein«, erwiderte Ellery leise. »Aber es war für Sie auch nicht wesentlich, *immer* sicher zu sein. Ihr Plan war sehr flexibel; Sie hatten eine Menge Spielraum.

Aber durch diese ganze infernalische Angelegenheit hindurch, Mr. Van Horn, planten und handelten Sie aus einem tiefen Verständnis dessen heraus, wie Sally und Howard tickten. Sie schätzten ihren Charakter nicht so falsch ein wie sie den Ihren. Sie waren mit ihren innersten Gedanken und Regungen so vertraut wie mit Ihren eigenen. Folglich konnten Sie – und taten es auch – mit großer Genauigkeit voraussagen, was sie empfinden, was sie denken und was sie tun würden. Sie hatten etwa dreißig Jahre Zeit, um Howard zu studieren; und auch Sally kannten Sie vom neunten Lebensjahr an, nicht wahr? Alle die Jahre, die Sie im Briefwechsel standen, hat Sally, wie sie sagte, Ihnen Dinge anvertraut, die die meisten Mädchen nicht einmal ihrer Mutter erzählen; und in Sallys Fall trug die Intimität innerhalb der Ehe dazu bei, daß Sie ihr Inneres bis ins letzte kennenlernten. Auf Ihre Art, Mr. Van Horn, sind Sie ein Meisterpsychologe. Was für ein Jammer, daß Sie Ihre Begabung nicht konstruktiver umgesetzt haben.«

»Irgendwie«, erwiderte Diedrich mit einem düsteren Lächeln, »will mir das nicht so recht nach einem Kompliment klingen.«

»Andererseits brauchten Sie gar nicht jedes Mal richtig zu liegen. Wenn Howard und Sally nicht in die gewünschte Richtung hüpften, wenn Sie an den Fäden zogen, weil Sie sich verkalkuliert hatten, eine unwägbare Größe hinzugekommen war, von der Sie nichts mitbekommen hatten, ein Zufall eingetreten war, den Sie nicht hatten voraussehen können, brauchten Sie einfach nur an einem anderen Faden zu ziehen, andere Ereignisfolgen in Gang zu setzen; früher oder später würde Howard schon das tun, was Sie wollten.

Wie sich jedoch herausstellte, war Ihr Urteilsvermögen von bemerkenswerter Treffsicherheit. Sie sorgten für genau die richtigen Stimuli, übten an den richtigen Stellen den richtigen Druck aus, und Howard und Sally vollführten jene Bewegungen, die Sie wünschten.

Und, das könnte ich hinzufügen«, fuhr Ellery mit stark gesenkter Stimme fort, »nicht nur Howard und Sally.«

7

»Fahren Sie fort«, sagte Diedrich Van Horn nach einer Weile.

Ellery schaute auf, erschrocken. »Entschuldigen Sie bitte.

Sie haben meiner Analyse zufolge also Howard drei Verbrechen untergeschoben und ihn gezwungen, ein viertes zu begehen.

Welches Ereignis führte mich zu dem Schluß, Howard habe die beiden Gebote gebrochen, die vorschreiben: *Gedenke des Sabbattages, daß du ihn heiligst* und *Du sollst deinen Vater und deine Mutter ehren*? Seine nächtliche Fahrt zum Friedhof von Fidelity in den frühen Morgenstunden eines Sonntags, um die Gräber der Leute zu schänden, die Sie ihm als seine Eltern präsentiert hatten.

Ich muß gestehen«, sagte Ellery, »als ich heute am früheren Abend an diesem Punkt meiner Rekonstruktion angelangt war, kam ich erst einmal nicht weiter. Es war Ihnen trotz all Ihrer scharfsinnigen Beobachtungen zu Howard unmöglich gewesen, sich darauf verlassen zu können, daß Howard das Grab der Ways schänden würde – und erst recht darauf, daß er dies an einem Sonntag tun würde. Meine Konstruktion drohte in sich zusammenzufallen. Dann jedoch erkannte ich, was des Rätsels Lösung sein mußte.

Da Sie sich nicht darauf verlassen konnten, daß Howard die Fahrt unternahm, da Sie ihn auch nicht dazu zwingen konnten, *konnten Sie sie an seiner Statt unternehmen*.

Je länger ich darüber nachdachte, desto mehr wuchs in mir die Überzeugung, daß es so gewesen war. Nicht ein einziges Mal erhaschte ich einen Blick auf Howards Gesicht oder hörte seine Stimme. Ich sah Howards Wagen, ich sah einen Mann von etwa Howards Größe, der Howards Hut und Mantel trug; ich sah diesen Mann Hammer und Meißel benutzen … Im Licht der Tatsache, daß Ihr Plan vorsah, Howard diese Fahrt machen zu lassen, Sie ihn jedoch nicht dazu zwingen konnten, mußte ein anderer in jener Nacht Howards Rolle übernehmen. Da es sich um Ihren Plan handelte und Sie und Howard etwa gleich groß waren, muß es sich bei diesem anderen um Sie selbst gehandelt haben.

Die Rekonstruktion der Abfolge war dann einfach. Nehmen wir an, daß Sie am Samstagabend, nachdem wir anderen aus dem Weg waren, recht spät noch auf einen Schlummertrunk in Howards Atelier gegangen sind, so eine typische Vater-und-Sohn-Angelegenheit eben, Mr. Van Horn. Und nehmen wir an, Sie gaben Howard einen Drink, der ein Schlafmitel enthielt, und zwar in einer solchen Dosis, daß er mit Sicherheit die ganze Nacht schlafen würde wie ein Toter, wenn er nicht gestört wurde. Als Howard eingenickt war, setzten Sie sich seinen unverwechselbaren breitkrempigen Stetson auf, zogen seinen langen Trenchcoat an, seine Hose, seine Socken, seine Schuhe. Sie ließen den schlafenden Howard im Atelier oder in seinem Zimmer zurück, gingen leise die Treppe hinunter nach draußen zur Garage. Sie steckten Sallys Schlüssel in das Zündschloß ihres Cabrios – für mich. Sie stiegen in Howards Wagen, fuhren ums Haus herum zur Vorderseite und ließen den Motor dabei absichtlich durchdrehen. Damit wollten Sie natürlich drüben im Gästehaus meine Aufmerksamkeit erregen. Um sicherzugehen, würgten Sie den Motor unter dem Vordach ab … um sicherzugehen und mir Zeit zu lassen, mich anzuziehen, falls ich bereits im Pyjama sein sollte. Vielleicht hatten Sie mich aber auch, bevor Sie den Wagen holten, dösend auf der Terrasse des Gästehauses sitzen sehen; und das Gewürge mit dem Motor sollte mir Zeit geben, meine Jacke zu holen. Als Sie mich durch den Garten rennen sahen, fuhren Sie los.

In dieser Nacht, Mr. Van Horn, haben Sie mich naß gemacht wie ein erfahrener Veteran einen blutigen Anfänger. Ihr Timing war dabei ungemein subtil. Sie vermieden den Fehler, es mir zu leicht zu machen. Sie ließen mir nur so viel Verbindung zu Ihnen, daß ich mir einbilden konnte, Jagd auf Sie zu machen. Wenn ich Ihre Spur verloren hätte, hätten Sie schon dafür gesorgt, daß ich Sie bald wieder hätte aufnehmen können.

Der starke Regen war äußerst günstig für Sie; aber auch wenn es nicht geregnet hätte, wären Sie sicher gewesen; die Nacht war außerordentlich dunkel, und das hatten Sie im voraus wissen können. In jedem Falle wußten Sie, daß ich Ihnen nicht zu nahe kommen oder versuchen würde, Sie aufzuhalten. Sie konnten davon ausgehen, daß ich Sie zweifelsfrei für Howard hielt und der Zweck meiner Mission Beobachtung, nicht Eingreifen war.

Am Grab der Ways attackierten Sie dann den Grabstein mit Hammer und Meißel, die Sie aus Howards Atelier mitgenommen hatten.

Was danach geschah, wirft ein besonders grelles Licht auf die Unfehlbarkeit Ihres Urteils über Menschen und Situationen – eine Begabung übrigens, die zweifellos Ihren unternehmerischen Erfolg begründet hat.

Sie verließen den Friedhof und fuhren heim. Sie wußten, daß ich Ihnen nicht sofort hinterherhetzen, sondern zunächst den Grabstein untersuchen würde. Ebenfalls war es für Sie weit wahrscheinlicher, daß ich nach der Rückkehr zum North Hill Drive erst einmal die durchnäßten Kleider ausziehen würde, bevor ich nachsehen ging, ob Howard zurück war. Ja, Sie sind damit ein Risiko eingegangen; aber das kalkulierte Risiko ist Teil eines jeden Planes, und das Risiko war nicht übermäßig groß.

Selbst dann, wenn ich mit Todesverachtung eine Lungenentzündung riskierte, würde ich vermutlich keine Schlammspuren im Haupthaus hinterlassen wollen, die am nächsten Tag nach einer Erklärung verlangten.

Während ich mich im Gästehaus umzog, versahen Sie Ihr Meisterwerk im obersten Stockwerk dieses Hauses mit den letzten Pinselstrichen. Sie zogen sich Howards vollgesogene Socken und schlammverkrusteten Schuhe aus und zogen Sie Howard an. Sie zogen Howards nasse, schmutzige Hosen aus und streiften sie über Howards Beine. Sie richteten Howard auf und steckten seine Arme durch die Ärmel von Howards Trenchcoat, zogen ihm den Mantel über die Schultern und knöpften ihn zu. Seinen vollgesogenen Hut plazierten Sie auf dem Kissen neben ihm. Und dann gingen Sie ruhig zu Bett.

Sie müssen auch miteinkalkuliert haben, daß ich eventuell sogar erst am nächsten Morgen nach Howard schauen würde. Ob aber nun sofort oder erst nach einigen Stunden – kommen würde ich. Ich würde ihn also in einem Zustand vorfinden, der mir als einer seiner Blackouts erscheinen mußte – vollständig mit den nassen und verschmutzten Sachen bekleidet, die die Fahrt zum Friedhof mitgemacht hatten.

Ja, Mr. Van Horn, Sie waren es, der die beiden Gebote brach, die den Sabbat und das Ehren der ›Eltern‹ betrafen, und das in einer Weise, die mich in die Falle tappen ließ zu glauben, der Gebote-Brecher sei Howard gewesen.«

8

»Weiter, Mr. Queen«, sagte Diedrich.

»Aber gerne!« erwiderte Ellery. »Denn jetzt komme ich zur vielleicht spektakulärsten Probe Ihrer psychologisch meisterlichen Verschlagenheit.

Munter ›bewies‹ ich letztes Jahr, daß Howard das Gebot *Du sollst nicht falsch Zeugnis reden wider deinen Nächsten* gebrochen habe, indem ich auf Howards hartnäckiges Leugnen verwies, mir die Kette zum Verpfänden gegeben zu haben. Das stimmte natürlich; er hatte mir die Kette zu diesem Zweck gegeben und log, als er es bestritt.

Dennoch waren wiederum Sie es, der, indem er die Ereignisse manipulierte, Howards seelische Verfassung genau richtig einschätzte und ihn in eine Lage brachte, in der Howard als der, der er war, lügen *mußte*!

In Ihrer Rolle als Erpresser, Mr. Van Horn, forderten Sie eine zweite Zahlung von 25.000 Dollar – nahezu unmittelbar nach der ersten Zahlung. Offenbar wollten Sie an der schwächsten Stelle maximalen Druck ausüben. Denn woher sollten Sally und Howard weitere 25.000 Dollar nehmen? Es lag kein Bargeld mehr herum, das bequem gestohlen werden konnte. Sie wußten, daß sie keine Möglichkeit hatten, sich das Geld zu leihen, selbst wenn sie gewagt hätten, eine solche Spur zu hinterlassen. Nur Sallys Kette würde sich zu genug Geld machen lassen. Es war also eine Gewißheit, daß einer von beiden auf Sallys Kette als Geldbeschaffungsmittel verfallen würde, um die zweite Forderung des Erpressers erfüllen zu können.

Und mehr noch. Sie wußten, daß ich bei der ersten Geldübergabe als Sallys Mittelsmann fungiert hatte; es war also recht wahrscheinlich, daß ich bei ihrem Versuch, das Geld für die zweite Übergabe zu beschaffen, eine ähnliche Rolle spielen würde. Hätte ich dies nicht getan, dann hätten Sie ohne Zweifel eine vorausgeplante Ersatzsituation kreiert, in die ich mich hätte verwickeln lassen – und dasselbe Ziel erreicht: Howards Verleugnung meiner Rolle.

Aber ich erklärte mich bereit zu helfen, und ich half. Vorhang auf für Ihre bestechendste psychologische Meisterleistung!

Sobald ich die Kette verpfändet und das Geld im Wrightsviller Bahnhof deponiert hatte, schlugen Sie zu.

Diesmal setzten Sie Ihren Bruder Wolfert als Waffe ein, Mr. Van Horn. So wie Sie Sally und Howard kannten, so kannten Sie auch Wolfert. Was genau sagte Wolfert? Sie hätten ihm gegenüber bemerkt, Sie ›hofften‹, das Museumskomitee würde ›kein

Aufhebens‹ von Ihrer Spende machen! Dem eifersüchtigen, verbitterten, bösartigen Wolfert gegenüber eine solche Hoffnung zu äußern, war wie eine Einladung an seine Adresse, diese Hoffnung zunichte zu machen. Wolfert kicherte sogar ›Ich war derjenige, der sie drauf gebracht hat‹. Ich erinnere mich daran, wie er dies an jenem Morgen am Frühstückstisch zum Besten gab. Doch Wolfert hatte nur teilweise recht. Er war nur das Instrument – Ihr Instrument. Sie spielten auf ihm wie auf einem Klavier, Mr. Van Horn, wie Sie auch auf Sally und Ihrem Sohn spielten. Um Sie in eine unangenehme Lage zu bringen, so dachte Wolfert, stachelte er die Mitglieder des Komitees an, für Sie ein Ehrenbankett zu veranstalten, so eine Geschichte mit Abendgarderobe, von der er wußte, wie sehr sie sie verabscheuten. Doch genau das sollte er Ihrem Plan nach tun. Denn so hatten Sie einen natürlichen, unschuldig wirkenden Grund, *Sally darum zu bitten, ihre Diamantkette zu tragen* – von der Sie wußten, daß sie sie nicht mehr besaß.

Sally würde also offenbaren müssen, daß sie die Kette nicht mehr hatte. Würde sie die Wahrheit erzählen? Niemals. Hätte sie mit der Wahrheit herausrücken wollen, dann hätte sie auch die ganze Sache mit dem Erpresser erzählen müssen – und warum sie erpreßbar war. Sie wußten, Sally würde eher sterben als dieses Geheimnis preisgeben; Sie wußten auch, Howard würde sie eher umbringen als sie reden lassen. Wieder war es am wahrscheinlichsten, daß sie sich eine Geschichte ausdenken würden, womit sie dann das Verschwinden der Kette erklärten. Diebstahl war naheliegend; Howard hatte schließlich auch Bargeld gestohlen und versucht, es wie das Werk eines Einbrechers aussehen zu lassen; ein erneuter ›Einbruch‹, bei dem die Kette gestohlen wurde, bot sich geradezu an.

Als Sally Sie im Büro anrief, um Ihnen zu sagen, daß die Kette aus dem Safe ›gestohlen‹ worden sei, wußten Sie, daß Ihre Rechnung aufgegangen war, und Sie zogen die Daumenschraube bis zum letzten an: Sie riefen Polizeichef Dakin.

Von diesem Moment an konnte nichts mehr schiefgehen. Dakin würde die Kette in Simpsons Pfandhaus ausfindig machen,

Sally und Howard würden mit der Kette konfrontiert werden; Simpson würde mich als denjenigen identifizieren, der die Kette verpfändet hatte; um mich selbst zu verteidigen, würde ich verraten müssen, daß Howard mich um den Gefallen gebeten hatte – und Howard würde, um sich davor zu bewahren, daß Sallys Ehebruch mit ihm herauskam, leugnen – falsch Zeugnis ablegen«, sagte Ellery, »und zwar gegen einen ganz besonders dämlichen Nächsten.

Neun Verbrechen gegen den sinaitischen Dekalog und nur zwei davon von Howard als unbeeinflußt Handelndem begangen, während er sieben davon als Ihre Marionette begangen hatte – oder gleich Sie selbst, als Howard verkleidet.

Neun Verbrechen. Als ich das Muster endlich erkannt hatte und so das unvermeidliche zehnte Verbrechen voraussagen konnte, Mr. Van Horn, waren Sie bestens auf mich vorbereitet. Die Bühne war für den Höhepunkt des Schauspiels hergerichtet.

Denn es war Mord, auf den Sie zuarbeiteten, Mr. Van Horn«, fuhr Ellery fort, »Doppelmord, um Ihre Rachsucht eiskalt zu befriedigen … Mord an Ihrer Frau, weil sie Ihnen untreu gewesen war, und Mord an Ihrem Sohn, der Ihnen die Liebe Ihrer Frau genommen hatte. Ich zähle Howard zu Ihren Mordopfern, Mr. Van Horn, weil er ermordet wurde, ob er nun wegen eines Mordes offiziell hingerichtet worden wäre, den er nicht begangen hatte, oder von eigener Hand starb, weil er glaubte, ihn begangen zu haben. Und Sie waren nicht weniger sein Mörder, als wenn Sie ihn eigenhändig erwürgt hätten. So wie Sie es mit Sally gemacht haben.«

9

Diedrichs Kinn war wieder auf seine Brust gesunken; wieder waren seine Augen geschlossen. Und wieder sah es so aus, als schliefe er in seinem Rollstuhl.

»Als ich Sie nachts anrief«, fuhr Ellery dennoch fort, »um Sie zu warnen, daß Ihr Leben in Gefahr sei, Mr. Van Horn, da wußten

Sie, daß Ihr großer Moment gekommen war. Wenn Sie je Zweifel gehabt hatten, dann waren sie in dem Augenblick zerstreut, als ich Ihnen sagte, ich würde etwa eine Dreiviertelstunde brauchen, um hierher zurückzukommen. Es hätte kaum besser kommen können. Eine Dreiviertelstunde war eine Menge Zeit für das, was Sie tun mußten.

Ich glaube, Mr. Van Horn, daß Sie vorhatten, Sally in dieser Nacht zu töten, ob ich nun auf das Muster der Zehn Gebote kam oder nicht. Wenn ich es vor Sallys Ermordung nicht entdeckte, würde ich danach kaum umhin kommen, mit all den Indizien, die Sie arrangiert hatten. Und wenn das Allerschlimmste passierte und ich dummerweise auch dann nicht darauf kam, waren Sie mit Sicherheit auch für diesen Fall gerüstet: Sie konnten einfach selbst das Muster ›entdeckt‹ haben oder subtile Andeutungen machen, die mir schließlich die Augen öffnen würden. Weiß Gott; Sie haben wenig oder nichts dem Zufall überlassen. Während meines Aufenthalts haben Sie mich mit Zehnen geradezu bombardiert – Sie machten sich sogar die Mühe, Zimmer 1010 für die Geldübergabe im Hollis zu reservieren und Zimmer 10 des Upham House als Depot für die vier Briefe. Sie bestimmten, daß die zweiten 25.000 Dollar in Schließfach Nr. 10 am Wrightsviller Bahnhof hinterlegt werden sollten!

Der Zeitvorsprung, den ich Ihnen gab, war, wie ich schon sagte, sehr großzügig. Wolfert war nicht zu Hause – oder geschah es auf Ihre Anregung hin, Mr. Van Horn, daß Wolfert am späten Abend so plötzlich Dringendes und Wichtiges im Büro zu erledigen hatte? Ihre Mutter würde ihr Zimmer vermutlich nicht verlassen; wenn sie es dennoch tat, würden Sie leicht mit ihr fertig werden. Laura und Eileen schliefen – Wrightsviller Hausangestellte gehen früh zu Bett. Es bestand also kaum Gefahr, gestört zu werden. Um eine Wendung zu gebrauchen, die schon Michael Dryton im Jahre 1590 ähnlich verwandte, Mr. Van Horn, die Küste lag offen vor Ihnen.

Während ich also riskierte, mir mein albernes Genick zu brechen, als ich im Interesse Ihrer ›Sicherheit‹ nach Wrightsville zurückraste, gingen Sie seelenruhig zu Howard hoch, hatten wieder einen Schlummertrunk dabei und betäubten ihn abermals. Dann gingen Sie runter auf den ersten Stock und baten Sally, in Ihr Schlafzimmer zu kommen. Dort erwürgten Sie sie und arrangierten ihre Leiche auf Ihrem Bett. Dann gingen Sie wieder nach oben, applizierten vier von Sallys Haaren an Howards Händen und schoben ihm mit einer Pinzette winzige Fetzen von Sallys blutigem Gewebe unter die Fingernägel. Danach kehrten Sie in dies Arbeitszimmer hier zurück, schlossen sich, wie ich angeordnet hatte, ein und warteten schlicht auf meine Ankunft.

Ihr Werk war vollendet – der letzte dramatische Pinselstrich auf klassischer Leinwand. Alles, was noch fehlte, waren ein paar zusätzliche Lügen, weitere Demonstrationen Ihres schauspielerischen Talents – eine Kleinigkeit für einen Mann mit Ihrer Vorstellungskraft und Ihrer Begabung. An jenem Abend überboten Sie sich gar selbst. Ihre Lügen mir gegenüber – insbesondere diejenige, Sally habe darauf bestanden, in Ihrem Schlafzimmer auf Sie zu warten, um Ihnen ›etwas Wichtiges‹ zu sagen – mit der Implikation, sie habe vorgehabt, ihren Ehebruch zu gestehen –, waren bereits genialisch zu nennen. Aber das Manöver, mit dem Sie mich dazu brachten zu erfahren, daß Sally in Ihrem Schlafzimmer auf Sie warte, war ein glatter Geniestreich.

Und ich bin völlig darauf hereingefallen, Mr. Van Horn«, fuhr Ellery trübsinnig fort, »in allen zehn Punkten hereingefallen. Sie spielten mir mein Opfer zu; und ich, Ellery Queen, kleiner Blechgötze der Reflexion, versetzte ihm den Gnadenstoß. Meine ›brillanten‹ Deduktionen zusammen mit den ›unbezweifelbaren‹ Indizien, die Sallys Haare in Howards Hand und die Gewebefetzen unter seinen Nägeln darstellten, ließen Howard keinen Ausweg mehr … oder mir.

Denn in Wahrheit«, fuhr Ellery nachdenklich fort, »war ich nur unfreiwilliger Erfüllungsgehilfe in Ihrem kühnen Plan, Howard zum Mörder zu stempeln, Mr. Van Horn. Ich half Ihnen dabei, Howard umzubringen. Ich war vorher, währenddessen und danach Ihr mieser kleiner Blechgötzengehilfe.«

Nun hob sich Diedrichs mächtige Hand, er schlug die Augen auf, und die Hand mit dem schlaffen Fleisch machte Gesten der Ungeduld.

»Sie beschuldigen mich dieses monströsen Verbrechens«, sagte er mit einer gewissen Lebhaftigkeit, »und ich muß gestehen – so wie Sie es darstellen, klingt es recht plausibel. Dennoch – nur im Interesse der Wahrheit, wissen Sie – fällt mir auf, daß Ihre Theorie den einen Punkt nicht berücksichtigt, der sie widerlegt.«

»Aha?« fragte Ellery. »Mr. Van Horn, ich wäre überglücklich, von einem solchen Punkt zu hören. Ich habe nie zuvor eine Theorie aufgestellt, die ich lieber widerlegt sähe.«

»Nun, dann entspannen Sie sich, Mr. Queen«, erwiderte Diedrich, und in seiner Stimme schwang fast noch etwas vom alten Dröhnen und Donnern mit. »Sie sagten, Howard habe meine Frau nicht ermordet – obwohl der Junge genau das natürlich tat, während er glaubte, mich zu töten. Wenn aber Howard unschuldig war, Mr. Queen, *warum stritt er dann nicht vehement ab, als Sie ihn des Mordes beschuldigten*? Das ist es doch, was ein Unschuldiger getan hätte. Aber was macht *er*? Nimmt sich das Leben! Verstehen Sie nicht? Es haut nicht hin. Howard war schuldig, ganz sicher. Der arme Junge wußte, daß Sie ihn in der Hand hatten; er *konnte* also nicht leugnen. Mit seinem Selbstmord schließlich gestand er seine Schuld ein.«

Ellery schüttelte den Kopf. »So kommen Sie mir nicht davon, Mr. Van Horn. Wie so viele andere Elemente in diesem Fall sind die beiden, die Sie jetzt aufbringen, zwar wahr, aber eben nur teilweise. Aber Sie haben ja mit der halben Wahrheit oder dem Anschein der Wahrheit die ganze Zeit über gearbeitet.

Howard stritt seine Schuld nicht ab, das stimmt; allerdings nicht deshalb, weil er wirklich schuldig gewesen wäre, sondern deshalb, weil er *glaubte*, schuldig zu sein!

Howard wußte nicht, daß Sie ihm ein Schlafmittel eingeflößt hatten, Mr. Van Horn. Er glaubte – wie auch ich –, daß er eine erneute Amnesie-Attacke erlitten habe. Was während seiner Blackouts geschehen könnte, hat Howard immer sehr geängstigt. Als er mich in New York aufsuchte, dachte er an nichts anderes. Und als er mich bat, mit nach Wrightsville zu kommen, tat er dies aus *einem* Grund: Ich sollte ihn beobachten, auf seiner Fährte bleiben, wenn er wieder einmal Amnesien hatte, und so herausfinden, was er währenddessen tat – ob er nun, wie er es formulierte, sozusagen Dr. Jekyll und Mr. Hyde war – denn ein Merkmal seiner Blackouts bestand darin, daß er sich hinterher *an nichts erinnern konnte.*

Sie wußten alles über Howards Amnesien, Mr. Van Horn; dies war sozusagen der Schlußstein Ihres Torbogens. Howard war besessen von der Furcht, er könne während seiner Blackouts Verbrechen begehen. Sie wußten das, und Sie wußten auch, daß Howard, wenn er aus dem erwachte, was ihm – und mir und jedem anderen außer Ihnen – als ein neuer Amnesie-Anfall erscheinen mußte, und erfuhr, daß während seines Blackouts Sally erwürgt worden und Haare und Gewebe von ihr an seinen Händen gefunden worden waren ... Sie wußten, daß Howard sich für schuldig halten würde. Seine psychologische Vorgeschichte hatte Howard soweit gebracht, jedes Indiz, das auf ein potentielles Verbrechen hindeutete, fraglos zu akzeptieren.

Was nun seine Selbstzerstörung anbelangt, Mr. Van Horn, muß man sehen, daß Howard immer ein potentieller Selbstmörder gewesen war. Mit einem Suizid zu enden, liegt bei derartigen seelischen Strukturen immer im Bereich des Wahrscheinlichen. Er hat mir zum Beispiel erzählt, er habe, nachdem er in New York wieder zu sich gekommen war – und bei mir gelandet – ernsthaft mit dem Gedanken gespielt, sich aus dem Fenster der betreffenden Absteige zu stürzen. Es ist Tatsache, daß ich bei meinem ersten Gespräch mit Howard annahm, er sei unbewußt suizidal, und ihn auf den Kopf zu fragte, ob er jemals nach einem Blackout zu sich gekommen sei und feststellen mußte, daß er dabei gewesen war, sich umzubringen. Er bejahte und bezog sich dabei auf drei unterschiedliche Erfahrungen dieser Art.

Nein, an Howards Akt letztendlicher Selbstvernichtung, nachdem ich ihm seine ›Schuld‹ demonstriert hatte, war nichts Besonderes, Mr. Van Horn. Er war davon überzeugt, Sally umgebracht zu haben; er wußte, es war aus, und er wählte den Ausweg, den jeder, der seine seelische Verfaßtheit gut kannte – so gut, wie Sie sie kannten, Mr. Van Horn –, hätte voraussagen können.

Da ich schon einmal beim Thema bin«, fügte Ellery unvermittelt hinzu, »fühle ich mich daran erinnert, daß mir wirklich jeder Hinweis darauf, daß Sie als der allmächtige Strippenzieher im Hintergrund wirkten, letztes Jahr schon bekannt war, als ich zuvorkommenderweise Howard für Sie in den Tod schickte. Es gab sogar einen Hinweis auf Ihr psychologisches Wissen – ein Wissen, ohne das Sie Ihre Verbrechen nicht hätten planen können. Diesen Anhaltspunkt haben Sie mir sehr gelassen serviert, direkt am ersten Abend, während unserer Unterhaltung beim Dinner. Sie kamen auf das Thema Bücher und deren Bezug zum konkreten Leben zu sprechen. Unter den Büchern, aus denen Sie, wie Sie sagten, praktischen Nutzen hatten ziehen können, befanden sich auch einige ›über die menschliche Psyche‹. Was für Titel waren das, Mr. Van Horn? Ich fürchte, ich habe mir Ihre Bibliothek nicht genau genug angesehen.«

Diedrich lächelte noch immer ein wenig; nun jedoch fiel Ellery auf, daß zwischen seinem und Wolferts Lächeln eine gewisse Ähnlichkeit bestand; eine Ähnlichkeit, die man nicht hatte erkennen können, als Diedrichs Gesicht noch voller gewesen war.

»Ich denke, Sie wissen, Mr. Queen«, bemerkte Diedrich, »wie sehr ich Sie stets bewundert und verehrt habe – als Autor wie als Detektiv. Ich hätte Ihnen jedoch letztes Jahr, während Sie bei uns waren, sagen sollen, daß ich Ihre Methode – die zu Recht gefeierte ›Queen-Methode‹ – in einer Hinsicht immer extrem schwach gefunden habe.«

»In mehr als einer Hinsicht, fürchte ich«, entgegnete Ellery. »Welche meinen Sie?«

»Gültige Beweise«, antwortete Diedrich freundlich. »Die Art von Beweisen, die Leute von der Polizei mit weniger Phantasie, Staatsanwälte mit ihrer antrainierten Ausrichtung auf schlichte Fakten und Richter mit Gesetzen, nach denen sie urteilen, verlangen, wenn ein Mensch eines Verbrechens angeklagt ist. Das Gesetz zeigt sich von reiner Deduktionskunst leider völlig unbeeindruckt, ganz gleich, wie brillant sie auch sein mag. Das Gesetz verlangt nach zulässigen Beweisen, bevor es die Integrität eines Angeklagten gefährdet.«

»Guter Punkt«, nickte Ellery. »Es ist mir unangenehm, mich über das Faktum hinaus verteidigen zu müssen, daß ich das Sammeln von Beweisen immer denjenigen überlassen habe, deren Beruf es ist, Beweise zu sammeln. Meine Aufgabe hat immer darin bestanden, Verbrechen aufzudecken, nicht darin, sie zu bestrafen. Ich gebe auch ohne weiteres zu, daß das eine oder andere Mal jemand den Beweisesammlern davongekommen ist, auf den ich mit meinem detektivischen Finger gezeigt hatte.

Wie dem auch sein mag«, fuhr Ellery fort, »glaube ich nicht, daß man in diesem Fall damit besondere Schwierigkeiten haben wird.«

»Nein?« Diedrichs Lächeln glich nun in bestürzender Weise dem Grinsen Wolferts.

»Nein. Ihr Coup war im großen und ganzen eine Bravourleistung, aber hier und da gab es Schönheitsfehler. Die ganze Sache mit Ihnen als Erpresser zum Beispiel war gewagt und einfallsreich, er war aber auch genau das, was Verbrecher gern an den Galgen bringt. Letztes Jahr konnten die diversen Pfandleiher, bei denen Sie Sallys Schmuck verpfändeten, nur sehr vage Beschreibungen geben; sie hatten keinen konkreten Bezugsrahmen. Jetzt hingegen wäre es möglich, diesen Leuten ein Foto von Ihnen vorzulegen – oder eine direkte Gegenüberstellung zu arrangieren. Obwohl die Zeit für Sie arbeitet, halte ich es für nicht unwahrscheinlich, daß einer oder zwei Pfandleiher Sie als den Mann identifizieren würden, der den Schmuck verpfändet hat.

Dann wäre da die Geschichte mit den Zimmern im Hollis und im Upham, die der Erpresser reserviert hatte, um an die ersten 25.000 Dollar zu kommen. Ich bin dem damals nicht nachgegangen, weil ich im Wort war, die Übergaben nicht zu gefährden – worauf Sie sich natürlich verlassen haben. Nun jedoch wird man das noch einmal genau überprüfen. Sie müssen sich in zwei Gästebücher eingetragen haben. Experten werden Ihre Schrift schon identifizieren. Vielleicht erinnern sich sogar Leute an der Rezeption an Sie als den Mann, der diese Zimmer reservierte.

Die Fotokopien waren möglicherweise ein Bluff; dennoch könnten Sie zumindest einen Satz haben machen lassen, nur für den Fall, daß Sie Ihre Drohung damit untermauern müßten, wirklich im Besitz von Kopien zu sein. Wenn dies so war, wird man diese Kopien auf Sie zurückführen können. Könnten Sie nicht die technischen Einrichtungen des *Wrightsville Record* zu diesem Zweck benutzt haben?

Zum Geld selbst: 50 Ihrer 500-Dollar-Noten hat Howard aus diesem Safe hier genommen, mir gegeben, und ich gab sie an den ›Erpresser‹ weiter – also an niemand anderen als an *Sie*.« Ellery beugte sich vor und fragte mit sanfter Stimme. »Haben Sie diese 25.000 Dollar vernichtet, Mr. Van Horn? Das bezweifle ich nämlich. Die entscheidende Schwäche Ihres Plans bestand in Ihrer vermeintlichen Gewißheit, niemals verdächtigt zu werden. 25.000 Dollar – Ihr eigenes Geld – zu verbrennen, wäre Ihnen wohl nicht im Traum eingefallen, Ihnen, einem Mann, der sich von ganz unten hatte emporkämpfen müssen, Ihnen, einem Mann der Geschäftswelt. Sie werden sich bislang jedoch kaum getraut haben, das Geld auszugeben. Also müssen Sie es irgendwo versteckt haben, Mr. Van Horn, und ich garantiere Ihnen, Sie werden keine Möglichkeit mehr bekommen, es jetzt noch zu vernichten. Ganz nebenbei: Ich habe noch immer Ihre Liste der Seriennummern. Ich habe sie aufgehoben … zur Erinnerung an meinen spektakulärsten ›Erfolg‹.«

Diedrich spitzte stirnrunzelnd die Lippen.

»Ich weiß natürlich nicht, was Sie mit den zweiten 25.000 Dollar gemacht haben, J. P. Simpsons Geld, das ich für Sie in einem Schließfach des Wrightsviller Bahnhofs deponiert habe; möglicherweise hat die Bank jedoch noch eine Liste dieser Scheine, und wenn Sie das Geld dort verwahrt haben, wo auch die ersten 25.000 sind, wäre dies Ihr nächster Sargnagel.«

»Ich versuche zu folgen, Mr. Queen«, sagte Diedrich. »Und das mit Respekt, glauben Sie mir! Aber wäre es falsch, darauf hinzuweisen, daß all dies, wenn es denn stimmte, mich lediglich mit dem Erpresser in Verbindung brächte?«

»Lediglich, Mr. Van Horn?« Ellery mußte lachen. »Den Beweis zu erbringen, daß Sie hinter der Erpressung steckten, wird die Hauptaufgabe des Staatsanwalts sein! Denn dies würde voraussetzen, daß Sie im Bilde waren über die ehebrecherische Beziehung zwischen Sally und Howard. Psychologisch betrachtet, reißt das den einzigen Verteidigungswall nieder, den Sie hatten: die Unterstellung, Sie hätten nicht gewußt, was hinter Ihrem Rücken vor sich gegangen war. Es gibt Ihnen ein Motiv, Mr. Van Horn; darauf läßt sich die Anklage aufbauen.

Ich kann mir gut vorstellen, daß die Seite der Anklage«, fuhr Ellery fort, »schwierig, wie es nun einmal werden wird, damit beginnt, zweierlei zu beweisen: Erstens, daß Sie von der Untreue Ihrer Frau, die Sie mit Ihrem Sohn betrogen hatte, gewußt haben, und zweitens, daß Sie geplant haben, beide zu bestrafen – Ihre Frau, indem Sie sie direkt umbrachten, und Ihren Sohn, indem Sie ihm dieses Verbrechen anhängten.

Der Beweis, daß Sie vom Ehebruch gewußt haben, ist erbracht, wenn feststeht, daß Sie der Erpresser waren; der Beweis, daß Sie die Bestrafung beider planten, läßt sich erbringen, indem man zeigt, daß Sie hinter allen Vorkommnissen steckten, die vermeintlich bewiesen, Howard habe vorsätzlich alle Zehn Gebote gebrochen – sprich: daß Sie ihm den Mord angehängt haben. In diesem Zusammenhang, davon bin ich fest überzeugt, wird meine Zeugenaussage jegliche Skepsis hinwegfegen. Ihre falsche Behauptung, die Connhavener Detektei beauftragt zu haben, Howards Eltern zu finden – ich werde wahrheitsgemäß bezeugen, daß Sie gelogen haben; dasselbe wird Burmer tun (der, ganz nebenbei, im Staat einen sehr guten Ruf genießt). Die Nichtexistenz eines ›Dr. Southbridge‹ – auch diese Lüge werde ich bezeugen. Dann wird da Wolfert sein, der meine Aussagen bestätigen muß – ein Spektakel, das ich mit großem Interesse verfolgen werde, Mr. Van Horn – wenn Wolfert seinem lebenslangen Haß auf Sie endlich Luft machen kann.

Es gibt noch zahlreiche andere Punkte, mit denen sich die Polizei beschäftigen wird, Mr. Van Horn – etwa die Frage nach dem Schlafmittel, das Sie Howard mindestens zweimal verabreicht haben. Möglicherweise wird man Howards Leiche exhumieren müssen, um nach Spuren der Droge zu suchen. Sollte dies gelingen, wird es nicht weiter schwer sein, Ihnen den Kauf des Mittels nachzuweisen, und so fort.«

Diedrich lächelte nun wieder matt. »Sehr, sehr viele Bedingungssätze, Mr. Queen. Aber selbst dann, wenn man davon ausgeht, daß das alles so stimmt, wie Sie es sagen – Sie haben noch immer keine Silbe darüber verloren, wie Sie mich mit … der eigentlichen Mordhandlung in Verbindung bringen wollen.«

»Richtig«, erwiderte Ellery, »richtig, das ist wahr. Ein solcher Nachweis wird vermutlich nicht gelingen. Es werden allerdings, Mr. Van Horn, nur sehr wenige Mörder auf der Grundlage direkter Indizien verurteilt. Eine erfolgreiche Anklage will meist mühsam zusammengekratzt sein, ein typischer Indizienprozeß eben – das sei eingeräumt; aber man wird Sie immerhin des Mordes anklagen … ja«, fuhr Ellery nach einer Weile fort, »das ist wohl das Entscheidende daran, Mr. Van Horn. Sie werden in aller Öffentlichkeit als mutmaßlicher Mörder vor Gericht stehen; die ganze Geschichte wird herauskomen; und der große Diedrich Van Horn, der bislang Gegenstand öffentlichen Mitleids war, der betrogene Ehemann und Vater, wird bloßgestellt sein als das, was er wirklich ist – ein extremer Egozentriker, der aus Rachsucht mordete, und zwar nicht im Affekt, in der Raserei frisch entdeckten Verrats, sondern kalt, wohlüberlegt, berechnend.

Sie sind ein alter Mann, Mr. Van Horn; und ich kann mir nicht vorstellen, daß der Tod als solcher Sie noch schreckt – so, wie Sie hier vor mir sitzen. Aber ich glaube schon, daß der Gedanke an eine öffentliche Bloßstellung Sie halb umbringt; und dies wird ein viel quälenderes Sterben für Sie werden, eine viel grausamere Strafe. Es wird die Art von Schmerz sein, der einen Mann noch quält, wenn er längst im Grabe liegt.«

Nun lächelte Diedrich nicht mehr; er stellte sein Lächeln endgültig ein. Er saß sehr still in seinem Rollstuhl. Ellery drängte ihn nicht. Er stand nur da und blickte auf den alten Mann.

Dann schaute Diedrich auf und fragte fast bitter: »Wenn es meine Absicht gewesen sein soll, diese läufige Hündin und den dreckigen Schweinehund zu erledigen – warum habe ich das dann nicht einfach getan? Wozu dieser abgehobene Schnickschnack mit den Zehn Geboten?«

Als Ellery antwortete, tat er das im üblichen, ruhigen Ton; aber er war tiefrot geworden.

»Der Detektiv kann eine Antwort geben«, erwiderte er, »der Psychologe die andere. Die Wahrheit liegt in einer Kombination beider.

Denn trotz aller physischen Kraft und den praktischen Angelegenheiten der Geschäftswelt, Mr. Van Horn, sind Sie im Grunde ein Kopfmensch. Wie alle Tyrannen denken Sie und handeln Sie nicht impulsiv. Über alles muß nachgedacht, es muß geplant werden – wie eine Schlacht oder ein Staatsstreich. Sie zwangen Howard vom Säuglingsalter an in eine vorgeformte Schablone. Sally haben Sie so bewußt entworfen wie Howard eine Statue; sie dachte, Sie hätten sich plötzlich in sie verliebt – da irrte sie; sie wußte nicht, daß Sie von dem Tage an, an dem Sie Sally aus der Unterstadt herausholten und damit begannen, Sie in die Frau umzumodeln, mit der Sie Ihr Königreich zu teilen beabsichtigten, vorgehabt hatten, sie zu heiraten.

Die Idee mit den Zehn Geboten stellte in vielerlei Hinsicht den Höhepunkt Ihrer geistigen Schaffenskraft dar – sie hatte Schwung, Kraft und Größe. Sie war eines Diedrich Van Horn würdig.

Sie ging von dem aus, wovon alle logischen Prozesse ausgehen – von einer Prämisse. Ihre Prämisse war eine doppelte: Sie wollten die Verräter bestrafen; indem Sie sie bestraften, wollten Sie allerdings unverdächtig bleiben. Oder, um es platter auszudrücken: Sie wollten mit Mord davonkommen. Die Verletzung, die Ihnen zugefügt wurde, traf Ihr Ego bis ins Mark, das Ego eines Größenwahnsinnigen. Der gekränkte Allmächtige hatte sich für diese Kränkung seiner Allmacht zu rächen; er mußte die Verletzung seines Egos heilen, indem er sich rächte und doch ungestraft blieb – um zu beweisen, daß er über den Gesetzen stand, an die gewöhnliche Sterbliche sich zu halten haben, daß seine Macht größer war als die des Gesetzes.

Es ist jedoch nicht so einfach, einen Mord zu begehen, einen Unschuldigen an den Galgen zu bringen und dabei gänzlich über jeden Verdacht erhaben zu bleiben. Hätten Sie Sally ganz einfach umgebracht, dann wäre Howard nicht verdächtiger gewesen als Sie. Und wenn Sie Howard den Mord einfach so angehängt hätten, wäre Howard aus schierer Panik womöglich mit der ganzen Liebesgeschichte herausgeplatzt – und dies hätte Sie als denjenigen mit dem stärksten Motiv entlarvt – dem nahezu einzigen Motiv.

Ihr Problem bestand also darin, Howard als den einzig *möglichen* Verdächtigen erscheinen zu lassen. Wenn Howard jedoch unter den gegebenen Umständen ein Motiv hatte, jemanden umzubringen, dann waren das potentielle Opfer Sie und nicht Sally. Daher mußten Sie ein Verbrechen arrangieren, bei dem Sally scheinbar versehentlich ermordet worden war, weil der Mörder sie *mit Ihnen verwechselt hatte*. Darüber hinaus mußte Howard davon überzeugt werden, daß er das Verbrechen begangen habe.

Sie hatten also, wie Sie erkannten, Mr. Van Horn, alle Hände voll zu tun. Eine komplizierte Planung war unvermeidbar. Ich nehme an, daß Sie die Vorfreude darauf einigermaßen genossen haben. Der napoleonische Charakter bewährt sich erst angesichts von Schwierigkeiten, ja, er sucht sie – und schafft sie zuweilen selbst.

Sie ließen sich Zeit. Um Ihre Entdeckung der Briefe in dem Kästchen zu verschleiern, taten Sie alles Nötige, um einen Einbruch vorzutäuschen. Doch danach ruhten Sie sich aus und entwarfen Ihren Plan. Vom Juni bis in die ersten Septembertage hinein dachten Sie nach, analysierten Sie, präparierten das Wesentliche am Wesen der vorgesehenen Opfer heraus. Sie machten versuchsweise Pläne, wurden jedoch nicht aktiv.

Ich nehme an, Sie zögerten deshalb, weil Sie erkannten, in welchem Maße die Gefahr des Scheiterns mit der Komplexität eines Mordplans steigt. Jede zusätzliche Verkomplizierung erhöht die Chancen auf Lücken, Ausrutscher, unvorhersehbare Zufälle – genau jene Umstände, die Thomas Hardy ›Umfälle‹ nannte. Sie waren dabei, sich an eine Lösung dieses gewichtigen Problems heranzutasten, als Howard selbst Ihnen den Einsatz gab.«

Ellery schaute zurück, als Diedrich ihn fixierte; die Blicke der beiden Männer rasteten ein – wie in einer Art Todesgriff.

»Howard rief Sie von New York aus an und teilte Ihnen mit, er werde mit mir zusammen nach Wrightsville zurückkehren bzw. er werde sofort heimfahren und ich zwei Tage später eintreffen.

Sie begriffen sofort, was das für Sie bedeuten konnte. Die Tarnung, vollkommen arglos und unschuldig zu sein, die Sie brauchten, während Ihre Überlegungen noch zu keiner Lösung geführt hatten, würde *ich* in hohem Maße garantieren. Wie würde noch jemand an Ihrer Unschuld zweifeln oder Sie gar für schuldig halten können, *wenn ein berühmter Detektiv den Fall nach Ihrem Plan löste*? Jetzt war alles perfekt.

Risiken«, fuhr Ellery fort, »barg der Plan gleichwohl, vielleicht größere Risiken, als wenn Sie mich nicht involviert hätten. Ellery Queen als Komplize des Mörders – die Eleganz dieses Konzepts, seine Maßlosigkeit, seine *Art* von Risiko berauschten Ihre Phantasie. Dies war ein Feldzug, ein Kampf, der eines Napoleon würdig gewesen wäre.

Und ich darf wohl hinzufügen: Von da an haben Sie nicht mehr gezögert.«

Er hielt inne; der Blick aus Diedrichs großen Augen bohrte sich erbarmungslos in die seinen; kalt sagte er: »Weiter.«

»Howards Anruf kam an einem Dienstagmorgen. Ich kam an einem Donnerstag in Wrightsville an. Sie hatten also zwei Tage

Zeit. *In diesen zwei Tagen, Mr. Van Horn, hatten Sie die Idee mit den Zehn Geboten und bereiteten für meine Ankunft jeden Schritt vor*. Sie erfanden die Geschichte mit der Connhavener Detektei und ihren ›Nachforschungen‹. Sie entwickelten das *Yahweh*-Anagramm, fanden die Gräber von Aaron und Mattie Way bei Fidelity, fügten ihrem Namen das *E* hinzu. Sie setzten die Sache mit dem Museumsprojekt in Gang – das erzählten Sie mir am Donnerstagabend; Sie sagten, Sie hätten *gestern* angeboten, das fehlende Geld zu zahlen – also am Mittwoch, dem Tag *nach* Howards Anruf! Sie schritten mit Ihrem lange ausgereiften Erpressungsplan zur Tat; muß ich daran erinnern, daß das erste Telefonat des Erpressers mit Sally ebenfalls an jenem Mittwoch stattfand?

Mit der Ankündigung meines Besuchs setzte sich die Maschinerie in Bewegung.

Jawohl, Mr. Van Horn; für mich hatten Sie den Part des Komplizen vorgesehen; und ich spielte so naiv mit, wie Sie es sich ausgerechnet hatten. Ich tat alles, was ich für Sie tun sollte – tanzte in jeder Phase nach Ihrer Pfeife. Und dies war Ihr größter Triumph, Mr. Van Horn; denn ich war Ihre gehorsamste Marionette.«

Ellery unterbrach sich erneut. Mühsam fuhr er dann fort.

»Die Sache mit den Zehn Geboten haben Sie ausschließlich für mich ersonnen; damit ich den Fall so löste, wie Sie es wollten, mußten Sie die Art von Fall konstruieren, für die ich eine natürliche Schwäche habe. Sie kannten mich sehr gut. Wir waren uns zwar nie begegnet, aber Sie selbst sagten mir ja, Sie hätten alle Bücher gelesen, die ich je geschrieben habe; Sie haben meine Karriere in der Zeitung verfolgt – ich meine mich zu entsinnen, daß Sie sogar verkündeten: ›Ich bin ein Queen-Experte.‹ In der Tat, das sind Sie, Mr. Van Horn, in der Tat – in einem Umfang, den ich mir bis heute nicht hätte träumen lassen.

Sie kannten mich besser als ich mich selbst. Sie wußten, wie ich arbeite. Sie kannten meine Schwäche. Sie wußten, daß Sie mir bloß einen Fall vorzusetzen brauchten, wie ich ihn unwiderstehlich finde, die Art von Lösung, die ich bis zum Schlußtriumph durchfechten würde – an die ich glauben würde!

Sie wußten, daß ich grundsätzlich versteckte Antworten offensichtlichen vorziehe und den Knalleffekt dem Gewöhnlichen.

Sie durchschauten genau, Mr. Van Horn, daß auch ich eine ungewöhnliche psychische Struktur aufweise. Daß ich mich selbst, ob ich dies nun zugab oder nicht, als eine Art mentaler Wunderwirker betrachte; und genau das ist es, womit Sie mich köderten – mit einem Wunder, das es zu vollbringen galt. Ein grandioser Einfall; eine steile, labyrinthreiche Fährte. Ein blendendes, überwältigendes Finale. Und ich führte diese Zirkusnummer vor, Mr. Van Horn, ich arbeitete diese überraschende Lösung für Sie aus, und jedermann fand sie einfach umwerfend, so beeindruckt waren die Leute von meinem Scharfsinn – und auf Sie fiel nicht der Schatten eines Verdachts.

Die Zehn Gebote«, fuhr Ellery fort, »was schrieben die Zeitungen noch darüber? ›Ellery Queen überbietet eigene Triumphe‹«.

In derselben farblosen Tonlage, deren er sich die ganze Zeit bedient hatte, sprach Ellery weiter: »Es ist eine interessante Feststellung, daß Sie, indem Sie mich so genau analysierten und mir als Resultat dieser Analyse die Zehn Gebote zum Spielen gaben, auch etwas von fundamentaler Bedeutung über Ihre eigene Psyche preisgaben, Mr. Van Horn.«

Ein Funkeln der Neugier trat in Diedrichs Blick.

»Ich hatte Howards seelische Probleme immer mit seiner neurotisch überhöhten Vaterverehrung in Verbindung gebracht. Daran bestehen für mich auch heute keine Zweifel. Als ich jedoch diese Diagnose dahin ausweitete, daß ich Howard zutraute, sich die Sache mit den Zehn Geboten auszudenken, um vorsätzlich gegen das mächtigste Vaterbild überhaupt zu rebellieren, das göttliche Vaterbild, war ich im Irrtum, da die Idee mit den Zehn Geboten nicht von Howard stammte, *sondern zur Gänze von Ihnen*.

Warum ist Ihr Verstand überhaupt auf diese Idee verfallen – und hat daran festgehalten, Mr. Van Horn? Wie sind Sie überhaupt auf so etwas gekommen? Warum die Zehn Gebote? Sie hätten auch Hunderte von anderen Ideen haben können, die geeignet gewesen wären, mich für Ihre Sache einzuspannen. Aber nein – es mußten die Zehn Gebote sein. Warum?

Ich werde Ihnen sagen warum, Mr. Van Horn, und dies wird wohl von dem, was ich Ihnen heute abend entwickelt habe, das einzig Neue für Sie sein. *Ihre Wahl der Zehn Gebote verwies deutlich auf Sie als den lenkenden Kopf im Hintergrund, wenn mir das nur rechtzeitig aufgefallen wäre.* Nicht ein Hinweis auf Howard, sondern einer auf Sie.

Letztes Jahr, als ich Staatsanwalt Chalanski, Chief Dakin und Dr. Cornbranch meine pompöse kleine Theorie darlegte, erklärte ich Howards Zweckentfremdung der Zehn Gebote zur Waffe – um das Gottvaterbild von Ihrer Person zu zerstören – mit den Prägungen seiner Kindheit … damit, daß er in einem Haus mit einer vom religiösen Wahn besessenen Adoptivgroßmutter aufwuchs und so fort. Wenn Sie jedoch tiefer gehen, war das ein äußerst schwaches Argument – *wenn man es auf Howard bezog.* Ihre Mutter, Mr. Van Horn, hatte nach Ihrer eigenen Aussage nie einen aktiven Einfluß im Haus – zumindest nicht zu Howards Lebzeiten. Kaum jemals sah man sie; niemand schenkte ihr große, wenn überhaupt irgendeine Beachtung, wenn Sie einmal aus ihrer Gruft hervorkam. Howard ist von Hauslehrern und Gouvernanten erzogen worden; ihr Einfluß war es, der dominierte, nicht der Ihrer Mutter. Und abgesehen von Ihrer Mutter herrschte im Haus keine drückende, streng religiöse Atmosphäre.

Wie aber steht es mit *Ihnen* und *Ihrer* Kindheit, Mr. Van Horn? – der Atmosphäre, in der Sie die prägenden Jahre erlebten? *Ihr Vater war ein Wanderprediger, ein fundamentalistischer Fanatiker, der den anthropomorphen, persönlich rachsüchtigen, eifersüchtigen Gott des Alten Testaments predigte – der Sie und Ihren Bruder, wie Sie mir erzählten, immer ›gründlich verdroschen‹ habe; Sie hatten, wie Sie sagten, eine ›Heidenangst‹ vor ihm.* Howard liebte seinen Vater, Mr. Van Horn, Sie aber haßten den Ihren. Aus diesem Haß gebar sich auch die Idee mit den Zehn Geboten … mittels deren Sie unbewußt die Waffe Ihres Vaters gegen ihn selbst richteten, um sein Bild fünfzig Jahre nach seinem tödlichen Schlaganfall endgültig zu zerstören.

Und das«, fügte Ellery eilig hinzu, »und das bringt uns zurück in die Gegenwart, Mr. Van Horn. Sie ermordeten Sally und hängten Howard den Mord an; sein Blut klebt ebenfalls an Ihren Händen. Ich habe Ihnen dabei geholfen, diese Verbrechen zu begehen; wir werden also beide auf unsere Weise dafür bezahlen müssen.«

»Bezahlen?« fragte Diedrich. »Beide?«

»Sie haben mich, Mr. Van Horn«, erwiderte Ellery, »auf Ihre Art vernichtet. Verstehen Sie? Sie haben mich vernichtet.«

»Das verstehe ich«, antwortete Diedrich.

»Sie haben meinen Glauben an mich selbst zerstört. Wie könnte ich jemals wieder den kleinen Blechgötzen spielen? Unmöglich. Ich würde es nicht mehr wagen. Denn es liegt mir nicht, Mr. Van Horn, mit Menschenleben zu spielen. Und in dem Nebenberuf, den ich mir nun einmal ausgesucht habe, steht oft ein Leben auf dem Spiel – zumindest aber eine Karriere oder das Lebensglück eines Mannes oder einer Frau.

Sie haben es mir unmöglich gemacht, damit fortzufahren. Ich bin erledigt. Ich werde nie mehr einen Fall übernehmen können.«

Ellery schwieg.

Diedrich nickte und fragte halb belustigt: »Und meine Strafe, Mr. Queen?«

Ellery schob den Drehstuhl zurück und öffnete die oberste Schublade von Van Horns Schreibtisch.

10

»Denn, sehen Sie«, sagte Diedrich und fixierte Ellerys Hand, »es kommt doch nichts dabei herum, *denen* die Wahrheit zu erzählen – das bringt weder Sally noch Howard zurück.

Sie halten sich für erledigt, Mr. Queen, dabei bin *ich* es, der erledigt ist. Ich bin ein alter Mann. Viel Zeit bleibt mir nicht mehr. Aber ich habe etwas aufgebaut im Leben. Das hier meine ich dabei nicht.« Seine magere Hand machte fahrige Bewegungen. »Auch das Geld meine ich nicht oder etwas vergleichbar Unwichtiges. Ich meine, ich habe mir ein Leben aufgebaut, einen Namen – das eben, was einen Mann mit dem Gefühl ›Schade‹ ins Grab steigen läßt.

Sie sind ein Mann von beträchtlichem Erkenntnisvermögen, Mr. Queen. Sie müssen wissen, daß das, was ich getan habe, mich nicht mit Triumphgefühlen oder Genugtuung erfüllt. Oder wenn Sie es bis jetzt nicht gewußt haben, dann brauchen Sie mich nur anzuschauen. Wie heißt es noch in ›König Lear‹? ›*Zittere, du Frevler, auf dem verborgene Untat ruht, vom Richter noch ungestraft.*‹ Ist das nicht für einen Mann, der schon zu drei Vierteln tot ist, Strafe genug?«

»Nein«, erwiderte Ellery.

»Ich bin ein sehr reicher Mann«, fuhr Diedrich sehr hastig fort. »Wenn ich Ihnen …«

»Nein.«

»Es tut mir leid«, erwiderte Diedrich nickend, »das ist mir so herausgerutscht. Das war unter unserer Würde. Wir können beide noch sehr viel Gutes bewirken, Sie und ich. Nennen Sie mir eine karitative Einrichtung, und ich schreibe einen Scheck über eine Million Dollar.«

»Nein.«

»Fünf Millionen.«

»Nicht einmal für 50 Millionen.«

Diedrich schwieg.

»Ich weiß«, sagte er schließlich, »daß Geld als solches Ihnen nichts bedeutet. Aber denken Sie doch nur einmal daran, welche Macht es Ihnen …«

»Nein.«

Wieder schwieg Diedrich.

Auch Ellery sagte nichts.

Dieses Arbeitszimmer. Es hatte nicht einmal eine Uhr.

»Es muß da doch etwas geben. Jeder Mensch hat seinen Preis. Gibt es irgend etwas, das ich Ihnen anbieten könnte, um Sie von Ihrem Gang zu Dakin abzuhalten?«

»Ja«, erwiderte Ellery.

Der Rollstuhl schoß vorwärts.

»Was?« fragte Diedrich beflissen. »Was ist es? Sagen Sie es, und es gehört Ihnen.«

Ellery zog eine behandschuhte Hand aus der Schublade.

Darin glänzte die stupsnasige Smith & Wesson .38, das Sicherheitsmodell mit verborgenem Hahn, die er in jener Nacht dort gesehen hatte, in der Van Horn ihm den geplünderten Safe gezeigt hatte.

* * *

Diedrichs Mund zuckte, aber das war alles.

Ellery legte den Revolver in die Schublade zurück.

Er ließ sie offen.

Und stand auf.

»Zuerst werden Sie eine Abschiedsnotiz schreiben. Nennen Sie irgendeinen plausiblen Grund – Trauer, Krankheit.

Ich werde draußen warten. Ich nehme an, Sie möchten sich nicht weiter erniedrigen, indem Sie versuchen, aufs Geratewohl einen Schuß auf mich abzufeuern; sollte Ihnen aber doch so etwas im Kopf herumspuken – vergessen Sie's. In der Zeit, die Sie brauchen, um um den Schreibtisch herumzurollen, um an die Waffe zu kommen, bin ich längst im Nebenraum – im Dunkeln.

Das wäre es denn, Mr. Van Horn.«

Diedrich schaute auf.

Ellery sah ihn an.

Diedrich nickte langsam.

Ellery schaute auf seine Armbanduhr. »Ich gebe Ihnen drei Minuten« Er blickte auf den Schreibtisch, den Rollstuhl, auf den Boden. »Adieu.«

Diedrich antwortete nicht.

Ellery eilte hinter dem Schreibtisch hervor, durchquerte das Arbeitszimmer und verschwand in der Dunkelheit des Nachbarraumes.

Er machte einen Schritt zur Seite und vermied es, sich an die Wand zu lehnen. Den Arm hielt er sich dicht vors Gesicht.

Nach ein paar Sekunden konnte er die Leuchtzeiger seiner Armbanduhr erkennen.

Eine Minute verstrich.

Im Arbeitszimmer war es ruhig.

Weitere 25 Sekunden.

Er hörte das Kratzen eines Füllers.

Der Füller kratzte 75 Sekunden lang übers Papier; dann hörte er ein neues Geräusch, ein leichtes Quietschen des Rollstuhls.

Ein Klicken.

Und – sehr bald – einen einzelnen Schuß.

Ellery wich von der Wand zurück und ging am Rand des Bereichs entlang, den das Arbeitszimmer erhellte, bis er völlig in der Dunkelheit dahinter stand.

Er warf einen Blick ins Arbeitszimmer.

Dann wandte er sich ab und ging ohne Eile durch den dunklen Raum in den Flur hinaus zum Vordereingang.

Als er die Tür öffnete, hörte er, wie oben eine Tür aufging, dann zwei und drei. Wolfert? Laura? Die alte Christina?

Er hörte Wolferts dünne, schneidend scharfe Stimme durchs ganze Haus gellen: »Diedrich! Was ist denn los da unten?«

Ellery schloß die Eingangstür lautlos.

Im Haus gingen die Lichter an.

Er jedoch schlenderte die Einfahrt der Van Horns hinunter und trat seinen langen nächtlichen Fußmarsch nach Wrightsville an.

Nachwort

Nicht nur Bücher haben nach dem lateinischen Sprichwort ihre Schicksale, sondern auch Autoren und Reihen. Als »DuMonts Kriminal-Bibliothek« sich erstmals um die deutschsprachigen Rechte an ›Ellery Queen‹ bemühte, lagen diese noch bei einem anderen Verlag, ja, zwei bis drei Titel waren sogar noch, nach dessen Usancen in grausig verstümmelter Form lieferbar. Als Qualitätsbeweis gegenüber dem Agenten hatten wir deshalb erst einmal eine ungekürzte, sozusagen mustergültige Übersetzung des Erstlings vorzulegen (»Der mysteriöse Zylinder« DuMonts Kriminal-Bibliothek Bd. 1008), um weitere Titel erwerben zu können. Und da gab es dann die unterschiedlichsten Gründe, innerhalb der zeitlichen Sequenz zu springen: »Die Katze tötet lautlos« (Bd. 1076) ist einer der besten Krimis aller Zeiten über einen Serienmord, »… und raus bist du!« Ellery Queens Beitrag zur Spezialgattung der nach dem Muster von Kinderreimen begangenen Morde, wie sie einst S. S. Van Dine begründet hat (»Der Mordfall Bischof«, DuMonts Kriminal-Bibliothek Bd. 1006) und deren berühmtester Vertreter Agatha Christies »Zehn kleine Negerlein« ist.

Diese Publikation sozusagen im Rösselsprung rächt sich nun, weshalb es einer kurzen Erläuterung bedarf, wie sich »Am zehnten Tage« ins Gesamtwerk einfügt; denn die Queen-Romane bauen durchaus aufeinander auf und nehmen aufeinander Bezug, schließlich ist es ja der Berufsschriftsteller Ellery, der die Fälle, die er zuvor als Amateurdetektiv gelöst hat, anschließend selbst in fiktionaler Form zu Papier bringt.

Vier Romane sind es, die alle in der typischen neuenglischen Kreisstadt – d. h. dem Vorort eines ›County‹ – Wrightsville spielen. Nachdem wir mit dem vierten Wrightsville-Roman, »… und raus bis du!«, aus obengenanntem Grund begonnen haben, folgt nun, wiederum wegen seiner herausragenden Qualität, der dritte. Zugleich ist dies der Roman, der im Gesamtwerk 1948 dem 1949 folgenden »Die Katze tötet lautlos« vorangeht: Wegen seines als Scheitern empfundenen Agierens in »Am zehnten Tage« will Ellery nie wieder Detektiv ›spielen‹, wie ihm sein bisheriges Tun jetzt erscheint. Er hat begriffen, daß ein Detektiv immer auch ›Arrangeur von Schicksalen‹ ist, wie es der erste Romandetektiv der Weltliteratur, Gaboriaus Monsieur Lecoq, erfahren und ausgedrückt hat, oder, in Sherlock Holmes' Formulierung, ein Dramatiker des Alltags. Deshalb zögert er auch so lange, sich in den Fall der »Katze« einzuschalten, obwohl sein Vater als bester Mann der New Yorker Mordkommission längst damit befaßt ist. Wer so versagt hat wie Ellery im jetzt von uns vorgelegten Fall Van Horn, hat nach seiner eigenen Meinung das Recht verwirkt, jemals wieder als Detektiv tätig zu werden.

Dabei ist es gerade die Besonderheit der Lösung, die den exzeptionellen Rang des vorliegenden Romans ausmacht. Kein Geringerer als der berühmte französische Filmregisseur Claude Chabrol sei hierfür als Zeuge zitiert: »Einer der besten Detektivromane, die jemals geschrieben worden sind, weil in ihm auf wunderbare Weise die Erklärung des Geheimnisses faszinierender ist als das Geheimnis selbst – sie gibt dem Werk eine völlig neue Dimension.« Chabrol muß ein guten Kenner des Genres sein, um gerade diesen Zug so zu betonen. Der berühmte Literaturwissenschaftler Richard Alewyn, der sich als einer der ersten überhaupt wissenschaftlich mit dem Genre beschäftigt hat, spricht einmal von der eigentümlichen Ernüchterung, die in aller Regel mit der Lösung eintritt, nachdem neun Zehntel des Romans in ein oft schauriges, immer aber geheimnivolles Dunkel getaucht waren. Und John Dickson Carr, Theoretiker und Praktiker des das Übersinnliche streifenden Detektivromans, hat in Dr. Fells berühmter Vorlesung über die Morde im hermetisch verschlossenen Raum solche in dieser oder jener Hinsicht enttäuschenden Lösungen geradezu verteidigt: Wer »offenbar zu unserer Unterhaltung die Gesetze der Natur gebrochen hat, ist, weiß Gott, auch dazu berechtigt, die Gesetze des wahrscheinlichen Verhaltens zu brechen! Wenn ein Mann sich anbietet, einen Kopfstand zu machen, können wir ihm wohl kaum die Bedingung stellen, dabei die Füße auf dem Boden zu behalten.«

Daß nun ausgerechnet die Lösung im hier vorliegenden Roman die Verhältnisse sozusagen vom Kopf auf die Füße stellt – je nachdem, wie man es sieht, vielleicht aber auch von den Füßen auf den Kopf – ließ Claude Chabrol 1971 gerade diesen Roman verfilmen, übrigens in vorbildlicher Werktreue gegenüber der epischen Vorlage. Als Konzession an den französischen Geschmack wurde die Handlung lediglich ins Elsaß verlegt; die Besetzung war mit Orson Welles, Michel Piccoli, Anthony Perkins und Marlene Jobert amerikanisch- französisch international.

»Im Anfang war es noch ohne Form; Finsternis, ein Dunkel« – und Gottes Geist schwebte über den Wassern, ist man versucht hinzuzufügen. Der Anklang an den Anfang der Genesis und das »Tohuwabohu« der ersten Schöpfungsstunde ist überdeutlich. Es sind aber dann doch nicht die sieben Tage der Schöpfung – obwohl am siebten Tag, dem neuenglischen Sonntag, durchaus geruht wird –, sondern zehn Tage, an denen sich die Handlung, allerdings mit dem Sprung von einem Jahr, abspielt. Doch wenn Ellery endlich das dahinterliegende biblische Muster erkennt, ist es bereits zu spät.

Der neue Fall fällt bei Ellery sozusagen mit der Tür ins Haus, vor der in New York plötzlich ein junger Mann steht, den er vor dem Krieg in Paris als Bildhauer kennengelernt hat. Howard Van Horn fleht Ellery um Hilfe an – seit einiger Zeit leidet er unter rätselhaften Absencen, die ihn nach unterschiedlich langen Fristen an Plätzen und unter Umständen erwachen lassen, die völlig unerklärlich sind. Soeben ist er wie von einem Raufhandel gezeichnet in einer New Yorker Absteige erwacht. Warum er danach ausgerechnet Ellerys Hilfe sucht, sagt der Detektiv Howard auf den Kopf zu: Der junge Bildhauer befürchtet, in diesen ›privaten Verdunkelungen‹ wie es in zeitgemäßer Kriegsterminologie heißt, als Mr. Hyde Verbrechen zu begehen, deren sich der alltägliche Dr. Jekyll nie für fähig hielte.

Schon in Paris am Vorabend des Zweiten Weltkriegs war Ellery aufgefallen, daß der junge neoklassizistische Bildhauer, jüngerer Zeitgenosse der Brekers und Thoracks, ein psychisches Problem hat – zuviele Adams-, Moses- oder Zeusstatuen bevölkern sein Atelier und zeigen, daß er sich wortwörtlich an einem Vaterproblem abarbeitet. Äußerlich groß, kräftig, muskulös, der Abenteurer- und Siegertyp der Trivialliteratur, ist er doch innerlich stark angekränkelt, weshalb Chabrol die Rolle, mehr der Psyche als der Physis folgend, mit Anthony Perkins besetzte.

Was er sucht, ist eine Art Kindermädchen, das in der Lage ist, ihn in seine Absencen zu folgen und herauszufinden, was seine Amnesieattacken ihm wohl verbergen mögen.

Ellery nimmt den Fall an, ohne auf die Adresse geblickt zu haben, die Howard ihm zusteckt. Erst nach dessen Abfahrt sieht er, daß sein neuer Fall, wenn es denn einer ist, ihn wieder nach Wrightsville führen wird, wo er schon zweimal gewesen ist.

In der Stadt selber vermag er dann die Van Horns rasch ins lokale Soziogramm einzuordnen – außerordentlich prächtig wohnen sie über allen anderen. Diedrich Van Horn ist jeder Zoll in die Länge wie in die Breite das, was man einen bedeutenden Mann nennt – nicht umsonst hat ihn Chabrol mit Orson Welles besetzt, allenfalls wäre noch Peter Ustinov in Frage gekommen. Als Hilfsarbeiter hat der Sohn eines evangelikal-fundamentalistischen Wanderpredigers einst begonnen und sich zu Wohlstand emporgearbeitet, den er am Schwarzen Freitag wieder verlor. Der abermalige Beginn ganz von unten auf hat ihn dann ganz nach oben geführt. Entscheidend dazu beigetragen hat die von ihm offenbar genial genutzte Kriegskonjunktur – inzwischen kontrolliert er alle Unternehmen der Region, selbst die Bank der Gründerfamilie Wright, und weit über seinen Staat hinaus ist er ein gesuchter Berater höchster Stellen in Washington. Es schmeichelt Ellery nicht wenig, daß in seiner bedeutenden Bibliothek alle Queen-Werke in – gelesenen – Erstausgaben prangen; darüber hinaus will er alle Fälle des ›realen‹ Queen in der Presse verfolgt haben.

In den sieben Tagen, die Ellery nun im Gästehaus der Van Horns verbringt, überstürzen sich die Ereignisse bis zur Katastrophe. Schon am dritten Tag insgesamt, seinem zweiten in Wrightsville, wird Ellery klar, daß er hier fehl am Platze ist – erforderlich ist ein exzellenter Psychiater, nicht ein Detektiv, gerade mit soviel Vulgärpsychologie ausgestattet, wie es sein Beruf erfordert. Doch da er aus Gutmütigkeit bleibt, sieht er sich in Peinlichkeiten verstrickt wie niemals zuvor oder später in seinen Abenteuern. Er wird zum düpierten Mittelsmann in den Verhandlungen mit einem Erpresser, er erscheint schließlich sogar selbst als Hehler, wenn nicht gar als Dieb. Erst als er sich vor sich selbst komplett lächerlich gemacht hat und vor Wrightsville und seinem von ihm geachteten Polizeichef als Verbrecher oder eher, schlimmer noch, als kompletter Idiot darsteht, verläßt er am siebten Tag fluchtartig Wrightsville – um am achten mit der Lösung wiederzukehren, die ihm, buchstäblich als Treppenwitz, blitzartig auf der Rückfahrt nach New York aufgegangen ist.

Zu spät – die Katastrophe hat unerbittlich begonnen und nimmt unaufhaltsam ihren Verlauf. Am neunten Tag hockt Ellery auf den Trümmern eines Falles, den er zwar im nachhinein durchschaut, bei dem aber seine Zeugenschaft, Teilnahme und Teilhabe nicht hat verhindern können, daß er überhaupt zum Fall wurde.

Immerhin feiert ihn die Presse trotz des blutigen Ausgangs als Ellery größten Triumph – wäre da nicht ein Jahr später noch der zehnte Tag. Er ist es, der dem Roman seinen besonderen Charakter gibt – die Lösung, die nach Chabrols Worten faszinierender als das Geheimnis ist, so faszinierend, daß sie der Welt einen weiteren Chabrol-Film bescherte.

Volker Neuhaus

Band 1079	Michael Innes	**Klagelied auf einen Dichter**
Band 1080	Edmund Crispin	**Mord vor der Premiere**
Band 1081	John Ball	**Die Augen des Buddha**
Band 1082	Lee Martin	**Keine Milch für Cameron**
Band 1083	William L. DeAndrea	**Schneeblind**
Band 1084	Charlotte MacLeod	**Rolls Royce und Bienenstich**
Band 1085	Ellery Queen	**... und raus bist du!**
Band 1086	Phoebe Atwood Taylor	**Kalt erwischt**
Band 1087	Conor Daly	**Mord am Loch acht**
Band 1088	Lee Martin	**Saubere Sachen**
Band 1089	S. S. van Dine	**Der Mordfall Benson**
Band 1090	Charlotte MacLeod	**Aus für den Milchmann**
Band 1091	William L. DeAndrea	**Im Netz der Quoten**
Band 1092	Charlotte MacLeod	**Jodeln und Juwelen**
Band 1093	John Dickson Carr	**Die Tür im Schott** (Januar 2001)
Band 1094	Ellery Queen	**Am zehnten Tag**
Band 1095	Michael Innes	**Appleby's End**
Band 1096	Conor Daly	**Tod eines Caddie** (Januar 2001)
Band 2001	Lee Martin	**Neun mörderische Monate** (3 Romane)
Band 2002	Charlotte MacLeod	**Mord in stiller Nacht** (Sonder-Doppelband)

Band 1076

Ellery Queen

Die Katze tötet lautlos

Manhattan, Ende der vierziger Jahre, eine Serie von Morden versetzt die Stadt in Panik. Die Boulevardblätter haben dem Mörder einen Namen gegeben: Katze. Für jeden Toten zeichnen ihr die Cartoonisten einen weiteren Schwanz.

Die Katze sucht ihre Opfer wahllos. Und immer bei Nacht. Niemand kann sich vor ihr sicher fühlen. Am Tatort hinterläßt sie nichts als die Leiche mit einem sorgsam geknoteten Seidenfaden um den Hals. Und am nächsten Tag grinst den Lesern aus der Zeitung wieder die Katze entgegen und hat einen Schwanz mehr. Ellery Queen hat viele Knoten zu lösen.

Band 1085

Ellery Queen

... und raus bist du!

Ellery Queen verschlägt es in die Provinzstadt Wrightsville, in der er als Kind im Ferienlager war. Seine Nostalgie verwandelt sich in Neugier, als er Zeitungsausschnitte zugeschickt bekommt: Artikel über verstorbene Bürger der Stadt. Die Neugier weicht Ehrgeiz, als ihn Rima aufsucht, die das rätselhafte Verschwinden ihres alkoholkranken Vaters aufklären will.
Während seiner gefährlicher werdenden Ermittlungen helfen Ellery Queen die alten Kinderreime. Er begegnet dabei sämtlichen Originalen der Stadt – einem hochnervösen Armenarzt, einem philosophierenden Gärtner und einer amazonenhaften Zeitungsfrau ...

Band 1092

Charlotte MacLeod

Jodeln und Juwelen

Sarah Kellings Tante Emma ist ein herzensguter Mensch. Wenn es darum geht, Geld für die Witwe eines Feuerwehrmanns zu sammeln, springt sie sogar aus einem brennenden Haus. Die Güte endet, als ihr Sohn Walter seine jodelnde Familie für den Sommer einlädt. Emma flüchtet auf die Insel Pocapuk ins Haus ihrer Freundin Adelaide. Daß auf der Überfahrt ihre Tasche mit vermeintlich wertvollem Schmuck gestohlen wird, ließe sich ertragen. Doch als Adelaides Gäste planen, den Inselschatz von Pocapuk zu bergen und die Leiche eines Sporttauchers gefunden wird, kommt Emma zu der Überzeugung, das gehe zu weit. Zeit für Sarah und Max Bittersohn, ihrer Tante bei der Spurensuche zur Seite zu stehen. Ein Krimi aus der Boston-Serie.

Band 1095

Micheal Innes

Appleby's End

»Appleby's End« heißt die Station, an der Inspektor John Appleby den Zug verläßt. Das könnte ein Zufall sein.

Aber von nun an häufen sich die Zufälle in so rascher Folge, wie man es von ihnen nicht erwarten würde. Appleby kommt sich vor wie in den Geschichten des viktorianischen Schriftstellers Ranulph Raven: Wie in dessen Büchern bekommen plötzlich Menschen Grabsteine zugeschickt, die ihr Todesdatum anzeigen, oder man findet eine bis zum Hals in Schnee eingegrabene Leiche. Selbst »Appleby's End« erweist sich als Titel einer Erzählung Ravens. Zu allem Überfluß laden die exzentrischen Nachfahren des Dichters den Inspektor auch noch für eine Nacht in ihr Haus ein. Womöglich ist Applebys Ende in Sicht.

Band 2001

Lee Martin

Neun mörderische Monate

Detective Deb Ralston hat eine harte Zeit: Die Polizistin, Adoptivmutter und Großmutter wird zum ersten Mal selbst schwanger. Ihrem Einsatz als Kriminalbeamtin tut das keinen Abbruch. In drei spektakulären Fällen schafft es Deb Ralston mit viel Improvisation, die Herausforderungen von Job und Familie unter einen Hut zu bekommen. Die Sonderausgabe versammelt drei Krimis mit einer der sympathischsten und intelligentesten Heldinnen des neuen Detektivromans.

Band 2002

Charlotte MacLeod

Mord in stiller Nacht

Zwei ihrer überaus beliebten Kriminalromane hat Charlotte MacLeod in der Weihnachtszeit angesiedelt. Gleich der erste und erfolgreichste, *Schlaf in himmlischer Ruh'*, führt Peter Shandy, den Helden der Balaclava-Serie, unerwartet in seine Rolle als unfreiwilliger Detektiv, als er unter dem Weihnachtsbaum die Leiche seiner Nachbarin findet. Und mit *Kabeljau und Kaviar* werden auch die manchmal nicht ganz feinen Weihnachtssitten der Bostoner Gesellschaft vorgeführt.
Doppelter Krimigenuß für die festlichen Tage.